Como o soldado
conserta o gramofone

Saša Stanišić

Como o soldado conserta o gramofone

Tradução, posfácio e glossário de
MARCELO BACKES

EDITORA RECORD
RIO DE JANEIRO • SÃO PAULO
2009

CIP-BRASIL. CATALOGAÇÃO-NA-FONTE
SINDICATO NACIONAL DOS EDITORES DE LIVROS, RJ

S789c
Stanisic, Sasa, 1978-
Como o soldado conserta o gramofone / Saša Stanišić; tradução de Marcelo Backes. – Rio de Janeiro: Record, 2009.

Tradução de: Wie der Soldat das Grammofon repariert
ISBN 978-85-01-08465-1

1. Romance esloveno (Bósnia-Herzegovina). I. Backes, Marcelo. II. Título.

09-2121

CDD: 891.843
CDU: 821.162-3

Texto revisado segundo o Novo Acordo Ortográfico da Língua Portuguesa.

Título original em alemão:
WIE DER SOLDAT DAS GRAMMOFON REPARIERT

© 2006 by Lucterhand Leteraturverlag, uma empresa do grupo Verlagsgruppe Random House GmbH Munique, Alemanha

Todos os direitos reservados. Proibida a reprodução, no todo ou em parte, através de quaisquer meios.

Direitos exclusivos de publicação em língua portuguesa somente para o Brasil adquiridos pela
EDITORA RECORD LTDA.
Rua Argentina 171 – Rio de Janeiro, RJ – 20921-380 – Tel.: 2585-2000
que se reserva a propriedade literária desta tradução

Impresso no Brasil

ISBN 978-85-01-08465-1

PEDIDOS PELO REEMBOLSO POSTAL
Caixa Postal 23.052 – Rio de Janeiro, RJ – 20922-970

A meus pais | *Mojim roditeljima*

Sumário

Quanto tempo precisa uma parada do coração para percorrer cem
metros, quanto pesa uma vida de aranha, por que o meu
Triste escreve junto ao rio cruel e do que o camarada-chefe
do inacabado é capaz como mágico 11

Como é doce o vermelho-escuro, quantos bois são necessários
para uma parede, por que o cavalo de Kraljević; Marko
é parente do super-homem e como pode acontecer
que uma guerra visite uma festa 31

Quem ganha quando o Morsa apita, qual é o cheiro de uma orquestra,
a partir de que momento não se pode mais cortar a neblina e
como uma história se transforma em combinação 53

Quando flores são flores, qual a opinião de mister Hemingway
sobre o camarada Marx e vice-versa, quem é o verdadeiro mestre
de um jogo e para quem o cachecol de Bogoljub Balvan
tem de dar a cara a tapa 59

Quando algo é um acontecimento, quando é uma vivência,
quantas mortes tem o camarada Tito e como o outrora
louvado arremessador de três pontos acabou atrás do
volante de um ônibus da Centrotrans 67

O que Milenko Pavlović, chamado o Morsa, traz de sua bela viagem,
como a perna do guarda da estação rodoviária é despertada
para a vida, para que os franceses podem ser úteis e
por que os travessões são dispensáveis 85

A que leva o mau gosto musical, o que o homem de
três pontinhos denuncia e como é rápida uma guerra,
assim que acaba de tomar impulso   91

De que nós brincamos no porão, qual é o gosto das ervilhas, por que
o silêncio arreganha seus dentes, quem tem o nome certo, o
que uma ponte é capaz de suportar, por que Asija chora,
como brilham os olhos de Asija   101

Como o soldado conserta o gramofone, o que os apreciadores
bebem, em que pé estamos em nossa expressão escrita
em russo, por que carpas comem cuspe e como
pode que uma cidade se estilhace   115

Carregando Emina nos braços atravessando sua aldeia   127

26 de abril de 1992   129

9 de janeiro de 1993   133

17 de julho de 1993   137

8 de janeiro de 1994   141

Alô. Quem? Aleksandar! Ora essa, de onde estás ligando?
Nada mal! Uma merda, e tu?   143

16 de dezembro de 1995   145

o que eu quero, no fundo   147

1º. de maio de 1999   149

Aleksandar, eu gostaria de mandar o pacote — a ti — sem falta 153

Quando tudo era bom. De Aleksandar Krsmanović
Com um prefácio de vovó Katarina e um
ensaio para o senhor Fazlagić   155

11 de fevereiro de 2002   217

Eu sou Asija. Eles levaram mamãe e papai com eles.
Meu nome tem um significado. Tuas pinturas são infames   219

Entre trezentos e trinta números discados ao acaso em
Sarajevo, em mais ou menos um a cada quinze
há uma secretária eletrônica   227

O que faz com que os sábios Wise Guys saibam, quão
alta pode ser a aposta na própria recordação, quem
é encontrado e quem permanece inventado   233

O que se joga por detrás dos pés de Deus, por que Kiko
guarda seu cigarro, onde fica Hollywood e como
Mickey Mouse aprende a responder   241

Eu fiz listas   263

Camarada-chefe do inacabado   303

GLOSSÁRIO RESUMIDO   321

POSFÁCIO   323

SOBRE O TRADUTOR   333

Quanto tempo precisa uma parada do coração para percorrer cem metros, quanto pesa uma vida de aranha, por que o meu Triste escreve junto ao rio cruel e do que o camarada-chefe do inacabado é capaz como mágico

Vovô Slavko mediu minha cabeça com a corda de estender roupas de vovó, eu ganhei um chapéu de mágico, um chapéu de mágico pontudo feito de cartolina, e vovô Slavko disse: na verdade eu ainda sou jovem demais e tu já estás demasiado velho para uma bobajada dessas.

Ganhei um chapéu de mágico com estrelas amarelas e azuis, elas arrastavam caudas amarelas e azuis e eu ainda acrescentei, recortando com uma tesoura, uma pequena lua crescente e dois foguetes triangulares, um deles pilotado por Gagárin, o outro por vovô Slavko.

Vovô, não vou ter coragem de sair para a rua com esse chapéu!

É o que eu espero!

Na manhã do dia em cuja noite acabou morrendo, vovô Slavko esculpiu uma varinha de condão para mim usando um galho de árvore e disse: tanto no chapéu quanto na varinha existe um poder mágico, se tu usares o chapéu e carregares a varinha, vais te tornar o mais poderoso mágico de capacidades entre os países que não fazem parte do bloco. Poderás revolucionar muitas coisas, na medida em que isso estiver em conformidade com as ideias de Tito e concordar com os estatutos da Aliança dos Comunistas da Iugoslávia.

Eu duvidava da magia, mas não duvidava do meu avô. A graça mais valiosa é a inventividade, a maior riqueza é a fantasia. Guarda isso, Aleksandar, disse vovô com seriedade, enquanto botava o chapéu em mim, guarda isso e imagina um mundo mais bonito. Ele me entregou a varinha. Eu não duvidava de mais nada.

É normal que de vez em quando a gente fique triste por causa dos falecidos. Entre nós, isso acontece quando domingo, chuva, café e vovó Katarina acabam se juntando. Nesses momentos, vovó sorve o café de sua xícara preferida, a branca, de alça lascada, chora e se lembra de todos os mortos e das coisas boas que eles fizeram antes de a morte se intrometer. Hoje, família e amigos vieram à casa de vovó, porque queremos nos lembrar de vovô Slavko, que há dois dias está provisoriamente morto, e assim continuará enquanto eu não reencontrar minha varinha de condão e meu chapéu de mágico.

Ainda não morreram na minha família: minha mãe, meu pai e os irmãos de meu pai — tio Bora e tio Miki. Nena Fatima, a mãe de minha mãe, ainda está muito bem, nela morreram apenas os ouvidos e a língua — ela é surda como um canhão e muda como neve caindo. É o que dizem. Tia Gordana também ainda não morreu, ela é a mulher de tio Bora e está grávida. Tia Gordana, uma ilha loura no mar de cabelos negros da nossa família, é chamada por todos de Tufão, porque ela vive quatro vezes mais vívida do que qualquer pessoa normal é capaz de viver, corre oito vezes mais rápido e fala catorze vezes mais ligeiro. Ela percorre até mesmo o espaço entre o vaso sanitário e a pia do banheiro na corrida, e na caixa da loja em que faz suas compras já calculou o preço certinho antes mesmo de a moça começar a digitá-lo.

Todos vieram por causa da morte de vovô Slavko, mas falam sobre a vida no ventre de titia Tufão. Ninguém duvida que titia dará seu filho à luz mais tardar no domingo, no máximo segunda-feira, com meses de antecedência, mas prontinho como se já estivesse no nono. Eu sugiro que o bebê receba o nome de Speedy Gonzales. Titia Tufão sacode seus cachinhos louros: somosmexicanosporacaso? Vaisêumameninanãoumcamundongo! EvaisechamarEma.

E Slavko, acrescenta tio Bora em voz baixa, Slavko se for um menino.

O amor por vovô Slavko hoje é grande e pode ser encontrado em toda parte, entre os que vestem preto, que tomam café na casa de vovó Katarina e olham furtivamente para o sofá, no qual vovô estava sentado quando Carl

Lewis bateu o recorde mundial, em Tóquio. Vovô morreu em 9 segundos e 86 centésimos, seu coração correu cabeça a cabeça com Carl Lewis — o coração parou enquanto Carl ainda corria como um louco. Vovô arquejou e Carl lançou os braços para o alto e jogou uma bandeira americana sobre os ombros.

Os convidados em luto trouxeram bombons e açúcar em cubinhos, conhaque e aguardente. Eles queriam adoçar o luto de vovó com doces e beber contra o que eles mesmos estavam sentindo. O luto masculino cheira a loção de barba. Ele está parado em pequenas rodas na cozinha e se embebeda. O luto feminino está sentado com vovó à mesa da sala, sugere nomes para a nova vida no ventre de titia Tufão e discute a posição mais saudável para dormir nos primeiros meses. Quando o nome de vovô é dito, as mulheres estão sempre cortando bolo e oferecem fatias umas às outras. Botam açúcar no café e o mexem com colheres que parecem talheres de brinquedo.

Mulheres sempre elogiam bolos.

Bisavó Mileva e bisavô Nikola não estão aqui, porque o filho deles vai visitá-los, em Veletovo, porque ele tem de ser enterrado na aldeia em que nasceu. O que uma coisa tem a ver com a outra, eu não sei. Todo mundo deveria poder morrer no lugar em que viveu muito e gostou de viver. Meu pai, debaixo do porão, que ele chama de "o ateliê", e que ele raras vezes abandona, coberto por suas telas e seus pincéis. Vovó pouco importa onde, contanto que as vizinhas estejam por perto e haja café e bombons. Bisavó e bisavô em seu jardim de ameixeiras, em Veletovo. Onde é que minha mãe ficou muito e gostou de ficar?

Vovô Slavko nas melhores histórias ou debaixo do escritório do partido.

Eu talvez ainda consiga aguentar mais dois dias sem ele, até lá meus apetrechos de mágica haverão de reaparecer.

Eu me alegro com o fato de poder voltar a ver bisavô e bisavó. Desde que presto atenção nisso, eles jamais tiveram cheiro doce, e em média devem ter uns cento e cinquenta anos. Apesar disso, eles são os menos mortos e os mais vivos de todos na minha família, não contada titia Tufão, mas ela não vale, porque ela não faz parte dos seres humanos e sim das catástrofes naturais e tem uma hélice no traseiro. É o que diz tio Bora às vezes, beijando as costas de sua catástrofe natural.

Tio Bora pesa tanto quanto meus bisavós têm em idade.

Quem também ainda não morreu na minha família é vovó Katarina, ainda que ela, na noite em que o coração grande de vovô foi vitimado pela doença mais rápida do mundo, tivesse desejado morrer se queixando assim: sozinha, o que eu farei sem ti, sozinha eu não quero continuar, Slavko, meu Slavko, ai de mim!

Mais do que da morte de vovô, eu sentia medo daquele luto gigantesco a arrastar seus joelhos protagonizado pela minha avó, sozinha, como vou poder viver sozinha! Vovó batia contra o peito e implorava, aos pés de vovô morto, para não continuar vivendo sem ele. Eu só conseguia mais respirar se fosse rapidamente, e mesmo assim com dificuldade. Vovó estava tão fraca que eu tinha a impressão de que o corpo dela cairia ao chão e ali ficaria, totalmente mole, mole e redondo. Na televisão, uma mulher grande pulava na areia e se alegrava com isso. Aos pés de vovô, vovó gritou chamando os vizinhos, eles desabotoaram a camisa dele, os óculos de vovô resvalaram, sua boca estava torta — e eu recortei, como sempre fazia quando não sabia mais o que fazer, pequenas figurinhas de papel, mais estrelas para o meu chapéu de mágico. Apesar do medo, e tão pouco tempo depois de uma morte, eu via que o cachorro de porcelana de vovó havia caído de lado em cima da televisão, e que os pratos com as espinhas de peixe da noite passada continuavam sobre a toalha de mesa de crochê. Eu ouvia cada uma das palavras dos vizinhos perambulando pela casa e entendia tudo apesar dos gemidos e lamentos de vovó. Ela se agarrava às pernas de vovô, vovô escorregava para a parte da frente do sofá. Eu me escondia no canto, atrás da televisão. Mas mesmo atrás de mil televisões eu não teria conseguido me esconder do rosto desfigurado de vovó, nem de vovô virado, quase caindo do sofá, nem do pensamento de que meus avós jamais haviam sido tão feios quanto agora.

Eu bem que teria gostado de colocar minha mão nas costas tremelicas de vovó — sua blusa estaria molhada de suor — e dito: vovó, não! Tudo vai ficar bem. Vovô é do partido, e o partido está em acordo com os estatutos da Aliança dos Comunistas, eu só não estou conseguindo encontrar minha varinha de condão. Tudo vai ficar bem de novo, vovó.

Mas a loucura triste dela me deixava mudo. Quanto mais alto ela berrava, me deixem!, tanto mais desanimado eu ficava em meu esconderijo. Quanto maior era o número de vizinhos que se desviava de vovô para se voltar à vovó, tentando consolar a inconsolável, como se estivessem lhe vendendo algo de que ela não precisava de forma alguma, tanto maior era o pânico com que ela se defendia. Quanto mais lágrimas cobriam suas faces, sua boca, seus lamentos e seu queixo assim como o óleo cobre o fundo de uma frigideira, tanto mais detalhes eu recortava da sala: a estante de livros com Marx, Lenin, Kardelj, à esquerda, embaixo, *O capital*, o cheiro de peixe, os ramos no papel de parede, quatro gobelinos — crianças brincando numa rua de aldeia, flores coloridas num vaso de flores colorido, navio em mar soçobrante, casinha na floresta —, uma fotografia de Tito e Gandhi, que se dão as mãos em cima do navio e da casinha, e a frase: como vamos conseguir livrá-los dele?

O número de pessoas que chegavam aumentava, um roubava o lugar do outro como se fosse necessário recuperar algo ou pelo menos não perder mais nada e se mostrar o mais vivo possível nas proximidades de uma morte. A morte demasiado rápida de vovô incomodava os vizinhos ou fazia com que voltassem os olhos para o chão, conscientes de sua culpa. Ninguém conseguira acompanhar o coração de vovô, nem vovó, ai de mim, por que, por que, por que, Slavko? Teta Amela do segundo andar desceu, alguém berrou: pelo sagrado coração de nosso senhor Jesus!, e outro imediatamente amaldiçoou a mãe de Jesus, acrescentando alguns outros membros da família. Mamãe puxava nas calças de vovô, batia tentando acertar os dois enfermeiros que apareceram na sala com suas maletas, tirem as mãos daí!, ela gritava. Os enfermeiros vestiam camisas de lenhadores debaixo de seus aventais e afastaram vovó das pernas de vovô, como se arrancassem um mexilhão da pedra. Vovô só viria a morrer para vovó quando ela enfim o largasse. E ela não o largava. Os de avental branco auscultaram o peito de vovô, um deles segurou um espelho diante de sua boca e disse: nada.

Eu gritei dizendo que vovô ainda estava aqui, e que sua morte não estava em conformidade com os objetivos da Aliança dos Comunistas. Saiam do caminho, tragam minha varinha de condão e eu vou prová-lo a vocês! Ninguém me deu atenção. Os enfermeiros-lenhadores reviraram a camisa de vovô e iluminaram seus olhos com um bastão. Eu puxei o cabo de energia e a televisão emudeceu. No canto ao lado da tomada havia fios de teia de aranha soltos. Quanto mais leve do que a morte de um homem é o peso da morte de uma aranha? Qual a perna de seu marido que a mulher-aranha abraça quando ele morre? Eu me propus a jamais voltar a trancar aranhas em garrafas para depois encher as garrafas com água aos poucos.

Onde estava minha varinha de condão?

Eu não sei quanto tempo fiquei parado a um canto antes que meu pai me pegasse pelo braço como se estivesse me levando preso. Ele me entregou a minha mãe, ela me arrastou pelas escadarias até o pátio. O ar cheirava a mirabelas maceradas, no morro Megdan os fogos dos camponeses fazendo aguardente queimavam. Do Megdan, pode-se ver quase a cidade inteira, talvez até o pátio do prédio grande de cinco andares, para Višegrad ele já é um arranha-céu, no qual uma jovem mulher de cabelos longos e negros e olhos castanhos se curva em cima de um garoto de cabelos da mesma cor e de olhos amendoados como os dela. Ela soprou as mechas de sua testa, seus olhos se encheram de lágrimas. O que ela sussurrou ao garoto não pode ser ouvido no Megdan. Provavelmente também não podia ser reconhecido que o garoto, depois que a mulher o abraçou e o segurou por muito, muito tempo, assentiu. Como se assente quando se promete algo.

Na noite do terceiro dia após a morte de vovô Slavko, eu estou sentado na cozinha e folheio álbuns de fotografia. Tiro todas as fotos de vovô Slavko do álbum, ainda não sei o que pretendo fazer com elas. No pátio, nossa cerejeira começa a brigar com o vento, uma tempestade. Depois que eu tiver concedido a vovô Slavko a capacidade de voltar a viver, meu próximo golpe de mestre será dar a todo mundo a capacidade de reter ruídos. Todo mundo conseguirá colocar o vento nas folhas da cerejeira e o rumor do trovão e os latidos noturnos dos cães no verão num álbum de sons. E aqui estou eu, lascando lenha para a lareira — e assim mostraremos com orgulho nossa vida feita de sons, assim como mostramos as fotos das férias no mar Adriático. Pequenos ruídos poderão ser carregados dentro da mão fechada. Eu colocaria o riso dos dias felizes por cima da preocupação no rosto de minha mãe, por exemplo.

As fotos em tom sépia com as bordas largas e brancas cheiram a toalhas de mesa de plástico e mostram pessoas vestindo calças engraçadas que vão ficando cada vez mais largas. Diante das fachadas de uma Višegrad que ainda não está pronta, está parado um homenzinho em uniforme de guarda ferroviário, e olha para frente, rijo como um soldado: vovô Rafik.

Vovô Rafik, o pai de minha mãe, já morreu definitivamente há muito tempo, ele se afogou no Drina. Eu mal cheguei a conhecê-lo, mas me lembro de um jogo com ele, um jogo bem simples. Vovô Rafik apontava para algo e eu dizia o nome, a cor e a primeira coisa que me ocorria a respeito. Ele apontava para um canivete, e eu dizia: faca, cinzento e locomotiva. Ele apontava para um pardal, e eu dizia: passarinho, cinzento e locomotiva. Vovô Rafik apontava pela janela para a noite, e eu dizia: sonhos, cinzento e locomotiva, e vovô ajeitava o cobertor em cima de mim e dizia: tenha um sono de ferro.

Os tempos da minha fase cinzenta foram os tempos de minhas visitas ao oftalmologista, que não descobriu nada, a não ser que eu conseguia guardar coisas com muita rapidez, por exemplo a sequência das letras grandes e pequenas num cartaz. Senhora Krsmanović, a senhora precisa desacostumá-lo disso de algum modo, falou o médico, e prescreveu gotinhas à minha mãe por causa de seus olhos sempre avermelhados.

Eu tinha muito medo de locomotivas e trens naquela época. Vovô Rafik me levou com ele até os trilhos inativos do trem, arranhou a tinta solta da velha locomotiva, sussurrou, vocês despedaçaram meu coração, e esfregou a tinta preta entre as palmas das mãos. No caminho para casa — paralelepípedo, cinzento, locomotiva, minha mão em sua mão grande, enegrecida com os fragmentos afiados da tinta — eu decidi, preocupado com meu coração, ser bonzinho com os trens. Só que eles já não atravessavam mais nossa cidade. Alguns anos mais tarde, meu primeiro amor não correspondido, Danijela dos cabelos muito longos, me mostrou como eu era bobo o tempo inteiro, ao tentar proteger meu coração de ser quebrado por um trem, quando na verdade era ela quem me mostraria o verdadeiro significado do que significava um coração quebrado.

Fiapos de tinta solta e o jogo do cinzento são a única recordação de vovô Rafik que carrego comigo, a não ser que velhas fotos também possam ser consideradas recordações. Falta de tudo sobre vovô Rafik em nossa casa. Por maior que seja o tempo e o gosto com que minha família aproveite o café para falar de si mesma e de outras famílias, bem como dos mortos de sua e das famílias dos outros, vovô Rafik raramente é lembrado. Nunca ninguém fixa os olhos na borra do café e suspira: ah, Rafik, meu Rafik, se pudesses estar aqui para viver isso! Nunca ninguém conjectura o que vovô Rafik diria sobre alguma coisa, seu nome não é dito nem em agradecimento nem como censura.

Mais morto do que vovô Rafik ninguém pode estar.

Os mortos já estão muito solitários em sua terrinha, por que também se deixa a lembrança de vovô Rafik ficar cada vez mais solitária?

Mamãe chega à cozinha e abre a geladeira. Ela quer preparar as fatias de pão para levar ao trabalho, coloca manteiga e queijo em cima da mesa. Eu olho para seu rosto e procuro nele a fotografia do rosto de vovô Rafik.

Mamãe, tu és parecida com vovô Rafik?, eu pergunto, quando ela se senta à mesa e desempacota o pão. Ela corta os tomates. Eu espero e repito a pergunta, só agora mamãe para e presta atenção, a lâmina da faca em cima do tomate. Que tipo de vovô era o vovô Rafik?, eu continuo perguntando, por que ninguém mais fala dele? Como é que vou poder saber que tipo de vovô ele era?

Mamãe bota a faca de lado e as mãos sobre o colo. Mamãe levanta os olhos. Mamãe olha para mim.

Tu não tiveste vovô, Aleksandar, tu tiveste um triste. Ele ficava triste por causa de seu rio e por causa de sua terra. Ele se ajoelhava, arranhava esta sua terra até que suas unhas quebrassem e o sangue brotasse. Ele acariciava a relva e cheirava e chorava nos tufos de relva como se fosse a criança mais criança — minha terra, como foi que te pisaram, como estás abandonada ao peso do mundo inteiro, minha terra. Tu não tiveste avô, tiveste, sim, um abobado.

Ele bebia e bebia a não querer mais. Ele comia terra, vomitava terra, depois ficava de quatro e se arrastava até a margem e lavava a boca com a água do rio. Como o teu triste amava o rio, o seu rio! E o seu conhaque — o teu abobado, que só conseguia amar o que via subjugado e humilhado. Que só conseguia amar quando bebia e bebia.

Drina, que rio abandonado, que beleza esquecida!, ele uivava, quando saía cambaleando de um dos bares, ora com a armação dos óculos retorcida, ora com a calça toda mijada, aquele fedor! Que capricho desleixado, a idade, ele chorava, quando tropeçava e caía, e queria se segurar no rio para não levantar voo. Quantas vezes o encontramos à noite, debaixo do primeiro arco da ponte, de barriga, os dedos agarrados à superfície das águas. Mãos inchadas, azuis, semicerradas em punhos. Ele segurava flores no rio, pedras, às vezes uma garrafa de conhaque. Foi assim durante anos. Desde que a estrada de ferro foi desativada, desde que nenhum trem atravessava mais a cidade, para o qual teu triste pudesse definir a rota, fazer sinais e levantar cancelas. Ele perdeu seu trabalho e não disse palavra a respeito, não havia mais nada a fazer e não havia nada a dizer. Ele foi aposentado e bebeu sua aposentadoria, dia a dia, primeiro em segredo, lá em cima, na estação ferroviária, que já não era mais uma estação ferroviária, mas onde a velha locomotiva ainda permanecia estacionada. Mais tarde na beira do rio e no centro da cidade, cheio de um amor repentino e bobo pela água e por suas margens.

Não tiveste um avô, tiveste um amargurado. Ele bebeu e bebeu e bebeu até ver sua vida empalidecer. Se ele pelo menos tivesse gostado de xadrez ou do partido ou de nós como gostou de seus trens e depois de seu rio, como gostou de sua aguardente, que foi de quem ele mais gostou! Se ele pelo menos tivesse nos ouvido e não tivesse dado ouvidos ao Drina profundo e insondável!

No entardecer da noite em que ele morreu, teu acossado entalhou letras na margem. Tinha bebido três litros de vinho e um gargalo de garrafa lhe serviu de lápis. Ele escreveu uma longa carta ao rio. Nós o puxamos pelos pés para fora da lama, ele gemia e berrava para o rio: como é que eu posso te salvar, como posso salvar uma coisa assim tão grande?

Que algo tão triste possa feder tanto assim! Nos chamaram quando seus gritos e seus cantos se tornaram insuportáveis. Sobre os braços, papai o carregou para casa, deitou-o com suas roupas na banheira, onde teu bêbado vomitou furioso duas vezes, praguejando contra todos os pescadores, que as armas de vocês se voltem contra suas próprias bocas, porque enfiam os anzóis no estômago do rio desse jeito e arrebentam — que dor muda! — os lábios dos peixes! Que sua pele, seus assassinos, seja arrancada com facas sem fio, que as profundezas os levem ao diabo, os botes, a gasolina de merda, todos os diques, todas as turbinas, todas as dragas! Um rio; só água e vida e força e nada mais do que isso!

À meia-noite, eu lavei seu cabelo e o pescoço de tartaruga, lavei-o atrás das orelhas e nas axilas. Ele beijou minhas mãos e disse que sabia muito bem quem eu era. Apesar das lágrimas, ele disse ser capaz de reconhecer de quem eram os tornozelos que ele acariciava, e se lembrava de tudo: que o amor era um presente e que o destino era um cafajeste.

Eu sou tua filha, disse eu três vezes, e ele, naquela sua última noite, me fez três promessas: roupas limpas, nada de álcool, vida. Ele cumpriu apenas uma. Seu gorro de guarda ferroviário foi encontrado debaixo do primeiro arco da ponte, a garrafa de conhaque também foi encontrada, ele não. Usando forcados, nós reviramos as águas do Drina próximo à margem procurando por ele. Por que ele havia ido para lá mais uma vez? O que havia ainda para amar, naquela noite de maio? As biroscas estavam fechadas há tempo quando eu o cobri após seu banho, após sua promessa. E justamente um pescador descobriu o corpo em meio aos juncos, bem abaixo, no rio. O rosto debaixo da água, as pernas na margem — seu amado Drina o beijou até matá-lo, núpcias para o teu triste, que cumpriu apenas uma de suas promessas —, ele se enfeitara para aquele casamento: vestia seu uniforme com o brasão da via férrea. Ele procurara a morte por tantas noites, e não tivera coragem de encontrá-la até então, manteve a cabeça por tempo suficiente debaixo da água, fazendo do Drina sua única e última lágrima.

E quando ele deveria ser preparado para os funerais, apenas doze horas depois de eu tê-lo lavado em meio a três promessas vitais, mais uma vez fui eu que peguei a esponja, a mais dura que pude encontrar, mais uma vez fui eu que esfreguei seu corpo magro, mais ou menos como se esfrega um tapete, passando o sabão na barriga amarela e enrugada e escovando as panturrilhas flácidas. Nos dedos e no rosto eu não toquei. Teu triste fuçara na margem do rio, e que filha teria sido eu se tivesse lhe tirado a terra que carregava embaixo das unhas? A ele, que implorara dizendo, quando eu morrer, não quero caixão! Como teu triste amava seu rio cruel, como ele amava os salgueiros e o peixe e a lama! Tu não tiveste avô, Aleksandar, tu tiveste um abobado. Só que eras pequeno demais para te lembrares da bobeira dele. Tu gostavas de ouvi-lo dizendo que tudo era cinzentocinzentocinzento, tu achavas isso engraçado, sei lá por quê. Só para o seu rio ele inventava as cores mais pitorescas, só para o Drina ele olhava com atenção, o teu triste, que só conseguia rir quando olhava sua imagem na água. Tu não tiveste avô, Aleksandar, tu tiveste um triste.

Eu contemplo minha mãe com mil perguntas. Ela cantou o triste para mim como se tivesse ensaiado a canção desde o dia em que ele se afogou. Ela cantou como se ele não pertencesse a ela, e ainda assim o fez de modo tão suavemente furioso que eu tive medo que um simples assentir de cabeça da minha parte pudesse roubá-lo dela. Ela agora sacode a cabeça perturbada por coisas invisíveis e bota as fatias de pão em fila sobre a mesa.

Das mil perguntas, eu faço apenas duas. O que foi que vovô escreveu na margem do rio? E por que vocês não o ajudaram?

Minha mãe é uma mulher baixinha. Ela passa a mão nos cabelos longos usando os dedos como um pente. Sopra em meu rosto como se estivéssemos brincando. Ela tira a manteiga da embalagem. Tira o queijo da embalagem. Passa a manteiga no pão. Bota uma fatia de queijo em cima da manteiga. Bota tomates em cima do queijo. Espalha o sal que cai de seu indicador e seu polegar unidos em cima dos tomates. Bota o pão na palma da mão. Coloca uma segunda fatia em cima dele. Aperta com força.

A cerejeira se defende do vento com bravura, bate com todos seus galhos em torno de si. Primeiro como moedas solitárias em um cofrinho de lata, depois cada vez mais rápidas, ouço as batidas em nosso telhado, granizo. Assim que minha mãe deixa a cozinha, eu abro a janela e boto uma fotografia em que aparecemos eu e vovô Slavko em cima do aparador. O vento frio tenta pegar meu rosto, eu tranco a janela. Nas outras fotos em tom sépia há pessoas com maiôs de listras verticais, paradas dentro do Drina com água até os tornozelos. Maiôs como esses hoje em dia não existem mais, a cadela e seus quatro filhotes provavelmente também não. O jovem vovô Slavko de chapéu acaricia os cãezinhos e está alegre. Qual é a última foto dele? A que idade chega um cão, e será que eu conheço um dos filhotes? Em algum momento, não haverá mais fotos novas de cães e pessoas, porque a vida deles acaba. Mas como se fotografa uma vida chegando ao fim? Quando eu acabar, me fotografem na terra, é o que eu vou dizer a todos. Em setenta anos vai ser assim. Fotografem como minhas unhas crescem e como eu fico cada vez mais magro e perco meus cabelos.

Tudo que acaba e toda morte me parecem coisas desnecessárias e infelizes e imerecidas. Verões viram outono, casas são derrubadas e pessoas nas fotos viram fotos em lápides. Tantas coisas não deveriam acabar — domingos, para que segundas-feiras não venham, barragens, para que rios não sejam retidos. Mesas não deveriam ser pintadas, pois o cheiro me dá dor de cabeça, as férias não deveriam virar começo das aulas, os desenhos animados não deveriam virar noticiário. Também o meu amor por Danijela dos cabelos muito longos não deveria virar um amor não correspondido. E não se deveria, jamais, acabar de confeccionar um chapéu de mágico com vovô, mas sim falar sem parar com ele sobre as vantagens de uma vida na condição de mágico a serviço da Aliança dos Comunistas, e sobre o que pode acontecer quando se usa o pó da cauda das estrelas para temperar o pão.

Eu sou contra o fim das coisas, contra o estrago de tudo! O que está pronto, esse aprontar sem parar, tem de ser detido! Eu sou o camarada-chefe daquilo que sempre continua e apoio o assim por diante!

No último álbum de fotografias encontro uma foto da ponte do Drina. A ponte é a mesma de sempre, só que andaimes envolvem os seus onze arcos. Há pessoas paradas em cima dos andaimes, elas acenam, como se a ponte fosse um navio que logo deixará o porto, descendo o rio. Apesar dos andaimes, a ponte parece acabada. Ela está completa, os andaimes não conseguem macular sua beleza e sua utilidade. Essa completude gigantesca de nossa ponte não me importa nem um pouco. O Drina é impetuoso, rápido, o Drina largo e perigoso — um rio jovem!

Quando tu corres rápido, é como gritar alto.

Hoje ele rola pachorrento, mais lago do que rio, a água foi desencorajada pela barragem — o Drina vagaroso, como que desfiado nas bordas pela madeira de arribação e pela sujeira. Eu levanto a ponte do álbum com cuidado. A superfície é fria e lisa, assim é, hoje, a superfície do rio outrora selvagem e indomável. Enfio a foto no bolso das calças, ela ficará amassada e ganhará orelhas-de-burro.

Quero criar coisas inacabadas. Eu não sou construtor de casas, e em matemática sou preocupantemente ruim, não contado o cálculo de cabeça. Não sei como se fazem telhas e tijolos. Mas sei pintar. Isso e minhas grandes orelhas e o grito: não agora, não estás vendo que estou ocupado!, me foi ensinado por meu pai artista. Eu vou me tornar artista do bom inacabado! Vou pintar ameixas sem caroço, rios sem barragens e o camarada Tito de camiseta! Artistas precisam criar séries bem pensadas, meu pai e artista caseiro chama isso de uma receita de sucesso, e a revelou para mim em seu ateliê. Além das telas e das tintas, lá há barris com chucrute, caixas de roupa velha e o bercinho de criança que eu acabei deixando para trás ao crescer. Papai passa finais de semana inteiros em seu ateliê. Um pintor não pode jamais estar satisfeito com aquilo que vê — reproduzir realidade significa capitular diante dela!, exclama ele, quando eu bato na porta porque bolas de futebol e câmaras de bicicleta deixam seu ar vazar mais uma vez. Artistas precisam reformar a imagem, formar novas imagens, artistas são transformadores do mundo e criadores de mundos!, observa meu pai com a boina basca, enquanto aperta a bomba que enche a bola. Ele não fala comigo, não espera resposta. No ateliê tocam canções francesas, tarde da noite Pink Floyd, e a porta está trancada.

Séries bem pensadas são a solução. Que outros virem pilotos de avião e catem os piolhos dos pelicanos no zoológico — eu me tornarei um artista em série, um artista em série do inacabado, que joga futebol e pesca! Nenhum de meus quadros será pintado até o fim, a cada um deles faltará algo importante.

Eu pego meu material de pintura, a caixa de tintas, o papel eu tomo emprestado a meu pai. Boto água num vidro de geleia e amoleço os pincéis. A folha em branco está diante de mim. O primeiro quadro do inacabado tem de ser o Drina, o rio moleque, ainda sem a barragem. Misturo tinta azul e amarela, faço o primeiro traço verde sobre a folha, o verde é pálido demais, eu o escureço com cautela, pinto uma curva, faço-a mais clara, fria demais, acrescento ocre. Verde, verde, mas um verde como o verde do Drina eu não vou conseguir nem em cem anos.

Os mortos são mais solitários do que nós, os vivos, jamais seremos. Eles não podem ouvir uns aos outros através de caixão e terra. E os vivos vão até eles e plantam flores em cima dos túmulos. As raízes crescem dentro da terra e acabam quebrando e atravessando o caixão. Em algum momento, o caixão fica cheio de raízes, sem contar os cabelos do morto. A partir de então, eles não podem mais nem conversar consigo mesmos. Quando eu morrer, gostaria de ser enterrado numa vala comum. Numa vala comum eu não teria medo da escuridão e só ficaria sozinho porque meu neto sentiria tanta falta de mim como eu agora sinto falta de vovô Slavko.

Eu não tenho avô e debaixo da minha testa se juntam lágrimas. Tudo o que é importante no mundo pode ser encontrado no jornal matinal, no Manifesto Comunista ou nas histórias que nos fazem chorar ou rir, melhor de tudo se ambas as coisas de uma só vez. Era isso que vovô Slavko dizia em seus discursos. Eles eram tão inteligentes! Quando eu tiver a idade dele, vou ter também suas frases inteligentes, as veias grossas como as do antebraço de meu pai, as receitas de minha avó e o olhar raramente alegre de minha mãe.

Na manhã do quarto dia depois da morte de vovô, meu pai me acorda e eu sei imediatamente o que vai acontecer: o enterro de vovô. Sonhei que todos em minha família morreram, só eu não, coisa que me fez sentir como se eu de repente estivesse bem distante e não encontrasse mais o caminho de volta.

Arruma tuas coisas, nós vamos de carro.

Meu pai me acorda apenas nas catástrofes, nas outras vezes é minha mãe que me dá um beijo nos cabelos. Papai não beija, é uma questão de princípio. Entre homens isso é bem difícil. Ele senta-se à beira da cama, como se ainda quisesse dizer alguma coisa. Eu me ergo. E agora estamos sentados ali, assim. Papai, eu olho para ti, como se olha para alguém quando está prestando atenção, olha só, eu não estou levantando, seria bom se agora me contasses tudo aquilo que eu já sei, se me explicasses o que eu já compreendi, mas que só estará completo de verdade depois que o pai contá-lo e explicá-lo ao filho. Mas eu não digo nada, e papai também não diz nada. E assim conversamos um com o outro. Assim conversamos muitas vezes um com o outro. Ele trabalha, desaparece depois do trabalho em seu ateliê e fica a noite inteira por lá. Nos finais de semana, ele dorme até tarde. Vê o noticiário, ordena bico calado. Eu não me queixo, com outros ele fala ainda menos do que comigo. Estou satisfeito, e minha mãe contente por poder se ocupar sozinha da minha educação, uma vez que papai e eu não nos metemos nesse assunto.

Em seu dizer nada meu pai hoje parece alguém sem músculos. Desde a morte de vovô, ele ficou na casa de vovó. Ela telefonou bem tarde, ontem, e perguntou como estava o pequeno. Ela pensou que era minha mãe que estava ao telefone. Eu me calei. Nós agora vamos lavar Slavko, ela falou, se despedindo. Eu imaginei como vovô era lavado e vestido. Não vi rostos, vi apenas mãos agarrando vovô. As mãos jogaram todas as roupas de cama para fora do quarto e botaram os lençóis para cozinhar, porque é assim que se faz quando há um morto deitado nas proximidades. De lavar teu pai morto, as veiazinhas de teus olhos rebentam e tuas mãos ficam menores, e tu tens de olhá-las constantemente. Meu pai silencioso está sentado à beira da cama, os olhos avermelhados, as mãos sobre os joelhos, com as palmas viradas para cima. Quando eu tiver a idade de meu pai, terei suas rugas. Rugas descrevem como foi que a gente viveu. Não sei se mais rugas significam uma vida melhor. Mamãe diz que não, mas eu também já ouvi o contrário.

Me levanto. Papai estica o lençol, bate os travesseiros. Tu tens coisas pretas?

Nada: vovô.

Nada: vovô está morto.

Nada: Aleksandar, teu vovô não virá mais.

Nada: nenhuma vida pode ser tão rápida quanto uma parada assim tão súbita do coração.

Nada: vovô está apenas dormindo — isso eu levaria mais a mal do que se ele agora abrisse a janela e pendurasse o cobertor para arejar.

Pego uma camisa preta do cabide. Fica claro para mim que meu pai está contando comigo. Ele percebeu que a magia é nossa última chance. Podemos ir embora logo, digo eu, preciso apenas ir buscar uma coisa na casa de vovô antes disso. Uma coisa importante.

A caminho, no carro, ele diz: vovô e vovó foram na frente.

Nenhuma palavra sobre o enterro dele, e eu não revelo que sou o magoneto mais poderoso dos países que não fazem parte do bloco. Não precisas ter medo, acelera que eu vou providenciar a refabricação de meu avô para mim e de teu pai para ti. Fico em silêncio, porque sinto de repente como é difícil para mim ser criança.

Suspiro profundamente. Cozinha. Cebolas fritas, nada de vovô. Quarto. Aninho meu rosto nas camisas. Sala. Vou me sentar no sofá. Lá era o lugar em que vovô sentava. Nada. Vou para o canto atrás da televisão. Nada. As teias de aranha ainda estão lá. Olho para o pátio pela janela. Nada. Nosso Yugo, o motor está ligado, papai desembarcou. O chapéu de mágico na cristaleira. Eu subo numa cadeira, pego o chapéu, dobroo com cuidado e enfio-o na mochila. A mochila! Eu reviro dentro dela — a varinha de condão. Eu queria mostrá-la ao meu melhor amigo, Edin, agora me lembro, e para efeitos de demonstração quebrar algo sem muita importância do nosso professor de história. Ele passa por cima de quase todas as lições falando de guerrilheiros, embora não haja batalha melhor do que a batalha pela libertação do povo e os jogos do Estrela Vermelha de Belgrado, o time do meu coração. Nós ganhamos quase sempre e, quando perdemos, é de maneira trágica. A morte de vovô salvou o professor, provisoriamente.

Uso, como todos, roupas pretas, mas roupas pretas não podem ser tudo que se precisa fazer num enterro, por isso imito ora tio Bora, ora meu pai, alternadamente. Quando tio Bora baixa a cabeça, eu baixo minha cabeça. Quando papai troca algumas palavras com alguém, eu as guardo e as repito para alguém outro. Coço minha barriga, porque tio Bora coça sua barriga gigantesca. Está quente, eu desabotoo minha camisa, porque papai desabotoa sua camisa. Este é o neto, as pessoas sussurram.

Titia Tufão ultrapassou os carregadores de esquife e tem de ser chamada de volta. Ela pergunta se pode me ajudar em alguma coisa. Essamoleza, diz ela, vaiacabarmematando.

Bisavó e bisavô caminham atrás do caixão. Bisavô traz soltos os seus cabelos compridos e brancos. Eu teria gostado de lhe contar do meu plano mágico, porque ele mesmo é mágico, mas não encontrei oportunidade para isso. Vovô Slavko me contou certa vez, numa festa em Veletovo, que bisavô, há muito tempo, teria limpado o maior estábulo da Iugoslávia em apenas uma noite, porque o proprietário lhe prometera a mão de sua filha — aquela que hoje é minha bisavó — se ele o fizesse. Vovô não sabia ao certo quando isso tinha acontecido. Há duzentos anos!, eu exclamei, e tio Miki tocou a têmpora com o indicador, dizendo: naquela época a Iugoslávia nem existia, anãozinho, ele limpou os estábulos reais depois da primeira guerra mundial. A variante de Miki me agradou, ela transformava bisavó numa princesa. Vovô contou que bisavô teria não apenas livrado o estábulo gigantesco do esterco, mas ajudado duas vacas a dar cria na mesma noite, ganhado uma soma imensa em dinheiro contra os melhores jogadores de cartas da cidade e consertado uma lâmpada queimada na casa de seu sogro — e esta era, conforme eu achava, a tarefa mais difícil, se a gente imaginar que nada no mundo pode estar mais estragado do que uma lâmpada queimada. Sem magia, ele não poderia ter realizado tudo isso. Princesa bisavó não se manifestava a respeito, mas sorria significativamente. Vocês deveriam ter visto os bíceps dele, ela dizia, jamais a cor dos olhos de alguém combinou tanto com seus bíceps como no caso do meu Nikola dos olhos azuis.

Estou parado diante da cova e sei que tudo é possível. Afinal de contas, eu dei poderes mágicos a Carl Lewis para bater o recorde mundial. Nem todos os americanos são, portanto, capitalistas. Camarada Lewis não é, posso dizer. Pelo menos minha varinha de condão e meu chapéu só fazem mágicas respeitando as orientações do partido. Estou parado diante da cova na qual vovô, outrora presidente do Comitê Central de Višegrad, será enterrado, e sei: tudo pode dar certo.

Bisavô desce para a cova e arranca pedras e raízes das paredes laterais de terra com ambas as mãos. Olha só o aspecto disso!, diz ele. Meu filho, meu!

É difícil imaginar vovô Slavko como filho. Filhos têm no máximo sessenta anos. E mais ou menos sessenta anos têm a maior parte dos que hoje se despedem de vovô. As mulheres, cabelos debaixo de panos pretos, usam perfume, porque querem corrigir o cheiro da morte. Aqui a morte cheira a grama que acabou de ser cortada. Os homens sussurram, insígnias coloridas e pequenas nos bolsos superiores externos de seus casacos pretos, mãos cruzadas às costas, também eu cruzo as minhas.

Papai ajuda bisavô a sair da cova e fica parado atrás de mim. Suas mãos apertam meus ombros com força. Os discursos começam, os discursos demoram, os discursos não terminam, mas eu não quero interromper ninguém com o ritual mágico, isso seria indelicado. Eu suo. O sol queima, as cigarras cantam. Tio Bora seca o suor de seu rosto com um lencinho azul-claro. Eu passo a manga pela minha testa. Tio Miki senta na grama. Ele e algumas mulheres idosas são os únicos, porém, que se sentam, eu me decido a ficar parado, portanto. Certa vez eu observei um enterro em segredo, no qual não houve discursos longos e aborrecidos, mas sim bem breves e incompreensíveis. Um homem barbudo em roupas de mulher cantou e balançou uma esfera dourada pendurada a uma corrente. Da esfera saía fumaça e a morte cheirava a chá verde. Mais tarde fiquei sabendo que o homem era um pope. Aqui entre nós não há popes — entre nós quem fala são os insígnias-ao-peito de sessenta anos. Ninguém faz gracinhas. Todos elogiam vovô, muitas vezes eles dizem a mesma coisa, como se tivessem copiado uns dos outros. Eles soam como mulheres quando elogiam bolos. E uma vez que o morto debaixo da terra não poderá ouvir mais nada, a última coisa que ele ouvirá aqui em cima tem de lhe fazer bem. Mas meu avô era tão correto, que com certeza logo corrigiria toda essa fala bonita. Não, camarada Poljo, ele diria, eu não reformei nosso país todos os dias, na última sexta-feira não fiz nada para diminuir os índices de inflação, e no sábado dormi até tarde e não impulsionei o cumprimento do plano em diferentes cooperativas da região. Aos domingos, vou com meu neto, o mágico aqui, passear. Nós tomamos sempre um outro caminho e inventamos histórias, isso é a coisa mais maravilhosa aqui em Višegrad, nossos caminhos e nossas histórias nunca terminam — histórias pequenas, grandes, engraçadas, tristes, nossas histórias! E onde mais poderia existir um neto que sabe mais histórias do que o avô? Quando ele era pequenininho assim, e vovô ergueria o polegar, o indicador e o dedo médio para mostrar, ele pensou em como complementar a biografia de Mary Poppins. Camarada Poppins se cansa de sua rainha, muda seu nome para Marica, vem para a Iugoslávia, escolhe morar em nosso prédio e se casa com o senhor professor de música Petar Popović, do quarto andar. Embora ele já esteja casado e tenha alergia a guarda-chuvas, toca piano com tanta perfeição, que Marica não consegue resistir a ele. Ela o cativa com suas canções e suas botas de cadarços apertados. Com o guarda-chuva, Marica voa sobre a cidade e não quer mais saber nada de cuidar de crianças, arranja um trabalho no setor de montagem da "Partisan", e depois disso a fábrica de ferramentas duplica a produção mês a mês superando em muito a quantidade de mercadorias exigida pelo planejamento. Mas eu estou me desviando do assunto, e vovô daria um piparote no ar, e ainda queria corrigir só mais uma coisinha: não é sempre que tenho um bom conselho a dar. Por exemplo para os jovens — eu realmente não sei o que poderia aconselhar a eles, a não ser, talvez, que confiassem menos em nós e ouvissem um pouco mais a música de Johann Sebastian. E se nossos vizinhos do segundo andar depositam seu lixo ao lado do contêiner, eu fico muito distante de qualquer cortesia, camarada Poljo! Eu me torno um vizinho impertinente! Praguejo com toda a força da minha voz pelas escadarias do prédio, e se a coisa volta a se repetir, derramo o lixo na frente da porta do vizinho, isso mesmo, é o que eu faço! Também não é verdade que eu arrasto carvão para o porão de alguma viúva idosa, vovô diria fazendo um gesto de negativa, não gosto nem um pouco de viúvas idosas! Mas em uma coisa tens razão, vovô diria, e pegaria a mão de vovó acariciando as costas dela com o polegar. Eu ajudo minha Katarina com a louça, passo o aspirador na casa e gosto muito de cozinhar. Katarina não precisou jamais ficar de pé o dia inteiro, enquanto eu pude ficar parado! Por que os homens não podem cozinhar? O que eu mais gosto é de preparar um siluro para meu neto e para minha camarada orgulhosa. Com limão, alho e batatas com salsinha. E uma coisa está acima de todas as outras, camarada Poljo: Aleksandar é o melhor pescador daqui até o Danúbio, o sol de seu avô, é o que ele é, sim, o sol do vovô.

Quanto tempo fiquei parado em pensamentos diante do caixão de vovô, eu não sei. Não sei quando foi que me livrei das mãos pesadas de meu pai, e quando caminhei em volta da cova, que cheirava a chuva de domingo. Quando foi que coloquei na cabeça o chapéu de estrelas amarelas e azuis, que giram em torno da lua crescente, ainda que vovô, no dia em cuja noite morreu com mais força do que qualquer magia, tenha me explicado que não eram as estrelas que giravam em torno da lua — mas que a lua girava em torno das estrelas? Quanto tempo apontei a varinha de condão para a estrela de cinco pontas à cabeceira do caixão, quanto tempo bati à minha volta quando quiseram me levar à força dali? O que foi que praguejei, quanto foi que chorei? E será que algum dia serei capaz de perdoar Carl Lewis por ter esgotado todos os meus poderes mágicos para que ele pudesse quebrar o recorde mundial, de modo a não permitir que nada sobrasse para ajudar vovô? Tudo para os 9,86 segundos do dia 25 de agosto de 1991, na noite da noite em que não se pode ouvir do monte Megdan como uma mãe sussurrou para seu filho: tu tiveste um avô amoroso, ele agora não vai voltar nunca mais. Mas seu amor por nós é infinito, seu amor não vai desaparecer jamais. Aleksandar, tu agora tens um avô infinito.

Nós tínhamos uma promessa de histórias, mamãe, e o filho assentiu, decidido, e fechou os olhos, como se estivesse fazendo mágicas sem varinha de condão nem chapéu, uma promessa bem simples: jamais parar de contar.

Como é doce o vermelho-escuro, quantos bois são necessários para uma parede, por que o cavalo de Kraljević Marko é parente do super-homem e como pode acontecer que uma guerra visite uma festa

E u agora não posso mais, vou me deixar cair no chão agora, eu agora estou deitado aí, no meio da doçura zumbidora de polpas de fruta pisoteadas. Pequenas moscas zumbem em volta da minha cabeça, a doçura vermelho-escura das ameixas cola em minha boca, em volta dos lábios e nas mãos, eu alimento as moscas, como se elas fossem pássaros. Nós tocamos nossos bicos.

Colheita de ameixas em Veletovo: bisavó Mileva e bisavô Nikola convidaram para a festa da colheita na aldeia. Toda a família está reunida, alguns ainda vestem preto por causa de vovô Slavko, preto é o contrário de verão, e o sol ofendido, esse bosta vingativo, é o que diz bisavó e seca o suor de sua testa passando a mão, queima as costas de todo mundo.

A morte de vovô é a coisa mais contrária ao verão.

Herdei a fome de ameixas de minha mãe. Há pouco, quando viu como eu me alegrei com a colheita de ameixas, ela me contou que nos últimos meses da gravidez só viu patinação no gelo e comeu quantidades imensas de ameixas: de dia ameixas, de noite carne moída com chocolate, de vez em quando cenouras e, quando eu tinha sede, litros e litros de café.

E aqui e ali um cigarrinho, não é?, acrescentou meu pai, sem levantar os olhos do jornal.

Papai havia perdido meu nascimento dormindo.

Em questões de ameixa e carne moída eu sou muito parecido com minha mãe, e pintei para ela e para mim uma ameixa sem caroço com carne moída em volta. Também mamãe hoje veste doce e vermelho-escuro no

31

rosto, como se fosse uma barba. Vais ter de almoçar mesmo assim, ela me alerta da escada, pode fazer um pouquinho mais devagar!

Fazer um pouquinho menos teria sido um conselho ainda melhor, pois eu acabo de quebrar o recorde mundial na devora de ameixas. Agora bato dois recordes de dor de barriga, fico deitado no chão e deixo tudo zumbir à minha volta.

A ameixa é uma fruta empoeirada.

É a primeira coisa da qual ris, Aleksandar, disse mamãe, quando falamos da colheita. Depois da morte de vovô, ela não disse.

Isso são estradas para o cu passar, não para um carro!, praguejou meu pai ontem pela manhã quando estávamos a caminho de Veletovo, e olhou por cima do capô de nosso Yugo amarelo balançando a cabeça.

Yugos foram feitos para quatro e não para seis passageiros, replicou mamãe e acendeu um cigarro.

Não tem nada a ver com isso, mas sim com o caráter da máquina! Eu não tenho um carro, e sim um asno sobre rodas! E papai deu um pontapé num dos pneus.

Um asno..., mamãe principiou a resposta, mas em seguida se afastou, felizmente, para fumar seu cigarro com as flores à beira do caminho.

Já em sua primeira viagem, nosso Yugo, na época novinho em folha, havia parado nas estradas cheias de curvas que levavam a Veletovo, com o motor ligado, como se apenas quisesse dar uma olhadinha na paisagem: as moitas de amoras maduras, o regato entre os pinheiros, samambaias cambaias da cor do permanente luminoso e vermelho de minha mãe. Papai erguera as mãos do volante e, acelerar mais é impossível, dera de ombros. Parte do caminho até os bisavós desde então sempre é feita a pé. Na volta, o Yugo pega imediatamente. O único que jamais se acostumará com isso é meu pai.

Enquanto ele ontem preteara os dedos consertando o motor, eu tentava explicar a meu tio e a nena Fatima que não era necessário me deixar ganhar no jogo de rúmi. O tempo dos privilégios de chupa-dedo passou!, eu exclamei, apenas faço de conta que não consigo segurar catorze cartas de uma só vez na mão, para vocês ganharem confiança e se distraírem!

Eu joguei minha carta com ímpeto no meio da pedra na qual estávamos sentados, para falar mais alto sem levantar a voz. Minha mãe era a camarada-chefe de tais gestos. Ela podia deixar a mesa, sacudir a cabeça, apoiar os braços dos lados e juntar as sobrancelhas de modo tão estrepitoso que eu precisava trancar meus ouvidos.

E tu, tio — eu toquei o ombro de Bora com o indicador —, já que espias minhas cartas, então pelo menos segure o valete, por favor, que tu aliás poderias usar muito bem, nas mãos, e não jogá-lo para mim sem mais nem menos só para eu ganhar o jogo, eu não sou nenhuma incompetência, ora!

A palavra "incompetência" eu aprendi com meu pai. Ele a usa quando falam de política na televisão ou quando discute com tio Miki sobre a política da televisão. "Simpatizar" é outra palavra importante, e muitas vezes já levou a me-mandar-para-o-quarto e a não-trocar-palavras-um-com-o-outro-durante-dias entre os irmãos. Se eu tivesse um irmão, nós seríamos exatamente o contrário de meu pai e de tio Miki. Nós falaríamos seriamente um com o outro e mesmo assim ninguém precisaria sentir medo diante da altura de nossas vozes.

Incompetência significa: fazer algo, mesmo que não se tenha ideia a respeito, governar a Iugoslávia, por exemplo.

Tio Bora disse: está bem, juntou as cartas, misturou-as, e nós deixamos nena Fatima ganhar a próxima partida. Atrás de nós, papai fechou o capô com estrondo e Bora lhe estendeu o maço de cigarros. Nós resolvemos ir a pé.

Meu pai era um fumante de Veletovo. Os únicos cigarros em sua vida, ele os fumou no trecho Yugo estragado-casa dos bisavós. Ontem aconteceu a mesma coisa: dois maços em duas horas. Numa pausa, que nós tivemos de fazer por causa de tio Bora, que não conseguia mais parar de arquejar, eu pintei nosso Yugo sem escapamento na estrada que levava a Veletovo. De manhã bem cedo, o orvalho brilhava na relva, os pássaros gorjeavam, e os parentes, cujos Yugos jamais estragavam, nos ultrapassavam buzinando.

Eu me curvo de dor de estômago debaixo de um céu de frutas maduras em galhos retorcidos, e tenho de ir com urgência ao banheiro. Subir a colina às pressas, passar pela varanda, onde tio Bora prega toalhas de plástico na mesa. Quando foi decidido quem ficaria aqui e colheria as ameixas e quem arrumaria a varanda para a festa hoje pela manhã, ele foi o único homem a manifestar preguiça, sem vontade de ir conosco. Titia Tufão gritou atrás dele: subirumpoucoemárvorestefariabem! Como a língua dela era rápida! Palavras que ultrapassavam primeiro as próprias frases, depois até mesmo a possibilidade de ouvir dos outros!

Talvez até me fizesse bem, mas pensa nas pobres árvores, e o marido acenou manifestando recusa, e arrastou seus cento e cinquenta quilos pela colina acima. E como se quisesse expressar sua opinião a respeito das ameixas de uma maneira geral, limpou uma maçã na manga da camisa e mordeu-a com violência, fazendo a maçã se dividir ao meio e o suco lhe escorrer por ambas as partes do queixo duplo. Destemido, o grande homem contorceu o rosto e fechou os olhos, deliciado.

Masissoéofim! Masissoéofim! Titia Tufão se descabelava. Nós olhávamos cativados para o rolo compressor e sua catástrofe natural grávida, tão bonito é o amor, suspirou bisavó, e secou uma lágrima do canto de seu olho.

Minha tia fala uma autopista alemã de tanta rapidez. Há anos tio Bora soca asfalto na Alemanha com um rolo compressor, transformando-o nas autopistas mais rápidas do mundo, e titia Tufão trabalha de garçonete num restaurante de beira de estrada. Se alguém me pergunta em que meu tio trabalha, eu não menciono o rolo compressor. Ele é trabalhador imigrante convidado, é o que eu digo. Embora eu fique admirado com o fato de existirem lugares onde convidados tenham de trabalhar já que em nossa casa os convidados não podem nem mesmo lavar a louça, mas nosso vizinho, čika Veselin, certa vez chamou o tio Bora de rolo compressor, dizendo que o avarento barrigudo nem precisaria de máquina para trabalhar, bastava que se deitasse e rolasse ele mesmo sobre o asfalto. Eu implorei a minha mãe que ensinasse dieta a tio Bora para que ele não continuasse inchando, e para que as pessoas não falassem tão mal dele. Ela mesma se considerava gorda demais na época, e fez uma dieta baseada em ameixas e carne moída. Ela disse: as pessoas não são maldosas porque tio Bora é gordo, mas sim porque acreditam que ele tem uma carteira gorda de tantos marcos alemães.

Trabalhadores imigrantes convidados são bem-vistos apenas na própria família.

Tio Bora agora prega as toalhas de plástico sobre a mesa em câmera lenta, enquanto titia Tufão rodopia entre as árvores lá embaixo, junto à colina, e sacode os galhos, nãoprecisamosdepausavamosadianteadiantesempreadiante! Bora assobia com a garganta como a serra circular de papai pouco antes de ser desligada.

Os talheres tilintam no balde de plástico que bisavó joga na mesa ao lado da pilha de pratos. Ela fica parada de pernas abertas no meio do caminho, seguindo à risca seu modelo, o camarada-chefe de todos os caubóis — Marshall Rooster —, mas com garfos em vez de colts na cintura: para onde, assassino? Ela está usando até mesmo seu tapa-olho. A cada vez que estamos de visita em Veletovo, eu preciso ficar na frente da televisão com bisavó para ver como o bêbado resmungão Rooster e Miss Ross se pegam pelos cabelos.

Assim, exatamente assim, era meu aspecto no passado, só que com a pele mais rosada, suspira bisavó e aponta para Miss Ross. Às lágrimas de bisavó durante os créditos, segue-se o high noon na varanda. No inverno, quando os grilos não podem ser ouvidos, bisavó assume seu papel. Ela pressiona os lábios e cricrila de dar medo. A pistola de seus dedos, ela a carrega bem baixo e saca sempre mais rápido do que o eterno fedelho. Bisavó é mais ligeira do que o vento, e com seu tapa-olho consegue olhar de modo mais sarcástico do que John Wayne.

Pessoas muito velhas vivem duas vidas. Na primeira vida elas tossem, andam curvadas, suspiram: ai, ai, aa! Na outra, a vida de tapa-olho, elas conversam com as urtigas sobre os vizinhos, acham que são um xerife e se apaixonam por cadeiras de varanda ou abelhas.

Para onde, criminoso?, e a mão de bisavó desliza pelo quadril abaixo, o polegar destrava o gatilho. Eu finjo que vou pela direita e me precipito pela esquerda passando por ela e entrando em casa. Por favor, bisavó! É high noon na minha barriga! Segundos decisivos no que diz respeito ao recorde mundial em cagar-nas-calças, saia do caminho!

A privada nova. Privada interna. Bisavô e quatro bois arrancaram metade da parede para colocá-la, quatro bois sabem como fazer as coisas, teria sido melhor se fossem dois, pois nesse caso não seria necessário pensar, mais tarde, o que fazer com um buraco grande demais e com o corrimão demolido. Bisavô encontrou a solução bem rápido e encaixou o novo vaso na sacada. Ela agora ficou menor; a privada, em compensação, ficou maior, e pode ser adentrada pela sacada, passando por uma cortina, ventilação inclusive, disse bisavó. Ao mesmo tempo, o vaso externo, czar de quatrocentos anos, foi derrubado e ninguém mais precisou estar precisado em pé. Há anos, a primeira televisão da aldeia, preto e branca, dois canais, no segundo as bolinhas móveis a piscar, que bisavó ficava vendo antes de dormir, agora a primeira privada interna — meus bisavós estavam sempre quarenta quilômetros à frente do tempo em Veletovo.

A privada nova foi inaugurada com uma festa. No estrangeiro, as pessoas pensam que nós sempre estamos festejando por aqui, disse meu tio trabalhador imigrante. Isso não corresponde muito bem à verdade, pois em algum momento temos de arrumar o que ficou desarrumado com os festejos. Além disso, uma festa dessas é um bocado cara, e os pais, portanto, precisam trabalhar durante o dia. Para meus bisavós, contudo, qualquer ocasião é uma ocasião para festas, tenho de admitir. Certa vez eles festejaram durante duas noites seguidas, porque bisavó encontrou um meteorito do tamanho de um punho no canteiro das cenouras. Isso foi uma hora depois de o super-homem ter sido apresentado na televisão nova. Usando o meteorito, três quilos de cenoura e sete temperos secretos, bisavó preparou uma sopa. Ela chamou a aldeia inteira à meia-noite, e todos vieram de olhos vidrados e tentaram, um a um, derrubar um carvalho com golpes de judô, e a aldeia inteira cheirava a criptonita!

Para a festa da privada foram convidados todos os vizinhos. Até mesmo Radovan Bunda, das montanhas altas, que só conhecia energia elétrica de ouvir falar e falava com suas galinhas. A palavra vizinhos é entendida de maneira diferente em Veletovo, quer dizer, de maneira diferente do que é entendida em Višegrad. Em Veletovo, também os Pešićs são considerados vizinhos, ainda que eles precisem caminhar meio dia para chegar à casa de meus bisavós. Não porque eles sejam pobres demais para ter um carro — embora eles sejam pobres —, mas é que onde eles moram não existem estradas nas quais um veículo, qualquer que seja, pudesse andar. Os Pešićs adultos têm todos mais de dois metros, também as mulheres e os velhos. Eu estava na casa deles certo dia, há muito tempo. Ainda me lembro do leite de cabra meio azedo, dos brinquedos de madeira, e de eu ter me perguntado por que eles não construíam tetos mais altos, já que eram todos tão gigantescos. Quando uma criança nasce entre os Pešićs ou entre nós, ou quando alguém se casa, todos se visitam. Uns são padrinhos e testemunhas dos outros. Minha mãe diz que eu não recebi visita de padrinhos da parte dos Pešićs. Isso tinha algo a ver com ela e com o seu lado da família. Nada sério, diz minha mãe, e pergunta: tu gostarias de ter sido batizado?

O que é isso?, eu respondo.

Estás vendo, diz ela.

Na fila diante da privada nova os vizinhos dançavam sentindo a pressão e antegozando a alegria. Bisavô teve a honra de ser o primeiro. Ele vestia sua casaca preta de passeio, bateu na barriga e bravateou em voz alta: faz quatro dias que não vou! Tão-tão, tão-tão-tão, e ele tamborilou ritmos de incentivo na tampa da privada.

Alguns, eu inclusive, bateram palmas acompanhando. Atmosfera maravilhosa diante da privada interna, dezesseis espectadores, uma banda musical composta de cinco homens, condições do tempo perfeitas na privada, foi o que eu disse fingindo ser apresentador. Bisavó estendeu a garrafa de aguardente a bisavô, em festa, como se lhe entregasse a estafeta da juventude. Ele botou o copo de aguardente sobre a garrafa como se fosse um chapéu e ficou sentado lá dentro quarenta e cinco minutos. Fora, os vizinhos e parentes começaram a falar em voz alta e confusamente, para não precisar ouvir todos os ruídos que ribombavam na privada nova. Quando não gemia e berrava e matraqueava como uma motocicleta, bisavô cantava. Eu encostei meu ouvido à porta a fim de poder escutar sua voz rouca. Como a porta vibrava! Meu bisavô soava como a corda mais grossa de um contrabaixo! Em suas canções, alguém chamado Kraljević Marko montava um cavalo bebendo vinho, saltava sobre o Drina e despedaçava turcos. Tantos que eu nem conseguia acompanhar contando. Mais empolgante do que os pobres turcos pulhas, eu achava a pergunta sobre o fato de todos os cavalos que bebiam vinho poderem ou não voar. Quando bisavô saiu depois de quarenta e cinco minutos e fechou a mão em punho, erguendo-a triunfante, a aguardente já ia pela metade, e o copinho desaparecera para sempre.

A descarga, sua anta!, elogiou bisavó em voz alta e séria, olhou para o vaso e se benzeu pela primeira vez depois de sessenta anos. Então o resto daquela pera de boa safra foi bebido, e a banda musical de cinco homens tocou uma valsa. Logo depois, a banda abriu as danças com música cigana, que não agradou a ninguém, porque a parte rápida vinha rápido demais. Nós ainda podemos fazer um quatro sem o menor problema, seus diletantes!, exclamou bisavô, e não conseguia parar de dançar.

Agora também os vizinhos foram liberados para testar a privada nova, os homens primeiro. Meu coração está descompassado, disse alguém, antes de trancar a porta atrás de si. Radovan Bunda era o último da fila. Cada vez mais descontrolado, ele murmurava consigo mesmo e se segurava na frente e atrás. Pouco antes de chegar na vez, ele berrou: sim, como vocês torturam alguém que veio de tão longe, seus vagabundos da moda!, desabotoou as calças na corrida e se precipitou em direção à privada externa.

Que privada externa?, Radovan deve ter se perguntado no local — uma junta de bois havia arrancado a casinha da terra como se fosse erva daninha. Eu não preciso de vaso, de descarga ou de azulejos! Eu não preciso nem mesmo de um buraco!, é o que Radovan diria mais tarde, dando um viva à liberdade.

Tudo isso me ocorre dentro da privada interna, enquanto sofro terrivelmente por trinta minutos, quase tanto tempo quanto meu bisavô, devido a meu recorde mundial na devora de ameixas. Quando consigo sair, enfim, logo sinto o colt formado pelos dedos do Marshall Rooster nas minhas costas — esfregar as toalhas de mesa, pele-vermelha!, ordena bisavó, que ficara à minha espreita junto à porta.

Eu passo o pano sem vontade sobre as manchas e pergunto a ela por que tio Miki vai ser festejado, se vai embora. Eu preferiria festejar quando ele voltasse do exército.

Bisavó tem dentes amarelos, marrons nas pontas, ela ri e assente: sim, sim. Isso daí, e ela aponta para um torrão verde, é criptovitza — criptonita de schlibowitz. Não vais conseguir tirar isso daí. Dava uma pepita e tanto de ouro, mas o cheiro era de lascar. Bisavó pisca para mim e tira o dedo da minha nuca, a fim de ajeitar o tapa-olho.

Sobre vovô Slavko, bisavó não fala comigo. Vocês são todos meus filhos, não é fácil para mim, disse ela a papai, quando nós chegamos em Veletovo. A quem deste a luz, não queres jamais enterrar. Minha própria alegria eu enterro.

Papai nada respondeu.

Bisavô respondeu procurando por palavras.

Eu também sinto falta dele, digo eu agora, em voz baixa, e boto o pano de lado. Bisavó tira o tapa-olho. Seus olhos castanhos, grandes. Um cabelo fino sai da mancha de nascença em sua face. O avental floreado sobre o preto. Eu me esgueiro escapando ao humor dela. O sol brilha. Eu subo num pé de ameixas. Papai canta, perdido em pensamentos. Mamãe ri. Nena Fatima descalça suas botas. Titia Tufão enche balde após balde e passa a mão em sua barriga grande. Tio Miki agarra uma galinha pelas pernas e a leva para o pátio.

Há linguiça crua com pimentão vermelho e alho, há presunto defumado, há toucinho defumado, há queijo de cabra, queijo de ovelha, queijo de vaca, há cenouras assadas com alho-poró, há ovos cozidos; palitos de dente também há, e os palitos de dente estão espetados na linguiça crua, no presunto, no queijo, nas fatias de ovo; há pão branco, há pão de milho dourado, o pão é sempre partido, jamais cortado; há manteiga com alho, pastel de fígado de galinha, kajmak, há sopa de repolho, sopa de batatas e na sopa de galinha boiam rodelas de gordura do tamanho de um polegar, o pão é mergulhado nas sopas; há caldo de feijão, uma monstruosidade!, há feijões fritos, há salada de feijão; há rolinhos de repolho branco recheados com arroz e com carne moída, há pimentões recheados com carne moída, carne moída recheada com carne moída, carne moída e ameixas: mamãe e eu nos olhamos, ela pergunta por chocolate; há chocolate, há frango, há salada de pepino, e nunca vi uma comida da qual se fizesse tão pouco-caso quanto essa salada de pepino; há baclavá quente, o xarope de açúcar, canela, mel e cravos escorre pelos dedos até a calça, em cima da carne moída; tão doce, alguém grita, tão doce; é tio Bora, de tanto se deleitar com o doce ele se levanta — de pé e de olhos fechados ele lambe seus dedos, tão doce!, não dá pra aguentar!, basta!, mais! —; há ameixas sobre ameixas, há bolo de ameixas com açúcar de baunilha e compota de ameixas, há ameixas assadas com cobertura de açúcar; há melões, a banda musical de cinco homens feita de diletantes faz uma pausa justamente para os melões, e é um mistério para mim por que ela voltou a ser convidada depois da malograda apresentação na inauguração da privada, mas eles estão aí, se precipitam sobre os pedaços de melão, lambem os beiços, estalam os beiços, chupam os beiços e todos lambemestalamchupam ao mesmo tempo, de repente, e a primeira coisa que a banda toca depois da pausa é "Na bela e velha cidade de Višegrad". Aaah!, bisavô interrompe sentindo alegria e raiva ao mesmo tempo, e cospe um canhonaço de grãos de melão na direção do trompete, aaah!, assim não dá, como podem cantar uma coisa tão suave ao comer melões, seus diletantes! Isso muito embora ele há tempo já esteja se vendo com o cordeiro — à esquerda um bote de melão, à direita um quarto de carneiro, a carne acinzentada se amontoa sobre os pratos de flores, e logo ainda haverá leitão assado: titia Tufão gira o espeto, despeja cerveja em cima do lombo do porco e vinho em cima da barriga do porco, com o rosto corado de tanto calor e esforço, nãoprecisodecadeira, e os cabelos louros voam em torno de seu rosto. Titia Tufão faz movimentos de mão tão alucinados que a cinza debaixo do leitão se levanta numa nuvem, seagentenãoérápidaelenãoassacomharmonia. Torresmo de gordura de porco cozida, salgada, prensada também há, há tripa de porco assada, há pés e orelhas de porco cobertas de geleia, não há nada que não haja.

Eu arrasto o balde com as cascas de melão para o chiqueiro dos porcos e acerto os porcos com elas. Porcos não se incomodam com isso, eles têm o couro grosso, eles comem as cascas e seus focinhos reviram o lodo. Eu acerto a porca mais gorda na barriga. Ela grunhe e se preocupa apenas em comer a casca, as marcas dos meus dentes na comida dela, assim é a vida dos porcos. Da próxima vez que carnearmos um porco eu vou poder ajudar a pegá-lo, a derrubá-lo, a botá-lo no espeto — entrando por trás, passando ao longo da coluna vertebral e saindo pela boca. Bisavô me prometeu hoje mesmo. Embora eu possa esfregar e lavar o estômago do porco, eu gostaria mesmo era de enfiar minhas mãos lá dentro, onde podiam estar as cascas de melão. Também a faca eu prefiro deixar por conta do meu pai ou dos meus tios. Cortar a garganta é eficaz, observa meu pai, tio Bora sacode a cabeça; onde fica o coração é a facada mais eficaz, para tio Miki tanto faz, basta que o porco esteja mortinho da silva ao final das contas.

Se fosse por bisavô, eu poderia fazer muito mais coisas do que faço, não apenas carnear porcos. Eu poderia comer o que bem entendesse e não teria de ir à escola. Bisavô diz: na cidade os garotos não se transformam em homens, e na escola os burros não se tornam generosos. Na cidade a gente acaba ficando com nariz ruim e enxerga dois metros menos.

Bisavô foi à escola apenas até a letra "t", porque depois disso não vem mais nada importante. Deixou sua aldeia apenas três vezes: duas vezes para fazer a guerra, e uma vez para conquistar uma mulher. Alcançou três vitórias. Orgulhoso, indestrutível, sempre vitorioso, sempre próximo das lágrimas ou da gargalhada. A família gosta de contar a todos os convidados como bisavô na páscoa do ano anterior — a cada vez que se conta a história ela acontece na páscoa do ano anterior — pegou um de seus bois pelos chifres e o obrigou a se ajoelhar diante de seus pés com apenas uma das mãos, com a outra colheu a primeira flor da primavera para bisavó e depois lavrou toda a imensidão de suas terras sozinho em apenas quatro dias. O boi, que se deixa humilhar tanto assim por um homem, ele teria dito e tocado as narinas do boi, não merece arrastar suas patas sobre a minha terra. Quando lhe perguntam que idade ele tem, bisavô diz: ainda sou jovem, nunca vi um navio e nunca ensinei um mentiroso a ser honesto.

Quando eu tiver a idade do bisavô Nikola eu terei velejado pelo menos uma vez, cumprimentado pelo menos uma vez um mentiroso para me despedir dele vendo que atingiu a condição de homem honesto, e convencido um asno a seguir meu caminho, e pelo menos uma vez terei cantado como bisavô, com uma voz tão forte quanto uma montanha, um navio, uma honestidade e um asno juntos.

De volta à mesa, pois também há café, e bisavó lê o futuro para todos na borra do café. A mim ela prediz uma ânsia irrealizada e três grandes paixões nos próximos três meses. Mamãe ri e exclama, interrompendo: ora, ele ainda é novinho demais para isso, e bisavó me repreende por beber café sendo tão novinho e se corrige dizendo que serão apenas duas paixões e um caso — mas este envolverá uma artista descomplicada, olhos verdes como esses tu jamais viste!

Para nenhum futuro ela precisa de mais de dois minutos, para o tio Miki ela precisa de trinta, se balança para cá e para lá e não conclui nenhuma frase; então eis que de repente há börek, há pita com batatas, pita com urtigas, pita com abóbora, há bolo de nozes e um gole de vinho tinto para mim; não há uma sequência correta, não há filas, há sempre alguém que diz que não consegue mais, que para ele será impossível engolir mais um só bocado, há mãos sendo brandidas em defesa e ninguém que leve o brandir a sério, não há volta, há rostos ofendidos quando alguém ameaça a sério que irá morrer no próximo meio frango; o vinho te dará um sangue mais denso, diz bisavó, e enche minha taça mais uma vez num momento em que ninguém está olhando para nós; e para tudo há pão branco para acompanhar, tio Bora coloca pão branco quente no meio de um pão branco frio como se fosse presunto e diz: eu estou no céu do pão branco, depois disso se vai para o paraíso do vinho de maçãs, ali adiante — mas isso apenas traz problemas no dia das ameixas, tio Bora sabe disso muito bem e ri, quando bisavô segura uma garrafa de schlibowitz diante de sua cara: como queres bebê-lo, de livre e espontânea vontade ou pelo nariz? Há cerveja, conhaque, cognac, o gelo tilinta nos copos. O que não há nunca são pratos vazios. E há Nataša, há essa Nataša no vestido de florzinhas, de pés descalços e faces vermelhas, como se estivesse com febre. Há Nataša já a noite inteira, ela me caça e me caça e insiste em me caçar, vem, dar beijinho!, ela não para de gritar, vem, dar beijinho! Ela encontra todos os meus esconderijos. Eu escapo para baixo da mesa, decidido a esperar por lá um século-milênio, até que ela desista de mim com sua falha nos dentes e seus lábios em biquinho, vem, dar beijinho, vem, dar beijinho! Justamente o Marshall Rooster é que sempre denuncia meu esconderijo de modo perverso, ele está embaixo da mesa, agarre-o, assim são esses garotos da cidade, têm medo de nós, se escondem entre as pernas da mesa! E eis que Nataša mergulha para baixo da mesa e rasteja em minha direção, e o jeito que ela rasteja me obriga a pensar em Petak, o cão pastor de bisavô, como ele hoje se precipitou sobre o leitão a grunhir e a sangrar. Vem, dar beijinho, vem, dar beijinho, e o trompete alto e a família cantando e ninguém aí para dar um pontapé em Nataša. Eu me desvio, recuando, já com as costas nas pernas de minha mãe, quando começa o berreiro. Há uma voz de homem a berrar e de repente não há mais música. Não há cantoria. Há um silêncio.

Nataša fica imóvel ao meu lado. Nós espiamos, cabeça a cabeça, debaixo da mesa: há Kamenko, o melhor amigo de tio Miki, que pode ser visto, ele enfia sua pistola no trompete e berra tanto que suas bochechas se tornam dois rostos furiosos mais avermelhadas, e sua cabeça incha ficando duas cabeças mais larga: mas o que é isso daqui? Uma música dessas na minha aldeia! Por acaso estamos em Veletovo ou em Istambul? Somos homens ou ciganos? Vocês devem cantar nossos reis e nossos heróis, nossas batalhas e o grande Estado sérvio! Miki amanhã pegará em armas, e vocês entopem os ouvidos dele com essa merda turca de ciganos justamente em sua última noite aqui?

Pegar um leitão não é fácil! Porque os porcos são rápidos e ágeis nas curvas. E porque porcos sabem raciocinar!, meu pai nos surpreendeu ao princípio da festa com um discurso, o maior que jamais ouvimos de sua boca. O porco vê a faca afiada e sabe calcular quanto dá dois mais dois. E diz consigo mesmo: tudo bem, mas agora vou dar o fora daqui bem rapidinho. Será que o porco tem uma visão capaz de antecipar o futuro?, pergunta meu pai e olha para os que estão em volta. Há anos ele não encontra saída em seu chiqueiro, por que haveria de ser diferente nos próximos vinte segundos? Os carneadores já podem ser cheirados. Pânico e instinto são vizinhos de porta na cabeça do porco. No jardim comum aos dois, o raciocínio floresce, precário: uma flor de lucidez para os momentos de lucidez! E é uma flor assim que o porco colhe, grunhe e se manda, por aqui que é mais perto! O último carneador ainda não trancou a porta do chiqueiro atrás de si. O último carneador é Bora. Ele olha para o túnel entre suas pernas e pergunta: por acaso foi o porco que passou por aí? Sim, foi o porco, meu caro Bora, foi o porco, e o porco já sai em carreira desabalada pelo pátio e pelo campo afora. E nós atrás, o animal já corre desembestado pelos campos, em busca da liberdade! E sabem de uma coisa? A um porco tão refinado, a um porco tão veloz e elegante, a um porco capaz de uma visão, eu concedo a liberdade! Fora, para longe do embotamento coletivo e do ar viciado do chiqueiro, e viva a individualidade!, exclamou meu pai e abriu os braços. Diante do porco, a floresta com seus camaradas selvagens, acima as montanhas e aqui... os nossos campos: um verde mais saudável só o Drina é capaz de dar, a vontade de se ajoelhar e comer a grama é quase incontrolável. O porco grunhe, e eu digo a vocês, é o mais puro grito de alegria! O porco grunhe louvando sua revolução! Bora é o primeiro a ficar parado, será que ele em algum momento chegou a correr atrás do porco? Eu também logo desisto, e só Miki segue adiante. Meu pequeno irmão Miki, disse papai, e olhou para o lugar onde Miki estava sentado. Ele também vai virar soldado, dá para ver isso muito bem, o porco tem cinquenta, talvez sessenta metros de vantagem, mas Miki não quer saber nada disso e grita a ponto de ser ouvido pelos campos afora, na floresta e lá em cima, nas montanhas: eu não quero saber nada disso! Ainda há pouco imbatível em astúcia e velocidade, o porco estaca de repente. Vira sua cabeça para meu pequeno irmão: mas e essa, agora? O porco está parado aí e olha para as montanhas, para Miki, para as montanhas, para Miki. E só quando Miki quase o alcançou, é que ele volta a disparar, mas não mais para a floresta, em direção à liberdade, e sim de volta ao pátio. Ele desembesta batendo entre o chiqueiro e o galpão, e fica preso onde o corredor se estreita. E vocês já viram no que deu, só com uma espia e o trator conseguimos arrancá-lo de onde estava enfiado.

Meu pai levanta seu copo. Meu pai, o carneador, gritou com olhos vidrados: ao meu irmão! Todos brindaram à saúde de Miki. Carnear um leitão não é brincadeira!, exclamou papai. Porque os porcos sabem raciocinar, enquanto o meu Bora aqui parece que não sabe. Porque Bora insistiu em não cortar a garganta, dizendo que uma facada no coração era melhor. E porque esqueceu de acorrentar Petak. E olha que ao carnear um porco só se podem cometer dois erros: esquecer de acorrentar o cachorro, que enlouquece quando sente o cheiro daquele sangue todo, ou errar o alvo da facada, fazendo o animal enlouquecer e precisar de uma eternidade até bater as botas.

Até que a dor se torna tão grande a ponto de não ser mais suportada com esta vida, é o que eu imagino.

Tio Bora cometeu ambos os erros.

Vai foder os pés divinos do porco, Bora, ali talvez fiquem os rins, mas nem de longe o coração!, gritou tio Miki a seu irmão, pressionando o porco ao chão com o joelho e usando para isso todo o seu peso. O sangue espirrou em todas as direções. E já os latidos estavam mais perto. Petak disparou pelo pátio, tão rápido que ultrapassou a própria língua. Bora, homem!, gritou Miki, e Petak saltou em volta dos homens e do porco a sangrar. Ele não latia mais, ele uivava, a baba brotava entre seus dentes arreganhados e deslizava pelo seu focinho abaixo. Miki não podia largar o porco, porque Bora voltara a levantar a faca, Petak, fora!, fora!, ele gritava, meu pai deu um pontapé no cachorro, que uivou alto, e Bora meteu a faca pela segunda vez.

Fora! Basta dessa música!, berra aquele Kamenko agora, ainda que os diletantes nem estejam tocando mais e se desviem da pistola de Kamenko. Só o trompetista não se mexeu, o trompete ainda nos lábios como no último e sereno tom, e o último e sereno tom ainda no ar, só que já não é mais sereno. O cano da pistola toca no trompete. O braço de Kamenko treme, o trompetista treme, um vento frio sopra. Kamenko com seu berreiro e Petak com seu ladrar amolam o vento deixando-o afiado como o tio Bora deixara a mais comprida das facas de carnear para acertar o coração do porco.

Pode latir, late, murmura Kamenko de olhos fixos, e afasta lentamente a pistola do trompete.

Fica aí embaixo, sussurra minha mãe, e empurra minha cabeça para baixo da mesa. Eu vejo tudo mesmo assim, vejo como o braço de Kamenko estremece, e então se ouve o tiro, há os gritos, há o matraquear do trompete quando este bate no chão. Nataša se agarra ao meu pescoço, cai em meus braços, me morde, não me beija, apenas sussurra: o que foi isso?

Algo tão alto, que Petak emudece. Algo tão assustador, que as pernas de mamãe estremecem. Algo tão importante, que as montanhas o repetem — o eco soa como um trovão distante. Com o rosto contorcido pela dor, o trompetista segura sua orelha direita com ambas as mãos, mas se contorce como se tivesse sido golpeado no estômago. A pistola estava próxima demais, por que tão próxima?, eu gostaria de gritar, Nataša apoia sua cabeça às minhas costas, me abraça. Ora, mas isso não é necessário, eu gostaria de me defender, mas não consigo, mesmo que justamente agora isso talvez seja necessário.

Fora! Basta dessa música! Agora vão tocar o que eu ordenar!, ordena Kamenko, e dá um pontapé no trompete. Nosso povo venceu batalhas para que ciganos caguem em cima de nossas canções?

Só o ronco de bisavô perturba o silêncio depois da pergunta de Kamenko. Nenhum tiro, nenhum latido, nenhuma ordem nesse mundo é capaz de atrapalhar um sono tão melódico. Antes de Kamenko se levantar e interromper a canção da bela Emina, bisavô havia cantado a primeira estrofe, e cantando também havia adormecido, a cabeça sobre a mesa.

Kamenko empurra o trompetista contra a parede e coloca o braço embaixo do queixo do músico, pressionando o pescoço do pobre. O couro de suas botas está gasto a ponto de deixar o metal aparecer. O trompetista estertora, e bisavó toca o canto de sua boca com uma folha de repolho, limpando-o, levanta seu tapa-olho e se coloca em pé, de pernas abertas, atrás de Kamenko. High noon, cowboy!, ela grita para ele, armada com dois garfos. Vou contar até três! Um, Kamenko, meu saudável Kamenko, tu sabias que eu dei de mamar a teu avô Kosta, porque o leite de sua mãe era fraco demais? Mamando o meu leite é que teu Kosta ficou saudável e cresceu, mas para resolver o problema de sua cabeça grande eu não pude fazer nada. Ele brincou com meu Slavko e dançou em nossas festas. E se o teu Kosta gostava de uma canção, ele mesmo colocava o acordeão em volta de seus ombros e metia as mãos nas teclas como um homem, deixando todos os músicos para trás! Dois, Kamenko, meu belo Kamenko, agora deixaste esse teu cabelo crescer e essa tua barba, brandes essa pistola por aí e costuraste um brasão em teu boné, torto, mas isso se pode aprender. Mas sabias que teu avô Kosta foi para a guerra contra bonés como esse e contra a águia de duas cabeças no boné, e que ele foi ferido duas vezes no mesmo ombro e duas vezes na mesma panturrilha? Três, Kamenko, meu bandido furibundo, por que ficas dando tiros em nossa casa? Com essas mãos nós a socamos no chão e a levantamos em direção às nuvens, e tu ficas dando tiros bem no meio do pescoço dela, ali, onde reside a alma da nossa casa!

Kamenko empurra o trompetista para o lado e se volta para bisavó. Sim, claro, a casa... E imediatamente os ancestrais se levantam a suas costas. Eu te pago a argamassa, mas quem vai me indenizar pelos ouvidos ofendidos pela música dessa corja? Kamenko aponta a pistola primeiro para bisavó, depois para os músicos amontoados a um canto. Os dedos de bisavó brincam impacientes sobre o garfo junto à saia. Contra o Marshall Rooster, o colt mais rápido de Veletovo, Kamenko não tem nenhuma chance. Miki é meu irmão de sangue, sua família... é minha família. Respeito e honra a esse sangue!, diz Kamenko, e gira seus antebraços para fora, porque quando se fala de sangue e de irmão tem de se pensar em pulsos. Miki olha para frente, ereto, e amassa pão em seu punho. Ele está de mangas arregaçadas, morde com tanta força no pão, que os músculos de seus maxilares inferiores se retesam. Todos os pais correm em direção a Kamenko, meu pai é o mais rápido — mas mais rápido é Kamenko ao levantar a pistola, ele se vira e aponta para todos em semicírculo, dizendo que tem uma bala para cada um dos pais ali presentes, bang, bang, bang, diz ele.

Eu fecho meus ouvidos, os pais ficam parados. Meu pai pronto a seguir adiante, os braços em posição de ataque, inclinado à frente, como diante do porco fugido.

Ora, ora, ora! Kamenko dá uma segunda volta, também lenta, brande a pistola como se estivesse sacudindo a cabeça. Cada um dos "ora" é para meu pai, o quarto é para bisavó: mas por acaso meu avô não imolou seu ombro e sua panturrilha a seu país e a seu povo? Enquanto estamos sentados aqui, os ustachas saqueiam nosso país, expulsam e carneiam nosso povo! Meu avô por acaso também não lutou contra os ustachas? Sim, senhora Krsmanović, sim, ele lutou! Eu não vou permitir que ciganos me apliquem canções ustachas e berreiros turcos por mais tempo! Quero a nossa música para o nosso Miki! Canções dos tempos gloriosos de outrora, que um dia voltarão! Kamenko bate com a mão livre contra o peito. E voltarão imediatamente! Não estou aqui para conversar, estou aqui para dançar! Vamos lá, andem, andem, andem, quero ouvir!

Mas não é o cantor diletante que começa, e sim bisavô que acorda. Ele levanta a cabeça da mesa num repente e prossegue a canção sobre a bela Emina exatamente no trecho em que Kamenko a interrompera com seu tiro de pistola. Manifestando um luto ululante, como se a vaidosa Emina estivesse em pé diante da varanda de bisavô e não quisesse retribuir seu cumprimento de jeito nenhum...

> ... *ja joj nazvah selam, al' moga mi dina,*
> *ne šće ni da čuje lijepa Emina ...*

... a voz de bisavô se encapela e Petak embarca uivando. Perplexo, Kamenko olha para o cantor de cabelos brancos. O cabelo de Emina, unido em tranças, cheira a jacintos, debaixo de seu braço uma bacia de prata, na canção ela está debaixo de um pé de jasmim, em Veletovo debaixo de um pé de ameixa...

> *...no u srebren ibrik zahitila vode*
> *pa po bašti dule zalivati ode ...*

... e bisavô abre os braços e joga a cabeça para trás. Kamenko e eu nos deixamos distrair pela música da mesma forma e, quando eu volto a olhar para ele, os pais já o derrubaram, meu pai ajoelha sobre o braço com a pistola, até Kamenko largá-la...

> *... S grana vjetar duhnu pa niz pleći puste*
> *rasplete joj one pletenice guste ...*

... o vento brinca com os cabelos grossos de Emina. Mais alto do que o canto de bisavô, os uivos de Petak e o grito cheio de dor de Kamenko, quando os pais o giram de barriga, rosto contra o chão, só há mais um agora — tio Miki. Não porque ele levanta a voz, mas sim porque volta a dizer algo pela primeira vez desde que a pistola tocou o trompete...

> *... zamirisa kosa ko zumbuli plavi,*
> *a meni se krenu bururet u glavi ...*

... os cabelos de jacinto de Emina deixam meu bisavô apaixonado completamente confuso, e Miki diz: larguem-no, já!

Homem, Miki, o tipo é doente! O pai de Nataša, um camponês de barba por fazer e sobrancelhas espessas, torce o braço de Kamenko atrás das costas. Meu pai levanta a pistola usando apenas o indicador e o polegar...

> *... malo ne posrnuh, mojega mi dina,*
> *no meni ne dode lijepa Emina.*

... Emina cheira tão bem, que mal se consegue ficar em pé perto dela sem bambear as pernas.

Eu disse: larguem-no!, grita Miki, e se curva sobre seu amigo. Kamenko, tu não terias atirado de verdade em alguém, não é?

Mas não há tempo para perguntas e respostas, os pais se olham, levantam-no, seguram Kamenko contra a parede, em seu queixo há saliva e sangue. A face apertada contra a fachada, ele ofega: tábem... podexá, tátudobem!

Bisavô não precisa de música, os diletantes também não poderiam tocála para ele agora, eles olham preocupados para a orelha de seu trompetista. Bisavô se levantou e canta os últimos versos...

... samo me je jednom pogledala mrko,
niti haje, alčak, što za njome crko'!

... e dança: Emina só concede um olhar sombrio a bisavô, ela não se importa com seu amor. Bisavô dança em volta das mesas e pega a pistola de Kamenko das mãos de meu pai. Ele dança até os estábulos e atira por tanto tempo nos montes de esterco até que os tiros se transformem em cliques. Com a bota, ele afunda a pistola no esterco até ela desaparecer, distende as costas e diz: pois é...

Para algumas coisas não há explicação, há apenas o pois é; há um Kamenko furioso sobre uma varanda minúscula, numa aldeia minúscula nas montanhas próximas à pequena cidade de Višegrad; há o Kamenko de cabelos longos, ele segura o braço dolorido, e o conduzem para longe da varanda, jogam seu casaco militar no chão; há um Kamenko de respiração alta, que revira o esterco de vaca à procura de sua pistola; há um Kamenko berrando, agora eu reviro a merda, mas quando nosso tempo chegar os traidores irão comer a mesma merda! Há uma chuvarada repentina, que dura dois minutos estivais, há o gordo cantor diletante, que exige de bisavô Nikola um pagamento duplo e o recebe, caso, e bisavô coloca a mão na face do gordo, caso tu amanhã pela manhã acordares meu jacinto com... e ele sussurra algo no ouvido. E em seu jacinto, minha bisavó, bisavô deposita um beijo debaixo do tapa-olho. Há o exército para tio Miki, houve uma briga entre pai e filho no verão, entre tio e avô, houve uma proibição, Miki, isso não é hora de ir para o exército, e não tem discussão! Houve também eu, no quarto contíguo, e não há mais vovô Slavko, e eu não contei a ninguém dessa briga, não se dedura a família assim no mais. Houve uma festa, houve ameaças, houve uma pancadaria, houve um tiro, talvez tudo tenha de ser sempre assim, quando alguém vai ao exército, nem se chegou lá, ainda, e a guerra já vem até onde a gente está. Há a preocupação de que Miki pudesse ser mandado para o lugar onde não se atira apenas em montes de esterco, há a triste despedida de Miki, há lágrimas para Miki e um tabefe para Miki, seu malandro sem-vergonha! Há o tabefe porque o soldado de amanhã diz: Kamenko no fundo tem razão, nós não podemos deixar que façam conosco o que bem entendem, já é tempo de encararmos os ustachas e mudjaidins, há o tabefe por causa disso, há olhares furtivos para minha mãe e para minha nena Fatima; como se elas tivessem compreendido cada palavra e cada gesto e cada tiro: envergonhadas e tristes. Há um pertencimento e um não-pertencimento, de repente a varanda é igual ao pátio da escola, onde Vukoje Verme me perguntou: o que estás pensando que és? A pergunta soava a encrenca, e eu não sabia qual era a resposta certa. Não há mais Kamenko na varanda, ele se mandou sem ter encontrado sua pistola, ficaram suas ameaças. Há a pistola de Kamenko, bisavô a tira de sua bota, tudo limpo, diz ele para Miki, mas é uma bela de uma merda o que dizes aí; é que também há a vergonha, há eu, que me envergonho, e não porque tio Miki dá razão a alguém que está com um parafuso a menos, eu me envergonho por mim mesmo, porque acho corajoso ver meu tio defendendo seu amigo. Mas também há a vergonha, porque mamãe se envergonha e acaricia as costas de nena Fatima como se ela fosse uma gata; por cima da mesa, mamãe diz tão baixinho que acho que Miki nem sequer a ouve: homem, Miki, mas o que é isso... Há meu pai, que, conforme acontece tantas vezes, não diz nada, há a cor de seu rosto, que, se eu a tivesse, receberia uma injeção de penicilina. Há os ustachas, há o livro de história, no qual está escrito que os guerrilheiros acabaram com esses ustachas exatamente como acabaram com os nazistas e os tchetnics e os mussolinis e com todo mundo que tinha algo contra a Iugoslávia e contra a liberdade. Há também os mudjaidins, eles cavalgam pelo deserto e usam lençóis de cama como roupa. Houve a pergunta de Vukoje Verme no pátio da escola, eu a tomei por uma ameaça e a explicação de minha mãe por uma piada. Eu sou uma mistura. Eu sou um meio a meio, um mestiço, como um dia disseram. Eu sou iugoslavo, logo me desintegro... Houve o pátio da escola, que se admirava como eu podia ser algo tão inexato, houve discussões sobre qual é o sangue mais forte no corpo, o masculino ou o feminino, houve eu, que teria gostado de ser algo mais evidente ou algo inventado, algo que Vukoje Verme não conhecesse, ou algo do que ele não pudesse rir, uma autopista alemã, um cavalo que bebe vinho e voa, um tiro no pescoço da casa.

Há eu, que mais tarde pintarei uma festa sem pistolas. Há a proximidade de Nataša, há o vestido de florzinhas de Nataša, há os pés de Nataša com suas solas sujas, há suas tranças, trançadas como as de Emina na canção de bisavô; há essa caçadora de beijos Nataša, meu herói, ela diz para mim, meumeu herói, e fecha os olhos, vem, dar beijinho, vem, dar beijinho; há eu, e assim estou sentado aí, em meio ao zumbir do recorde mundial da doçura dos beijos de Nataša, como pequenas moscas eles zumbem em meus ouvidos, sua doçura vermelho-escura na testa, na face, na face, na testa.

Quem ganha quando o Morsa apita, qual é o cheiro de uma orquestra, a partir de que momento não se pode mais cortar a neblina e como uma história se transforma em combinação

O outrora temido arremessador de três pontos Milenko Pavlović, que por causa de seu bigode cerdoso e suas bochechas caídas é chamado de Morsa, apitava, depois do fim de sua carreira, jogos da mais alta liga iugoslava todos os sábados, e no dia seguinte viajava de volta arranjando tudo para que estivesse em casa para o almoço. De sessenta partidas que ele conduziu, as equipes que jogavam em casa ganharam cinquenta e cinco.

Naquele sábado, final de abril de 1991, seu filho Zoran o acompanhou a uma partida em Split, e Zoran sugeriu que voltassem logo depois do bingo. Bingo e ensopado de feijão com costeletas no hotel mais caro da cidade depois da partida. Uma boa porção para o Morsa, pois ele havia apitado bem, e os espectadores cantaram depois da falta no campo ofensivo, quatro segundos antes do apito final: Morsa! Morsa! Morsa!, e não o nome de seus jogadores. A vitória da equipe da casa foi sofrida, não tão sofrido foi o bingo que o Morsa ganhou.

Eu não preciso de alguém para dormir no banco do carona, disse o Morsa, se inventares de cochilar, vou te deixar sentado no monte Romanija. Ele lambia os dedos, com os quais havia segurado as costeletas do ensopado de feijão. O bom juiz havia roído bem a carne, até os ossos. A conta ficou por conta da casa, já que a equipe da casa havia vencido. A torta de peras ficou por conta da casa. A aguardente de peras ficou por conta da casa. O Morsa secou o terceiro, e no quarto brindou à vitória da Iugoplastika com o dono do hotel. Morsa! Morsa! Morsa, gritaram os garçons e convidados de honra.

Morsa! Uma canção para o Morsa!, ululou o dono do hotel, um húngaro gorducho chamado Agoston Szabolcs, e afrouxou a gravata. Da cozinha veio serpenteando uma melodia rápida de acordeão. O cozinheiro chutou a porta, abrindo-a, e se embalou atravessando o salão. Aqui estou eu, a orquestra! Ele abria o acordeão em torno de sua barriga grandiosa, nos quadris balançava um garfo engordurado de carne, o suor pingava em seu sorriso. Os dedos curtos resvalavam sobre as teclas, o prelúdio cheirava a gado, a alho, a metal. Imediatamente vinte homens satisfeitos entoaram a canção, vinte vozes vitoriosas, a cada estrofe e cada branquinha mais acabados, mais vencedores, mais apaixonados. O cozinheiro sorria como se estivesse sendo torturado. O cozinheiro assobiava. O cozinheiro pingava. O cozinheiro botou o pé como se fosse algo morto sobre a cadeira, a fim de apoiar o acordeão. Uaaau!, sofria o cozinheiro, e pediu mais aguardente. Pegando a garrafa, ele derramou a aguardente direto na garganta, sem que a canção parasse quando ele tirou as mãos das teclas, eu sou a orquestra!, ele gorgolejava, eu!

Os garçons ouviam os pedidos e pediam sempre o dobro para si mesmos. Eles faziam as bandejas girarem sobre a ponta dos dedos, se abraçavam e se embalavam ao sabor das canções, marinheiros de preto.

O oitavo, exclamou o Morsa, e jogou o sétimo copo para trás sobre o ombro, é para o meu pequeno, mas ele ainda não pode, e eu cuidarei disso enquanto ele não puder.

Pequeno significa mais pequeno do que eu, se defendeu Zoran, e sempre bebia as últimas gotas de todos os copos sem fazer careta. Agoston Szabolcs o imitava, só que pegava copos cheios, e adormeceu depois do décimo, os cotovelos fincados em cinzeiros cheios. Todos calar a boca!, berrou o cozinheiro, e o acordeão sussurrou uma comovente xarda no ouvido do dono do hotel. Os homens se levantaram e se procuraram, fecharam o círculo. De braços dados, sapatearam. Copos atingiam a parede e não se quebravam, então também Agoston Szabolcs se levantou para dançar, antes mesmo de acordar. Também Milenko entrou na roda, deitou a cabeça sobre a nuca, mais lobo do que morsa.

Nos primeiros cem quilômetros, Zoran ficou acordado... Com a cantoria de seu pai, não havia nem como pensar em sono. Duas horas mais tarde, ele bebeu o primeiro copo de café da garrafa térmica, e pouco antes de Sarajevo se sentiu um pouco mal depois do terceiro pacote de dextrose. Quando seu pai o acordou no Romanija, olha, Zoran, neblina densa como cimento, Zoran!

No Romanija era noite, manhã, frio e primavera ao mesmo tempo. Pai e filho desembarcaram, o homem grande se alongou e coçou o bigode. Zoran bocejou, ergueu uma pedra e a jogou na neblina. A relva e os sapatos estavam cobertos de orvalho. Eles mijaram à direita e à esquerda de um pinheiro, montanha abaixo, no cimento da neblina, cada um assobiou consigo mesmo, ambos alegres. O Morsa se apoiou ao capô do carro, uma mão no bolso, na outra um cigarro. Zoran colheu dentes-de-leão e malmequeres e algo azul-claro, que ele não conhecia, e juntou tudo num buquê. Desembrulhou as costeletas restantes e enrolou os cabinhos das flores na folha de alumínio. Não gostava muito de flores, e o buquê também não era grande coisa, merda, seu pai o elogiou, mas flores são flores, tua mãe ficará feliz.

Ela não ficou feliz. A porta da casa estava aberta, os cabelos da mãe de Zoran estavam soltos. Ela não ficou feliz, ela estava nua, mas por que mesmo cimento de neblina?, se perguntou Zoran. Jamais algo havia sido tão mole como a neblina sobre o monte Romanija, no domingo em que Zoran e seu pai Milenko, chamado o Morsa, chegaram em casa já pela manhã, seis horas mais cedo do que o planejado. A porta estava aberta, também estava aberto o zíper de Bogoljub Balvan, o dono da tabacaria.

Zoran está sentado na escadaria diante da barbearia de mestre Stankovski e fixa os olhos numa fotografia entre suas mãos. Zoran gosta das princesinhas entre as meninas — elas têm de ter cabelos longos, ser pálidas e esguias, mas sobretudo orgulhosas. Como a mulher da foto. E como Ankica, a Ankica de Zoran, com seus cachos negros.

Eu sento-me ao lado dele e lhe estendo o pacote com os grãos de girassol. Zoran é três anos mais velho do que eu, e de vez em quando posso fazer alguma coisa por ele. Hoje, por exemplo, eu tive de falar com sua Ankica de novo. Tive de pedir desculpas por Zoran à Ankica de Zoran.

Embora a barbearia permaneça fechada, Zoran tem de meter mãos à obra também hoje. Ajudar mestre Stankovski a fazer as malas, porque ele vai sair de férias por alguns dias. Férias — sim, claro, disse Zoran, quando o encontrei hoje de manhã pela primeira vez e puxou a pele debaixo de seu olho para baixo com o indicador.

Naturalmente, disse eu, e fiz o mesmo.

Nos outros dias, Zoran varre os cabelos, dá uma polida nos espelhos e limpa os dois barbeadores Panesamig com escovas minúsculas. Mestre Stankovski afirma que eles são melhores do que os da Panasonic — mais afiados e mais baratos, e, convenhamos: de onde os japoneses poderiam saber o que é bom para lidar com barbas?

Minha pequena austríaca não parece com Ankica?, pergunta Zoran, quando eu lhe estendo os grãos de girassol, e passa a mão removendo grânulos de pó invisíveis da superfície amassada da fotografia em preto e branco.

Seus olhos me parecem conhecidos, assinto eu, e contemplo com mais atenção a moça de longos cachos e vestido branco em forma de sino. Já vi essa fotografia várias vezes, Zoran a mostra sempre, quando se mostra exaltado com a Áustria ou com as meninas.

Elas olham todas desse jeito por lá, diz Zoran, e a princesa nos mede com severidade, tu és capaz de imaginar isso... Um país no qual todas as meninas olham desse jeito? Uma loucura!

Escuta aqui, Zoran, eu digo, na verdade ela olha como Bruce Lee...

Exatamente, ele concorda perdido em sonhos e nem um pouco surpreso, as austríacas olham todas como Bruce Lee. Mas os cabelos delas são mais bonitos... E esse pescoço...

Nós ficamos ambos em silêncio e olhamos para a fotografia. Esse pescoço! Zoran cheira os grãos de girassol. Não é difícil ficar em silêncio quando se está com Zoran, porque não é fácil falar com ele. Ele se interessa apenas por livros, princesas, sobretudo Ankica, pela Áustria e por seu pai, o Morsa. Sempre há um livro enfiado no bolso traseiro de sua calça jeans, o jeans sempre deslavado, e nos seus tênis há uma estrela branca.

Meus cumprimentos, sussurra ele para a fotografia e beija o canto em que está escrito Hissi ou Sissi em letras manuscritas cheias de torneios. Meus cumprimentos, beijo-lhe a mão, formosa dama! Os lábios de Zoran ficam um pouco tortos quando ele fala com sotaque austríaco, como num biquinho pronto para um pequeno beijo. Beijo-lhe a mão, formosa dama, beijo-lhe a mão! Kung fu!

Zoran joga o corpo para trás e se apoia nos degraus, cerrando os olhos. O sol está baixo, quase ninguém pode ser visto na rua. Ficar em silêncio quando se está com Zoran também é fácil porque nunca se sabe como lhe fazer uma pergunta.

Onde estiveste por tanto tempo?, ele me pergunta, e cospe uma casca de girassol para a rua, fazendo-a descrever um arco imenso.

Em casa, um pouco. Meus velhos brigaram, eu fiquei ouvindo na porta.

De quem foi a culpa?

Não se tratava deles. Mas do fato de todo mundo ir embora. E da situação. Situação, situação, situação... O que está prestes a acontecer, o que seria bom fazer, e essas coisas.

Hum. Zoran parte um grão entre os dentes, bota a fotografia na escada e passa a mão pelos cabelos. Mas o que está prestes a acontecer?

Não tenho ideia, quando iam dizer minha velha abriu a porta.

Hum.

Quando falo com Zoran, chamo meus pais de "os velhos". Voltamos a ficar em silêncio, ouve-se apenas o barulho dos grãos estalando e das cascas sendo cuspidas. Um pardal desce no chão, perto das cascas.

Eu transmiti o recado a ela, disse eu, depois de o silêncio ficar um pouco silencioso demais. Zoran pisca os olhos em direção ao sol. Estávamos sozinhos, e, conforme tu pediste, eu simplesmente contei a ela, foi assim e assim.

E foi assim e assim, repete Zoran.

Sim, que tu lamentas muito. Que pedes desculpa. Sim, e que isso jamais voltará a se repetir...

E que cara ela fez?

Como?

E que cara fez minha Ankica?

Sim, hum, a cara de sempre, cachos e olhos e todo o resto. Ela disse que tu já tinhas prometido nas duas primeiras vezes que isso não iria se repetir. Ela disse que não quer saber de mandares anões até ela quando quiseres falar com ela, que isso é quase pior do que tua incapacidade de te controlar. E tenho de dizer que não gostei de ouvir isso da parte dela.

Ela não pode ter dito incapacidade de controlar. Zoran sacode a cabeça e dá um piparote numa casca.

Ela disse tabefes, foi isso que ela disse. Basta, foi o que ela disse, tu não a fazes mais feliz.

Zoran já havia esbofeteado sua Ankica três vezes. Sua Ankica, da qual todo mundo sabe que é a sua Ankica, e que Zoran é o Zoran de Ankica. Na primeira vez, ele teria dito a ela: isso é por terem me tomado algo que eu jamais vou receber de volta.

Tu deverias mesmo te desculpar pessoalmente com ela, Zoran, digo eu, e é desagradável para mim ter de dizer uma coisa dessas. Ouvi num filme, mas lá a coisa soou mil vez melhor e se tratava de um detetive, que por muito tempo perseguiu a mulher infiel.

Zoran se levanta e se apoia confortavelmente ao corrimão. Ele volta a contemplar a fotografia.

Por que é que bates nela de verdade?, eu pergunto a ele. Não me atrevo a lhe dirigir a palavra cobrando sua parte na combinação.

Depois da aula, diz Zoran para a fotografia, vou me mandar para essa tal de Áustria. E amanhã minha Ankica vai receber rosas. Presta atenção numa coisa, Aleksandar: flores não são simplesmente flores. Minha Ankica virá comigo, aí não precisarei de nenhuma austríaca, elas podem fazer olhos de Bruce Lee como e tanto quanto bem entenderem. Cumprimentos, jovem moçoila, cumprimentos... Ele bota a fotografia no bolso da camisa e diz: é assim que deves cuidar da tua menina desde o primeiro dia, aí com certeza nunca te acontecerá o que aconteceu com meu pai:

Quando flores são flores, qual a opinião de mister Hemingway sobre o camarada Marx e vice-versa, quem é o verdadeiro mestre de um jogo e para quem o cachecol de Bogoljub Balvan tem de dar a cara a tapa

Mas naquele domingo papai e eu chegamos já pela manhã em casa, seis horas mais cedo do que o planejado. A porta estava aberta, aberto estava também o zíper de Bogoljub Balvan, o dono da tabacaria. Minha mãe estava ajoelhada na frente de Bogoljub, os cabelos desalinhados, como se tivesse acabado de acordar, mas se fosse assim ela pelo menos estaria vestindo sua camisola. Ela acariciava as coxas do dono da tabacaria e mexia a cabeça como uma franga, para frente e para trás.

O buquê de flores ficou preso entre a mão de papai e a sacola esportiva, os cabinhos amassados, mas flores são flores. Eu olhei para ele, queria que ele me explicasse o significado daquela franga e daquele dono de tabacaria. Ele deixou o buquê cair, e a sacola em cima do buquê. Mamãe e Bogoljub ainda não haviam nos percebido. Papai colocou o apito de juiz na boca e apitou. Os dois se assustaram, mamãe cerrou os dentes, Bogoljub berrou de dor. Ela se livrou do colo do dono da tabacaria, passou a mão na boca e cambaleou em direção a meu pai. Deus me ajude, Milenko!, ela implorou com mechas sobre a testa, e arrancou a toalha tricotada por vovó de cima da mesa para se cobrir. O vaso de flores virou e a água jorrou sobre o tampo da mesa, flores são flores — rosas da tabacaria de Bogoljub.

Só um momento, murmurou papai, e saltou em direção a ela. Enérgico, ele estendeu o braço: falta de ataque. Com o punho, indicou a ela — até ali e nenhum passo mais. No chão, ao lado dos pés de Bogoljub, havia dois livros. Só um momento, Marx e Hemingway estão deitados um ao lado do outro, ali?

Bogoljub Balvan arregalou os olhos. Virgem Maria, mãe de Deus!, choramingou ele, e tropeçou entre *O capital* e *O velho e o mar*, puxando em seu zíper. Santa mãe de Deus, guinchou ele, e soprou no ponto que ainda doía, seguindo adiante, Maria, salvação da minha alma, permita que ele não emperre!

Mas o zíper emperrou, e Bogoljub amaldiçoou o nome da mãe de Deus, da santa mãe de Deus de todos os zíperes, e não deixou a papai outra escolha a não ser trovejar, fazendo com que a vizinhança inteira e metade da cidade escutassem para jamais esquecer: vai foder o sol, Dragica! Por acaso levantei a casa com estas minhas mãos, para que a transformes numa zona, sua puta? Por acaso usei meus dotes de carpinteiro para fazer essa estante para nós e escolhi os livros para que o cuzão de um dono de tabacaria se esfregue no camarada Marx e em mister Hemingway? Largue já essa toalha de mesa, estás ouvindo! Estás sujando a diligência da tua própria mãe! E tu, Bogoljub, nós não nos conhecemos desde que éramos crianças no grupo de pioneiros, para agora quebrares o juramento de amizade dos pioneiros dentro da minha própria casa e me envergonhares e enfureceres, enchendo a boca da minha Dragica, fazendo dela uma adúltera? Por acaso te emprestei o dinheiro para abrires a tabacaria, sem pedir um único dinar de juros, para que te tornes um reacionário e um crente dentro de minha própria casa, e te precipites com teu pau em dívidas que não poderás pagar nunca mais nesta vida? Vai foder a santa mãe dos donos de tabacarias! Fora daqui! Os dois! E se é que vocês gostam mesmo da vida, botem os livros de volta na estante!

Mamãe botou os clássicos em seu lugar, tremendo, e recolheu suas roupas. Bogoljub continuava ocupado com o que estava fazendo e não a ajudou. Ele deu de ombros e soluçou, de forma quase inaudível: eu nem queria, no fundo... Nós apenas...

Só um momento! Papai arrancou a camisa de seu corpo e olhou para a tela fora do ar da televisão. Nosso C-64 estava no chão, um emaranhado de fios, dois joysticks, salgadinhos, palitos de dente em pedacinhos de queijo no prato preferido de papai, aquele com as bolas de basquetebol em miniatura. O só-um-momento mal havia ecoado, e papai já dava uma hemingwayada tão forte em Bogoljub, que o dono da tabacaria foi obrigado a se virar contra a estante de modo capital. *Tito — O partido, Parte 2* e *Assim falou Zaratustra* caíram da prateleira, o que não é uma tragédia tão grande assim. Mamãe voltou a colocá-los em seus lugares, soluçando, e papai anotou uma falta técnica apontando para a televisão: só um momento... Vocês jogaram tétris?

A lista dos recordes podia ser vista: o nome de Bogoljub ocupava do primeiro ao terceiro lugar. Ele havia assinado seus resultados com BOG — Deus —, e papai meteu as mãos atrás da estante procurando e logo depois carregou a espingarda. Vocês bateram meus recordes na minha própria casa? Ele fechou o olho esquerdo e fez mira bem embaixo. Mamãe e o dono da tabacaria correram, em pânico, para fora da casa. Papai desengatilhou a espingarda e a apoiou na estante de livros. Levantou as mãos diante do rosto, girou e contemplou-as, como se estivesse admirado por possuir algo como polegares ou unhas ou linhas do destino. Depois ele foi se sentar na frente da televisão e jogou tétris até bem tarde na noite, em mangas de camisa, sem dizer uma única palavra nem lavar as mãos, conforme sempre fazia ao voltar para casa depois dos jogos, e antes mesmo de abraçar mamãe e me abraçar.

Eu comi as costeletas restantes, elas tinham gosto de terra. Arranquei as pétalas das flores: Ankica, escute, bem-me-quer, malmequer, bem-me-quer e bem-me-quer. À minha pergunta, papai não deu nenhuma resposta. Eu me atirei aos salgadinhos e ao queijo. Papai não comeu, não falou, empilhava as peças e de quando em vez polia a espingarda até o ferro ficar brilhando. À meia-noite, ele botou tudo em pratos limpos com 74.360 pontos — MIL, MIL, MIL, foi o que passou a estar escrito nas três primeiras posições.

Deus, disse papai, está morto.

Traz tudo para cá, Zoran, não preciso de copo. Ele tirou a roupa ficando apenas de cueca, e eu trouxe aguardente, brandy e vinho para ele e fiquei olhando por algum tempo — virar a garrafa, botá-la de lado, virar, botar de lado. Mas, uma vez que beber sem cantar e sem companhia é a coisa mais tediosa do mundo, eu acabei adormecendo no sofá em algum momento.

Papai bebeu até que os pardais gorjearam. Depois colocou a espingarda no ombro, caminhou pelas ruas, atirou nos pardais em plena alvorada e não acertou um único sequer. Tocou a campainha da casa de Bogoljub, chamando: vem aqui fora, vamos nos beijar como irmãos! Uma vez que nada se mexeu na casa, ele atirou em todas as janelas, despedaçando-as, e no trinco da porta, abrindo-a, virou a estante de livros e bateu com a espingarda contra a televisão, mas o vidro não se quebrou. E, portanto, ele ligou o C-64 de Bogoljub na tomada, deitou a espingarda de través sobre o colo e superou o recorde de BOG no tétris já na primeira tentativa. Depois ele botou fogo nas obras completas de Marx do rival e, enquanto as chamas ficavam cada vez mais altas, cagou no meio do tapete.

Eu havia acordado com os primeiros tiros e segui papai pela cidade, primeiro sozinho, mais tarde com alguns dos homens mais velhos de Višegrad, que saíam para pescar àquela hora. Eles roíam grãos de abóbora salgados e faziam apostas. Pouquíssimos acreditavam nas chances da televisão. Eu apostei dez mil dinares no talento de meu pai no jogo de tétris — mamãe havia esquecido sua carteira na pressa — e ganhei quarenta e cinco mil. E justamente quando papai baixou suas calças e forcejou no corredor de Bogoljub Balvan, chegaram os dois policiais, Pokor e Kodro, sonolentos, pálidos e de barba por fazer. Seus uniformes cheiravam a fígado frito. Eles fumavam. Meu pai não pensou no papel higiênico, mas o cachecol de Bogoljub tinha um comprimento bem adequado. Ele enrolou o cachecol na televisão depois de usá-lo e os policiais lhe pediram que, para começar, fosse lavar as mãos. Assim não dá. Propriedade. Voluntarioso. Fogo. Pena pecuniária. O senhor vai junto.

Papai ouviu o que Pokor e Kodro tinham a dizer, se apoiou sobre a espingarda e lhes deu razão em tudo. Mas em seguida lhes contou, honesto e triste, o que o puto fizera em sua casa, por que a quebra da confiança dói mais no peito do que a quebra de uma costela, quantos pardais ele deixou vivos porque os pardais eram criaturas tão martirizadas, e quanto e como, demais, na verdade, ele teria de se envergonhar pela vida toda porque os belos olhos de seu único filho tinham sido obrigados a ver aquela infâmia.

Os policiais tiraram os bonés, coçaram a nuca usando as abas, assentiram e depois sacudiram suas cabeças despenteadas, alternadamente. Por fim, papai deu de ombros e lhes mostrou as palmas de suas mãos: e me digam mais uma vez agora: assim não dá e: propriedade! Pago qualquer multa, mas não vou junto com vocês antes de ter acertado as contas. O que me foi tomado não vou conseguir de volta jamais, não no estado em que estava antes. Tudo que eu vou lhe tomar é substituível, portanto vou tirar muita coisa dele.

Pokor e Kodro se retiraram para a cozinha de Bogoljub, tomaram o café da manhã e discutiram a situação. Os pescadores tiraram seus banquinhos das sacolas e me ofereceram suco de maçã de galões sem etiqueta. Quando Pokor e Kodro voltaram a usar seus bonés e foram beber um cafezinho sem se despedir, os velhos assentiram concordando. Os policiais haviam perdido sua aposta — eles não levaram papai junto com eles.

Bogoljub havia imaginado o que esperava por ele. Era dono de tabacaria de corpo e alma, usava sempre o mesmo macacão vermelho-escuro e sabia como providenciar tudo imediatamente ou mais tardar depois de amanhã. De sua tabacaria, ele havia salvado tudo o que pôde carregar e botar na van. No resto, meu pai se encarregou de dar um jeito. Ele quebrou as vidraças, jogou tudo que havia ali, até o último lápis, dentro do Drina parado no alto da ponte. Também as gavetas, prateleiras e displays — tudo o que não estava preso à parede por pregos e rebites. Ninguém tentou impedi-lo, mais de vinte homens contemplaram como ele terminou arrancando a porta das dobradiças e jogando-a nas águas do rio.

Na cidade, logo se espalhou o que havia acontecido dentro de nossa própria casa. Deram aguardente e alho-poró a meu pai, Amela lhe trouxe pão quente e sal, Amela faz o melhor pão do mundo. Homens velhos faziam carinhos em minha cabeça e pareciam ter de chorar e praguejar ao mesmo tempo. Bêbado como estava, meu pai me colocou do seu lado e disse apenas: Zoran, eu agora vou para longe. Tu ficarás com tia Desa. Voltarei, mas antes disso vou ter de arrumar tudo de novo para nós. O *capital* para mim e uma mãe para ti. Ele enfiou duzentos marcos alemães no bolso da minha camisa e me agarrou na nuca para se despedir. Dentro do carro, acelerou e bateu trovejando duas vezes contra a tabacaria de Bogoljub, depois saiu buzinando para fora da cidade.

E agora?, eu pergunto a Zoran, ainda que eu saiba o que vai acontecer agora: a mãe de Zoran havia dado o fora com Bogoljub em direção a Sarajevo no mesmo dia em que seu pai partira da cidade. Ela deixou um pouco de dinheiro para ele com tia Desa, mas Desa administrava o dinheiro exatamente como o pai de Zoran o fazia com a aguardente de pera destinada a Zoran em Split. Zoran dormia no sótão de sua tia e espancava seus dois primos todos os dias antes de levantar e antes de dormir. Zoran bate apenas em quem de fato merece. Em seus dois primos, porque são bocabertas, e em Edin, porque dança balé, embora tivesse pedido desculpas ao saber que Edin não tinha pai. Desa alugara a casa de seus pais a trabalhadores temporários da barragem. Ela era separada e passava muito tempo com os homens cansados da barragem. Os homens sempre a elogiam, tio Miki diz: Desa é nossa Marilyn Monroe.

Agora, diz Zoran, levanta-se e dispersa meus pensamentos em sua tia que sempre está cheirando a mel, agora as coisas são assim: eu não consigo suportar malmequeres e dentes-de-leão, flores de merda são flores de merda. Minha mãe preferiu a bosta das rosas. Flores não são simplesmente flores.

Isso é verdade e eu posso confirmar; Danijela dos cabelos bem compridos teve um ataque de riso amedrontador quando lhe dei os malmequeres.

Zoran agarra a vassoura e varre as cascas num montinho diante dos degraus. É um desajeitadão como seu pai, braços compridos, pernas compridas, tronco compacto. O cabelo penteado por cima das orelhas, denso. Não tira o casaco jeans puído de seu pai nem quando o calor está de rachar. Os gravetos arranham o asfalto, é o único barulho no silêncio da tarde.

Mamãe e eu falamos pelo telefone, diz Zoran, e meneia a vassoura. Ela diz que não pode voltar. Por causa das pessoas. Daquilo que a cidade anda falando. E que tudo isso não é verdade. Que eu devo me mudar para Sarajevo, morar com ela.

E o que tu dizes disso?

Zoran junta catarro na garganta fazendo um barulho seco e duro, e em seguida dá uma cusparada no chão. Eu digo: está bem, como quiseres, mamãe, mas o que eu tenho a te dizer é bem pior do que aquilo que as pessoas estão falando. Por isso não vou me mudar para tua casa nunca e por isso não vais te mudar nunca para cá — porque eu te diria isso todos os dias, até o fim da vida, e porque eu teria de ver todos os dias como teu crânio de franga se mexe quando tu me respondes.

A campainha da barbearia toca, a careca de mestre Stankovski aparece na fresta da porta. Zoran, eu disse pausa, não férias!

Tô indo, diz este, e apoia a vassoura no corrimão. O estalar dos cascos é ouvido. Musa Hasanagić conduz Couve-flor, sua égua, pelas rédeas através da praça. Zoran e ele se cumprimentam com um aperto de mãos. Musa tira sua cartola e Zoran passa a mão na mancha branca da testa da égua.

Zoran não conhece muitas histórias. Isso se deve ao fato de em sua própria vida ter acontecido algo tão inacreditável que ele não precisa inventar mais nada. Como o pai traído se vinga de Bogoljub Balvan, ele sempre pode contar essa história. Às vezes, a narrativa não dura nem dois minutos — o jogo de tétris não acontece e nada é jogado no rio, o pai de Zoran fica polindo sua espingarda o dia inteiro, chora, e as lágrimas caem na espingarda, ele volta a poli-la, e depois chora de novo e volta a poli-la. E tudo termina com Zoran pedindo de joelhos a seu pai que tire o cano de dentro da boca.

Zoran e Musa se despedem, sérios, e Zoran também estende a mão a mim, assente e desaparece no interior da barbearia. Eu me ponho a caminho de casa. Um ônibus de excursão dobra na curva atrás de mim, o motorista usa um boné. O bigode, os braços compridos, os dedos compridos no volante, o cabelo escuro que espia por baixo do boné e jaz sobre as orelhas. Exatamente como o filho.

Quando há histórias em algum lugar, estou em algum lugar imediatamente.

Mas como foi que Milenko Pavlović, chamado o Morsa, o outrora tão temido arremessador de três pontos mas não tão bom no tiro de espingarda, acabou atrás do volante? E será que eu não deveria voltar imediatamente à barbearia e contar a Zoran que seu pai voltou para cá, para a cidade, desta vez não cedo demais, mas antes com um ano de atraso?

Quando algo é um acontecimento, quando é uma vivência, quantas mortes tem o camarada Tito e como o outrora louvado arremessador de três pontos acabou atrás do volante de um ônibus da Centrotrans

Um acontecimento é quando o senhor Fazlagić entra em nossa sala de aula como um pé de vento. O pontual senhor Fazlagić corre com uma esponja pingando até o quadro como se não fosse professor, mas sim bombeiro, e como se quisesse apagar um quadro pegando fogo. Uma vez que temos aula de servo-croata todos os dias, o senhor Fazlagić se desloca todos os dias para apagar o quadro e salvar com milhares de exemplos e frases a nossa ortografia. O senhor Fazlagić talvez seja um bom professor-bombeiro, não se sabe ao certo, porque na maior parte de nós suas tentativas de salvação permanecem sem efeito. Apesar de todos os senhores Fazlagić deste mundo, nós jamais aprenderemos a diferenciar ć de č, e o quadro também nunca pegou fogo.

Edin e eu tentamos várias vezes. Primeiro com cadernos de matemática, depois com uma garrafa de refrigerante com gasolina pela metade, que Edin trouxera da garagem de sua mãe. Eu continuei cético: um quadro desses não deve ser de madeira, e quanta gasolina é necessária para botar fogo num quadro de latão? Acho que um posto de gasolina inteiro poderia ser despejado em cima de um objeto de latão e mesmo assim o latão não pegaria fogo, digo eu, e repito a palavra latão tantas vezes até que Edin ergue o refrigerante de gasolina, fecha os olhos e, no fundo está certo, faz um gesto de cabeça assentindo. Tu até podes cortar vidro com latão e vidro também não pega fogo, por que latão pegaria fogo? Vamos vender esse troço para čika Spok ou botar fogo numa rã.

Gasolina é álcool, e čika Spok é um beberrão, um beberrão como toda a cidade precisa de um. Com o polegar no ouvido e o mindinho nos lábios, čika Spok telefona até tarde da noite para as estrelas; ele corteja a ursa maior e promete: um dia vou ter uma arma tão soberba que vou acabar contigo e fazer uma boina de pele de urso estelar pra mim.

Talvez as palavras dele não sejam exatamente estas, mas eu desejo todas as vezes, quando os gritos dele me acordam, que ele esclareça objetivamente a ursa sobre o seu destino, e não a insulte e coloque sob suspeita: são minhas essas estrelas que estás carregando, seu animal ladrão! Ou que jogue garrafas todas as noites a sua volta e solte pragas que tratam da mãe da ursa maior e de arrancar peles. E que não vomite em suas camas, os bancos do parque, e não durma em seu vômito.

Edin e eu nos decidimos pela rã e contra čika Spok, porque este dormia tranquilamente demais, sentado e apoiado contra o muro da mesquita. Demorou duas horas até conseguirmos pegar uma. Eu acendi o palito de fósforo, depois precisei acender mais um. Naquele instante, a rã deve ter pensado um bocado acerca da vida que estava levando e acerca de toda aquela situação maluca em que havia se metido. Em vez de inchar as bochechas na beira do rio e dar chicotadas com a língua pegando moscas, ela agora estava sentada numa caixa de papelão e tomava uma ducha de gasolina, enquanto em cima dela duas cabeças de cabelos escuros jogavam palitinhos queimando em suas costas, esperando uma explosão espetacular. O quarto e o quinto palito também se apagaram, e a gasolina cheirava a suco de maçã fermentado.

Quando se jogam palitos de fósforo em cima de uma rã a refletir, imóvel, sobre seu destino, essa ranidade ensimesmada e prisioneira logo passa a nos causar pena, mas a gente tenta mesmo assim, com mais um palito de fósforo. Só então é que a gente coloca a rã de volta a seu lago, joga a garrafa vazia de refrigerante atrás dela e bota fogo na caixa de papelão.

Também foi um acontecimento quando, no primeiro dia do ano letivo, nosso professor de servo-croata subiu na escada e tirou da parede o quadro do camarada Tito. Ele o apoiou à barriga e disse com voz solene, olhando para o rosto grande de Tito, para as ombreiras de Tito e para as insígnias de oficial de Tito: a partir de hoje vocês me chamarão de senhor Fazlagič, e não mais de camarada professor, entendido?

Depois da pausa que os adultos fazem quando acabaram de dizer algo em voz solene de anúncio, eu estalei os dedos e me levantei, conforme haviam nos ensinado: levantar, quando temos algo a dizer. Senhor Fazlagič, não-mais-camarada-professor, em que medida o não-mais-camarada-Tito está sujo?

Botei o polegar debaixo do queixo, pensativo, e o indicador em cima dos lábios, e fiz uma pausa que se costuma fazer quando se faz de conta que se vai começar a próxima frase com "se levarmos em consideração que".

Se levarmos em consideração que Tito não está completamente sujo, então o senhor não precisaria levá-lo embora. Nós, seus camaradas pioneiros, eu disse e abri os braços como um cantor popular, podemos dar umas belas escovadas em nosso presidente no banheiro, deixando-o limpo!

Eu pude ouvir os olhos dos referidos pioneiros se revirando nas órbitas, bem pouco camaradescos, e mais uma vez ganhei pontos na escala da estranheza, que eu de resto já liderava, inalcançável. Edin bebia um ovo cru todos os dias durante a hora do recreio, colecionava perninhas de inseto e dançava balé, mas mesmo assim estava bem atrás de mim. Edin ganhava pontos inclusive por seu aspecto: franzino, ossudo, pálido, com veiazinhas azuis nas têmporas e globos oculares salientes como os de um cavalo. Nenhum de seus movimentos era jeitoso, jamais, eu não tinha a menor ideia do que ele aprendia no balé — com passos desajeitados, ele caminhava às pressas ao longo das paredes, como alguém feito apenas de segredos, olhava para a esquerda e para a direita, para o céu, e tudo porque queria se tornar agente. Aleksandar, as mulheres gostam do 007, e eu sei imitar todos os barulhos, menos a batida de um coração. E de fato não paravam de vir sons da boca de Edin — mesmo quando ficava em silêncio, não ficava em silêncio de verdade, mas assobiava e chocalhava e latia e gorjeava, sempre tão baixinho, que não chegava a chamar a atenção, a não ser que se botasse o ouvido bem perto de sua boca. Quando estávamos sozinhos, os dois, ele perdia todo seu caráter hesitante, parecia mais saudável, falava mais devagar, e sabia um bocado de biologia e sobre o corpo feminino. Por exemplo, que este tem uma ferida que sangra a cada trinta dias, coisa que pode se tornar bem perigosa, se a terra por algum motivo se decidisse a girar trinta vezes mais rápido.

O senhor Fazlagič continuava olhando para mim. Também a turma olhava para mim, queriam, pois, que eu prosseguisse meu discurso. Esfregar Tito por certo também estaria de acordo com o comitê do partido, caso o comitê ainda existisse, disse eu, encorajado pela atenção de todos. E vou perguntar a minha avó se ela pode nos emprestar uma de suas tapeçarias para usarmos enquanto o senhor Broz, não-mais-camarada-Tito, estiver ausente da aula. Há uma que é bem bonita, com um navio na tempestade. É melhor do que ficar com uma mancha na parede.

Vukoje Verme, que tinha orgulho de seu nariz quebrado três vezes, me atingiu na parte traseira da cabeça com uma ameaça de morte embolada. Ele enumerou dentro dela os métodos de tortura que estariam esperando por mim depois do fim das aulas, e me chamava de caga-groço e porko comunizta.

Minha resposta embolada não atingiu o alvo por pouco.

Se consideradas as coisas rigorosamente, Tito não deixou uma mancha para trás naquele primeiro dia do ano letivo. Manchas são algo sujo, enquanto a parede atrás das costas de Tito estava limpa — um retângulo quadrado, envolvido pelo bege do resto da parede. Tito havia protegido a parte mais clara, por isso ela ficara limpa.

Tito também protegera a nós, seus pioneiros.

É o que se diz, embora Tito jamais tivesse ficado à nossa frente para, à-maneira-de-Bruce-Lee, chutar dissidentes que tivessem algo contra nós ou contra a estrela vermelha. Ele considerava a juventude um fator progressista para o progresso e o bom humor da Iugoslávia, ele tinha até mesmo estipulado que seu aniversário fosse no dia da juventude. Em fotos, ele muitas vezes podia ser visto com pioneiros, ele ria e os pioneiros riam, e debaixo da foto estava escrito que Tito e os pioneiros riam.

Eu encontrei Tito uma vez. Mas isso não conta muito, porque eu era bebê demais, e um encontro do qual a gente não se lembra é um encontro bem miserável, por assim dizer. Tito visitou Višegrad, e quando sua Mercedes conversível branca passou por nós, ele acenou para mim, foi o que afirmou vovô Slavko. Ele também afirmou ter conversado durante uma hora com Tito no hotel Višegrad, discutindo com ele a desativação da estrada de ferro. Contra Tito, até mesmo vovô Slavko não tinha poder, e em pouco não passaram mais trens pela nossa cidade, e vovô Rafik perdeu seu emprego.

Quando eu tiver a idade de Tito, também vou ter uma limusine branca, na qual é possível ficar em pé na parte de trás. Edin vai ser meu motorista, meu agente e secretário-e-melhor-amigo fiel e alinhado, responsável pela voz dos pássaros e pelo ministério da biologia, porque sabe tanto sobre o corpo feminino.

Nosso camarada emoldurado nem sequer foi limpo. Isso foi compreendido como um sinal até mesmo por aqueles cujas mães não eram uma ex-conselheira do comitê local da Aliança dos Comunistas da Iugoslávia especializada em política e cujos avós não sabiam explicar tudo. Aconteceu outra coisa com nosso Tito. Nosso Tito morreu. Mais uma vez. Quando seus quadros foram tirados das salas de aula, Josip Broz Tito morreu pela terceira vez.

Edin tocou em meu ombro. Psiu... Aleks, o que foi que escreveste no bilhete a Vukoje Verme?

Nada. Só corrigi seus erros de ortografia.

A primeira morte de Tito ocorreu no dia 4 de maio de 1980, às 15h05. Mas naquela ocasião morreu apenas seu corpo, e ano a ano todas as pessoas do mundo e do espaço sideral ficam paradas em silêncio e homenageiam Tito no dia 4 de maio às 15h05, a não ser nos Estados Unidos e na União Soviética, claro, e no planeta Júpiter, porque em Júpiter a vida é impossível. Sirenes uivam, carros param no meio da rua, e eu reviro em minha memória buscando uma citação triste de Marx que seja adequada ao momento, a fim de encerrar o minuto de silêncio e impressionar alguém. Jamais me ocorreu alguma.

Karl Marx não escreveu uma única frase triste.

Depois de sua primeira morte, Tito se mudou com uma maleta cheia de discursos e ensaios para dentro de nossos corações, e lá construiu uma mansão pomposa feita de ideias. Vovô Slavko descreve a mansão da seguinte maneira: as paredes são de projetos econômicos, o telhado de mensagens de paz, e pelas janelas vermelhas pode ser visto um jardim de papoulas, lemas florescentes acerca do futuro, e uma fonte, na qual se podem buscar créditos infinitos. Com os anos, um número cada vez maior de pessoas faziam o que bem entendiam e passaram a se interessar cada vez menos pelas ideias de Tito, e quando ninguém mais se interessa por uma ideia significa que a ideia está morta.

E assim Tito morreu pela segunda vez.

Mas ele continuou vivo em poemas e artigos de jornal e livros. Logo, porém, passou a ser correto não possuir esses livros, e não ter lido esses poemas. Depois passou a ser ainda mais correto botar na estante os livros que no passado eram proibidos, e em algum momento a coisa mais correta passou a ser escrever, a gente mesmo, artigos de jornal e livros que teriam sido proibidos no passado. Depois da morte de vovô, era minha mãe que me contava todas essas coisas. Ela era especialista em ciências políticas e realmente entendia do assunto. Vovô dizia: ela é marxista, e se alegrava com isso. Ela mesma não se alegrava. Quando me perguntavam, no passado, o que minha mãe era, eu hesitava por um segundo: conselheira do comitê local da Aliança dos Comunistas da Iugoslávia especializada em política!, eu exclamava rápido-como-titia-tufão. Ela escreve os discursos para os secretários e o presidente do comitê local, esses cabeças ocas. Cabeças ocas eu não dizia em voz alta, mas sabia que eles eram cabeças ocas, porque minha mãe havia se queixado centenas de vezes do oco multiforme de suas cabeças. O cérebro vazio, a memória lacunar, o abismo entre a promessa e seu cumprimento, a carteira furada, e: bebem como esponjas, mas não são capazes de botar uma frase que preste no papel.

Quando me perguntam, hoje, o que minha mãe é, na maior parte das vezes eu digo: cansada. E mais cansado se está quando a gente sempre trabalha demais e sempre fica falando apenas que sempre trabalha demais. Trabalhar envelhece. Meus pais voltam do trabalho para casa e falam do trabalho. Papai tira sua camisa e lava os pés no banheiro. Ele trabalha numa fábrica, na qual a madeira é trabalhada até virar móveis, mas lamentavelmente não é um lenhador, e sim fica sentado entre calculadoras num escritório com calendário de mesa, e sempre usando camisa. Em casa, ele nunca usa camisa, e trabalha em seu ateliê, mas não chama isso de trabalho. Ele diz que é menos capaz de suportar números do que de suportar o governo. Papai limpa seus óculos e faz caretas quando procura manchas nas lentes de seus óculos a curta distância. Quando eu tiver a idade dele, vou ter seus cabelos grisalhos nas têmporas. Quando eu tiver a idade de minha mãe, também vou poder falar uma hora sem parar de preocupações, só que não serão as minhas preocupações. Mamãe no fundo queria ter sido patinadora artística. Agora ela patina no tribunal até ficar cansada. Ela diz: essa legislação chega a ser quase simpática, de tão canhestra. À noite, ela prepara os pães para o trabalho: vou preparar os pães para o trabalho — ela diz sempre exatamente esta frase, é como a lavagem dos pés de papai. Eu me pergunto por que ela prepara os pães para o trabalho e não para ela e para papai. Um trabalho, eu exclamei certa vez, não precisa comer, e minha mãe respondeu: como não, a mim ele devora todos os dias.

Sobre a aplicação prática da ideologia marxista, o socialismo autorregulador, a política externa de Tito, ou sobre como se limpa um peixe da melhor maneira, eu sempre preferi conversar com vovô. Com meu pai, tais conversas eram bem difíceis. Ele tendia — quando tinha vontade de falar comigo — a imaginar tudo quanto era possível para não deixar que sua incompetência fosse percebida. Em vez de falar sobre a Iugoslávia, ele falava de um reino sem nome, no qual há palavras para designar coisas que não existem, e coisas para as quais não podem existir palavras. Quando alguém inventa uma palavra para algo que costuma ficar assim no mais por aí, no mundo, sem ter nome, ele é levado de navio para a prisão de uma ilha que também não tem um nome definido, e por isso é chamada de "a ilha nua".

Saber contar boas histórias é coisa que se herda, mas de vez em quando pode ser saltada uma geração.

Nos nossos livros escolares era Tito quem vivia mais. As aulas de história, de servo-croata, nem mesmo as de matemática podiam ser imaginadas sem ele. A distância de Jajce a Bihać é de 160 quilômetros. Um Yugo anda a uma velocidade de 80 km/h de Jajce a Bihać. Ao mesmo tempo nosso Josip Broz Tito corre com velocidade constante de 10 km/h de Bihać a Jajce. A que altura ambos se encontram?

Para esconder minha completa desinformação no que diz respeito ao problema, eu me mostrei indignado e disse que era óbvio, ora bolas, que um Yugo e Tito nem sequer podiam estar na mesma estrada ao mesmo tempo, uma vez que tudo tinha de estar interditado quando nosso presidente resolvia fazer um passeio. Uma medida de segurança, acrescentei, que eu aliás vejo com bons olhos.

Mas professores de matemática são implacáveis nessas questões.

Sobre a vida de Tito no livro de história, um professor novo se incomodou em tão viva voz certa vez, que se pôde ouvi-lo no corredor, mesmo estando ele no gabinete do diretor da escola. Eu sou um historiador!, ele gritou, não um fabulista!

Eu contei a vovô Slavko sobre o historiador, e no dia seguinte vovô veio me buscar na escola, de óculos, sobretudo, bengala de passeio, que ele aliás nem precisava, chapéu e suas incontáveis condecorações partidárias. Antes disso, a voz de vovô pôde ser ouvida no corredor, a do historiador, não.

Também nos programas de televisão Tito vivia sua terceira vida. Os filmes sobre os guerrilheiros da resistência eram mostrados tantas vezes que eu sabia os diálogos de alguns deles de cor. Meu filme preferido se chama: *Batalha no Neretva*. O Neretva é apenas quase tão verde quanto o Drina, e sua ponte mais bonita, em Mostar, tem dez arcos a menos do que a nossa ponte. Em Mostar eu estive no ano passado, em uma viagem da escola. Homens saltavam da ponte, que até é bem alta, para dentro do Neretva, e todos batiam palmas. No filme, um exército inteiro de doentes de tifo salta para dentro do rio. O líder deles exclama: sigam-me, doentes de tifo, pela água em direção à liberdade! E então ele se afoga. Um outro lema da *Batalha*: nosso povo canta mesmo quando está sendo morto. Se Marx tivesse visto esse filme, talvez tivesse lhe ocorrido uma frase triste.

Eu lavo minhas mãos antes das refeições para não pegar tifo.

No meu segundo filme preferido, mineiros com uma quantidade inacreditável de bananas de dinamite mandam aos ares uma quantidade inacreditável de nazistas. Companheiros ficam na mina como marinheiros no fundo do oceano, diz um dos mineiros. Um soldado alemão olha para longe e diz: e no fundo somos nós os culpados. Porque fomos ingênuos e fracos. Os fracos não podem entrar na história. Só lamento uma coisa: o fato de eu morrer como soldado e não como mineiro.

Tito vivia também nas festas comemorativas, nas festas de manifestação e nas festas de feriado. Em encontros sombrios de homens de mais idade com camisas amarfanhadas e mulheres de permanente e cabelos pintados em quartinhos de fundos, cheios de fumaça, nos quais eu passava horas intermináveis com minha mãe. Todo mundo comia presunto e ficava murmurando, os tempos de outrora, os tempos de outrora, sim, aquilo é que eram tempos, outrora. Até mesmo vovô Slavko se mostrava briguento nessas horas, e reclamava disto e daquilo e me parecia, tão critiqueiro e mal-humorado, dez anos mais grisalho do que em outros momentos. Eu tossia, e no dia seguinte ficava de olhos vermelhos.

Ano passado, no verão, duas semanas depois da morte de vovô, eu me recusei pela primeira vez a ir com minha mãe para um encontro de alguns exqualquer-coisa no porão da biblioteca municipal. Vovô também não precisa ir mais! Eu teimei, e mamãe não parecia decepcionada, mas sim assustada. Ela se vestiu, pintou as unhas de vermelho na frente do espelho do quarto e depois fechou a porta do quarto. Quando me abraçou para se despedir, ela cheirava a vinho. Eu pintei nossa bandeira com a estrela de cinco pontas e tive de pensar o tempo inteiro nas unhas vermelhas de minha mãe. Em dado momento, não aguentei mais. Bati tantas vezes na porta do ateliê até que papai admitiu que estava em casa e prometeu ir buscar mamãe comigo.

No porão da biblioteca, a bandeira iugoslava estava pendurada num cano da calefação, um homem de óculos na ponta do nariz lia em voz alta trechos de um calhamaço. O gramofone mesmo assim não era desligado por ninguém. Nos cubinhos de queijo sobre a mesa havia palitos de dente, eles tinham todos bandeirinhas feitas em casa mesmo, e todas as bandeirinhas tinham o retrato de Tito. Minha mãe tamborilava no ritmo da música. Ela era a única mulher no ambiente e a única pessoa com menos de sessenta. No caminho de casa para ali, ela havia feito um novo penteado. Papai ficou parado na entrada, brincando com as chaves do carro. Quando percebeu nossa presença, mamãe se levantou devagar e pegou sua bolsa. Não se despediu de ninguém. Ninguém se despediu dela. Alguém tossiu, outro se levantou e virou o disco. Foi o último encontro de mamãe. Eu não pude reconhecer se ela estava especialmente feliz ou especialmente triste por causa disso, ela simplesmente parou de frequentá-los, assim como eu talvez um dia pare de crescer. E, no fundo, ela também não tinha um penteado novo no porão da biblioteca. É que na luz enevoada pela fumaça, minha mãe me pareceu estar bem diferente.

E restaram também fotos e mais fotos de Tito — nos escritórios, nas vitrines, nas salas das casas ao lado dos retratos familiares, nas escolas. Tito num iate, Tito no palanque, Tito com uma menina que lhe estende flores. Tito de mãos dadas com E. T. era um motivo de quebra-cabeças. Quando os quadros foram retirados das salas escolares, Tito morreu pela terceira vez. Camarada Jelenić, chamado Fizo, continuou sendo camarada, e foi o único professor naquele primeiro dia de aula a deixar o retrato de Tito na parede — uniforme de almirante e cão pastor. Fizo se postou atrás da cátedra sem cumprimentar ninguém, botou os óculos e anotou algo em nosso caderno de chamada. Todo mundo deve adotar um caderno de atividades e um caderno de fórmulas, disse o mais severo entre os professores da escola sem levantar os olhos, este vai ser um ano difícil.

O senhor Fazlagić, não-mais-camarada-professor, retirou não apenas a testa de aço de Tito na moldura dourada na época, mas até mesmo a bandeira vermelha que ficava em cima da estante de vidro, e que em todos os desfiles escolares era carregada à cabeceira do cortejo dos alunos. Depois da minha pergunta, se nós, os pioneiros, não poderíamos limpar Tito, ele começou, com grande seriedade, a fazer um longo e sério discurso: trata-se de uma questão séria, Aleksandar Krsmanović, e tua ironia é altamente imprópria! Mudanças sérias no sistema estão acontecendo. O novo título e a remoção dos resíduos do culto pessoal são componentes do processo de democratização que precisam ser levados a sério! Os lábios professorais continuaram se mexendo, a boca professoral enfileirava uma frase longa após outra. O senhor Fazlagić depôs o quadro mais de uma vez e sacudiu os braços. Mas, em vez de deixar o quadro parado onde estava, voltou a erguê-lo, e, enquanto continuava falando, manteve-o nas mãos até o recreio.

Para mostrar que eu havia compreendido a seriedade da questão, do sistema, do título e do culto pessoal, no dia seguinte fui à escola em meu uniforme azul-escuro de pioneiro já demasiado pequeno, mas ainda, conforme eu achava, bem chique. Na aula do professor Fazlagić, eu me sentei na primeira fila, socialisticamente ereto, conforme vovô sempre havia exigido. Eu limpara até mesmo minhas unhas, e abria meus dedos diante de mim sobre o tampo da mesa, conforme a obrigação de outrora, quando o guarda da higiene ainda existia e era oficialmente um dos funcionários escolares. À primeira pergunta que o senhor Fazlagić dirigiu à turma, eu levantei de um salto e exclamei: contemplemos, pois, os resíduos dos produtos dos trabalhadores. Não restou nada deles a não ser a mesma objetualidade fantasmagórica, uma gelatina de trabalho humano indistinguível, quer dizer, da consumição da força de trabalho humano sem nenhuma consideração com a forma dessa consumição.

Três horas de castigo depois do fim da aula. Três professores tomaram conta de mim, suas feições furiosas fizeram palestras sobre a mudança sociopolítica de ideologia, ou seja, sobre a reviravolta nacional, e me ameaçaram: se não fores razoável, ficarás aqui todos os dias depois da aula.

Alunos ficam na escola como marinheiros no fundo do mar, eu disse, e com um pincel pintei duas listras vermelhas diagonais em minhas faces. Só lamento uma coisa: ter de morrer como aluno e não como mineiro.

Em seguida, houve nova tempestade de palavras, mas depois disso eu fui liberado para ir para casa, porque também os professores têm vida privada. Eu me propus a observar mais detidamente o significado das expressões provocação, lavagem cerebral em família e mudança política na ideologia, ou seja, reviravolta nacional. O que acabou ficando claro para mim foi o significado de ironia. Ironia é uma questão diante da qual não se tem resposta, mas sim raiva.

Edin se volta para mim e diz: a blusa de Jasna. Edin, o camarada-chefe da biologia, me explica o que é que incha a blusa de Jasna. Sexta-feira, terceira aula, o senhor Fazlagić apaga o quadro tão precipitadamente, que a água escorre da esponja por suas mangas adentro. Bem rápido, Edin e eu estamos de acordo — inchar não é uma palavra boa para a blusa de Jasna. Inchar é falso, porque inchar soa a machucado, enquanto aquilo que acontecera debaixo da blusa de Jasna de um dia para outro não tinha nada a ver com algum machucado. Com articulações torcidas, a blusa vermelha de Jasna também não tem nada a ver. Por que Edin e eu nos comportamos assim quando estamos próximos dela, como se ela fosse a coisa mais importante e ao mesmo tempo a coisa mais desimportante do mundo é um pouco mais claro para Edin do que para mim. Massa de pão, acariciar um cachorro, procurar uma estação de rádio, era essa a melhor maneira de lidar com as coisas nada técnicas debaixo da blusa de Jasna, me explica Edin. Era necessário ser suave e: preciso. Tens de dominar tua mão, ser perfeito no toque, do contrário elas se mandam!, sussurra o camarada-chefe da biologia, e olha embevecido para Jasna. Tocar só uma vez, ele suspira, depois eu poderia morrer, sem problema nenhum.

A palavra "preciso" eu jamais ouvira da boca de Edin, e quando sua voz fica mais alta ao dizer "perfeito" o senhor Fazlagić atira seu molho de chaves com toda a força em cima da mesa do professor. Silêncio. Repentino. Preciso.

A chave é uma vivência. Para Edin, para mim, também para Jasna. Porque Edin, eu e Jasna temos a ver pessoalmente com o fato de o senhor Fazlagić estar tão incomodado. Em seu estar incomodado, o outrora camarada professor aliás sempre foi imbatível. Pelo menos uma vez por semana ele profetiza, a voz tremendo: vocês ainda vão acabar me mandando pra Sokolac! Com "vocês" ele está se referindo a nós, que por exemplo somos surpreendidos na tentativa de botar fogo no quadro-negro, ou nós, que escrevemos coletivamente o primeiro texto escolar em letras cirílicas, ainda que depois da terceira morte de Tito tenha sido estipulado com toda a clareza: ninguém mais escreverá em caracteres cirílicos. E em Sokolac há um hospício. Para lá vão os Adolf Hitler e as pessoas que acham que são uma cadeira. Também o senhor Fazlagić vai conseguir ir para lá, tenho certeza. E quando seus nervos ficam próximos de Sokolac ele gosta de bater coisas em cima da mesa. A mão espalmada, o caderno de chamada, o mapa da Turquia, que o senhor Fazlagić há algum tempo louva como país exemplar neste e naquele aspecto. Hoje é seu molho de chaves de catorze quilos, com o qual por certo a Iugoslávia inteira e metade da Turquia podiam ser abertas. Em meio ao estrondo que ainda não terminou de ecoar, ele berra: perfeito? O que é assim tão perfeito, Edin, e o que estás querendo tocar? Tuas notas, de qualquer modo, são exatamente o contrário de perfeitas, e tocar tu deverias antes de tudo os teus livros!

O barulho e o berreiro deixam Edin assustado; ele salta da cadeira, dá uma pirueta, estufa o peito, abre os braços e exclama: não quero tocar nada! E com "perfeito" eu estava me referindo a nossa mudança, minha mãe e eu vamos nos mudar daqui. Aleksandar quer ajudar, aí eu disse perfeito...

Edin não vai se mudar, mas a mudança é uma boa desculpa, porque o senhor Fazlagić não continua as perguntas, diz apenas, para terminar: isso vocês podem discutir no recreio.

As primeiras semanas mais quentes do ano são a época das mudanças. Um grande recomeço está começando, contagiante como uma gripe de primavera. Famílias inteiras foram atingidas, a gente mal reconhece os carros debaixo de tanta bagagem. As pessoas deixam a cidade com tanta pressa, viajam com tanta resolução, que não encontram tempo para dizer "Até logo" às que ficam. Elas se mandam tão agitadas, como se quisessem salvar seus tapetes e sofás de uma enchente. A ideia de levar os sofás eu considero boa. Quando estou na casa de vovó, sento sempre no sofá de vovô Slavko. Quando vejo televisão, quando estou comendo, quando estou dormindo e quando quero escutar se meu coração parou. Os Ladas e Yugos estão carregados de tal modo, que no posto de gasolina o fundo dos carros arrasta no asfalto cheio de saliências. Essa estrada leva a Titovo Užice, talvez até mesmo a Belgrado ou à Bulgária, e, se alguém dobrar mais cedo, a Veletovo. Mas algo me diz que para lá ninguém quer ir, por ora. Para onde todos estão querendo ir, Edin e Zoran não sabem, meus pais também não, e quando eu perguntei, ontem depois da aula, a Kostina, o zelador da escola, para onde ele irá nas férias, ele riu, nervoso, como se tivesse medo de mim.

Edin e eu passamos a tarde inteira de ontem na frente do posto de gasolina. Todo mundo em Višegrad conhece a estrada por lá, tira o pé do acelerador, e o cano de descarga acaba tocando o chão. Ontem, porém, parecia que as pessoas haviam esquecido suas estradas: carros lotados, elas passavam a toda por cima dos abaulamentos e os fundos dos carros faziam tanto estrondo que uma velha na casa em frente botou um travesseiro sobre o parapeito e se recostou à janela para não perder nada. Quando entardeceu, não passou mais ninguém com malas no teto. Um pica-pau passou voando e eu tive de pensar em uma série de pássaros. Alguns pássaros passam o inverno aqui, apesar do frio, outros pássaros voam para o calor do sul. Será que alguns pássaros ficam sentados nos fios de eletricidade e olham para os outros pássaros como nós para os carros? Será que eles têm uma sensação estranha quando os outros pássaros cantam mencionando algum lugar mais ao sul — agora vamos bem rapidinho ao sol, fazer ninhos nos coqueiros e encher o bucho só de tangerinas? Será que eles reviram os olhos e cantam: seus voadores em formação presunçosos! Os outros pássaros não se importam que alguns fiquem ali, eles lhes dizem o que pensam sem evitar um pio: vocês também poderiam ir, em vez de ficar aqui esfriando o bico, e eu pergunto a Edin: tu sabes se os pássaros conseguem revirar os olhos?

O Golf de Danilo Gorki se aproximou do posto de gasolina tão rápido que Edin e eu nos levantamos e recuamos alguns passos, saindo da beira da estrada. Danilo é nosso vizinho, filho da velha Mirela, e garçom no restaurante Estuário. Um rapaz que metade da cidade conhece, porque sua última namorada lhe escreveu uma carta de despedida depois de ter se separado dele. A carta consistia em uma única frase, que ela escreveu com tinta de parede na rua que passa por baixo da janela de Danilo.

O fundo do Golf de Danilo bateu com estrondo na maior das irregularidades do asfalto. Ele parou e chutou o cano de descarga que agora não fazia mais parte de seu Golf. Edin e eu nos parabenizamos mutuamente, como se nós e nossa estrada tivéssemos acabado de realizar uma façanha. E Danilo, furioso, agora praguejava contra a mesma estrada, palavras como gororoba, buraco, tripa de porco e mãe estavam entre as que foram ditas. Nós o cumprimentamos com algum exagero efusivo quando ele, arrastando o cano de descarga, chegou ao posto de gasolina. A velha Mirela desceu do carro, foi parar na beira da estrada e olhou de volta para a cidade, como se estivesse esperando por alguém. Uma hora mais tarde, ela e seu filho puderam seguir adiante.

Edin cuspiu entre os dentes, olhou para o Golf de Danilo se afastando, e disse na direção de Titovo Užice, na direção de Belgrado, na direção da Bulgária: ei, Aleks, eu acho que eles estão fugindo.

Eu não contestei. Gorjeios cansados de pássaros nos envolviam no crepúsculo. Eles estão dando o fora, escapando, disse Edin em voz mais baixa, e começou a tirar as pedrinhas que ficaram presas na palma de sua mão uma vez que ele se apoiara com todo o peso sobre elas.

Escapando de quê?, eu perguntei.

Danilo, do cérebro ao pau, tudo em ti é diminuto!

O senhor Fazlagić se vira para o outro lado, ele está satisfeito com a resposta de Edin. Cadernos de atividades na mão, diz ele, espero que vocês tenham ouvido bem, quando ontem expliquei a diferença entre um acontecimento e uma vivência, pois a tarefa de hoje é um texto sobre o tema: "Uma bela viagem."

Ora, enfim algo diferente de "Minha pátria" ou "Por que um olhar pela janela me torna feliz e orgulhoso de minha cidade" ou "O dia da República é também o meu dia."

Uma bela viagem, e isso como vivência — não como um mero acontecimento! O senhor Fazlagić olhou para nós. Vukoje, a partir do vigésimo erro de ortografia eu não vou nem ler adiante. Faruk, tudo aquilo que eu não conseguir ler desconta pontos. E, Aleksandar, eu não quero saber nada de tua bisavó arrancando carvalhos ou de como os banheiros são inaugurados em tua casa ou de como tua tia ciclone e Carl Lewis disputam uma corrida em cima da ponte, que termina apenas em Tóquio! Este ano tu te desviaste do tema em todos os teus textos — dá um jeito, por obséquio, de conter tua fantasia! O senhor Fazlagić chega até minha mesa e se curva até mim. E para o discurso direto, diz ele e se apoia com os punhos sobre o tampo da mesa, é necessário um travessão, disso tu sabes, não preciso ficar te explicando tudo sempre de novo. Vocês têm uma hora!

O senhor Fazlagić soa ofendido. Quando ainda se chamava camarada-professor, ele roncava impondo trabalhos para me punir, porque eu havia contido minha fantasia e enchido sete páginas de "Minha pátria" com estatísticas geográficas e econômicas decoradas sobre a Iugoslávia. "Minha pátria" era tema dos textos pelo menos duas vezes por ano, todos os anos. O que fiz então? Uma nota de rodapé indicando meus trabalhos anteriores e assinalando o fato de que minha posição, apesar da inflação, não havia mudado, e também que não haveria de mudar assim tão rápido. Numa segunda nota de rodapé, eu sugeri ao senhor Fazlagić dar uma olhada na minha coletânea de poemas, sobretudo nas poesias intituladas "8 de março de 1989 ou À minha conselheira especializada em política eu dou florestas de pinheiros cheias de amor materno", "1º. de maio de 1989 ou O pintinho na mão do pioneiro" e "Camarada Tito, no meu coração não morrerás jamais".

Vovô Slavko gostava quando eu me desviava do tema. Mamãe não gostava das notas ruins e papai não creditava muita importância à escola. Ele dizia: não te metas em brigas!

Eu abro a primeira página vazia em meu caderno de atividades. "Uma bela viagem." Viajo com meus pais todos os anos ao mar Adriático, sempre a Igalo. O sindicato dos trabalhadores da Varda, a firma na qual meu pai usa camisa e gravata, é quem organiza tudo. Centenas de višegradenses, que trabalham na Varda, pegam suas malas e suas famílias, juntam tudo e dizem: sim, esse hotel nos foi destinado, mas nós teríamos preferido aquele em que estivemos em 86. A Varda inteira viaja a Igalo, as pessoas de uma pequena cidade sem mar são deslocadas por um mês a uma pequena cidade com mar. Eu conheço os caminhos de Igalo exatamente como conheço os de Višegrad, e isso não apenas por causa da viagem anual, mas também porque as camas dos hotéis e as estantes, na verdade todo o mobiliário, até mesmo o chão de taco e os revestimentos em madeira, são exatamente os mesmos de nossos quartos e das paredes de nossa casa — produtos da Varda. Caso se quisesse falar sobre uma bela viagem, não se poderia escrever sobre Igalo.

No canto da folha, de tanto pensar em Igalo, eu rabisquei uma cabeça. Os cantos da boca repuxados para baixo, um bigode. Agora a cabeça recebe dois longos braços no lugar das orelhas. O Morsa. Uma bela via-

gem para o pai de Zoran, Milenko Pavlović, o outrora temido arremessador de três pontos e não tão bom no tiro de espingarda! A bela viagem do Morsa em busca de uma nova mulher e de uma nova felicidade!
Sabendo que uma boa história jamais deixa de acertar um tema em cheio,
eu escrevo o título:

O que Milenko Pavlović, chamado o Morsa, traz de sua bela viagem, como a perna do guarda da estação rodoviária é despertada para a vida, para que os franceses podem ser úteis e por que os travessões são dispensáveis

Uma vez que todo mundo pode dizer e pensar e também não dizer o que quiser, como é que se faz para indicar aquilo que é pensado e não dito ou aquilo que é dito mas não é verdade, ou para o que é pensado e nem chega a ser importante para ser dito, ou para o que é dito por ser importante e não é ouvido? Ora, o travessão...

Bêbado e enganado como estava, Milenko Pavlović, chamado o Morsa, pediu a seu filho que viesse até ele e lhe disse: Zoran, eu agora vou me mandar, tenho de ajeitar tudo novo para nós — O *capital* para mim e uma mãe para ti. Ele entrou no carro e deixou a cidade buzinando. Ninguém sabia para onde a viagem o levaria.

Ontem, depois de um ano, o Morsa voltou. Entrou na cidade buzinando mais alto do que quando a deixara, no volante de um ônibus da Centro-trans. Naqueles dias todo mundo dava o fora daqui, ninguém sabe para onde, só o Morsa voltava orgulhoso, ninguém sabia de onde, e a primeira coisa que ele disse quando seus sapatos tocaram Višegrad foi:

Alguém quer comprar um ônibus?

Um ônibus assim com certeza não pode ser vendido com facilidade, disse eu ao Morsa, quase sem fôlego. Eu corri ao lado do veículo que entrara triunfante e vagaroso pelas curvas da cidade, queria ver o que o Morsa havia trazido de sua viagem.

O ônibus está um pouco torto, disse Armin, o guarda da estação, e se coçou debaixo de seu boné de guarda da estação. Ele não se referia ao ônibus em si, mas sim ao jeito como o Morsa o estacionara — o pneu dianteiro direito estava sobre o passeio. Armin ficou de cócoras, os joelhos estalaram, ele olhou embaixo do ônibus, passou o dedo sobre a lataria enferrujada, abriu o porta-malas e chutou os pneus. Assentiu três vezes e disse: um belo ônibus, eu já o conheço, e tu não poderás vendê-lo porque ele já nos pertence.

Mas é claro que tu o conheces, e o Morsa levantou as mãos para o alto, em júbilo, mas será que vocês são parentes, tu e o ônibus? Porque uma coisa é certa, não vou te vender teu tio, mas os tempos em que podíamos vender apenas aquilo que nos pertencia já passaram há muito neste país.

Atrás do Morsa sorridente apareceu uma moça à porta do ônibus. E ele esqueceu todo e qualquer negócio e enfiou a camisa nas calças. Cabelos vermelhos com grampos negros, cachecol vermelho com listras negras, sapatos de salto vermelhos com fivelas negras, tamanho quinze, mais ou menos; também a blusa de decote generoso e a minissaia eram de tecido vermelho e negro. A joaninha riu, e eu fiquei bastante aliviado ao ver que seus dentes eram simplesmente brancos.

O Morsa estendeu o braço à ruiva, que o pegou sorrindo. Os sapatos vermelhos da moça mal tocavam o asfalto rachado. Assim flutuante, e com as pestanas tilintando, ela contemplou o pequeno grupo que havia se juntado para cumprimentar o milagre do Morsa, e o grupo baixou os olhos na medida em que era homem, e tirou o boné, na medida em que o tinha.

Não queres vendê-la?, foi o que passou pela cabeça de Armin, pelo menos era o que estava escrito nos olhos cobiçosos que seguiram a nova mulher do Morsa. Como se ela fosse um faroeste de domingo à noite, apresentado pela primeira vez na televisão. Armin assobiava entre os dentes de modo quase inaudível, mas ainda audível, era assim que se assobiava quando se via algo bem caro. Os olhos da ruiva tinham algo a ver com o assobio de Armin, azul-claros ao lado de todo aquele tom vermelho e negro. E, além disso, como era delgado e longo seu pescoço! Armin chutou talvez pela vigésima vez contra o pneu dianteiro direito ainda quente, aquela perna ele não estava mais conseguindo conter.

Esta aqui, esta aqui é a minha Milica!, disse o Morsa anunciando sua Milica com uma voz tão solene como se no fundo quisesse proclamar: escutem, vocês aí, todo mundo fique sabendo que esta é a minha Milica! A bela Milica de Milenko!

Todo mundo sabia do infortúnio de Milenko, todo mundo ouvira como ele fora traído diante dos olhos de seu único filho, e como um dono de tabacaria humilhara e maculara sua estante de livros sem respeitar nem mesmo *O capital*. Mesmo assim ninguém aplaudiu quando a joaninha saiu batendo os saltos ao lado do Morsa. Vermelho e negro nem de longe garantem alguma coisa entre nós, eu sempre soube disso, a estação rodoviária não é um cinema e uma dose de batom como essa, ora, não pode fazer bem para uma só boca, de um ponto de vista medicinal!

Com cautela, o Morsa foi pegar a bagagem de Milica, sua própria sacola esportiva ele simplesmente jogou na calçada, levantando poeira. Estendeu a chave a Armin como se ele estivesse de aniversário, e a Armin não restou outra coisa a não ser agradecer e enfim esquecer do pneu. A nova mulher do Morsa jogou o cachecol em volta de seu pescoço esbelto, e uma bolsinha tão diminuta como a dela eu jamais havia visto, o batom cabe dentro dela, mas com certeza mal sobra espaço para os comprimidos de dor de cabeça.

Onde é que se meteu o motorista?, eu perguntei ao Morsa, depois de ele ter cumprimentado os que estavam à volta com apertos de mão, assim como os presidentes fazem nos aeroportos, envolvendo a mão dos anfitriões com ambas as mãos.

O motorista está catando cogumelos no Tomanija, respondeu o Morsa me dando um soquinho no braço, coisa que me agradou. E onde está meu filho, seu malandro?

Ele está catando cabelos na barbearia de mestre Stankovski, respondi eu, e dancei como Mohammed Ali diante do Morsa, acabo de vir dali. Ele está usando teu casaco, aliás sempre usa.

Ah é, o casaco, assentiu o Morsa, e a palma de sua mão levou um direto de direita e um uppercut. Pois fique sabendo que é o último dia que ele vai usar aquele troço velho, em Trieste não se usam jaquetas jeans, e eu comprei tudo novo pra ele.

Milica tirou os óculos de sol dos cabelos, ajeitando-os no rosto, e, franzindo a testa, fez seu olhar passear pela pequena estação rodoviária. A moita na beirada, tão verde-pálida, por certo não agradaria a alguém assim tão joaninha. Provavelmente também as manchas de óleo no asfalto não agradavam, ou a matilha de cães a dormitar num canto, ou os buracos na cerca enferrujada, ou o amante de pneus Armin, que se coçava na barriga por debaixo da camisa. Milica finalizou sua inspeção por cima dos óculos de sol — em mim. O que é que não estava em ordem? Eu tenho orelhas grandes, mas mulheres em idade de casar normalmente consideravam isso simpático. Eu tinha um corte de cabelo meio torto, mas não tinha nenhuma culpa disso, já o mestre Stankovski... Milica entreabriu os lábios devagar, mostrou dentes, ela possuía cerca de quarenta a mais do que qualquer pessoa normal, e em um de seus doze incisivos refulgiu um diamante. Os dentes podiam ser uma espécie de riso, eu pensei, e realmente: algo em mim agradava a ela! Maravilhada, ela cruzou as mãos diante do peito, sua decepção com a surrada estação rodoviária era coisa do passado. Ela deu um beliscão com ambas as mãos em minhas bochechas e no nariz, deixando para trás um cheiro inacreditavelmente doce. Mas se há algo, eu exclamei, e passei as mangas da camisa sobre as bochechas, que eu considero pessoalmente abalador, então são dedos em meu rosto!

"Eu pessoalmente", minha mãe dizia quando queria manifestar outra opinião, e em "abalador" ela falava quando mais uma vez se mostrava preocupada.

O jeito que ele fala!, exclamou Milica eufórica, e bateu palmas. Sua voz soou como a última tecla à direita de um piano. Como ele é bonitinho, abrindo e fechando assim sua boca! Ela recuou um passo se afastando de mim, como se fosse admirar um quadro numa galeria. O Morsa se alegrou porque sua Milica se alegrou, ele queria abraçá-la, mas já estava tão coberto de malas e sacolas e bolsas, que realmente não conseguia se mexer muito bem.

Que idade tu tens, queridinho? Milica se aproximou um passo mais uma vez, eu recuei três.

Sopram por aí uma série de hipóteses, entre oito e catorze, conforme for mais conveniente, mas de qualquer modo já estou velho demais para ser beliscado nas bochechas, murmurei eu, e segui o Morsa para fugir a eventuais novas perguntas. Ele se deslocara em passos pesados na direção do centro da cidade. Pelo canto do olho, vi que Armin saía de ré com o ônibus, ele não podia suportar a ideia de que um de seus ônibus estivesse com um pneu dianteiro sobre a calçada. Fiquei de olho também na joaninha. Quem sabe do que é capaz alguém que usa meias que parecem uma teia de aranha.

Čika Milenko, onde é que estiveste tanto tempo assim?

Viajando... Cruzando o país de ponta a ponta. Pelas planuras da Panônia, em cima dos Dinaridos, na costa, até a Itália. Uma viagem nem um pouco ruim. Uma vez que eu tinha pouco dinheiro, aproveitei cinco frases em francês da Marselhesa e a receita de quarto de carneiro à moda bretã para dizer que meu nome era Jacques, e apresentei minha Milica a todo mundo como mademoiselle Bretagne. Franceses nos deixam felizes, porque eles sabem amar como nós, porque dominam o acordeão tão bem quanto nós e porque transformaram em arte a sua incapacidade de assar um pão decente! Como Jacques e Bretagne, nós sempre ganhávamos algo de comer e uma cama para dormir e nos conhecer melhor. Por todos os lugares, nos explicavam por que a Iugoslávia havia sido um país e tanto, era como se estivessem falando de um morto. Nossa brincadeira foi bem até darmos de cara com um francês de verdade. Nós nos emborrachamos com ele bebendo um rosé francês, até ele admitir que havia falado macedônio com sotaque francês, e que o vinho era um vinho comum da região, acrescido de aguardente. E logo em seguida se mostrou aborrecido com seu vinho comum e chorou no colo de Milica, havia poupado tantos anos para comprar uma motocicleta, a fim de impressionar a mulher mais bela da aldeia, mas a mulher mais bela teria se casado certo dia com outro, que não tinha nem sequer uma bicicleta.

No caminho por Višegrad, no dia 2 de abril de 1992, o Morsa disse: seria bom se todos tivessem treinado o estar a caminho como eu treinei. Todo mundo em pouco terá de fazer longas viagens. Eu fico, venha o que vier.

No caminho que passava pelo posto dos bombeiros, o Morsa ficou sério de repente e disse: aqui eu e Milica vamos ser felizes.

No caminho, o Morsa ficou parado junto à mesquita e bebeu água da torneira do muro.

No caminho, que estava longe de ser suficientemente longo para que ele pudesse ter contado tudo que me contou, Milenko se mostrou feliz com todos os que passeavam, e que o reconheceram e pararam, cumprimentan-do-o, porque nesses momentos ele podia botar no chão as sacolas pesadas. Muitos cumprimentaram cordialmente, cordialmente também porque estavam felizes ao ver que enfim a cidade aumentava em um habitante, já que de resto ela diminuía dia a dia.

Musa, disse o Morsa a Musa Hasanagić, que segurava sua Couve-flor pelas rédeas, Musa, irmão, vamos ficar juntos nessa?

Sempre, disse Musa, e Couve-flor assentiu, conforme é costume entre os cavalares.

No caminho até seu filho, que ele já não via havia tempo demais, e no caminho para a frase: eu estou de volta, e a guerra está em meus calcanhares, o Morsa contou de sua viagem, a última, disse ele, que por muito tempo terá sido feita com tantas preocupações, e mesmo assim tão despreocupadamente, neste país:

A que leva o mau gosto musical, o que o homem de três pontinhos denuncia e como é rápida uma guerra, assim que acaba de tomar impulso

Meu carro parou logo em cima do Romanija. Não era de acreditar! Exatamente no lugar em que eu ainda no outro dia fizera uma pausa para mijar com meu Zoran, o motor arria. Neblina densa como cimento, o mesmo de sempre. Eu — seguindo adiante a pé, até que veio o ônibus. O motorista aumentou o volume da música. Minha cabeça aumentou as dores. E então eu digo a ele: tu não estás sozinho aqui. Ele ri da minha cara: não estou, mas sou eu quem está te dando carona, e enquanto eu te der carona, o volume me pertence, e a ti pertence apenas o banco. E o pior é que ele tinha razão. E eu admito. Não vou querer brigar por causa disso. Mas a música não apenas não baixa o volume, como inclusive se torna pior, ainda por cima. Ela se torna nojenta. O cara meteu uma fita e canta sobre as espadas afiadas junto ao Drina sangrento. E eu me atrevo mais uma vez: está bem, o volume e o rádio e o volante e a velocidade e os cabelos do teu nariz te pertencem, mas isso aqui, ó, são minhas orelhas. E isso que minhas orelhas e meu Drina são obrigados a encarar não pode de modo algum me deixar satisfeito, nem eu posso, muito menos, me mostrar de acordo com isso. E uma vez que tu cantas junto — e nesse momento eu o toquei no ombro — não estou satisfeito também contigo, e muito menos de acordo. Não na condição de motorista, nem na condição de ser humano, que sabe de cor uma bobajeira dessas. Desliga já, ou eu te arranco os ovos com um tiro! Mas então o cara aumenta o volume até o máximo. Na batalha, todos heróis!, ele berrou para mim, a ponto de eu pensar que logo voaríamos da estrada, e a última coisa que eu teria ouvido em minha vida seria esse berreiro grão-sérvio de asno. Porque cantar o cara não sabia, do contrário também não teria se tornado motorista de ônibus. Eu estou com dor de cabeça, e a minha vida não é exatamente a vida mais simples, eu sussurrei ao ouvido do asno. E que eu, muito embora seja sérvio, me envergonhava de ouvir um lixo como aquele. Não há nada mais perigoso do que um homem enganado com dor de cabeça, e que ainda por cima se envergonha e carrega consigo uma espingarda carregada em sua sacola, debaixo das camisetas de dormir. Aleksandar, me promete que tu nunca vais enfiar o cano de uma espingarda debaixo do olho de um motorista de ônibus, mas que vais sempre te limitar a jogá-lo para fora de seu ônibus, cobrindo-o de pontapés e dando um tiro em sua fita cassete!

Palavra de pioneiro!

Não existem mais pioneiros, seu malandro.

A gente é pioneiro para a vida inteira!

O Morsa assentiu, satisfeito. Sim, eis que agora sou eu o ônibus, sou eu quem diz aos passageiros que cada um pode ter as coisas como as quiser. Vou levar vocês até a porta de casa ou para onde quer que seja, vocês pagaram por isso. Quem não quiser viajar junto com uma dor de cabeça assim e uma espingarda assim, vou pedindo que saia logo, sem por isso me mostrar azedo. Ali estavam, pois, aqueles rostos, homens e mulheres, eles olhavam para mim, todos um pouco preocupados e todos de cabelos pretos; todos — menos a minha Milica ruiva, ela estava sentada na fileira de cinco bancos, atrás, e pintava os lábios. Ah! Eu logo soube que não podia ter falado aquilo a sério, quando disse que deixaria todo mundo sair. Porque uma como aquela — ah, uma como aquela não podia me escapar.

Milica sorriu e baixou os olhos. O Morsa botou as sacolas no chão, envolveu a cintura dela com sua mão gigante de basquetebol e deu voltinhas sobre o tecido vermelho e negro de sua blusa.

Três pessoas desembarcaram logo, o Morsa levantou três dedos, uma quarta — o Morsa levantou o mindinho — se levantou. Um velho minúsculo de chapéu demasiado grande, cachos nas têmporas e fraque puído. Tão minúsculo que eu nem sequer o tinha visto atrás do banco. Tudo nele era ou pequeno e curto ou grande e comprido. Ele teve de subir no encosto lateral para conseguir pegar sua sacola no compartimento da bagagem. Um critiqueiro bem pequeno, mas bem pequeno mesmo, é o que ele era, dava para ver a honestidade e a tristeza nos lábios dele! Ainda sobre o encosto, ele meteu uns óculos pequenos na frente dos olhos gigantescos e fez um discurso em sua linguagem de três pontinhos: que entre nós os punhos sempre... que nós sempre... eu me sinto despedaçado... eu me despedaço... armas... espancar... até mesmo com palavras... espancar... censurar... bufar... praguejar... como no passado... foi sempre assim... e isso é apenas... vocês haverão de ver... isso é apenas... um país dos espancadores... jamais fica em paz... jamais descansa em paz...

Aleksandar, tu nunca viste uma barba tão comprida como a barba com a qual o homem dos três pontinhos fez sua crítica! Ele a penteava para deixar livre a gravata-borboleta, duas longas cascatas de barba. E assim ele ficou em pé na minha frente, eu posso repetir tudo direitinho, conforme ele disse: absurdo... absurdo... será que nós sempre teremos... podia ser muito mais fácil... como no passado... botas sobre o gelo... o lago congelado... um frio desses... também o menor dos pregos eles... faz exatamente cinquenta anos... me deram de comer... eu queria ir até Deus... uma fome dessas... os popes, os bons popes... fé ou comida... rapazinho, rapazinho... podes ficar cego por causa do frio... foi assim, na época... não salvei nada... as pessoas mais solitárias amam apenas a si mesmas...

Foi exatamente isso que o homem dos três pontinhos disse, não dá pra esquecer, mesmo querendo. Em seguida ele se deitou na primeira fila, e continuou murmurando com suas barbas. Uma barba comprida como aquela tu nunca viste, nunca mesmo.

Nunca mesmo, disse Milica.

Nunca mesmo, disse eu depois de algum tempo, em voz baixa, olhando de soslaio para a joaninha, e por que foi que trouxeste junto essa daí?

Eu não fui trazida!, disse Milica, revoltada, eu viajei até aqui porque quis que fosse assim. Homens com opinião, mãos grandes, dor de cabeça, uma espingarda e um baita — e ela olhou pelo corpo do Morsa abaixo — bundão nas calças me deixam impressionada. Ops! Tu já podes usar palavras assim?

Impressionada? Eu sou iugoslavo!

O Morsa riu e Milica riu. Ela era diferente das mulheres de Višegrad. Sempre vasculhava as redondezas com o olhar, como se estivesse esperando alguém, inclusive quando estava conversando, e até mesmo quando ria. Apenas no seu Morsa é que ela se concentrava por inteiro. As coisas vão ser difíceis para ela aqui entre nós.

O *capital*, disse o Morsa, eu não cheguei a arranjar, li minha velha edição durante a noite, quando não conseguia dormir, e juro que não entendi uma só palavra. Minha Milica eu entendi todinha. Ela e o homem dos três pontinhos foram os últimos passageiros, depois de eu ter levado todos os outros para casa. O homem dos três pontinhos nos contou que haviam saqueado seu lar e sua sinagoga e sua lembrança de como se terminavam frases. Teria lhe sobrado apenas o chapéu, a mala, a barba e a gravata-borboleta. Larilalá, vocês podem me... esse é o meu... eu me chamo... mas Larilalá não era seu nome verdadeiro, o verdadeiro haviam lhe tomado também. Larilalá era sua canção. Perdido em pensamentos, ele arranhava com a unha na borracha abaixo da janela, larilalá, larilalá..., ele cantava. Ele viajou conosco durante dois meses. Eu deixava ele pegar o volante, para conhecer melhor minha Milica na última fileira de bancos.

Certa vez, à noite, em algum lugar das montanhas eslovenas, eu estou justamente conhecendo melhor o pescoço de Milica, quando acontece o estrondo! O ônibus rompe a guarda lateral à esquerda, e desce a montanha com estardalhaço em meio ao matagal, fazendo com que teus ossos se rearranjem no corpo, até bater lá embaixo, eu mal tenho tempo de segurar Milica...

Nada mal..., exclama o homem dos três pontinhos lá na frente, e acena com uma calota de roda para se despedir. Em volta de nós, uma área gigantesca e vazia, e vento. O homem dos três pontinhos dá alguns passos e resvala, quase caindo. E diz: isso... isso... não consegui salvar nada, tantos anos já se... mas agora...

Aleksandar! Olha que nós estamos parados em cima do gelo! O ônibus está parado em cima do gelo! Em cima do gelo de um lago congelado! Para onde quer que alcancem os olhos, nada; nada, mas esse azul-escuro! Minha Milica e eu dançamos uma polca em cima do gelo! Na luz dos faróis, eu conheço melhor seus olhos gelo-azulados. O homem dos três pontinhos pega de dentro de sua maleta um par de patins e nos conta uma história. Ele não faz mais nenhuma pausa, está curado dos três pontinhos!

Patins sobre o gelo, à noite, disse Milica, o homem dos três pontinhos anda para a escuridão, larilalá, larilalá...

Eu apaguei a luz, e Milica e eu nos conhecemos enfim. Na manhã seguinte, nós andamos sobre o gelo, o bom ônibus fez algumas piruetas, tão felizes como nós e o ônibus ninguém no mundo estava. Até que ouvimos sobre a Croácia no rádio. Para Osijek, Milica gritou imediatamente, meu pai!

Conheces Osijek, seu malandro!

Eu conhecia Osijek.

Guarda muito bem, Osijek!

Eu conhecia Osijek da televisão. Osijek estava queimando, e todo mundo podia ver algo inconcebível, algo inconcebível debaixo de cobertas e lençóis, sempre de novo, no meio da rua, nos pátios. Botas. Antebraços. Vovô Slavko não estava mais aí para confirmar que aquilo que eu via era aquilo que eu temia. Meus pais diziam que era bem longe.

Em Osijek, eu beijei o pai de Milica, do lado esquerdo e do lado direito, e logo fui honesto com ele. Milica, eu disse, Milica e nenhuma outra!

Não vá complicar a vida dela, ele disse, e me deu de presente seu relógio, sua mesinha de cabeceira e suas balas de caramelo. Em seguida nós filosofamos um pouco. Imagens de mulher, casamento, dono de tabacaria, lascar lenha, vida, peso da vida. Isso fui eu que filosofei. Ele filosofou: a vida pesou mais no verão de quarenta e três. Quando fugíamos dos italianos. Não comemos nada, durante dias. Não bebemos nada. O céu — lava azul. Bota fogo nos cabelos de tua cabeça. Um pátio. Ninguém ali. Um galpão. Ninguém ali. Mas presunto e mais presunto. Conservado em sal. Defumado. Nós o comemos tirando-o das traves em que estava pendurado. Lambemos o sal. E esquecemos da água. Ninguém tinha água. Sal demais, sol demais. E na aldeia os italianos tomavam sol em volta da fonte. Em número três vezes maior do que o nosso. Assim a vida era difícil. Nós acabamos com eles. Ordem e tática. Cada tiro, um morto. Dos nossos, não morreu nenhum. E a fonte vazia. A fonte vazia. Assim a vida era difícil.

Eu lhe contei uma piada: os italianos e os guerrilheiros da resistência lutavam dia e noite numa floresta, e então eis que chega o guarda-florestal e expulsa os dois grupos.

O pai de Milica não riu. Ele tirou sua camiseta e nos serviu mais chucrute quando os primeiros tiros foram disparados lá fora. Mas o que é isso? Nós estamos apenas conversando sobre o assunto?, ele gritou. Milica pegou seu pai com uma das mãos, a mim com a outra. Papai, tu agora vais embora daqui. Milenko, tu o levarás. Eu ficarei, pois do contrário eles vão destruir nossa casa.

Tu vens junto!

Eu não vou deixar a casa sozinha!

Eu não vou te deixar sozinha!

Me prova isso e volta logo!

E assim como estava parada ali, minha Milica, mulher e comandante, eu lhe jurei todo o meu amor. Milenko, agora não há tempo para isso, ela disse. Seu pai opôs resistência, mas nós voltamos a vestir a camiseta nele. Até Zagreb — nenhuma barreira de controle, nós tivemos sorte. Eu — voltando imediatamente, cheguei bem tarde na noite. Um inferno. Pelo oeste ainda dava para entrar, mas um verdadeiro inferno! A luz dos postes estragada, as casas na escuridão ou em chamas. Por todos os lugares, pessoas, nenhuma delas feliz. À janela — uma vela. Milica estava sentada na cozinha e descascava uma batata com toda a calma. Na frente dela, um programa ancestral de televisão. Ela estava chorando...

Eu achei que tu tinhas..., Milica o interrompeu.

Mas eu não tinha, e Milica beijou o ombro dele.

Fora daqui, em direção ao sol: para a Itália. O ônibus ainda estava ali, e inclusive estava inteiro. Milica sentou ao volante porque conhecia a cidade. Mas os soldados também conheciam a cidade, barreira na rua, descer, o ônibus vira propriedade militar. E eu digo: mas este é um ônibus que ama a paz. E por causa disso, ganhei isso daqui — o Morsa se curvou, Milica afastou o cabelo da testa dele. Uma longa cicatriz junto à base dos cabelos do Morsa. Eu não desmaiei, disse ele, tenho orgulho disso. Vamos ver quem é mais rápido, disse então Milica, nosso ônibus ou a guerra de vocês. Ela pisou no acelerador e se mandou passando por cima da barreira. Um soldado ainda estava dentro do ônibus, minha espingarda também, ele perdeu o equilíbrio, eu não, e logo não havia mais soldado no ônibus.

E só voltei a tirar o pé do acelerador quando estávamos na Piazza Verdi, em Trieste, disse Milica, e ficou parada diante de uma vitrine.

E a guerra?, perguntei eu.

A guerra estava em nossos calcanhares, mas não tinha visto para entrar na Itália, disse o Morsa.

E será que ela tem visto para Višegrad?

O Morsa ficou parado e olhou em volta. Nós havíamos chegado à Praça da Liberdade. Ali o mestre Stankovski tinha sua barbearia. Zoran não podia ser visto. O Morsa botou as sacolas no chão e me abraçou. És mesmo corajoso, Aleksandar?, ele me perguntou, sério.

Perco a cabeça com facilidade, digo eu, mas em seguida consigo me lembrar de tudo.

O jeito que ele fala, disse Milica, desta vez ela o disse com voz firme.

Tu fazes bonito, e o Morsa passou os dedos à esquerda e à direita em seu bigode e correu em direção ao cruzamento. Os carros pararam, ninguém buzinou. Ele subiu ao capô de uma Mercedes, fez um funil diante de sua boca usando as mãos, e gritou: Višegrad! Eu estou de volta, e a guerra está em meus calcanhares! Višegrad!, ele gritou, Višegrad, o Morsa está de volta! Zoran!, ele gritou, teu pai está aqui, Zoran! A guerra está em meus calcanhares, mas nós somos uma família, e ninguém pode conosco!

. . .

Primeiro chegaram uns, depois chegaram os outros, uns se perguntaram o que é que pensamos de fato sobre as sinagogas, eles salgaram os pepinos e tomaram café em cima da arca da Torá e se reuniram na saleta das rezas e refletiram e não sabiam ao certo, depois seguiram adiante, e o inverno rigoroso veio; tudo congelado, em minhas veias o sangue e no rosto as lágrimas, pois os outros não perguntaram nada quando vieram, eles me atiraram na neve, a fim de que pudessem trabalhar em paz, tudo de pedra, um gritou, mas os livros nós podemos; os popes ouviram isso, eles se ajoelharam diante dos soldados, pastores barrigudos e olhos de menina acariciaram suavemente as botas dos soldados, rezaram e imploraram misericórdia para a casa e para os livros e para mim; mas os soldados tinham barbas mais compridas do que os popes, bem, disse o mais bêbado dos soldados, não vamos queimar nada, levem tudo para o lago; os popes disseram obrigado e de sua igreja podia ser ouvido o órgão, os baixos se inclinavam fazendo reverência, enquanto a sinagoga era destripada, eles levaram tudo em carretas até o lago congelado, o rolo da Torá, meus tefilin, meu quipá, o Talmude, os livros antigos, antigos, e quando a sinagoga estava vazia como seus corações, eles me puxaram pelas pernas sobre a neve e sobre o gelo e me ataram à arca da Torá no meio do lago, logo chegará a primavera, judeu, não se preocupe, eles riram e gritaram para mim da margem, a fim de que eu pudesse ver cada uma das meninas antes de eles a jogarem dentro da sinagoga, a fim de que eu a tivesse visto viva, antes de eles a trazerem morta até mim, horas ou dias mais tarde; aqui passaremos o inverno, eles cantavam e carneavam porcos diante do Bima, postavam guardas junto ao lago a fim de que eu não pudesse escapar e a fim de que fossem chamados quando a cobertura de gelo cedesse; os popes me alimentaram com pão, me limparam, e dia a dia ficava mais quente, a neve derreteu, a lua cheia jamais esteve tão vermelha no Pessah, eu podia ver as flores se levantando nas margens e escutar o gelo fino estalando sob os pés rápidos dos popes: antes de as coisas sagradas e eu não termos afundado, os soldados não queriam seguir adiante, a guerra não fugiria deles; o sol vinha e ia, o gelo ficava e os impacientes ameaçavam meu pescoço com suas facas, mas eles ameaçavam das margens, porque não se atreviam mais a vir até mim; o mais jovem, que queria provar sua coragem, eles tiveram de salvar, pois o gelo se quebrou bem perto da margem, e eu sabia que aquele gelo resistiria também ao verão caso fosse necessário, e antes me matará a fome do que o lago, pois eu acredito com toda a minha fé que o criador, louvado seja seu nome, vinga todos aqueles que seguem seus mandamentos, e faz mal àqueles que quebram seus mandamentos; eles atiraram em mim algumas vezes e acertaram a arca, eu incluí os popes em minhas rezas até o fim, até que adormeci sem forças, apenas pele e ossos, leve como uma canção matinal; os popes me despertaram, rabbi Avram, eles se foram!, exclamaram eles, felizes sobre o gelo, rabbi Avram?, eles chamaram temerosos, porque eu não me mexi; mas eu me levantei, a corda havia tempo solta, corri com as pernas tremebundas sobre o lago, minhas pernas eram conduzidas pela fome, eu pensava apenas em comer, em mastigar, em degustar, também entre os popes por certo haverá de se encontrar algo kosher assim às pressas, eu pensei, eu pensei em devorar e não pensei no rolo da Torá, não no Talmude, não nos velhos e veneráveis livros, não levei nada comigo, de mãos vazias caminhei sobre o lago e atrás de mim o gelo se quebrava em meus rastros, como se meu peso agisse retardatariamente; eu me voltei, e quando os popes me puxaram para as margens, os buracos de meus passos se uniram em uma única e formidável rachadura no gelo, o estalo foi de atordoar os ouvidos quando de todos os lados novas rachaduras se abriram no gelo para se encontrarem no meio do lago, debaixo da arca da Torá, ela foi a primeira a desaparecer, apenas alguns segundos, antes de todo o resto, não salvei nada, afundar nas profundezas: meu nome, minha honra, meu fôlego para longas frases, minha autoestima, minha confiança; mas de uma coisa eu sabia, enquanto os popes me davam água, eu sabia que o mundo inteiro é apenas uma pinguela curta e estreita, e que não se pode ter medo nenhum das profundezas abaixo dela.

De que nós brincamos no porão, qual é o gosto das ervilhas, por que o silêncio arreganha seus dentes, quem tem o nome certo, o que uma ponte é capaz de suportar, por que Asija chora, como brilham os olhos de Asija

Mal as mães chamam para o jantar, com vozes sussurrantes, e já os soldados tomam o prédio de assalto, perguntam o que há, sentam-se conosco às mesas com tampos de compensado, no porão. Eles trazem suas próprias colheres, faltam as pontas dos dedos em suas luvas. Os soldados se metem necessariamente ali dentro, assim como necessariamente também querem saber o nome de todos, assim como precisam atirar para o alto, assim como empurram čika Hasan e čika Sead das escadarias para dentro do porão, levando-os para um soldado de faixa na testa. Este, porém, mergulha pão no caldo de ervilhas, e diz: não necessariamente agora. Rápido à mesa, soldados, por favor, do contrário vai esfriar, isso as mães não chegaram a avisar. Não há lugar para mochilas e fuzis e capacetes sobre as pequenas mesas, mas Zoran e eu fazemos gosto em abrir espaço para as Kalaschnikov. Qual é o nome de vocês? Nosso nome é bem bom, e por isso nós podemos usar os capacetes. Como pode que um capacete cheire a caldo de ervilhas, eu não tenho ideia.

Antes de os soldados chegarem, tudo era como tinha sido já havia muito tempo. Eu não podia sair do porão depois das nove e meia, não podia puxar as tranças de Marija, mas o fazia mesmo assim, tinha de comer ervilhas, ainda que essas ervilhas tivessem gosto de feijão. Pontualmente às nove e meia começou, também hoje pela manhã, assim como em todas as manhãs dos últimos nove dias, o barulho. Canhões pesados, assentiram as pessoas, e referiram as letras e números correspondentes, VRB 128, T 84.

101

Čika Sead e čika Hasan discutiram para saber que letra com que número atirou para onde, e se havia acertado em cheio ou não. Eles disseram: na teoria. Quando o centro comercial do outro lado da estrada foi atingido, eles disseram: na prática, e riram. Čika Sead e čika Hasan são viúvos e aposentados, sempre estão discutindo, sempre estão apostando, raramente se encontra um sem que o outro esteja com ele, jamais, contudo, eles são encontrados dividindo a mesma opinião. Os canhões pesados, disse čika Hasan hoje pela manhã, disparam do monte Panos aqui para baixo; não, disse čika Sead, e limpou seus óculos com um paninho, eles estão localizados na parte baixa do Lijeska.

Nós, crianças, preferimos "artilharia" a "canhões pesados". Edin é quem consegue imitar melhor os impactos da artilharia e o latir das metralhadoras. Por isso, todas as tropas querem tê-lo consigo, quando nós brincamos de artilharia no porão. Três contra três, bombas não são permitidas, não, Marija, tu não podes participar, presos podem ser torturados com cócegas, munição ilimitada, na escadaria que dá para a saída — cessar-fogo. Quando Edin soltava seu ra-tá-tá, fazia um biquinho e se sacudia todo como um doido! Quase sempre vencia a tropa na qual servia Edin. Não é de admirar, com as salvas de tiro e as sacudidas que ele dava!

Também hoje à tarde houve uma escaramuça, e até mesmo Zoran participou, naturalmente na condição de comandante. Edin estava entre os inimigos. Normalmente, as tropas inimigas corriam em direções contrárias antes do primeiro tiro, se escondiam em cantos escuros do porão e ficavam esperando, à espreita: quem abandona sua posição por primeiro e se precipita ao ataque? Às vezes, ninguém o fazia, e a coisa se tornava entediante — nós começávamos a jogar bola de gude e esquecíamos que havia guerra. Alvo fácil para o inimigo, quando ele decide enfim atacar, e tuas armas se limitam a bolitas de vidro entre o polegar e o indicador, a minha pelo menos tinha uma pena de quatro lamelas dentro.

Hoje nós seguimos os inimigos em segredo, em vez de nos esconder. Eles se escafederam atrás de dois barris de chucrute e uma armação de cama enferrujada. Zoran espreitava de um canto e Nešo pegou o fuzil Winchester de repetição que carregava no ombro. Nós já havíamos dito centenas de vezes a Nešo: o Winchester não dá, uma carroça velha como essa não perdeu nada por aqui com sua gravura de bisonte e seus doze tiros. Se for assim, é melhor vires logo com arco e flecha. Mas então vou mirar e acertar melhor. Nem de longe que ele acertava melhor, e ainda por cima parecia estranho ao atirar. À noite, antes de dormir, e pela manhã depois de levantar, sua mãe lhe colava as orelhas de abano contra a cabeça, usando fita adesiva blindada, e as tiras cinzentas nos lembravam sempre de o sacanear, embora eu nem soubesse o que todo mundo tinha contra orelhas grandes.

Zoran acenou para que nos aproximássemos. Edin e seus dois camaradas, Enver e Safet, os dois filhos do relojoeiro que moravam nas vizinhanças e que chegavam atrasados a todos os seus encontros, estavam de cócoras ali, as costas voltadas para nós, e desenhavam seios nos barris de chucrute. Zoran botou o indicador sobre os lábios e avançou curvado, eu atrás dele, o fuzil firme nas mãos. Não se pode dizer exatamente que os movimentos foram silenciosos, eu pisava em pedrinhas que raspavam o chão áspero do porão, pequenas explosões, eu pensei, em seguida Zoran partiu para o ataque, hurrrrááááá!, eu gritei, e levantei meu fuzil com ímpeto. Surpreendidos e assustados, os defensores recuaram diante dos agressores, tatearam buscando suas armas, apenas Edin permaneceu imóvel, virou a cabeça para mim, deixou o giz cair no chão e levantou a metralhadora. Antes de ele conseguir fazer o biquinho e começar a se sacudir todo, eu me lancei sobre ele. Será que ele estremeceu, num espasmo? Será que ele se encolheu? Será que ele queria se desviar? Eu não sei, não vi nada. Nós caímos ao chão, rolamos um sobre o outro. Eu dei um tiro acertando-o do lado, tu estás morto, gritei, te peguei, gritei, trrrr. Ele disse: espera um pouco, estou sangrando, se levantou, levou a mão ao nariz como se estivesse bebendo água e me mostrou o sangue na concha formada por sua mão. Estou sangrando, disse ele, me acertaste com o joelho, e o sangue corria em volta de sua boca e pelas mangas da camisa abaixo. Quanto sangue tem dentro de um nariz desses?, eu me perguntei, e disse: quatro garrafas de um litro inteirinhas.

Nešo olhou para seu Winchester e sacudiu a cabeça: pessoal, como vou ficar feliz quando pudermos sair daqui de novo e jogar bola — mais uma vez não conseguira carregar sua arma.

Quando a mãe de Edin viu o sangue, botou a mão na frente da boca incrivelmente aberta, arregalou os olhos como pôde e disparou para cima de seu filho. Vira o rosto para o alto, o que foi que aconteceu?

Aleks... o joelho do Aleks..., murmurou Edin.

Joelho!, ela gritou, e puxou Edin pela orelha, como se a orelha dele e não meu joelho tivesse causado o sangramento do nariz. Ela levou Edin até a escada, mas antes de subir se voltou, como se tivesse se esquecido de algo, e de fato havia se esquecido — de mim. Pouco adiantou Edin ter gritado "foi sem querer", a raiva dela acertou também a minha orelha: ela puxou tanto que chegou a estalar.

Soldados atiraram nas barrigas dos homens. Eles desabaram se curvando como sacos. É como quando tu levas um voleio direto — exatamente assim. Foi o que eu vi, fantasiou Edin ao voltar, lá em cima, da janela. Ele sussurrava e pressionava um lenço no nariz. Não acreditei em uma só palavra daquilo que ele disse, mas não falei nada. De que soldados ele estava falando, čika Aziz, o único com uma arma nas proximidades, justo nesse momento, de boca aberta, brincava de "ghostbuster" em seu C-64, os vizinhos olhavam para ele fumando, e o Morsa disse, entediado: acabe com eles, agora é a minha vez.

Só quando não saísse mais sangue e a mãe dele não estivesse mais nas proximidades, é que eu queria lhe mostrar o que acho de seus soldados inventados. Edin dobrou a toalha e me mostrou quanto sangue ele havia perdido. Foi um bocado de sangue, talvez duas garrafas de um litro, mas eu sabia muito bem — o sangue cresce de novo. A mãe de Edin sacudiu a cabeça. Ela botou as mãos à cintura e caminhava para lá e para cá à minha frente. Tilintava por todo o corpo. Tantas joias? Ela juntava as sobrancelhas e brandia o indicador em riste diante do meu nariz, as pulseiras chocalhavam a valer. Espera só!, ela sibilava entre os dentes. Mas eu não sentia vergonha do chute, e também não tinha medo dela — Edin e eu havia tempo já nos suportávamos de novo. Espera só! Eu esperei, e em pouco ela saiu chocalhando para junto das outras mães e panelas no fogão.

As ervilhas já cozinhavam no graças-a-Deus-que-ainda-temos-eletricidade. Pela grade da ventilação entrava cada vez menos luz. Tiros isolados podiam ser ouvidos, de quando em quando uma salva, depois silêncio, em seguida uma explosão distante, depois mais uma vez o matraquear das metralhadoras. E o barulho vinha das ruas e não mais das montanhas. Por volta das sete horas, o silêncio foi tão grande lá fora, que nossas mães nos advertiram, silêncioagorasilêncio!, ainda que nós não tivéssemos dito nada. Tudo era como sempre, só o silêncio era mais alto do que nunca. Por que todo mundo fica escutando a voz do silêncio?

O silêncio arreganha os dentes, sussurrou o Morsa. Normalmente ele usava "arreganhar os dentes" para o sol de abril, quando este brilha sem esquentar. Até mesmo os chamados das mães soavam como sussurros: jantar na mesa! Os avôs amontoavam suas cabeças próximos de um pequeno rádio de transistor. Eu desejei que vovô Slavko estivesse com eles. O que ele diria, agora, que tudo estava num silêncio indizível? Já havia tempos, também, que não era tocada uma música, todos se limitavam apenas a falar, no rádio. Em voz rouca, alguém agora dizia que nossas tropas estavam recuando de suas posições para se reagrupar e assumir formação mais uma vez. Em silêncio, avôs apoiavam cotovelos a joelhos e cabeças a mãos, ou se levantavam e se precipitavam em direção a suas bengalas sacudindo a cabeça. Todos estavam nervosos com nossas tropas e com as posições de nossas tropas, ainda que ninguém soubesse ao certo quem é que eram as tais nossas tropas, e quais posições importantes eram aquelas que estavam sendo abandonadas. Apenas quando a voz rouca do rádio mencionou o nome de uma cidade, que era exatamente igual ao da nossa cidade, todos souberam de alguma coisa. Também eu soube um pouco — a voz rouca pronunciava "Višegrad" como se fosse algo onde não se estava seguro em esconderijo algum. Saber disso, quer dizer, esse saber é que rangia seus dentes no silêncio. Eu tirei minhas bolas de gude do bolso e as arranjei no chão, da mais clara à mais escura, em fileira, e pisei sobre elas com a sola. Cada uma delas tinha de ranger.

O que mais nós deveríamos saber, as mães insistiam em nos dizer. Beber apenas água fervida, estar no porão depois das nove e meia, não bater os recordes de čika Aziz no C-64. Quando a voz rouca do rádio agora dizia Višegrad, e eu me perguntava como pode que uma cidade tomba, não é necessário um terremoto para tanto?, até mesmo as mães não sabiam o que havia a ser feito. Elas salgavam as ervilhas e remexiam na panela.

Lá fora, uma comitiva de casamento a buzinar substituiu o silêncio. Zoran, Edin e eu disparamos para fora do porão, o olhar cauteloso pela janela, depois para o pátio, em seguida para a rua — ninguém foi capaz de nos conter, mas já podíamos ouvir os chamados das mães atrás de nós. E essa, agora? Noivos de barba, casacos camuflados, abrigos esportivos, passaram na rua. Caminhonetes buzinavam, caminhões buzinavam. Um exército de noivos barbudos passou, eles davam tiros para o alto e festejavam a tomada da cidade por esposa. Nos telhados dos carros e nos capôs, noivos dançavam no embalo dos buracos da rua, buracos que eles mesmos haviam aberto, pela manhã, a partir das nove e meia, durante nove dias, cada dia. Mantinham as mãos espalmadas sobre os olhos, olhavam de soslaio por baixo delas, evitavam o sol poente. Atrás, para fora dos reboques, pendiam pernas em verde e marrom, se embalando como enfeites.

Os primeiros tanques assobiavam subindo a rua. Suas esteiras deixavam ranhuras brancas no asfalto e transformavam concreto em migalhas quando subiam na calçada. Não havia mais como parar: quem será que os lubrifica, por que eles guincham desse jeito?, eu gritei, e já nós corríamos em direção aos tanques — correr, nisso nós éramos os melhores! As mães se agarraram às longas saias e se lamentaram correndo atrás de nós sem nos alcançar, tão rápido nós fomos até os tanques. Sim, quem será que os dirige, como será o volante, será que podemos dar uma voltinha? Passando pelos jardins, passando por pátios, nos quais havia malas e pessoas, que tentavam enfiar as malas desesperadamente dentro de bagageiros e amontoá-las nos tetos de carros. Como gemiam e trinavam aqueles punhos de metal — o indicador apontado para frente! O que o punho amassava, o que o metal moía, o que o punho esmagava, para onde apontava o dedo? Até mesmo a ponte se curvou sob as rodas dentadas, seus arcos vão rachar, a porcelana de vovó Katarina não é nada perto disso. No pequeno parque em frente à ponte, no qual ficava a estátua de Ivo Andrić antes de ser arrancada, nós paramos. Queríamos ouvir o barulho da ponte se quebrando.

As mães dispararam em cima de nós, eu tomei da minha uma bofetada com a mais honesta das intenções. Ela sabia que eu teria seguido os tanques para o outro lado do rio. Minha cabeça retumbava depois da bofetada, assim como os telhados vibravam com a passagem dos tanques. Segurei a mão junto à bochecha, e ouvi como as centopeias de aço ralavam a rua deixando apenas o pó para trás.

A ponte aguentou.

Edin pela orelha, eu pela manga, assim nossas mães nos arrastaram de volta ao porão.

Asija, minha Asija, não viera correndo conosco. Ela estava sentada no degrau mais baixo da escada, ora, mas ali é o lugar em que se fica sentado quando não se tem mais munição. Eu vou sentar junto dela, esfrego minha bochecha dolorida, ela esfrega seus olhos. Eu disse: orelha de canhão, disse: camuflagem, disse: mais rápido do que Edin. Asija se levantou e subiu as escadas correndo e chorando.

Há dois dias Asija também havia chorado. Ela havia chorado até adormecer, sua mão na minha. Ibrahim, o tio de Asija, tinha sido atingido em cheio quando queria fazer a barba e inclinava a cabeça para o espelho no banheiro de čika Hasan. Ele fora atingido no pescoço, e um pouco no queixo, por um projétil que atravessara a pequena janela do banheiro. Čika Hasan contou tudo aos outros, e eu ouvi na porta: durante minutos, ainda, Ibrahim brigara em busca de ar, lutara em busca de ar, como se quisesse inspirar um fôlego infinito, a fim de contar sobre todas as coisas que esperavam por nós. Mas eu, e čika Hasan baixou a voz, não tinha ar para dar a Ibrahim, e ele subiu para a morte, sem ter começado sua história, e por isso ela virou lenda sem ter sido contada! Čika Hasan mostrou como levantara as mãos, porque todos se limitaram a ficar parados em volta de Ibrahim, e Hasan contou como ele fechou os olhos porque na cabeça de Ibrahim e nos azulejos e no espelho havia sangue grudado. Sangue por tudo, disse ele — por tudo a cor das cerejas, eu imaginei, e como ele pingava dos buracos que foram abertos no pescoço de Ibrahim para que ele pudesse respirar.

Eu teria corrido atrás de Asija sem perder tempo se as mães não tivessem chamado uma segunda vez para o jantar, e se alguém não tivesse quebrado vidro nas escadarias lá em cima e se cada silêncio não fosse dissipado por tiros e gritos e maldições. Asija chora porque punhos de soldados cheiram a ferro e jamais a sabão. Porque os fuzis balançam aos ombros dos soldados e portas cedem a seus pontapés, como se não existissem fechaduras. Ela chora, porque os soldados haviam derrubado as portas na aldeia de Asija exatamente assim, ela chora e se esconde no sótão, onde nós caçamos ratos, onde o pó cobre as cristaleiras e as bicicletas enferrujam. Lá eu logo encontrarei minha Asija.

Aqui, no porão, as mães servem ervilhas para nós e para os soldados. O de faixa preta na testa parte o pão e divide os pedaços — ai de mim, se eu tocar o pão com sujeira debaixo das unhas.

A voz rouca do rádio diz: Višegrad.

O soldado com a faixa na testa diz: ora, ora, é isso aí, e se levanta.

A voz do rádio diz: depois de batalha renhida acabou tombando.

O soldado coça debaixo de sua faixa na testa: pois é, pois é, e toma impulso.

A voz do rádio fica mais alta: mas nossas tropas estão se reorganizando!

O soldado murmura: hum, interessante, mas me parece que... de forma irresponsável. Ou será que vocês querem tomar mais uma nas fuças? Ele chuta com toda a força a pequena caixa negra e a voz do rádio não diz mais nada. O soldado joga a antena retorcida e um botão diante dos pés dos avôs: uma coisa para montar, se alguém conseguir consertá-lo, eu lhe pagarei pelo rádio. E volta a se sentar. E vocês! Mais toucinho nas ervilhas! Assim eu não fico satisfeito! Sem toucinho a vida seria apenas uma miséria. Tu, ali atrás, tu cortarás toucinho pra mim — ele aponta com a colher para Amela do segundo andar. Amela das longas tranças negras bota algumas tiras de carne vermelha na mão do solado, parece querer cobri-la. Foste tu mesma quem costurou teu vestido?, o soldado pergunta a Amela, e lambe a carne, se disseres sim, eu beijarei teus dedos jeitosos. Talvez não seja bom dizeres não.

Amela assa o melhor pão do mundo. Ela não diz nada. Também čika Hasan e čika Sead, que amassam os bonés nas mãos junto às mesas com tampos de compensado, não sabem o que responder a nenhuma das perguntas dos soldados.

Uni-duni-tê..., conta o soldado com a faixa na testa, e por fim termina apontando o dedo a čika Sead, toma-lhe os óculos e sopra nas lentes. Um com uma máscara de meia ata as mãos de čika Sead com arame atrás das costas.

Por favor, senhores, implora čika Hasan aos soldados, por favor, senhores, não..., mas o faixa na testa bota os óculos.

Nas escadarias, outro tiro; o eco se mistura às vozes de pessoas preocupadas. O som do sussurrar das vozes lá de cima é como o de uma concha no ouvido ao chegar no porão. A voz de Asija me falta, preciso encontrar Asija. Eu ultrapasso o soldado que leva čika Sead embora, e mesmo nas escadarias lá fora continuo sendo o mais rápido. Os soldados correm para cima e para baixo em suas roupas camufladas, gritam furiosos: para baixo! Fora! Não! Documentos! Não! Mãos! O quê? Documentos! Teu nome? Teu nome? Sobem e descem sempre de três em três, de sete em sete degraus. Entram nas salas que cheiram a compota de maçãs. Tomam, furiosos, a brancura dos quartos. Derrubam armários, arrancam gavetas, sacodem baús. Pintam as portas com sua língua, cruzes e pássaros de duas cabeças, fora-fora, todo mundo fora! De novo, sempre de novo ordens de soldado penetram no chiado da concha. Rostos são pressionados contra a parede, sobre as cabeças os braços apertados contra o papel rasgado da parede. Quem é que eles estão procurando, chamam por um nome. Eu não conheço esses soldados, o nome eu conheço muito bem — Aziz.

Quando soldados praguejam, as escadarias choramingam. Quando eles fazem estardalhaço, quando berram, quando quebram, quando espancam, quando insultam, quando chamam por Aziz, seu filho da puta fodido!, a concha das escadarias implora: parem com isso! Eu conto os degraus no caminho para o sótão em voz tão alta, e mesmo assim posso ouvir e ouço tudo. E vejo: čika Muharem no segundo andar, čika Husein e čika Fadil no terceiro, os soldados pressionam suas cabeças contra o corrimão das escadarias. A nuca de cima para baixo com as coronhas dos fuzis, ou de lado, com as botas. O boné de čika Fadil está jogado no chão. Eu passo correndo, não cumprimento os vizinhos, conto e sigo contando. Contra a cabeça do senhor professor de música Popović ninguém aperta nada. O senhor Popović veste terno e gravata-borboleta, sua mulher Lena usa um colar de pérolas por cima da blusa preta. Os braços cruzados diante do peito, o senhor Popović pergunta a um dos soldados: mas o que os senhores estão querendo aqui? Aqui há apenas pessoas honradas.

Queremos que cales tua boca! Se fechares teu bico não vai acontecer nada, e o senhor professor de música Popović cala o bico.

Eu quero ir até Asija, isso é tudo, também eu calo o bico, a fim de que não me aconteça nada. Tão rápido quanto possível, vou até Asija, ela deve estar com medo, ela por certo está chorando de novo, eu vou encontrá-la no sótão com muitas vassouras, com teias de aranha entre as garrafas vazias e com os ratos, que a gente nunca vê, mas sempre ouve. Me precipito pela porta que dá para o sótão, Asija estremece se encolhendo e se aperta contra a parede. Ah, és tu, és tu! Rápido, fecha a porta, rápido, senão eles vão nos encontrar! Me diz, eles vão nos encontrar? Asija estende os braços em minha direção e pergunta, soluçando: viste minha mãe e meu pai com os soldados? Será que mamãe e papai voltaram com esses soldados estúpidos? Eles levaram os dois consigo, porque mamãe e papai não tinham o nome certo. De onde seus pais poderiam voltar, Asija não sabe: isso ninguém sabe, ela sussurra, e ninguém deve saber que nós estamos aqui! Se os soldados te encontrarem, vão tirar tua identidade, e se não tiveres o nome certo, vão te levar no caminhão com a lona verde. Assim como mamãe e papai. Talvez me levem, e Asija levanta a cabeça de repente das minhas mãos e grita, debaixo de lágrimas ainda mais intensas, talvez os soldados me levem até onde estão mamãe e papai, se eu lhes disser meu nome, estás ouvindo? Talvez agora seja bom para mim não ter o nome certo, estás ouvindo?

Eu estou ouvindo — e também ouço passos que se aproximam. Ouço botas pesadas e sei que eu tenho o nome certo. E, ainda que o soldado de barba amarela dê um sorriso, ainda que não cheire a suor e aguardente como os outros, ainda que ele apenas queira que voltemos para as escadarias, eu grito para ele: meu nome é Aleksandar e esta daqui é minha irmã Katarina, é Katarina, só minha irmã Katarina!

O nome de minha avó, estou convencido disso, não pode ser errado. Vovós jamais têm nomes errados. Minha Asija é minha Katarina, e isso é tudo a mesma coisa. O soldado olha a sua volta no sótão, debaixo de suas botas o assoalho geme. Fora, vocês! Ele fala baixo e brinca com a barba que devora seu rosto, amarela e densa. Asija hesita. O soldado se acocora diante dela, sua barba toca as faces de Asija. Ela vira a cabeça. O soldado respira em seu rosto de menina. O soldado sussurra: levantar! Eu penso: levantar, imploro, levantar! Asija se levanta devagar e sai. Eu a sigo, o soldado tranca a porta, vocês não se mexam e fiquem aqui, entendido?

No corredor do quinto andar, nós não nos mexemos, e ficamos ali. Asija esfrega sua face. Minha mãe chama meu nome nas escadarias, mais embaixo. Aleksandar, desce já daí!

Vocês ficam aqui, ordena o soldado.

Não são mais as mães e sim os soldados que agora nos dizem o que devemos saber. Eu respondo: Katarina está comigo.

Mamãe não faz nenhuma pergunta.

Nós ficamos esperando. Todo mundo espera. Quanto tempo e pelo quê, ninguém sabe. Os menores não são largados pelos maiores nem um segundo sequer. São embalados nos braços, choramingam, e, por tudo que fazem, recebem como resposta "pssssst". Um soldado gordo olha para nós como se tivéssemos roubado alguma coisa. Debaixo de nós são disparados tiros, o gordo diz: viram o que é bom? Nós assentimos, e nos sentamos junto de čika Hasan, que está algemado.

Na janela ao final do corredor, a noite pende sobre o mundo. Lá fora, os motores roncam e os soldados cantam. Čika Hasan diz: eles vão seguir adiante, para o oeste, ao interior do país, na teoria. Čika Sead não está mais aí para contrariá-lo.

Os noivos na casa não estão mais em clima de festa, cansados, passeiam por cima e entre e por baixo de nós. Um canta a música alegre, todo mundo a conhece, ele canta sozinho e adormece cantando. Com uma sacola de plástico e uma panela nas mãos chegam dois novos soldados ao nosso andar, um deles mostra dentes tortos e enfia o dedo na orelha do cantor adormecido. De dentro da sacola, ele pega pão, sal e cerveja. Desenrola dois frangos assados do papel alumínio. A panela fumega, batatas cozidas. Grandes facas de lâminas denteadas e entalhes no cabo: de pratos esses daí não precisam.

Todas as portas do quinto andar estão abertas ou derrubadas ao chão — é preciso passar por cima da porta para entrar numa casa. Čika Sead morava ali onde dois soldados acabam de entrar. As pernas da mesa são arrastadas sobre o piso de taco, e a mesa não passa pela moldura da porta de jeito nenhum. Ali estão os soldados, dois dentro, um fora, o que fazer agora? Aquele que tem a maior fome já rói uma coxa de frango, de pé mesmo. Os dois que estão dentro da casa de čika Sead sentam-se à mesa, um senta-se perto dela no corredor mesmo. É assim que eles fazem, soldados enfiam os dedos na carne, espetam-na nas facas denteadas, comem a carne das pontas das facas.

A cada dois minutos, a luz se apaga nas escadarias. Por segundos, a escuridão envolve a espera. O tempo não é suficiente para que a escuridão adquira contornos. Imediatamente, alguém volta a acender a luz. Cada escuridão é um pequeno sumiço, uma pequena convalescença. Nesses segundos escuros, Asija sussurra: não esquece de mim! O esquecer faz cócegas no lóbulo da minha orelha, eu não sei por que ela diz isso, por que ela diz isso agora, não sei o que devo lhe responder. A luz vive mais uma vez, Asija enrola os cabelos no dedo, as lágrimas desenharam veias de sujeira sobre as faces dela.

Quando os tubos de néon se acendem — é um piscar imenso a cada vez, mas nada de acordar de verdade. Os soldados não desaparecem, eles tiram as botas e contemplam os dedos de seus pés. A espera não acaba.

Asija e eu temos sede, eles permitem que entremos na casa de čika Sead. Nada ali dentro está fechado: nenhuma porta, nenhuma janela, nenhum armário, nenhum aparador, nenhuma gaveta — nem um único segredo continua existindo ali. Sobre o tapete, jazem facas e garfos e pratos e xícaras e temperos e um único sapato grande, dentro do qual alguém derramou leite.

Eu lavo o rosto de Asija.

Asija lava meu rosto.

Quando nós voltamos às escadarias, uma soldado de nariz delicado, olhos verdes e cabelo ruivo-cheguei está parada no lugar em que estávamos, ao lado de čika Hasan, e lê um livro. As pausas que a luz faz incomodam a bela soldado, ela bate contra o interruptor de luz. De dentro de uma casa ela empurra um sofá para o corredor e vai se sentar bem ao lado do interruptor.

Em uma das vezes, imediatamente após a ruiva ter acendido a luz, Asija aponta com um aceno de cabeça para ele e começa a contar, sussurrando. Ao chegar em cento e dezessete, a luz se apaga. A soldado bate contra o interruptor. Na vez seguinte nós seremos mais rápidos, sussurra Asija, e começa a contar de novo. Bastaria, com certeza, que ficássemos prontos ao lado do interruptor para sermos mais rápidos, mas nós contamos, e para cada um dos números sussurrados simultaneamente podemos desejar algo mais tarde. Ao chegar a cem, botamos as mãos para trás até alcançar o interruptor, eu não perco de vista a ruiva do outro lado do corredor, a cento e cinco uma salva de fuzil ecoa lá fora, em cento e onze eu sussurro: enquanto não perdermos um ao outro, não poderemos esquecer um do outro, em cento e dezessete a ruiva dá uma gargalhada, a escuridão envolve a alegria, eu pego a mão de Asija e juntos apertamos o interruptor. O rosto radiante de Asija é, nesse triunfo, uma vez que ela bate palmas de tanta felicidade, mais claro do que qualquer luz. Silêncio aí atrás!

A soldado de cabelos vermelhos quer ler.

Como o soldado conserta o gramofone, o que os apreciadores bebem, em que pé estamos em nossa expressão escrita em russo, por que carpas comem cuspe e como pode que uma cidade se estilhace

As mães botam água nos buracos abertos na farinha, os soldados se dão as mãos em despedida, um de canino dourado pergunta: será que não é melhor esperarmos pelo pão quentinho, e o outro diz: não, e para nós: nós vamos colocar guardas, depois das oito ninguém deixa o prédio, não transformem a rua no túmulo de vocês, há coisas mais interessantes a fazer. Soldados cansados batem nos ombros de soldados dormindo, enfiam a mira de seus fuzis nos narizes deles, vamos-vamos, em marcha, vamos! O de ouro na boca não quer marchar agora, quer pão quentinho. Mas com mais força as mãos não podem embolar a massa e os dedos não podem amassá-la mais rápido, será que ele não sabe disso? Ele não sabe, e o que importa se ele pergunta a Amela onde pode arranjar sabão, se esfrega a barrela em suas mãos usando esponja de aço e se enfia ele mesmo os dedos na massa? Ele bota seus braços em volta da cintura de Amela, ela esconde suas mãos nos punhos dele, descansa assim dentro da bacia. Amela das tranças negras, mas também de mechas no rosto. E farinha nas faces enrubescidas, e agora com a testa preocupada e medrosa quando o soldado encosta o ouvido a sua nuca, debaixo das tranças negras de Amela, aconselhando às outras mulheres: fechem a porta quando saírem, todas, imediatamente! Elas fecham a porta, se encostam à parede, estendem cigarros umas às outras, cospem no indicador, esfregam o cuspe na bagana e as lágrimas das faces. Sussurram: Amela, Amela, Amela.

Os soldados ficaram uma noite inteira no meio de nós, eles invadiram o prédio e logo foram olhar o que havia nas gavetas. Eles correram todos pelas escadarias, atiraram e praguejaram bocejando: que idiota ainda precisava dar tiros àquela hora? Os pimpolhos sem lugar para ficar choravam quando o berreiro tomava conta das escadarias e o reboco começava a se esfarelar no teto. As crianças choravam chamando suas mães, ainda que estivessem deitadas em seus braços, sentadas em seus colos, ainda que já as abraçassem havia tempo. Os gritos e os farelos finos do reboco. E para čika Hasan, algemas no corrimão e a coronha do fuzil na nuca, onde está teu filho, velho, onde está o monstro?

Os soldados ficaram entre nós durante todo um crepúsculo e um sono intranquilo; eles dormiram em nossos lençóis, nas escadarias nós é que dormimos, os guardas nos acordaram tarde da noite, eles jogavam dois contra dois no corredor com um osso de frango. Seus tanques estavam estacionados no pátio, seus cães não tinham nome, eram mal-humorados e gostavam de crianças.

A partida dos soldados, enquanto as mães assam pão. Do apartamento de čika Sead, um dos triunfantes vem para o corredor, encolhe a cabeça sob a moldura da porta, nenhum capacete do mundo cabe naquela que é a maior cabeça do mundo, ele precisaria de uma tina. Um crânio de soldado triunfante como aquele tem o peso de duas lajes e quando o triunfante pisca um golpe de pedra rola de seus olhos. O triunfante grita a seus homens e para a soldado dos cabelos ruivos: logo vai haver algo bem interessante, homens, logo será chegado o tempo dos apreciadores.

Ele arrasta um gramofone até as escadarias, agarra-o pelo alto-falante como se fosse um ganso que levava para carnear, levanta-o sobre o limiar da porta. Em sua manopla, o toca-discos parece um brinquedo. Logo! Homens! O gramofone de čika Sead à esquerda, a Kalaschnikov brilhando à direita. Logo, logo, logo, os gritos ecoam nas escadarias, e os armados e os algemados ouvem. O triunfante com a maior cabeça do mundo coloca o braço do aparelho sobre o disco, mas nada acontece logo. Mas que troço é esse, agora!, ele berra e logo bate e chuta contra o caixote. Homens, logo vocês terão o que merecem!, ele puxa os botões com força, muda os comutadores de posição, sacode o braço do aparelho, verifica o disco, reflete um pouco e enfia o cano no alto-falante.

Se eu fosse mágico de capacidades.

Dentro do gramofone, ouve-se um estalo. Deve ser esse o som fino que se ouve quando um falcão beija um pardal com cuidado, a fim de não machucá-lo. A agulha arranha o disco — cítara, acordeão! A melodia se enovela demasiado rápida, mas agora o triunfante gira o botão de controle certo. É a canção que todo mundo conhece — nada deve te segurar aqui, nós devíamos nos abraçar logo! Agarrar-nos uns aos outros aqui, agora, e além disso, normalmente, nos mantermos firmes no mesmo passo! Mas ninguém se mexe, apenas os soldados levantam os fuzis acima das cabeças e uivam com seus cães. Queixa e júbilo: uaaau! Assobiam fino, zumbem apostando, uaaau, mais alto, zaque-zaque-zaque-za! Se pegam carinhosamente pela cintura, dois passos à direita, um à esquerda, uaaau! O triunfante bota o braço em volta dos ombros da bela ruiva e dispara por sobre a sua cabeça um ponto de interrogação ao teto — todos disparam em resposta, o refrão e: uaaau!... O entusiasmo hidrofóbico com a canção. Eles se embalam entre quatro, entre cinco, já em semicírculo. Uns aos outros pela-cintura-pelos-ombros: dois-para-a-direita-um-para-a-esquerda, entre sete pelo corredor estreito. Dois-para-a-esquerda-uaaau-um-para-a-direita, passando por čika Hasan, que sussurra a seus pulsos: que tempo é esse que chegou, em que se é obrigado a sentir medo de uma ciranda e fechar os ouvidos para cantos e cantorias?

Cítara e acordeão arrastam os soldados à ciranda furibunda, bonés jogados ao chão — uaaau! —, agora a cantora, a voz, pode ser ouvida brevemente, os soldados embarcam: a voz somos nós! O gramofone somos nós! Os gritos dos pimpolhos ninguém ouve mais — um gemido debaixo do ribombar rouco dos trovões de um exército irado de tanta alegria. O exército canta, ninguém o segura, ele canta dois-para-a-direita-um-para-a-esquerda:

> *Niška Banja, topla voda, za Nišlije živa zgoda*
> *Sve od Niša pa do Banje, idu cure na kupanje,*
> *mi Nišlije meraklije ne možemo bez rakije*
> *bez rakije šljivovice i bez mlade cigančice.*

Não é isso, homens?, canta a ciranda. Não é exatamente isso? Meninas tomam um banho quente, nós, os apreciadores, bebemos schlibowitz, sem schlibowitz nós não podemos nada. O soldado do dente de ouro também canta, ele, que antes cobiçou o pão quentinho e apertou as mãos de teta Amela entre as suas, enfiando-as na massa. Ele vem do apartamento de Amela, a canção nos lábios, a camisa aberta. Atrás dele, Amela está ajoelhada com um véu molhado de mechas sobre o rosto. E esse faminto canta mais alto do que todos os outros: sem uma jovem cigana, nós, os apreciadores, não podemos nada. Em seus dedos e juntas, debaixo das unhas — massa amarelada. Ele tira a tampa de seu cantil e o encosta aos lábios feridos. Não é isso, homens? Sem aguardente nem ciganas nós não podemos nada!

Se eu fosse mágico de capacidades. Coisas poderiam reagir, corrimões, gramofones, fuzis, nucas, tranças negras.

Peixes mordem a isca com mais vontade de manhã bem cedo. Dei borra de café às minhocas, eu disse a Edin, elas estão louquinhas como titia Tufão. Primeiro vamos ao Rzav, pescar carpas, depois para a escola, se é que ela ainda está em pé.

Nós cuspimos da ponte para dentro do pequeno afluente do Drina. As carpas lambem de baixo com seus lábios de peixe a superfície das águas. Edin cospe de novo, e diz: uma escola como a nossa não pode ser destruída assim no mais, mas por que será que os peixes comem cuspe?

Logo vai chover, eu digo. Talvez estejamos passando sobre a ponte pela última vez. Por que eles não constroem uma como essa, que aguenta tudo, sobre o Drina?

É mesmo, ela aguenta tudo, diz Edin, mesmo os tanques ela aguentou.

Depois de amanhã, mais tardar, ela se foi, quer apostar?

Viver na foz de dois rios. Aprender a nadar cedo e bem, aprender a pescar cedo e bem, aprender cedo a bombear a água para fora dos porões na época em que a neve derrete. A noite foi uma enxurrada só — os soldados nos dão cobertores, mas as paredes nas escadarias exalam o frio do cimento e eu acordei várias vezes. Do apartamento de čika Sead, cai luz sobre o corredor, eu faço pássaros com a sombra de meus dedos, eles voam pela parede e eu espero que um trovão perturbe o chiar constante da chuva, mas nenhum trovão vem. Foi vovô Slavko quem me ensinou a fazer animais com a sombra dos dedos. Os pássaros logo receberam, com um passe de mágica, a capacidade de levar minha insônia em suas asas para o sul distante. Só pela manhã, pouco antes de a ciranda de soldados deixar o prédio, é que a chuva parou, sem que as nuvens desaparecessem.

Se nossas mães ficarem sabendo que nós fomos embora, digo eu, com certeza não poderemos ir pescar no Rzav se a enchente levantar a ponte. De que elas têm medo? Ora, se há soldados na cidade, eles não podem bombardear a cidade.

Edin dá de ombros. No rio, gotas de chuva perfuram os primeiros círculos, em torvelinho. Nós vamos para baixo da ponte. Eu enfio o anzol numa minhoca e jogo a linha. Edin fica enfiando um graveto na lama por algum tempo, imita o barulho da chuva, que chicoteia o rio. As bóias da linha são levadas pela corrente, a chuva aumenta, e os soldados perguntam: pegando alguma coisa que preste? Três barbudos e o triunfante com a maior cabeça do mundo. De onde já estão vindo de novo esses daí?

Não. Só uns pequenos. Muito barulho para os peixes, nos últimos dias. Eles mergulham em águas mais profundas.

Ah, é mesmo? Quer dizer que se escondem? Quero só ver se conseguem se esconder bem.

A granada de mão afunda imediatamente. Os soldados vestem capas de chuva e inclinam os troncos para frente quando fumam. A chuva cai aos borbotões, em cântaros, em rios sobre o rio, e agora também sobre as escamas de peixe e barrigas de peixe que nadam para baixo ao sabor da correnteza. Recolhê-los não dá, o Rzav é muito fundo, muito rápido e em abril ainda está frio demais nesse trecho, e além disso peixes pescados assim com certeza não vão ter um gosto bom.

Da moita, na outra margem, sai um vira-lata marrom-claro, bebe do rio.

Rapazes, querem apostar?

Não!

A primeira rajada não acerta; o cachorro se encolhe, dá um salto, dança de lado, fica parado, e levanta o focinho fino. Será que fareja a aposta?

Cinquenta, que eu o acerto em cheio dessa vez, diz o triunfante aos barbudos. Um deles cospe na mão e aceita a aposta apertando a do outro.

Como é que um crânio pode ser tão grande e uma aposta pode cheirar a aguardente e terra?

A segunda rajada.

Mas é claro que era um siluro! Pesava cem, talvez duzentos quilos, calcula Edin a caminho da escola, e abre os braços como se quisesse abraçar alguém: era desse tamanho, pelo menos!

Eu sou versado em peixes, sobretudo em siluros, e não acredito em uma só palavra de Edin. A linha pode muito bem rebentar quando o anzol se prende em algum lugar, no fundo do rio, e além disso os siluros são peixes pretensiosos, eles não se contentam com a pequenez do Rzav. Pegamos duas carpas, e quem será que está mexendo nas nuvens assim desse jeito?... Ficamos molhados até os ossos por causa da chuva.

Debaixo das marquises, soldados, atrás de sacos de areia, soldados, em bares, soldados... Taverneiros e fregueses ao mesmo tempo. No maior centro comercial da cidade, nós perguntamos: podemos entrar? O soldado desce da vitrine, diz: cuidado com os cacos de vidro, e bota a televisão no banco do carona, prendendo-a com o cinto de segurança. Nós evitamos os estilhaços de vidro, ainda que o rangido deles debaixo das solas seja maravilhoso. Soldados, Edin e eu fazemos compras. Pegamos tantos pincéis e cadernos quantos podemos carregar. Quando chegamos à escola, tudo está molhado. Empilhamos o papel amolecido sobre o aquecedor, mas o que se pode fazer com quinhentos apontadores? Pela cara da escola, nós jamais vamos voltar a precisar deles. Usando os apontadores, deixamos um rastro nos corredores escuros, passamos por cima de estilhaços de vidro e escombros, pelas salas de aula devastadas. Na sala dos professores não há uma só janela ainda inteira, diante das aberturas, torres de mesas e emaranhados de pernas de cadeiras e dez mil cartuchos vazios entre cem mil estilhaços. Nosso rastro de apontadores encontra um rastro de sangue. Edin e eu o seguimos até uma grande janela e olhamos para a cidade debaixo da chuva sem trovoadas. No meio da sala, uma montanha de livros de turma desfolhados — os volumes vermelhos com as anotações dos professores. Alguns perguntavam pelo alfabeto, outros abriam uma página ao acaso.

Verificar como estamos em expressão oral russa?, pergunto eu, mas no cimo da montanha há um monte gigantesco de merda seca, em cima do qual duas moscas descrevem seus círculos, e nós nos damos por satisfeitos com a nota cinco pela expressão escrita.

Me diz uma coisa, Edin, por que foi que eles mataram o cachorro assim no mais?

Edin dá de ombros, ajunta alguns cartuchos vazios e os joga um a um pela janela. No verão, ele diz, eu desenhei uma goleira na fachada, lá embaixo. Com giz vermelho, na ponta dos pés. Tive de baixar o braço duas vezes e sacudi-lo, tão alta desenhei a trave superior. Mal havia terminado, o zelador Kostina apareceu e perguntou o que eu estava desenhando ali. E eu: uma goleira, ora. Ele: apagando já, de castigo depois da aula.

Não conseguiste chutar uma única vez?

Nem uma única vez, diz Edin, e consegue desembaraçar algumas cadeiras, é que uma janela podia acabar estragando com os chutes.

No laboratório, Fizo, nosso professor de física, está de joelhos diante de mais um tapete de cacos e diz, quando nós nos acocoramos ao lado dele: vai haver aula, precisamos apenas arrumar tudo. Eu encontrei três copos de medida e dois bicos de gás intactos. As câmeras obscuras estão todas estragadas, só duas foram salvas, o pêndulo está inteiro, a maior parte das lâmpadas, não. Usem luvas e tomem cuidado com o vidro. Tudo que estiver manchado de sangue deve ficar onde está.

A maior parte acaba ficando onde está. Fizo tira seus óculos, consegue arranjar um pano no bolso da camisa, passa-o sobre os olhos, depois sobre as lentes. Edin encontra uma pipeta ilesa, levanta-a bem alto, e exclama: bom-bom-bom, e ri. Fizo assente, sim, bom, muito bom, e pega a vassoura. Logo continuamos, vocês trouxeram seus cadernos? Logo, logo, vamos, eu gostaria de lhes ditar algumas fórmulas. Depois disso, vocês podem ir para casa, está bem?

No laboratório, nada mais está em seu lugar. Tito sobre o quadro ainda está. Debaixo de minhas solas, os rangidos são mais altos quanto mais de leve tento pisar. O uniforme branco de almirante de Tito. O cão pastor de Tito. O olho direito de Tito: um tiro o acertou em cheio. Tito já morreu de novo, pela quarta vez. Desta vez com um tiro.

Simbolismo raso, diz Fizo.

Debaixo do cadáver caolho de Tito já não posso considerar mais nada verdadeiramente importante numa escola que não é mais uma escola, ou é apenas a escola de Fizo e a escola de sua resistência, de sua voltagem, de seu desempenho. Embora eu vá olhar o que é "simbolismo" mais tarde, é apenas porque a palavra me deixa furioso. Quero saber se caolhos preferem ser cegos do olho esquerdo ou do olho direito, e quero saber quanto sangue nós temos de verdade, e quero saber se todos os tiros no pescoço são fatais. Eu quero saber quantas mortes Tito ainda terá.

Nada no laboratório está em seu lugar. Eu estou parado ali.

Krsmanović, chama Fizo, não gostarias de nos dar uma ajudinha?

Camarada Jelenić, eu não saberia como.

Limpo o quadro com a esponja seca. Se eu fosse mágico de capacidades, o vidro poderia decidir ele mesmo se vai quebrar ou não, e Fizo, o professor mais durão da escola, diz: bom.

Bom, diz o soldado do dente de ouro, quando Edin e eu dobramos em nossa rua com os anzóis, os peixes e os cadernos do centro comercial. Talvez nossas mães ainda não tenham percebido nada e, além disso: nós estávamos na escola, e isso nunca é errado. Portanto, precisamos apenas dar um jeito nos peixes, os anzóis nós logo escondemos no pátio.

Bom, mas o que os peixes farão no telhado?, perguntou o soldado, depois que eu joguei a sacola com o produto de nossa pesca em cima da tabacaria, atrás da qual ele aparece, puxando o zíper para cima, massa de pão nas mãos.

Para os gatos, diz Edin.

Bom, diz o soldado, para os gatos, tudo é mesmo para os gatos, todas as batalhas para os gatos, todos os calos para os gatos, nada pode ter importância se eu não conseguir encontrar minha Emina. Vocês conhecem Emina? Amela não é minha Emina.

Eu me lembro da canção de bisavô na festa da colheita, da vaidosa Emina com os cabelos de jacinto. O soldado senta-se no meio-fio da calçada junto de um homem de roupas brancas e largas e cabelos volumosos, pega o tabaco e começa a fazer um cigarro. As mãos do homem estão enfiadas, até acima dos pulsos, dentro de uma cartola preta, com a qual ele brinca, nervoso. Só na cartola é que eu reconheço o homem, tão inchado está seu rosto, tão curvado ele se encolhe onde está. É Musa Hasanagić, mas onde está sua Couve-flor?

Eu peço ao senhor, implora Musa ao soldado, diga-me o que vai acontecer com ela!

Os cavalos me dão pena, é claro, diz o soldado, e lambe o papelote, qual foi a pior guerra para os cavalos? Que guerra nós temos agora? Mil novecentos e catorze, mil novecentos e quarenta e dois, mil novecentos e noventa e dois... Naquela época os cavalos morreram como moscas. Agora são os cavalos que ficam sem homens porque estes morrem, mas o que isso importa se os cavalos desaprenderam de ser livres?

Edin me golpeia nos flancos com o cotovelo, vamos embora, já!, mas eu não consigo me mexer, não consigo ir embora, enquanto o soldado fala naquele tom, enquanto ele conta naquele tom. Ele bota a cartola na cabeça de Musa e lhe enfia o cigarro entre os lábios. Da mochila tira uma fatia de pão e quebra grandes pedaços, dando de comer ao velho. O pão de Amela. Musa mastiga sem dentes, nas suas mãos as algemas chocalham.

Botei no chão um bocado de meninas, diz o soldado, só uma delas, Emina, é que eu não beijei. Como ela comia cerejas da minha mão! Me fazendo cócegas no pulso com seu queixo! O soldado baixa a cabeça, encabulado, e tira a massa das unhas usando as outras unhas.

Emina escapou de ti! Ela escapou de ti!, exclama Musa, e seus olhos brilham.

Aqui estás, aqui estás! Minha mãe corre ao meu encontro, quando Edin e eu pisamos no pátio. Aleksandar, ouve bem: nós vamos embora daqui. Arruma tuas coisas. Te apressa. Nós vamos embora por algum tempo.

As escadarias estão quase vazias, čika Milomir varre o corredor fumando, larga as cinzas no chão e varre mais uma vez. A maior parte dos apartamentos está aberta, os vizinhos arrumam tudo em silêncio, vidro por toda parte.

Vovó Katarina está parada junto à janela aberta. Vovó? Edin e eu paramos ao lado dela. Vovó? Quatro soldados de barba querem jogar um cavalo de cima da ponte para dentro do rio. Eles o conduzem pelas rédeas. O cavalo e os soldados olham da ponte para o rio por cima do parapeito. Os soldados empurram, fazem força. O cavalo fica parado ali. Sozinho, ele não vai passar por cima do parapeito. Eu estou cansado dos autocráticos!, grita uma das barbas, como se fosse meio surdo, e encosta a pistola na mancha branca sobre a testa do cavalo. Os soldados levam o cavalo da ponte de volta à margem.

Matem o animal com um tiro, simplesmente, grita a eles o dos óculos de sol. Ele joga gameboy em seu tanque molhado pela chuva.

Cavalos se mata com um tiro quando eles não podem mais, grita aquele que leva as rédeas na mão e conduz o cavalo a águas mais profundas.

Couve-flor gosta de comer couve-flor, diz vovó. Onde é que já se viu uma coisa dessas, um cavalo com esse nome?

Musa Hasanagić usava a cartola e adestrava sua Couve-flor. Edin e eu muitas vezes olhávamos para ele enquanto o fazia. O gramofone tocou bolero. A égua flanou ao som da música, trotou de cabeça erguida. Transversal!, exclamava Musa, e batia na cartola. Passagem!, ele exclamava. Ele estalava os dedos, Couve-flor dava meia-volta no mesmo instante.

Um tiro foi disparado, o cavalo se espanta, vovó estremece, se encolhendo. Se meu Slavko tivesse vivido isso, ela sussurra tapando a boca com a mão, seu coração não teria parado, e sim se estilhaçado em mil pedaços.

O soldado com a massa nas unhas anda em passo lento pela rua, cartola na cabeça, a sacola de plástico com nossos peixes na mão. Eu aperto meu rosto aos quadris de vovó. Ela teria de mandar Edin e eu para longe da janela, ela teria de trancar a janela. E ela sussurra: Couve-flor, que nome horrível para um animal tão bonito.

Couve-flor sente medo, Couve-flor se curva, Couve-flor dá coices nos soldados, Couve-flor consegue se soltar, Couve-flor dispara pela água em direção à margem. Na margem, há três soldados de barba, e fumam sem tocar nos cigarros, os fuzis engatilhados.

Tremendo, eu recuo um passo da janela e fecho meus ouvidos. Me precipito de costas para fora da sala, pego minha mochila. Edin me ajuda, sério e mudo. Eu ainda borro três últimos quadros do inacabado no papel e os escondo com os restantes atrás do armário de vovó Katarina, noventa e nove ao todo: Emina, distante do soldado de dente de ouro. Couve-flor a galope, sem cercas à vista. Pistolas, descarregadas.

Nas escadarias, encontro meu pai, ele sobe os degraus a toda, assente em minha direção como se eu fosse um conhecido, manchas de suor debaixo dos braços. Em cada andar, eu chamo o nome de Asija e não recebo resposta. Eu meto a bagagem em cima do monte no banco traseiro de nosso Yugo, que agora parece estar tão carregado quanto os outros carros que nos últimos dias haviam abandonado Višegrad. Nena, estás conseguindo respirar aí atrás? Nena Fatima sorri para mim, e a sacola plástica com meu material de pintura cai sobre o colo dela. Eu quero levar junto a bola de futebol, mamãe sacode a cabeça, e eu a chuto para Edin. Papai e vovó saem do prédio, vovó beija, chorando, os vizinhos que choram, e fica em pé diante de um soldado da guarda. Ela o mede da cabeça aos pés, sobe na ponta dos dedos e lhe sussurra algo ao ouvido. O soldado sorri com malícia e dá de ombros. Vovó se acotovela no banco traseiro, ao lado de nena Fatima.

Edin aparou a bola com a sola do pé. De dentro do bolso de sua calça, ele pega uma barra de giz e faz com que ela gire entre os dedos. Ele se embala sobre a porta retorcida da garagem, contra a qual no dia anterior um tanque batera ao tentar estacionar. Um soldado saíra do teto, contemplara o estrago praguejando, passara a manga do uniforme no metal e depois seguira adiante. O portão acabou caindo, as pequenas vidraças quebraram. Edin imita o barulho do portão se quebrando e esfrega a ponta do pé nos cacos. De algum jeito, diz ele, a cidade inteira se estilhaçou. Tu também vais te mandar, agora?

Por pouco tempo, respondo eu, e tenho de engolir em seco.

Quer dizer, então, que não vamos mais cruzar a ponte juntos? Eu aposto contigo, ele grita e já acena, que este ano não vai mais ter enchente. Como poderia haver enchente, ele grita, uma coisa dessas é impossível, enchente ainda por cima, ele chora, como seria possível aguentar mais essa: uma cidade sem sua gente e sem suas pontes, das quais nós damos cuspe de comer aos peixes, como pode uma coisa dessas? E ele diz — talvez: eu já não o ouço mais, olho pelo retrovisor, vejo como ele pinta os postes com giz, e coloca a trave superior tão alto, que precisa baixar e sacudir o braço três vezes. Pega a bola de voleio, no ângulo superior esquerdo, depois bate de virada, fazendo-a quicar antes da linha fatal, a meia altura, lado direito — cada chute um gol, até que a chuva apaga o giz.

Carregando Emina nos braços
atravessando sua aldeia

Eu carreguei Emina nos braços e atravessei sua aldeia, diz o soldado de ouro na boca e massa nas mãos, de casa em casa, carreguei o peso de Emina, sério e sem dizer muitas palavras. Seus braços deitados em volta do meu pescoço, para que eu não a deixasse cair. Derrubei portas de armários com minhas botas, vi milhares de roupas, toquei centenas de tecidos, até que enfim encontrei o pano para minha Emina numa arca da mais escura cerejeira. Mais macio do que seda, e branco como a neve, para a pele branca de Emina e seus cabelos negros. Esse mais belo entre os panos e minha mais bela cigana, eu os carreguei até a praça da aldeia. Meus companheiros deram água aos sedentos moradores da aldeia e os empilharam em caminhões.

O que vocês estão fazendo aí?, eu grito aos companheiros, não podem fazer isso ainda! Preciso de uma costureira e de alguém que toque para minha noiva e para mim! Eu cantei a canção, e a companhia me deu razão em coro. Fiz com que costureiras apalpassem o tecido, segurei a ponta para que não tocasse o chão, não queria que se sujasse, a não ser pela sujeira destas minhas mãos. Fiz com que músicos salvassem instrumentos das chamas: quem é que já está botando fogo a uma hora dessas? Aqui será festejado um casamento ao amanhecer! És tu o acordeão, de cujos dedos rápidos todo mundo fala, meu velho? Costureira, costuras um vestido para Emina usando este tecido, um vestido tão fino como jamais alguém o usou na vida? Meu velho, boa costureira, vocês querem salvar suas vidas?

Minha filha e meus netos, deixe-os vivos, apenas, implorou o velho. Minha irmã e seus pequenos, deixe-os vivos, sussurrou a costureira, e beijou o tecido branco. Os caminhões partiram, e mal eles deixaram a aldeia, as metralhadoras ecoaram.

Por que vocês atiram tanto assim?, eu gritei, quando os companheiros voltaram depois de cinco minutos, e bati com a mão espalmada na orelha do motorista, não repita isso nunca mais! Nunca mais! Vão mais longe, para dentro da floresta!

Louco!, disse o motorista, cheio de lisonja, e bateu de volta, onde está tua arma, louco? Nós estamos sendo atacados! E tiros e manter posição e garantir a ponte e dez nos flancos e para longe das chamas e o radioperador e onde estão as pesadas MGs e Vladimir não e fora e águia por favor venha estamos debaixo de fogo cruzado e explosões e Vladimir e Dule no chão e Vladimir estremece se encolhendo e para trás no meio e bem juntinhos ficam os homens e para trás e impactos e os entulhos caindo e sangue entre os dedos e deixa-o aqui — não me deixem aqui — e retirada e quando a noite chega e a batalha termina, eu chamo o nome de Emina na escuridão e não recebo resposta. Será que ela levou o tecido consigo? Será que está fugindo com a costureira e o velho músico pelo país em chamas? Nós entregamos a aldeia ao inimigo, e desde então procuro minha Emina, e não encontro mais minha paz.

O soldado catava a massa seca de seus dedos. Ele estava sentado, tronco nu e molhado, ao lado do velho Musa, e brincava com as algemas de Musa. Sussurrava: Emina, Emina, Emina.

26 de abril de 1992

Querida Asija!
Se meu avô Slavko ainda estivesse vivo, eu lhe perguntaria pelo que se deve sentir mais vergonha agora.

Eu te escrevo, não te encontrei, senti vergonha pela terra, porque ela aguentou os tanques que vieram ao nosso encontro na estrada em direção a Belgrado. Meu pai buzinava para cada tanque, para cada jipe e para cada caminhão que passava. Se não buzinas, eles te param.

Na fronteira com a Sérvia, eles nos pararam. Um soldado de nariz torto perguntou se tínhamos armas no carro. Papai disse: sim, gasolina e fósforo. Os dois riram, e nós pudemos seguir adiante. Eu não entendi o que era engraçado naquilo, e minha mãe disse: eu sou a arma que eles estão procurando. Eu perguntei: por que estamos andando para os braços do inimigo?, e tive de prometer que nos próximos dez anos não faria mais nenhuma pergunta.

A chuva não acabava nunca, a estrada estava entupida, a cada pouco éramos obrigados a parar. Em dado momento, homens mascarados portando armas e luvas brancas correram atrás de dois homens ao longo da fila de carros. Os homens estavam amordaçados, seus olhos atados com um pano, e eu queria prometer que pararia de me recordar das coisas nos próximos dez anos, mas vovó Katarina era contra esquecer. Para vovó, o passado é uma casa de veraneio com um jardim, no qual os melros gorjeiam e as vizinhas gorjeiam e se pode tirar café de um poço, enquanto vovô Slavko e seus amigos brincam de esconder em volta dela. E o presente é uma estrada, que leva para longe dessa casa de veraneio, geme debaixo das esteiras dos tanques, cheira a fumaça pesada e executa cavalos. Das duas coisas era preciso se lembrar, sussurrou vovó para mim no banco traseiro, do tempo em que tudo era bom e do tempo em que nada mais é bom.

Asija, nós conseguimos escapar e nossos conhecidos em Belgrado nos abraçam primeiro como se fôssemos carvalhos, depois, como se fôssemos o vidro mais frágil, e eu desejo a todos vocês em Višegrad que escapem e muitos abraços.

Višegrad veio logo depois na televisão, aqui são agressores aqueles que na nossa televisão eram os defensores, e a cidade não tombou, mas sim foi libertada, porque não um herói, e sim um louco queria explodir a barragem. O locutor do noticiário disse que as escolas voltaram às aulas e que as fábricas voltaram ao trabalho. Os trabalhadores da telefonia ao que parece não — uma vez que sempre ouvimos o sinal de ocupado.

Nena Fatima jogou feijões para vovó Katarina e leu o futuro de vovó Katarina nos feijões sem dizer palavra. Eu perguntei a nena Fatima o que ela queria de verdade. Nena não me deu atenção. Eu disse: me punir com o silêncio pode desencadear traumas bem graves em mim no futuro. Não tenho ideia, respondi eu, quando mamãe me perguntou de onde eu tirei isso.

Asija, tu também consegues ler o futuro em feijões?

Vovó Katarina quer voltar a Višegrad. Papai não tentou convencê-la do contrário, mamãe gritou, quando ouviu que papai ficou calado.

Papai quer ficar calado.

Mamãe quer gritar.

Eu me pergunto o que tio Miki está querendo. Ninguém sabe, ainda, onde ele está.

Eu quero ouvir uma história de um outro mundo ou de uma outra época, mas todo mundo fala apenas do agora e da questão: e agora, o que fazer? Se eu fosse contar desta época e deste mundo, eu teria de prometer depois, que nos próximos dez anos não voltaria a fazê-lo. Eu começaria assim:

Mal as mães chamam para o jantar, com vozes sussurrantes, e já os soldados tomam o prédio de assalto, perguntam o que há, sentam-se conosco às mesas com tampos de compensado, no porão.

Não preciso inventar nada para contar de um outro mundo e de uma outra época.

Hoje à noite, ouvi mamãe suspirar dormindo, ela levantou com uma crosta de sangue debaixo do nariz. Há problemas com os vizinhos, porque estamos perto deles e eles não gostariam que estivéssemos perto. Se tivessem dado uma guerra também para eles, eles logo teriam atirado em nós. A religião não é o ópio do povo, mas sim seu declínio. Pelo menos é o que diz meu pai. Um rapaz, na rua, me chamou de bastardo. Minha mãe teria envenenado meu sangue sérvio. Eu não sabia se devia espancá-lo por causa disso ou me mostrar desafiador e orgulhoso. Não me mostrei nem desafiador nem orgulhoso, e fui espancado.

Asija, mando junto uma pintura. És tu, na pintura. É pena, mas não existe uma cor assim como o teu cabelo é bonito, por isso tu talvez não te reconheças. É o meu último quadro do inacabado. Ele está inacabado porque tu estás sozinha nele. No passado, eu gostava do inacabado.

Saudações,
Aleksandar.

9 de janeiro de 1993

Querida Asija!

Eu queria te escrever do "Wörthersee" — na Alemanha os trens têm nome —, mas o Wörthersee era tão rápido que meus olhos não conseguiam acompanhar a paisagem, e eu passei um pouco mal de tantos e tão rápidos que eram os campos e casas, e por causa de um pacote de sanduichinhos de biscoito com recheio de chocolate, que eu comi rápido demais. Nós estamos morando há duas semanas com meu tio Bora e minha tia Tufão em uma cidade chamada Essen, bem perto de uma autoestrada. Vovó Katarina voltou para Višegrad, ela disse: quero ficar com meu marido.

Onde está, ele não precisa de ninguém, disse meu pai.

Todo mundo precisa de alguém, e os mortos são os mais solitários, disse eu, e tive de sair do quarto. Ainda não ouvimos nada de vovó, é difícil conseguir ligação.

Nena Fatima tem um segredo desde os tempos de Belgrado. Ela fica escrevendo alguma coisa o tempo inteiro, mas esconde o que escreve debaixo de seu pano de cabeça. Se eu pudesse escolher uma voz para nena Fatima, seria a de uma bruxa soberana, que ainda tem do que rir antes de a fábula terminar num final feliz: um pouco arranhada, consciente e cheia de planos. Será que a minha nena iria dizer coisas inteligentes quando falasse? Como soariam as coisas que ela canta?

A noite de ano-novo foi uma catástrofe. Eu ganhei um jeans de presente. Tio Bora comprou fogos de artifício e bombinhas, e nós botamos chapéus coloridos na cabeça e ouvimos nossa música um pouco mais alto do que de costume. Minha mãe disse: pouco importa o que eu cozinhe, não tem gosto. Meu pai disse: pouco importa o que eu bebo, não ajuda nada, e enterrou o rosto nas mãos, e era pouco antes da meia-noite. À meia-noite, todo mundo abraçou todo mundo, depois tio Bora e eu soltamos os fogos, e a pequena Ema, o pequeno tufão, acordou e gritou.

Como foi teu ano-novo? Nevou onde vocês moram? Aqui até nevou um pouco, mas a neve durou só uns cinco minutos, e parece que ficou suja já quando caía. Ela fica meio marrom em cima da terra.

A partir de amanhã vou para a escola alemã. Vou tentar não ser tão surdo-mudo quanto nena Fatima, e por isso aprendi as dez primeiras páginas do dicionário de cor. Tio Bora diz que eu estou anos adiantado em matemática, se comparado com os alemães. Se eu desconsiderar meu escasso talento matemático, mesmo assim sobra um ano. As notas da escola são dadas do contrário aqui, quanto mais alta a nota, pior ela é. E, no nosso bairro, o que mais tem são turcos. Nos centros comerciais, dá pra jogar Nintendo, eu ainda não consegui ser esquecido em um desses centros comerciais durante a noite, mas já tenho um plano. Minha mãe ficou doente na semana passada, mas não conseguiu explicar ao médico as dores que sentia e voltou para casa mais doente ainda.

Outras cinco ou seis famílias da Bósnia moram no mesmo prédio em que nós moramos, vinte e cinco pessoas em dois andares. Tudo é muito apertado, os banheiros estão sempre ocupados, e eu consigo desligar a televisão de čika Zahid com o controle remoto do meu tio, isso o deixa louco, ele acredita em fantasmas nazistas. Bem perto daqui existe uma estação ferroviária, e lá čika Zahid espera que fique verde para cruzar os trilhos. Com seu filho Sabahudin, eu ando de tobogã usando almofadas de sofá, embaixo da ponte da autoestrada. Sabahudin escovou os dentes com espuma de barbear durante três dias depois da chegada.

Ontem nós fomos permitidos para a Alemanha. Num escritório bem grande, com cem portas, nós esperamos três horas na frente da letra K. Os que esperavam falavam nossa língua, que não devemos mais chamar de servo-croata, se acotovelavam em volta do cinzeiro e deixaram barro no chão e carimbos de sola na parede. Quem se ocupou de nós, os K., foi a senhora Foß. Ela sorriu com suavidade, covinhas no rosto, e na gola de sua blusa cor-de-rosa havia um broche cor-de-rosa preso. Por tudo no quarto K. havia um rato com o nome de Diddl sorrindo nos cartões-postais. A senhora Foß era a pessoa mais amável e mais paciente do mundo, ela sorria como o rato e deu um lenço de presente à minha mãe. Nós não conseguimos falar muito, também não precisamos, a senhora Foß sabia o que era necessário fazer conosco. Recebemos carimbos em nossos passaportes, porque a senhora Foß concordava conosco ali.

"ß" agora é a minha letra preferida, e uma bela duma invenção, porque ela na verdade vale por dois "s". Eu gostaria de me chamar Aleksandar Krßmanović, e disse para a senhora Foß ao sair: aabora, aachenense, aal, aba, ababá, ababuí, abacatada, abacote, abáculo, obrigado! Obrigado eu conhecia, mesmo que ainda faltasse muito para chegar na letra "o" no dicionário. Tio Bora diz que a senhora Foß nunca o fez de bobo.

Asija, nós dormimos todos nesse pequeno quarto e somos todos um tiquinho mais brabos do que em casa, também nos sonhos. Às vezes, eu acordo e desenho pássaros na parede com a sombra dos meus dedos, um poste de iluminação na frente da janela olha para dentro da nossa casa bem sério, como se estivesse de guarda, e tio Bora prometeu derrubar o porcalhão iluminado o mais breve possível. Para cortinas não há prioridade de dinheiro, também não para tela e tintas para papai, mas mamãe e ele já estão procurando emprego.

Hoje à noite titia Tufão acordou pouco depois de mim. Ela está mais lenta, minha bela e rápida tia dos cabelos claros, que por amor a sua filha Ema carrega lágrimas nos olhos e tem mil bons ensejos sobrando para todo mundo. Na luz berrante do poste, eu contei os cansaços no rosto dela, rugas e sombras. Ela sorriu para mim, sussurrou dizendo Aleks, ninguém tem uma cabeça como a tua, meu sol, não fica com medo.

Asija, não fica com medo! Eu gostaria tanto de ter mais lembranças de ti, eu gostaria de ter lembranças de ti que fossem tão compridas como uma viagem de Essen a Višegrad, ida e volta. E de volta tu virias junto comigo.

Galinha-d'água é, até agora, a palavra mais engraçada do alemão.

Saudações cordiais,
Aleksandar.

17 de julho de 1993

Querida Asija!

Pela vovó Katarina, eu fiquei sabendo que tu já fugiste no inverno passado a Sarajevo. Com ela, também, foi que eu consegui esse endereço. Ela não soube me dizer se tu recebeste as minhas primeiras cartas, parece que o correio está funcionando mal, que sobretudo os pacotes não chegam, mas também cartas acabam desaparecendo.

POR ISSO EU MANDO COM ESTA CARTA 17 MARCOS E 20 FÊNIGUES. ISSO É TUDO QUE EU TENHO. CARO ABRIDOR DA CARTA, PODE FICAR COM O DINHEIRO, MAS, POR FAVOR, EM TROCA FECHA E COLA O ENVELOPE DE NOVO E DEIXA QUE ELE SIGA SUA VIAGEM! NA CARTA HÁ APENAS PALAVRAS E UMA SENSAÇÃO DE FALTA, E NÃO SÃO FOFOCADOS SEGREDOS MILITARES DE NENHUM TIPO, POIS EU TENHO MENOS DE 1,60m E NINGUÉM ME CONTA ESSAS COISAS. MAS EU GOSTARIA DE DIZER COISAS MUITO IMPORTANTES A UMA PESSOA MUITO IMPORTANTE, POR MIM O SENHOR OU A SENHORA PODE ATÉ SEGUIR LENDO ADIANTE, CONTANTO QUE NÃO JOGUE A CARTA FORA DEPOIS! MUITO OBRIGADO!

Querida Asija, minha mãe trabalha numa lavanderia e agora tem menos tempo para ficar doente. Ela diz que na sala infernal é tão quente que o cérebro chega a cozinhar. Mamãe perdeu a capacidade de ver a beleza das coisas. Ela fuma um cigarro depois do outro e fumaceia como as chaminés de Essen. Papai trabalha na mesma firma em que trabalha tio Bora. Os dois ficam o dia inteiro fora. O trabalho deles é ilegal. Ilegal quer dizer que o trabalho deles acaba com as costas deles e ao mesmo tempo os transforma em criminosos, ainda que eles nem de longe roubem o que quer que seja.

Nena Fatima é quem está melhor. Ela cozinha para nós todos e fica muito tempo no banho, e eu não vejo nenhuma preocupação no rosto dela. Certa vez eu a surpreendi assobiando, coisa que, na pessoa que no fundo é a mais sem som do mundo, soa incrivelmente bonito. Ela ficou amiga das caixas do supermercado e todos os dias leva café para elas. Em troca, ela pode roubar coisas que custam menos de cinco marcos, e as caixas fazem de conta que não percebem nada.

Ainda não descobri o segredo dela, mas ela escreve e escreve sem parar, seus bilhetinhos são rabiscados até as bordas. Quando meus pais falam sobre coisas que nós não temos, como saúde e dinheiro e nossa casa em Višegrad, eu sempre tenho de sair da sala, e nena Fatima fica parada, firme, à porta, montando guarda, para que eu não fique escutando. As coisas que eu não posso ouvir são as mais terríveis.

Quando me perguntam de onde eu venho, eu digo que a pergunta é difícil, porque eu venho de um país que não existe mais lá onde eu vivi. Aqui todo mundo nos chama de iugos, também os húngaros e búlgaros são chamados de iugos, a palavra parece servir para todo mundo.

Recebi meu primeiro boletim, ainda sem as notas, a não ser em matemática, mas dela não vale a pena falar. Basta dizer que a vantagem que eu tinha sobre os outros foi para o brejo bem rápido. Na aula de alemão, nós tivemos de escrever um texto sobre o tema "Essen, eu gosto de ti", e eu escrevi como se prepara o börek na nossa casa. Todo mundo leu seu texto em voz alta, e quando chegou minha vez a turma se matou de rir. Mas para isso tenho que explicar que Essen significa "hrana", comida. Eu sabia disso, mas, uma vez que eu não gosto de nada na cidade de Essen, resolvi escrever sobre a carne moída e a massa de yufka, minhas comidas preferidas. Foi bem difícil, porque eu não conhecia a palavra para carne moída, e experimenta explicar para alguém com gestos o que é carne moída! Os outros estudantes da Bósnia copiaram a receita e a levaram com eles para casa, porque acharam que as cebolas não fazem parte da receita, e que o certo era preparar o prato com massa folhada. Josip e Tomislav, dois garotos da Croácia, disseram que na terra deles não se faz börek. Podes imaginar uma coisa dessas, Asija? Um país sem börek?

Asija, eu sinto falta do Drina e de seus caprichos. Dizem que aqui também existe um rio, o Ruhr, mas eu acho que nem toda água que corre tem de ser chamada logo de rio.

Ontem eu joguei cidade-país-rio com Philipp, Sebastian e Susanne; e, com Duisburg, Dinamarca, Drina, "dragão", Dragan, dinamarquês, dálmata não fui o último. "Dragão" eu nem consegui traduzir, pra dizer a verdade. Ontem pela primeira vez não me lembrei de uma palavra em bósnio, "bétula", eu tive de procurar no dicionário para ver que é "breza". Aqui crescem bétulas num parque, que todo mundo chama de floresta de Krupp. Essen no fundo é uma garagem gigantesca, e às vezes a gente fica com vontade de agradecer às ervas daninhas entre os paralelepípedos por conseguirem sobreviver.

Bétula e dragão e mil-folhas-de-flores-mistas e genciana e o Ruhr. Vou guardar tudo isso, Asija. Eu coleciono a língua alemã. Colecionar equilibra as respostas difíceis e as ideias complicadas que eu tenho quando penso em Višegrad, e que eu não posso revelar sem vovô Slavko nas proximidades. Tu não conhecias vovô Slavko, ele teria sido o único que conseguiria explicar como é o teu cabelo.

Na manhã de sua volta a Višegrad, vovó me deu um livro vazio de presente. A primeira página ela mesma encheu com seus escritos. Ao lado da história de Andrić, na qual Aska dança até o lobo sentir vertigens e assim consegue escapar com vida, essa página da minha avó é a coisa mais valiosa que já li na minha vida.

Asija, eu não me lembro das bétulas. Às vezes me parece que um Aleksandar ficou em Višegrad e em Veletovo e junto ao Drina, e que um outro Aleksandar vive em Essen, pensando se não deve algum dia aceitar um convite para pescar no Ruhr. Em Višegrad, com seus quadros inacabados, existe um Aleksandar que foi começado mas não chegou a ser terminado. Não sou mais eu que sou o camarada-chefe do inacabado, o inacabado é quem agora é meu camarada-chefe. Eu não pinto nem desenho mais nada que seja inacabado. Escrevo histórias no livro de vovó. Elas falam do tempo em que tudo era bom, para que eu mais tarde não possa me queixar do esquecido. Se eu fosse mágico de capacidades, Asija, o gosto das lembranças seria como o do sorvete da Stela, no passado.

Tu ainda te lembras de mim?
Aleksandar.

8 de janeiro de 1994

Querida Asija!
Nancy Kerrigan foi ferida no joelho com uma barra de ferro durante um treinamento de patinação artística. A concorrente dela, Tonya Harding, está envolvida no atentado. Foi o que deu nas notícias ainda há pouco, e minha mãe saiu da sala, furiosa. Depois disso, veio a Somália. A Somália e a Bósnia, as duas agora são a mesma coisa, com a diferença de que entre nós não existem crianças negras de cabelos curtos e fuzis no ombro. E nem petróleo, diz tio Bora.

Minha mãe comprou *Magia sobre o gelo — Partes 1 a 6*, seis fitas de vídeo com documentários sobre todas as estrelas e notícias de uns campeonatos de patinação artística sobre o gelo e de olimpíadas — Sarajevo também aparece. À noite, ela fica sentada na frente da televisão e murmura: Rittberger, Salchow, Lutz e Toeloop, duplo e triplo. Às vezes, nena Fatima desliga a televisão e esconde as fitas. E mamãe continua sentada onde está e diz: Axel, flip. As mãos dela estão tão estragadas por causa da lavanderia, que eu não consigo encontrar outra palavra que não seja estragadas.

Nós temos uma casa nova, só para a nossa família. Na velha, a polícia veio três vezes. Aqui os policiais têm uniforme verde e também são diferentes dos policiais no nosso país, eles colocam a mão na coronha da pistola e não aceitam aguardente. Eles não apenas olham sérios, eles também levam as coisas a sério e não têm problemas em torcer teu braço atrás das costas quando te aproximas com muita pressa deles, como fez čika Zahid. Nós recebemos prazos e deixamos que eles passassem, porque não sabíamos para onde ir. Na manhã antes do dia em que os policiais vieram pela última vez e em número maior do que das outras, não tocaram simplesmente a campainha, mas bateram com força à porta, meu pai disse que nós iríamos mudar.

Ele comeu seu pão até o fim, e nós arrumamos as malas. Tenho uma coisa para nós, ele disse, o dono só vai tirar seu sofá. Depois nós poderemos entrar.

Na casa nova nós temos muito mais espaço e ficamos longe de toda aquela sujeira, daquelas fofocas, daquela barulheira e daqueles assobios da auto-estrada, e daquela sensação de que nunca na vida poderíamos estar tão longe de nossa casa de verdade. Asija, onde é a tua casa? Eu não tenho ideia de onde estejas. Será que ainda existem endereços em Sarajevo?

Eu liguei para Višegrad. Não contados vovó Katarina e Zoran, não consegui encontrar ninguém. Vovó Katarina fala muito do passado. Nós a ouvimos, não contradizemos as lembranças dela, e apenas dizemos: está bem, vovó.

Tu te lembras de Zoran? Um amigo de Višegrad, um rebelde caladão! Ele diz que a cidade está cheia de fugitivos sérvios. Eles moram na escola ou simplesmente tomaram as casas e apartamentos vazios dos bósnios expulsos. E estes talvez agora estejam nos apartamentos sérvios. No fim das contas, ninguém estará mais onde estava antes. Também na nossa casa está morando uma família. Vovó diz que isso está certo porque eles têm crianças pequenas. Zoran diz que os višegradenses não suportam os novos, ele mesmo os odeia, tanto assim Zoran nunca havia falado, a raiva de Zoran é grande.

O Schalke 04 é o meu time preferido, tenho uma certidão de pescador e meu melhor amigo aqui, Philipp, me emprestou Sensible Soccer, eu escuto Nirvana e sonho em alemão. Sonho com um computador, para poder jogar Sensible Soccer e não precisar ficar mentindo a Philipp quantos gols eu fiz contra a seleção brasileira.

Estou deixando crescer meus cabelos.

Saudações cordiais,
Aleksandar.

Alô. Quem? Aleksandar!
Ora essa, de onde estás ligando?
Nada mal! Uma merda, e tu?

...eu também odeio que a água seja desligada, à tarde, e que os postes de iluminação não funcionem e que a energia elétrica fique caindo a cada volta e meia e que o lixo não seja recolhido e que tenha de ser assim tão frio eu odeio mais do que tudo. Eles botaram fogo nas duas mesquitas, derrubaram o que sobrou delas, e agora querem construir um parque no lugar, mas isso não é um parque, é um vazio destruído em torno do qual foram botados quatro bancos, e eu odeio todo mundo que vai se sentar neles, nem sequer Mister Spok faz uma coisa dessas, e de quando em quando passa alguém com o regador, mas nada parece querer crescer ali. Tu dirias: uma ferida aberta, e que numa ferida não pode crescer nada mesmo. Depois disso invocarias alguma bobagem sobre magia, mas precisarias da merda de uma magia bem poderosa para melhorar as coisas por aqui. Os soldados dançaram ciranda em volta dos escombros da mesquita. Eu odeio o ginásio, eu odeio os professores de lá, eu odeio termos de ficar entre cinquenta e quatro alunos numa só turma, eu odeio ter de ficar na fila para tudo, porque falta tudo, a não ser pessoas e mortes. Odeio meu pai, odeio o orgulho dele e seu consolo e seus princípios. Faz meio ano que Milica e eu tentamos convencê-lo a deixar este inferno, e eu odeio que ele não queira saber nada disso; eu odeio que ele tenha aberto uma tabacaria, exatamente no lugar em que ficava a tabacaria de Bogoljub, mas o que ele poderia fazer, além disso: juízes de basquetebol são a coisa mais desnecessária que pode existir, aqui ninguém mais joga nada, até mesmo o ginásio de esportes está cheio de gente, eu não sei nem se são prisioneiros ou fugitivos. Eu odeio os soldados. Odeio o exército popular. Odeio as águias brancas. Odeio os barretes verdes. Odeio a morte. Leio, Aleksandar. Leio muito e gosto de ler, a morte é uma campeã da Alemanha, e agora é campeã mundial na Bósnia. Odeio as pontes. Odeio os tiros na noite e os cadáveres no rio, e odeio que não se escute a água quando os corpos batem lá embaixo, odeio estar tão longe de tudo, do poder e da coragem; eu me odeio, por me esconder lá em cima, no ginásio, e odeio meus olhos, porque não conseguem reconhecer ao certo quem são as pessoas que são empurradas para o fundo e mortas a tiros na água, talvez já quando estão em queda livre. Outros logo serão mortos em cima da ponte, e na manhã seguinte as mulheres se ajoelham lá e esfregam o chão limpando o sangue. Eu odeio o cara da barragem em Rajina Bašta, que se queixa que não deveriam jogar tantas pessoas de uma só vez dentro do rio, porque os escoadouros ficam entupidos. Odeio os hotéis — o Vilina Vlas e o Bikavac —, odeio o posto do corpo de bombeiros, odeio o posto da polícia, odeio caminhões cheios de moças e mulheres, que vão para o Vilina Vlas, odeio casas pegando fogo e janelas pegando fogo, pelas quais pessoas pegando fogo saltam empurradas por fuzis, e odeio que os trabalhadores trabalhem, que os professores deem aula, que os pombos se joguem ao ar e que seja tão frio é o que eu mais odeio. Odeio tudo porque a merda da neve não cobre nada, nada, nadinha mesmo, e nós em compensação conseguimos cobrir tão bem nossos olhos, como se só tivéssemos aprendido isso em todos esses anos de vizinhança e de fraternidade e de unidade. Odeio que todos condenem tudo, que todos odeiem tudo, que todos sejam bons inclusive no ódio, que eu seja o bom eu odeio ainda mais do que a neve e do que o soldado sérvio de bronze. Odeio não me atrever a perguntar ao escultor por que seu monumento carrega uma espada e não uma faca sangrenta. E te odeio, te odeio, porque foste embora, me odeio, porque tenho de ficar, aqui, onde os ciganos não consideram necessário levantar suas barracas, onde os cachorros formam bandos e ninguém vai tomar banho no Drina. Tu me contaste certa vez que conversaste com o Drina. Maluco. Eu me pergunto o que ele contaria, se ele de fato soubesse falar. Que gosto ele sentiria, caso tivesse paladar? Qual é o gosto de um cadáver? Será que um rio também sente ódio? O que tu achas?

Meu ódio é infinito, Aleksandar. Mesmo quando fecho os olhos, tudo continua aí.

16 de dezembro de 1995

Q uerida Asija!
Tio Miki está vivo! Ele finalmente voltou para casa, em Višegrad, e inclusive está morando em nossa casa. Durante três anos ninguém sabia o que era dele, foi quando ele mandou uma carta a vovó dizendo que estava bem, que pretendia voltar logo para casa, conforme estava na carta, que vovó nos leu ao telefone. De onde ele voltaria não estava escrito. Vovó contou que pessoas já teriam visto Miki em Višegrad em 92.

No hotel Bikavac?, papai levantou a voz, de jeito nenhum! Por causa de vovó Katarina e dos telefonemas com ela, ninguém mais sacode a cabeça. Papai disse numa das vezes ao fone: eu não sei, eu simplesmente não sei. Ele pressionou seus lábios com força e pegou na base de seu nariz, usando o polegar e o indicador. Vovó não sabe mais o que é o presente e criou um passado para cada um de nós. Eu estou pagando o empréstimo, disse ela, que o tempo me concedeu. Todo mundo é surpreendido pelo seu passado na versão que vovó lhe dá. Há meio ano constataram níveis de glicose astronômicos no sangue dela, e o tratamento com insulina transformou sua vida em uma montanha-russa. Aos dias em que ela soa aflita e preocupada ao telefone, seguem-se ligações descontroladas para toda a vizinhança. Titia Tufão acha que nós estamos exagerando e levamos as coisas muito a sério, que no fundo era simpático ficar sabendo como se era no passado. Desde que titia Tufão também recebeu um telefonema de vovó, ela não fala mais nada a respeito do tema.

Ontem houve uma festa. Tio Bora lhe deu nome de "A reunião das nulidades de Dayton" e escreveu um discurso cheio de piadas sobre a guerra, a paz, os vegetarianos e meus cabelos compridos. Já consigo até fazer um rabo de cavalo. Meu pai disse: não é necessário fazer piadas sobre Dayton,

Dayton já é a maior piada. Um acordo de paz que sanciona politicamente a limpeza étnica! Papai durante sua vida inteira vai dizer quase tudo, e quase nunca fazer alguma coisa. Nisso nós somos parecidos, ele e eu, só que eu digo algumas coisas a mais do que ele e faço ainda menos.

Eu imagino que a alegria com a paz é ainda maior entre vocês. Para ser honesto: eu também me alegro muito, mas agora estou com medo daquilo que pode acontecer conosco. Parece que querem que nós voltemos à Bósnia. Mas eu não quero voltar para a cidade da qual todo mundo foi expulso. Não querer voltar é a única coisa na qual eu e meus pais concordamos. Quando eles conversaram com titio e titia a respeito, e mamãe disse, prefiro morrer a olhar nos olhos dos assassinos, nena Fatima se levantou, escreveu "obrigado e até a vista" no decote da mulher da revista *TV Spielfilm*, arrancou a página e a colou na testa.

Nena Fatima continua usando seu pano de cabeça apenas quando chuvisca lá fora, e em Essen sempre está chuviscando. Ela fez um jardim gigantesco no meio do pátio interno. Tomates e pepinos e pimentões. O zelador esteve aí e com ele a polícia, eles olharam para o jardim de nena e nós todos estamos curiosos para ver a denúncia. Nena Fatima é a única pessoa da família com quem eu me entendo. No jardim, cagam todos os terriers de nossos vizinhos, e eu agora não como mais salada.

Eu estava sentado com nena Fatima no jardim quando ela me contou seu segredo. Botou a mão debaixo do pano de cabeça e colocou um papelucho mole e rasgado entre nós dois. Ela me estendeu um pente e se virou. Os cabelos longos de nena Fatima. Eu os penteei. Quando terminei, ela se levantou e leu o que estava escrito no papelucho que mando junto.

Saudações carinhosas,
Aleksandar.

o que eu quero, no fundo

Eu quero falar quero falar de novo
eu quero falar quero falar de novo mas preciso de um motivo tem de ser
um bom motivo assim são as coisas

eu quero ver tudo
também no túmulo eu quero continuar vendo e de preferência também no
sono eu quero um bom motivo para não ver nada a morte não é um bom
motivo eu quero ver o que eu cozinho

eu quero ir ao mundo eu quero
a guerra do mundo até que me cai bem
com meu marido com rafik a coisa não prestava mesmo
ele carregava suas costas tortas na cabeça sua vida inteira era torta e curvada
isso não prestava mesmo
eu agora ainda quero ser um pouquinho jovem ainda não estou tão velha
assim com rafik eu podia apenas ser velha tinha que ficar em casa ele traba-
lhava e eu ficava em casa e ele não queria que homens vissem como meu
cabelo é bonito

eu quero ter sempre cabelos bonitos isso precisa de cuidados
eu quero sair para o mundo e por isso deixei rafik porque ele tinha princípios do drina até a china

eu quero ser amável
eu quero um sol sem máscaras mas quem é capaz de segurar as nuvens com
facilidade

se eu fosse mágico como tu isso da chuva seria diferente e o progresso e os
vulcões e o megdan cuspiriam fogo nós teríamos preocupações bem diferentes agora

eu ainda quero ser um pouquinho útil a vocês mas mais a mim

eu não quero ser sempre boa com todo mundo prefiro esperar

eu quero saber como tu vais ser com vinte anos e o que tu sabes era essa a
idade do teu avô quando eu tive de me casar com ele
em tua aldeia havia uma nogueira debaixo da qual nevava um número de
vezes no verão igual ao das mocinhas esperando para casar
eu quero encontrar outro homem ou também não

eu nunca mais quero cuidar de gado e não quero pássaros corteses

eu quero algum dia ter orgulho de alguma coisa que quebrei

eu não quero morrer de solidão ou de culpa ou por causa de uma espinha
de peixe ou junto a um rio eu quero ao morrer ter a sensação de carregar
muitas joias as coisas são assim

eu quero voar uma vez e subir num vulcão uma vez e jogar uma pedra para
dentro dele.

nena fatima

1º. de maio de 1999

Querida Asija!
Peço desculpas por ter ficado tanto tempo sem te escrever. Aliás, estás recebendo minhas cartas? Tu ainda existes? Eu continuarei escrevendo, até porque nos últimos tempos tenho ficado muito sozinho, mas não me importo por causa disso.

Meus pais vivem há um ano nos Estados Unidos. Na Flórida. Para sempre, por enquanto. Papai colheu um coco e depois de sete anos pintou seu primeiro quadro. Ele o chama de "Autorretrato com coco", e as cores que escolheu são um dueto de ocre e marrom sobre prado de verão verde-musgo. Mamãe começou a trabalhar num escritório de advogados, ela acha que isso não vai ser difícil, as leis na opinião dela são muito mais compreensíveis do que no nosso país. Ela comprou patins e todos os domingos vai para a pista de patinação no gelo e gostaria de ver uma partida de futebol no estádio sem a companhia de meu pai. Ela acha que os calções ficam tão bem nos jogadores.

Se eles não tivessem emigrado, teriam sido mandados de volta à Bósnia. Um retorno voluntário, é o nome que se dá a isso. Eu acho que algo que é decretado não pode ser voluntário e um retorno, portanto, não pode ser um retorno, quando se trata de um lugar ao qual falta a metade dos antigos moradores. O lugar na verdade é um lugar novo, e para ele não se volta, para ele se viaja pela primeira vez. Eu nem sequer consigo imaginar como seria ir à aula na Bósnia. Vejo apenas minha velha sala de aula, e Edin na carteira atrás de mim. O quadro de Tito ainda está pendurado na parede. Por causa da escola, eu pude ficar aqui, meus pais acharam sensato que eu fizesse a prova de conclusão dos estudos secundários na Alemanha. Mamãe anotou pra mim onze receitas, dez simples e o escalope de ameixas e carne moída. Ela me explicou o que significa ferver a roupa.

No último ano em Essen as coisas ficaram um pouco melhores. Mamãe simplesmente pediu demissão do emprego na lavanderia certo dia, pela manhã. Se inscreveu num curso de alemão e durante três meses estudou todos os dias. Depois disso, ela mandou o currículo a setenta empresas. Na setuagésima primeira ela não mencionou que era bósnia e recebeu um emprego de caixa.

Com meu pai, eu falava tão pouco por aqui, que às vezes ficava surpreso ao ouvir meu nome sendo dito por sua voz. Mamãe esteve doente, depois se recuperou, papai ficou silencioso, depois mais velho e agora se senta ao sol, voltou a pintar naturezas-mortas e inclusive as vende.

Sabe, Asija, eu não fiz esforço nenhum. Todo este tempo não fiz esforço nenhum para perguntar, nem sequer fiz menção de saber o que meus pais pensam ou o que eles querem ou se eu talvez não poderia ajudar para que as coisas melhorassem para nós aqui. Para mim, era constrangedor ir junto com eles às conversas de apresentação, também era constrangedor para mim traduzir as perguntas que lhes eram feitas: como é o alemão deles? Por causa de minha surda-muda nena Fatima eu jamais senti vergonha, ainda que ela risse quando era contada uma piada e conversasse dormindo. Ela tinha mais amigas por aqui do que eu jamais terei amigos. Ela as ouvia quando conversavam, sua opinião era perguntada, ela assentia ou sacudia a cabeça. Mas então ela se sentava na calçada diante da casa e cortava as unhas de seus pés. Foi ela quem mais se alegrou com a Flórida. Ela acorda bem cedo e vai nadar na piscina dos vizinhos, cada dia nada o comprimento de uma piscina a mais.

Eu às vezes gostaria que meu nome fosse escrito "Alexander", como em alemão, e, muitas vezes, que simplesmente me deixassem em paz. Por muito tempo pensei que apenas faço de conta que estou na puberdade, para que meus pais não se preocupem. Mas em algum momento eu de fato não queria ver mais nenhuma guerra ou saber de nenhum sofrimento, de nenhuma fuga.

Hoje é dia 1º. de maio e vovó Katarina gostaria de me mandar um pacote de Višegrad. Vovó Katarina gostaria de me mandar sempre um pacote no dia 1º. de maio. Fotos de Tito, os discursos e condecorações de vovô, meu uniforme de pioneiro. Vovó me conta todos os anos por esta época que eu gostava muito de usar o uniforme, sobretudo nos feriados religiosos, que eu sabia passagens inteiras de O *Capital* de cor e compreendia sua importância.

E meu pai agora compra tabaco de mascar e diz: cocos!, diz: eu sou o primeiro bósnio que sabe como funciona a coisa do tabaco de mascar, e mamãe diz: o Jacksonville Jaguars tem um baita time nesta temporada. À noite, outros bósnios são convidados. Ćevapčići mothermade e hambúrguer de supermercado são grelhados na varanda, e os grilos cantam, o asfalto esfria e cheira a canela. Um certo Dino Safirović conta como jogou futebol com sua tropa contra os sérvios entre as trincheiras, como aparou com o rosto o tiro decisivo, embora desde então não consiga mais formar as consoantes plosivas. Ele conta como quis fazer fogo num tronco oco de árvore, dentro do qual havia uma granada, e minha mãe diz que ela sente falta de mim. Ela compra vinho esloveno, e papai acha que nossos grilos dão uma tunda e tanto nos grilos americanos.

Asija, eu fui procurar teu nome na internet e então me dei conta de que nem sei ao certo qual é teu sobrenome, ainda que eu o tenha escrito sempre com a maior naturalidade nos envelopes. Li páginas e páginas com listas de desaparecidos, Asija apareceu duas vezes, coisa que não quer dizer nada. Mas pelo menos encontrei o que teu nome quer dizer.

Quando procuro meu próprio nome, encontro um resultado. "Sonho de uma noite de verão" no teatro escolar. Eu fiz o papel de Puck. Puck é um elfo, que dá a seu rei a tarefa de lhe trazer uma flor cujo néctar, se colocado nos olhos de uma pessoa dormindo, faz com que esta se apaixone pela primeira criatura viva que ela veja. Tenho de dizer que a história não é lá essas coisas, mas Puck sabe fazer mágicas. Em dado momento, todo mundo acaba sendo amado, até mesmo um com cabeça de asno, e tudo pode ser um sonho caso o público assim decida, ao final da peça.

Asija, eu consigo convencer os nazistas que venho da Baviera. Eu digo: minha ascendência é bávara. Posso me divertir à custa dos frísios, eles são mais ou menos como os montenegrinos — se o zíper deles não estiver aberto hoje, eles deixam para mijar amanhã. Quando alguém diz que eu sou um exemplo bem-sucedido da imigração, me dá vontade de montar num porco.

Asiya (Asija) s.
1. Nome árabe: a que cura, a que cuida; pacificadora.
2. Segundo a tradição, nome da mulher crente do faraó, que salvou Moisés do Nilo.

Meu pai pergunta se eu sei que todos os anos o número de pessoas mortas por cocos é maior do que o número de pessoas mortas por tubarões. Coconuts are murderers, ele diz.

Eu decido ter sonhado tudo.

Cordiais saudações,
Aleksandar.

Aleksandar,
eu gostaria de mandar o pacote
— a ti — sem falta

Eu o empacotei — para ti — apenas. Karl e Friedrich e Clara e Tito. O bando inteiro está aí dentro. Ainda te lembras? Tu gostavas de Karl. O livro do partido de Slavko eu também gostaria de te mandar, sem falta. Seus discursos solenes. Seus ensaios. Que letra bonita o teu avô tinha! As maiúsculas são como gavinhas de trepadeiras! Ninguém mais escreve à mão. Com certeza também tu datilografas tudo com uma máquina de escrever. Isso é indecente! Como é que se pode saber, na letra de uma máquina, com quem se está lidando? Ou tu por acaso queres beijar apenas o batom da tua namorada? Artigos de jornal sobre teu vovô eu gostaria de mandar — a ti — sem falta! Tu sentaste no colo dele e solucionaste palavras cruzadas com ele! Ah, Slavko e suas palavras cruzadas! O que mais? Fotos de Vladimir Iljitsch, fotos de Tito serás tu quem as receberás, sem falta. O que é isso daqui? "As tarefas da juventude revolucionária"? Sim, maravilhoso! Tu és a juventude! Ah, a letra do teu avô nas palavras cruzadas! Ah, o uniforme de Tito, e como as coisas estavam bem para nós naquela época, nós, ovelhas! Eu até não gostava de todo aquele teatro em torno. E não casei com meu Slavko por causa de seus protocolos de reunião e suas conferências oficiais. O abraço da política é miserável! O que eu ainda poderia fazer com canções de trabalhadores e selos de Clara Zetkin, e com panfletos que explicam como a gente deve se comportar quando Tito visita a cidade? Ponto número um: enfeitamos nossos terraços e colocamos o maior número de plantas verdes possível! A não ser as plantas verdes, tiramos todo o resto do terraço, por exemplo roupas de baixo, roupa de cama etc.! Sim, onde já se viu uma coisa dessas! Olha esse daqui, é muito bom; ponto número quatro: Todo mundo deve trazer pelo menos uma flor, que deve ser jogada na rua, mais ou menos cem metros à frente do primeiro carro do comboio de Tito. No carro do camarada Tito não pode ser jogado absolutamente nada. Aleksandar, eu jamais precisei disso, e tu com certeza continuas tendo ambições desse tipo. Embora Slavko e tu jamais tenham passado do capítulo sobre a mercadoria em *O Capital* sem que ambos pegassem no sono, tu sabias citar passagens inteiras da obra de cor. E tu inclusive usavas voluntariamente teu boné azul e o lenço vermelho de pescoço quando era feriado. Mesmo quando o uniforme de pioneiro não era mais obrigatório. Mãos cruzadas atrás das costas, como teu pai sempre fez. Na festa de despedida do quarto ano, tu foste o porta-bandeira. Metade do colégio marchou atrás de ti e da bandeira vermelha. Tuas orelhas estavam em fogo de tanta felicidade e nervosismo. A bandeira era gigantesca. Numa das pausas da marcha, foi declamada uma poesia sobre a estrela de um comandante qualquer, aí tu te sentaste e colocaste a bandeira no chão. Há uma foto contigo descansando diante da bandeira. Eu gostaria de mandar a foto — a ti — sem falta. Me diz uma coisa, os alemães continuam abrindo todos os pacotes que vêm da Iugoslávia? Eles continuam nos vigiando? Eu não gostaria de te causar constrangimentos, de te obrigar a explicar por que precisas de todo esse material. Slavko deveria ter feito um discurso no nono congresso da Aliança dos Comunistas Iugoslavos. Isso foi em mil novecentos e setenta, e não era coisa pequena. Mas lamentavelmente nenhum dos conferencistas adoeceu nessa época. Esse discurso eu gostaria de mandar — a ti — sem falta. O papel e as perspectivas do casamento e da família no proletariado! Ah, Slavko e suas perspectivas! A questão da maternidade! A questão da educação! A questão sexual! Altamente atual, tudo isso! Slavko ficou indignado com a hipocrisia pretensamente virtuosa da burguesia! E eu... Eu era sua camarada cheia de orgulho! Ah, meu Slavko... Aleksandar, quando é que vais te casar, finalmente?

Quando tudo era bom

de
Aleksandar Krsmanović

Com um prefácio de vovó Katarina
e um ensaio para o senhor Fazlagić

Para meu avô Slavko

Sumário

Prefácio   161

Sorvete   163

Desejo   165

Desfile   167

1º. de maio ou O pintinho na mão do pioneiro   169

Não existem mais guerrilheiros   171

Uma bela viagem   173

Como se desaparece   177

Por que čika Doutor abre a perna
de alguém com um corte   179

Por que Vukoje Verme não quebra meu nariz
com seu nariz quebrado três vezes   181

Por que čika Hasan e čika Sead são inseparáveis
e com o que nem mesmo o mais esperto
entre os sábios pode contar   185

O que o jogo de xadrez tem a ver com a política mundial,
por que vovô Slavko sabe que amanhã virão as revoluções
e como pode que às vezes algumas coisas
são tão difíceis de dizer   189

Qual é a promessa que uma barragem tem de sustentar,
como soa a mais bela língua do mundo e quantas vezes um
coração precisa bater para chegar à vergonha   191

Por que casas sentem junto com a gente e desinteressadamente,
que música elas tocam e por que eu desejo que elas continuem
a sentir junto com a gente e desinteressadamente,
e sobretudo com força   201

Qual é a mais bela vitória, do que vovô Slavko me julga
capaz e por que todos fazem de conta que o medo
diminui quando não se fala nele 205

Como está o Drina atrevido, como o Drina sem lábios está de fato,
o que ele acha do pequeno senhor Rzav e como se precisa
de pouco para ser feliz como um falcão   211

Aleksandar,
na época tu tinhas quatro anos. Dormiste conosco. Entre mim e vovô.
Era assim que preferias. Vovô teve de sair cedo. Comitê do partido. Tu choramingaste. Querias ir junto. Ele sussurrou alguma coisa em teu ouvido. Tu ficaste quieto. Riste, e como riste. Mais tarde, tua mãe veio até a nossa casa. Ela queria te levar ao cabeleireiro. Ela sabia que vovô não estava em casa. Normalmente, ele sempre te levava junto. E nada foi cortado. Os cabelos devem cair na testa dos pensadores. Assim era teu avô. Tua mãe e eu fomos convidadas a tomar um café nas vizinhanças. Na casa de Amela. Perda de tempo, tu disseste. Nem desceste. Arrumaste os teus carrinhos. Nunca brincaste de verdade com eles, te limitaste sempre a estacioná-los em outro lugar. Para cada um dos carros inventaste alguma coisa. De onde ele vinha. Quem o dirigia. Quais os problemas que tinha a impertinente mulher do motorista. O cano de descarga do Porsche entoava as canções dos guerrilheiros. Nós voltamos depois de uma hora. Os carrinhos não estavam arrumados. Estavam jogados aí, simplesmente. E tu deitado na frente do sofá de Slavko. Estavas vendo televisão. O som estava baixo e os carrinhos desarrumados. Desligaste a televisão. Passaste a mão na testa afastando o cabelo. Os carros estavam jogados por aí. Eu logo vi o vaso. Que ele não estava em seu lugar, no parapeito da janela. E em nenhum outro lugar. Também não aspiraste o chão. Porque tinhas medo do aspirador de pó. De máquinas de lavar roupa também. Os caquinhos minúsculos no tapete. Mesmo muito tempo depois disso, nunca falaste do vaso. E vovô provavelmente jamais tenha se dado conta de que o vaso não estava mais aí. Nem notou que ele não estava

mais no parapeito da janela. Ainda que tenha sido um presente dele. E isso tu sabias. Ele colheu flores para mim durante três dias. Enfeitou a casa inteira com flores. Nunca antes e nunca depois vi tantas flores de uma só vez. E no vaso havia papoulas vermelhas. Os carrinhos estavam jogados por aí. Tu mudaste de roupa. Eu olhei para ti. Tu disseste que vocês agora iriam ao cabeleireiro. Tua mãe ficou admirada. Eu não disse nada. Não te beijei na testa. Não te disse que à noite teríamos leite quentinho. Tu esperavas sempre doze minutos, exatamente, e aí tomavas teu leite quentinho. Eu jamais te disse que tudo estava em ordem, que não havia problema. Não te disse que tu eras uma criança. Não te disse que és nosso sol e que não precisavas ter medo por causa de alguns cacos. Não te disse como eu ficava alegre quando tu dormias entre mim e vovô. E não te disse como eu ficava alegre por começares todos os dias com cinco perguntas. Antes de nos desejares bom dia, cinco perguntas. O que fazias em teus sonhos? Eu não te disse que tudo estava bem. Vocês foram embora. Eu botei o leite para esquentar. Estacionei teus carrinhos em outro lugar. A Ferrari eu coloquei bem na parte da frente. O motorista dela é um nômade do deserto com um avô muito doente. Ele jaz numa barraca, num Estado africano fora do bloco. Com voz baixa, ele diz a seu neto: meu sol, eu logo vou morrer, mas tenho um último desejo. Há um lugar distante, onde a água é sólida. Ali podes jogar a água como se ela fosse uma pedra. Se seguras a pedra na mão por tempo suficiente, ela se transforma em água amena e fria. Antes de morrer, eu quero beber uma pedra dessas. Traz ela para mim, meu sol. Desde então, o jovem nômade anda pelo mundo em sua Ferrari e procura um caminho para levar a água de pedra a seu avô, no deserto. Tua história de um tempo quando ninguém pensava que nada estava em ordem. Quando tudo era bom.

Tua avó Katarina

Sorvete

Sorvete há sempre, mas nem sempre há esse sorvete. É meu sorvete preferido, e tem um nome preferido: Stela. Se eu um dia tiver uma irmã, digo a minha mãe e mexo com a pazinha azul de plástico no pote de sorvete, o nome dela vai ser Stela, está bem? Eu por acaso engordei?, pergunta minha mãe, assustada, e eu digo: não, mas nessa família eu também tenho direito a opinião.

Meu pai dormiu e acabou perdendo meu nascimento, e minha mãe desmaiou imediatamente após o parto, tanto sangue e merda de uma só vez ela simplesmente não teria aguentado, e o único parente presente em sã consciência acabou sendo meu tio Bora, que com toda a razão do mundo não perdera tempo em gritar imediatamente: Aleksandar, ele vai se chamar Aleksandar, esse porco asqueroso.

Embora eu ainda fosse bem pequeno na ocasião, uma frase dessas a gente não esquece.

Stela, o meu sorvete preferido é um sorvete de baunilha. Ele vem num potinho azul. No congelador há — empacotadas em plástico — pazinhas coloridas. Quando compra o sorvete Stela, a gente pode escolher uma pazinha colorida, sem pagar. A azul é a minha favorita. Stela é um sorvete grávido. Ele guarda um segredo. Escondido em algum lugar, em meio à baunilha, às vezes bem em cima, às vezes no meio, às vezes no fundo, está escondida uma cereja-azeda: azeda, congelada e vermelho-escura.

Desejo

Meus pais não sabem nada sobre isso. Eu fui à mesquita. Eu sei como se faz: ficar de joelhos e pensar em alguma coisa bonita que ainda não se tornou verdadeira. Desejar essa coisa bonita a cada reverência. Faz com que se torne verdadeira! A mesquita é revestida de tapetes coloridos, por fora um foguete, por dentro um estômago. Eu sinto medo. Sou algo especial, pois sou o único a usar sapatos. Na mesquita não é abril, não é primavera. Eu me curvo e me curvo e me curvo.

Faz, minha cara mesquita, faz com que o Estrela Vermelha fique campeão. Faz, minha querida mesquita, faz com que o Estrela Vermelha fique campeão. Faz, minha querida mesquita, faz com que o Estrela Vermelha fique campeão.

Faz, minha querida mesquita, faz com que minha mãe se esqueça de como suspirar.

Desfile

Uso torto o boné de pioneiro, sou um pioneiro bravio. Estou sentado diante da bandeira vermelha, esgotado e muito satisfeito. O coro canta a Internacional.

1º. de maio ou
O pintinho na mão do pioneiro

Eu subo na poltrona, passo a mão na testa afastando o cabelo e pigarreio:

É primeiro de maio,
o vento acaricia as bandeiras vermelhas
elas tremulam teu nome: Tito.

O pássaro-mãe bota um ovo
em nosso ninho de fraternidade,
quer dizer, em minha mão.

Na mão do pioneiro, o pintinho rompe a casca
ele logo fica musculoso como Rambo I
de penas azul-branco-e-vermelhas e olhos adriáticos.

É uma pomba para a paz
é uma águia para a batalha
um frango para o meio-dia.

É um dinossauro para as crianças,
o dinossauro canta a Internacional para Tito
e para a classe trabalhadora.

O pássaro come o primeiro de maio
e uma vez que o primeiro de maio é futuro

o pássaro se torna grande e futuroso
como a nossa Iugoslávia.

É o que leio, passo a mão na testa afastando o cabelo, agradeço, e desço da
poltrona sob os aplausos de vovô Slavko.

Não existem mais guerrilheiros

Não existem mais guerrilheiros. Há até uniformes e soldados dentro deles e metralhadores na frente e generais. Há a estrela vermelha, de cinco pontas. Há os desfiles, há a batalha pela libertação do povo, há discos com canções que todo mundo sabe de cor. Há pão preto e filas para o pão preto, e há vovô, que junto com os guerrilheiros libertou tudo que era possível e até mesmo o que era impossível. Há os bonés de pioneiro, que parecem com bonés de guerrilheiros, só que são azuis, e eu uso o meu mesmo quando não tenho de usá-lo. Há chocolate branco com nozes, há o grande botijão de gás laranja na cozinha, nós jogamos basquetebol, o anel superior do botijão de gás é a cesta, meu nome é Dražen Petrović; e eu acerto todos os arremessos de três pontos. Na chama do gás vovó cozinha o leite. Eu espero sempre doze minutos, exatamente, e bebo o leite morno, na outra boca vovó ferve lençóis de cama. Há material para fazer curativos no banheiro, há uma lixeira gigantesca no pátio, que não é esvaziada muitas vezes, há índios, há motociclistas usando jaquetas de couro, que às vezes param para descansar na cidade e não olham para as meninas de um jeito diferente do que fazem os nossos rapazes. Há, perto da nossa esquina, os únicos japoneses que jamais se perderam em nossa cidade, desceram na casa verde de telhado estranho, ninguém viu se eles algum dia voltaram a deixá-la. Há suásticas pintadas às escondidas, tão proibidas que todo o papel com uma suástica é amassado e acaba no lixo. Há o Drina. Há o sentar-se junto-ao-Drina e a pesca que dura horas. Há siluros no Drina, eu conheço um de bigodes e óculos. Há jogos de computador que se chamam "Boulder Dash" ou "Space Invaders" ou "International Soccer". Eu quebro um recorde atrás do outro. Há uma bicicleta de aniversário, a minha primeira: "Pônei", verde e rápida. Eu ando em círculos, sou um sprinter de pernas grossas e camiseta apertada. Por causa da camiseta, todo mundo ri de mim, mas os ignorantes ignoram tudo de aerodinâmica. Há sacolas de plástico. Minha avó não joga fora nenhuma sacola de plástico, ela as lava quando o queijo de cabra vazou, ela as guarda num grande quarto sem assoalho chamado špajz. Ela guarda tudo, e diz: nunca se sabe que tempos virão. Há uma ideia, meu pai diz: vou abrir uma loja para as demandas dos artistas. Há a demanda dos artistas, há o domingo à tarde em que Elvira, a irmã de Nešo, me mostrou atrás de um túmulo no cemitério do Megdan, qual é a diferença entre mim e ela.

Ele não parece bem.

Há eu, que agiu como se ele já não soubesse disso há tempo.

Há um guerrilheiro sobre o túmulo. Ele está enquadrado por uma moldura pequena e redonda, olha com seriedade e usa o boné com a estrela de cinco pontas.

Mas guerrilheiros não há mais nenhum.

Uma bela viagem

Todos os verões viajo com meus pais a Igalo. A fábrica inteira, na qual meu pai trabalha, viaja a Igalo. O sindicato desloca, por um mês, as pessoas de uma pequena cidade sem mar para uma pequena cidade com mar. Em Igalo há uma colônia de artistas. O único que se alegra com Igalo é, portanto, meu pai. Os homens e as mulheres da colônia de artistas têm cabelos compridos e nada além disso, e papai fica deprimido quando tem de voltar a usar uma gravata em volta do pescoço, em casa. Se minha mãe se alegra — em Igalo ou por qualquer outro motivo — é bem difícil dizer.

— Família, este ano vamos viajar para... — exclamou meu pai semana passada, com a voz de um apresentador de televisão entusiasmado, e acenou com os prospectos do hotel.

— Ah, papai, tu só estás falando porque eu preciso provar ao senhor Fazlagić, não-mais-camarada-professor, que eu domino o uso do travessão nos diálogos.

— Sim, e além disso eu nunca falo com a voz de um apresentador de televisão entusiasmado.

— ... Igalooo! — disse minha mãe com a voz de uma apresentadora de televisão cansada, que anuncia a miséria na qual não pode mudar nada, e foi fazer as malas.

A viagem realmente bela este ano poderia ter acontecido se Mister Spok pudesse ter ido junto. Uma bela viagem para Mister Spok, o camarada-chefe dos bêbados da cidade, que nunca viaja para lugar nenhum. Quando vejo Mister Spok cambaleando pelas ruas, sou obrigado a pensar em meu avô Rafik, coisa que é difícil, porque não me lembro do rosto de vovô Rafik, e sim conheço apenas a história de um afogado. Uma rã me dá pena, porque não entende que alguém acaba de decidir que vai botar fogo nela, tio

Bora me dá pena, porque se obriga a fazer uma genuflexão mas nunca consegue, o senhor, senhor Fazlagić, me dá pena, porque daqui a pouco vai esquecer como é que se faz para dar risada, se não parar de ser tão teimoso. E Mister Spok me dá pena porque diz:

— Eu estou pior do que um vira-latas, não tenho nem sequer uma matilha. Tudo a minha volta é de pedra... Ruas, montanhas, corações, eu nunca tenho um mar comigo.

Eu queria dar o mar ao senhor Spok, isso seria, para ele, a mais bonita entre as viagens possíveis. Eu escrevi "Jogo Premiado" num cartão-postal colorido, "Mister Spok" e "Igalo". Parabenizei Mister Spok sem lhe dar a mão. Essa foi a parte mais difícil. Convidei Mister Spok para nos visitar, a fim de que ele pudesse tomar banho e se pentear. Depois do primeiro banho, eu lhe pedi que tomasse mais um banho. O Mister Spok depois do banho e do pente me perguntou se eu sabia como se faz a barba, mas eu não sabia. Eu lhe entreguei, como parte do prêmio, um dos dois ternos do armário de meu pai e logo quatro gravatas, porque eu sabia como papai odiava gravatas. Vesti a calça que meus pais consideravam ser a melhor que eu tinha. Assim preparado, banho tomado e sóbrio, Mister Spok e eu esperamos por meus pais na sala. Eu perguntei a Mister Spok se ele saberia chorar a um sinal meu.

Minha mãe chegou primeiro e perguntou apenas se Mister Spok era vegetariano.

— Eu como de tudo — respondeu ele, e eu lhe dei uma maçã, duas fatias de pão e dois ovos, que ele poderia cozinhar mais tarde, já que agora não havia tempo para isso, e já meu pai entrava pela porta. Com a voz de apresentador, eu exclamei:

— Família, este ano vamos viajar a Igalo, e levaremos junto...

Eu apontei para Mister Spok, que imediatamente começou a chorar de maneira terrível. Implorando, eu levantei as sobrancelhas e abracei meu pai, coisa que com certeza pareceu estranha a nós dois.

— Aleksandar, já para o meu ateliê! — ele ordenou, e Mister Spok parou de chorar. — Isso é realmente bem social — ele me disse —, mas lamentavelmente só membros da família podem desfrutar as ofertas do sindicato. O senhor Spoković não pode ir junto, lamento muito.

— Vocês não podem adotar Mister Spok? Isso resolveria logo dois problemas: ele poderia ir junto a Igalo, e eu não seria mais filho único.

— Isso não são realmente problemas, meu filho.

— Isso também não é realmente uma conversa, papai.

— Saudações ao senhor Fazlagić.

— Pode deixar.

— Mesmo assim te desviaste do tema.

— Mas formalmente fiz tudo certo.

Aleksandar Krsmanović

Como se desaparece

Na Alemanha melhor caiu uma parede e a partir de agora só existe a Alemanha pior. Mais cedo ou mais tarde, isso acabaria acontecendo com a parede. É o que todos dizem. Tio Bora, o trabalhador convidado, como toda família precisa de um, diz: a Alemanha pior para ele mesmo assim é melhor, porque o paga e porque ali há centenas de prédios iguais numa fileira, de modo que ninguém sente inveja, e também as regras do trânsito são compreensíveis e respeitadas, e os semáforos não estão aí apenas por estar, mas podem de fato ficar verdes, e há Lothar Matthäus e tampões que cabem em titia Tufão. São pequenos bastões de algodão que titia Tufão enfia no cu para se conter um pouco. Embora no nosso país também haja tampões às vezes, quando as pessoas são muito rápidas eles não funcionam bem, mas não sei ao certo se é isso mesmo.

Uma vez que a questão da parede agora foi acertada, há a Aids e uma queda de energia. Na parede alta, que nem parece ter caído, pessoas alegres balançam bandeiras pretas-cinza-escuro-e-cinza-claro. Enquanto eles se alegram ali em cima, outros continuam trabalhando embaixo e arrancam pedrinhas da parede. Meu tio Bora diz: os alemães estão sempre trabalhando, que fazer.

A Alemanha parece muito entupida, por todo o lugar, pessoas, a gente nem consegue mais reconhecer as ruas.

Agora mais uma vez o locutor do noticiário de cabelos ajeitados. Ele diz: epidemia, e diz: Estados Unidos, e diz: doença sexualmente transmissível, e diz: na Iugoslávia foram confirmados mais quatro casos. Aids, ele diz, e levanta uma sobrancelha. Astronautas agora estão olhando em pequenos telescópios e alguém diz: vírus, e: sangue, e: fatal.

Uma vez que a parede caiu na Alemanha melhor, tudo que é ruim vem até nós! Também a queda de energia vem até nós... Vovó se assusta, desliga o som, a televisão apenas crepita, tudo preto. Acho que é mais ou menos assim quando se vive e então, de uma hora para outra, não vive mais. A gente se assusta um pouco e alguém acende uma vela. Quem o faz em nossa família é vovó, e os rostos à mesa, à luz da vela passam a ter a cor de uma metade de batata assada com Aids. Certa noite, eu aprendo como é que paredes caem, como pessoas caem e até mesmo como a luz cai: em todos os casos uma doença é a responsável, e a queda é seguida pelo desaparecimento. A Alemanha melhor ficou doente e desapareceu. Eu entendo de desaparecimento. A Aids é uma doença orgulhosa, ela não conhece nem mesmo letras minúsculas e não se contenta com coisas como tossir e acariciar cachorros. Para ela, nosso sangue é que é importante.

Eu me deito no tapete. Deitado, eu não posso cair ou me cortar os dedos e pegar Aids. Mesmo assim, espero; enquanto vovô Slavko, vovó Katarina, titia Tufão e tio Bora jogam rúmi à luz de velas, eu espero que eu desapareça.

Por que čika Doutor abre a perna de alguém com um corte

Motociclistas passam a toda por Višegrad. Austríacos, suíços, italianos. Os alemães é que têm as maiores máquinas. Michael anda de Kawasaki, Jürgen de Honda. Čika Doutor diz: a Alemanha e o Japão sempre foram bons amigos, mas não gostam de se lembrar disso.

Às vezes eles também estão sentados a dois nas motos, eles são de couro da cabeça aos pés. No restaurante Estuário, os motociclistas de couro bebem uma limonada e acham nossos rios bons. Čika Doutor, que nós chamamos assim porque ele abriu a perna de alguém com um corte, pisca para nós: não é apenas limonada que eu sirvo aos motociclistas. Quando čika Doutor não tem clientes, e não tem nada a fazer, ele vai se sentar no jardim do hotel, abre e fecha seu canivete sem parar, e acaba adormecendo ao sol.

Nós contamos quinze motociclistas desde junho, mas também não ficamos sempre parados por aí e contando motociclistas.

Tem também uma coisa minha ali dentro, e čika Doutor confessa o segredo de sua limonada. Ele não diz qual de suas partes é, e nós não poderíamos mesmo contar aos alemães de couro qual é, uma vez que as palavras na casa deles por razões ideológicas são diferentes das que usamos por aqui, onde ninguém dirige uma moto dessas, porque ninguém se atreveria a aparecer na rua com roupas de couro tão esquisitas.

Edin e eu dividimos uma limonada no čika Doutor, ficamos sentados de pernas abertas por ali e fazemos de conta que somos alemães. Hans kugl kluf nust lust baiern minchen danke danke. Para que čika Doutor talvez nos conte que parte dele ele sempre coloca na limonada alemã.

Por que Vukoje Verme não quebra meu nariz com seu nariz quebrado três vezes

Hoje tiraram Tito da nossa sala e Vukoje Verme prometeu me quebrar depois da aula.

Toca a sineta anunciando o fim da última aula. Todo mundo se precipita para fora da sala, Vukoje aponta para mim e passa o indicador no pescoço, num gesto horizontal, brusco. Edin dá de ombros. Eu vou ficar do teu lado, ele diz, aí ele terá de bater em dois e ficará cansado mais rápido.

Edin sempre tem as melhores ideias.

Vukoje Verme com seu nariz quebrado três vezes espera por mim no pátio da escola. Ele não está sozinho. Vukoje, casa velha, como estás?, eu grito para ele. Vukoje tira seu casaco, ata os cadarços de suas botas, me empurra várias vezes, e pergunta se eu prefiro pontapés, socos ou esganamentos. Imediatamente somos cercados por um amontoado de alunos.

Esganamentos, porque esganamentos não existem, eu respondo.

Boa resposta, diz um rapaz alto, dá um passo se afastando do grupo de alunos e se coloca diante de Vukoje. Ele é duas cabeças mais alto do que meu oponente. Te arranca daqui, sibila ele a Vukoje, do contrário esta minha testa vai transformar esta tua em pudim.

Vukoje fica onde está, coloca as mãos na cintura. Em seu nariz, há um colar de sardas desenhado. Ele cospe um fio estreito de lado e aponta o dedo para mim, ameaçador. Só quando Vukoje se afasta com sua gente em passo lento, eu reconheço meu salvador. Damir Kičić. Damir é tido como o maior talento futebolístico que a nossa cidade jamais revelou, e inclusive esteve um dia em nossa escola.

Obrigado!, digo eu a ele, depois que também os outros alunos se põem a caminho de casa mostrando caras decepcionadas.

Eu até gostaria de ver a coisa, diz Damir.

Cuc-cuc, grita Edin como se fosse um cuco, distende suas mãos fazendo os dedos estalarem. Contra nós, Vukoje não teria mesmo nenhuma chance, ele diz.

Damir, o que estás fazendo na cidade, eu pensei que estavas jogando em Sarajevo?, eu falo, perguntando.

Damir ri. Me chamem de Kiko, ele diz.

Kiko, é verdade isso que as pessoas estão falando? Que tu consegues fazer tantas embaixadinhas com a cabeça quantas quiseres?, pergunta Edin. Esse pessoal exagera.

Podemos fazer uma aposta... Kiko coça a testa, e a aposta é uma dessas que é impossível de perder. Kiko ri, a bolinha debaixo da pele em seu pescoço salta para cima e para baixo, e nós nos damos a mão, fechando o trato.

Domingo, meio-dia em ponto. O pátio da escola está vazio, não contada uma menina, que cautelosamente dá suas primeiras voltas de bicicleta, segurada no selim por sua mãe.

Edin traz a bola. Nós chutamos algumas vezes em gol.

Tu achas que ele virá?, pergunta Edin.

Com certeza. Trouxeste o dinheiro?

Verão é quando a bola quica e fica tão quente que o calor se torna um espaço no qual o couro estala contra o concreto fazendo eco. Se eu fosse mágico de capacidades, o inverno e o outono seriam dois feriados, em algum dia de novembro, primavera seria uma outra palavra para o mês de abril, e o resto do ano teria a capacidade de ser verão, para que a vida ecoasse, o asfalto derretesse e mamãe esfregasse iogurte sobre as minhas insolações.

Ali vem ele. Me dá o dinheiro!

Olá, rapazes!

Olá!

Bem quente, não é?

É.

Trouxeram a grana?

Não precisa contar, eu digo, e estendo o maço a Kiko. Ele passa o indicador e o polegar na língua e ajeita as cédulas emboladas na mão. Depois me estende a sua quantia. É melhor que contes.

Tudo certo, digo eu.

Então podemos começar.

Um momento! Edin está com uma régua nas mãos. Ele a coloca sobre o pé de Kiko e vai girando a mesma sobre a panturrilha, a coxa, os quadris, até a cabeça de Kiko. Para isso, ele tem de se esticar um bocado. A mãe largou a menina; ela grita e segue adiante aos trancos e barrancos, anda cada vez mais devagar e escorrega, freando com os pés. A mãe bate palmas, a pequena uiva de raiva: tu não me seguraste, tu me largaste, ela grita, mais uma vez!, ela pede.

Edin diz: cento e noventa e dois.

Desde a semana passada cresci quatro centímetros, nada mal, sorri Kiko, tira sua camisa e joga a bola para o alto. Um, dois, conta Edin, três, quatro, e o calor é uma menina berrando no selim de uma bicicleta, cinco, seis, conta ele, e o verão tardio é uma aposta de cento e noventa e dois centímetros de altura, sete, oito, ele conta, e a menina chama: mamãe, olha só, eu estou andando, eu estou andando, eu sei andar!, nove, dez, nós contamos, e quando chega a dez Kiko começa a assobiar, onze, doze, ele está parado ali quase sem se mexer, se limita a encolher a cabeça um pouco antes de a bola tocar sua testa, quando chega ao treze ele cabeceia a bola bem alto, do contrário dá azar, ele grita, e a bola voa e voa e Edin diz: catorze, quinze, dezesseis, dezessete, dezoito, dezenove, vinte, vinte um, vinde dois, vinte três, vinte quatro, vinte cinco, vinte seis, vinte sete, vinte oito, vinte nove, trinta, trinta e um, trinta e dois, trinta e três, trinta e quatro, trinta e cinco, trinta e seis, trinta e sete, trinta e oito, trinta e nove, quarenta, quarenta e um, quarenta e dois, quarenta e três, quarenta e quatro, quarenta e cinco, quarenta e seis, quarenta e sete, quarenta e oito, quarenta e nove, cinquenta, cinquenta e um, cinquenta e dois, cinquenta e três, cinquenta e quatro, cinquenta e cinco, cinquenta e seis, cinquenta e sete, cinquenta e oito, cinquenta e nove, sessenta, sessenta e um, sessenta e dois, sessenta e três, sessenta e quatro, sessenta e cinco, sessenta e seis, sessenta e sete, sessenta e oito, sessenta e nove, setenta, setenta e um, setenta e dois, setenta e três, setenta e quatro, setenta e cinco, setenta e seis, setenta e sete, setenta e oito, setenta e nove, oitenta, oitenta e um, oitenta e dois, oitenta e três, oitenta e quatro, oitenta e cinco, oitenta e seis, oitenta e sete, oitenta e oito, oitenta e nove, noventa, noventa e um, noventa e dois, noventa e três, noventa e quatro, noventa e cinco, noventa e seis, noventa e sete, noventa e oito, noventa e nove, cem, cento e um, cento e dois, cento e três, cento e quatro, cento e cinco, cento e seis, cento e sete, cento e oito, cento e nove, cento e dez, cento e onze, cento e doze, cento e treze, cento e catorze, cento e quinze, cento e dezesseis, cento e dezessete, cento e dezoito, cento e dezenove, cento e vinte, cento e vinte um, cento e vinte dois, cento e vinte três, cento e vinte quatro, cento e vinte cinco, cento e vinte seis, cento e vinte sete, cento e vinte oito, cento e vinte nove, cento e trinta, cento e trinta e um, cento e trinta e dois, cento e trinta e três, cento e trinta e quatro, cento e trinta e cinco, cento e trinta e seis, cento e trinta e sete, cento e trinta e oito, cento e trinta e nove, cento e quarenta, cento e quarenta e um, cento e quarenta e dois, cento e quarenta e três, cento e quarenta e quatro, cento e quarenta e cinco, cento e quarenta e seis, cento e quarenta e sete, cento e quarenta e oito, cento e quarenta e nove, cento e cinquenta, cento e cinquenta e um, cento e cinquenta e dois, cento e cinquenta e três, cento e cinquenta e quatro, cento e cinquenta e cinco, cento e cinquenta e seis, cento e cinquenta e sete, cento e cinquenta e oito, cento e cinquenta e nove, cento e sessenta, cento e sessenta e um, cento e sessenta e dois, cento e sessenta e três, cento e sessenta e quatro, cento e sessenta e cinco, cento e sessenta e seis, cento e sessenta e sete, cento e sessenta e oito, cento e sessenta e nove, cento e setenta, cento e setenta e um, cento e setenta e dois, cento e setenta e três, cento e setenta e quatro, cento e setenta e cinco, cento e setenta e seis, cento e setenta e sete, cento e setenta e oito, cento e setenta e nove, cento e oitenta, cento e oitenta e um, cento e oitenta dois, cento e oitenta e três, cento e oitenta e quatro, cento e oitenta e cinco, cento e oitenta e seis, cento e oitenta e sete, cento e oitenta e oito, cento e oitenta e nove, cento e noventa, cento e noventa e um, cento e noventa e dois.

Por que čika Hasan e čika Sead são inseparáveis e com o que nem mesmo o mais esperto entre os sábios pode contar

Čika Hasan e čika Sead não pescam por prazer, não pescam pela vontade de lutar contra o peixe, não pescam porque buscam tranquilidade não pescam porque não se pode pensar nada de ruim quando se está pescando no Drina. Hasan pesca, porque quer pescar mais peixes do que Sead Sead pesca, porque quer pescar mais peixes do que Hasan. Sou eu quem pesca por todos os outros motivos, e porque gosto de peixe frito, e mesmo assim pesco mais do que os dois juntos.

Quando Hasan doou sangue pela primeira vez depois da morte de sua mulher num acidente, Sead o imitou alguns dias mais tarde. E assim as coisas continuaram, até que Hasan comunicou a todos, faz pouco, que vencera o amigo havia tempo: 82 a 53 litros de sangue em favor dele.

Eu estou em pé sobre a ponte e vou pescar siluros com sanguessugas. No calor do começo do verão, o caminho de Hasan e Sead da ponte até mim é uma única e gigantesca discussão. Eu não ouço bem por que os dois estão brigando, segundo parece pelos gestos e farrapos de conversa, a questão é a vida, a morte e a salada de pepinos. Águas claras, Aleksandar!

Eles apenas interrompem suas lamentações para se preparar: um tamborete de três pernas e um tamborete de quatro pernas, uma caixa de pesca branca e uma caixa de pesca preta, gafanhotos e minhocas. Mal seus anzóis estão na água, os galos de briga se dão a culpa mutuamente por terem jogado a isca muito próximos um do outro. Nem o mais estúpido salmãozinho de água doce vai acreditar que o gafanhoto e a minhoca resolveram tomar banho juntos!, diz Hasan, sacudindo a cabeça.

Normalmente, qualquer ruído que não venha do rio me incomoda quando estou pescando, mas o papo dos dois é divertido e precisa de um juiz, de modo que tenho de rir com frequência e a cada pouco sou instado a dar meu veredicto, coisa que não é a pior coisa do mundo, tenho de dizer. Empate não existe para mim. Isso possivelmente levaria a fazer com que eles parassem, e se dedicassem apenas a pescar, e isso nem eles, nem eu, nem os peixes querem.

E justamente quando sou perguntado se sou mais a favor de Sead, que diz que os vegetarianos têm um parafuso a menos, ou de Hasan, que diz: eles não são tão ruins assim e, aliás, não há peixes sem espinhas e nem homens sem defeitos, é quando a minha boia é puxada com tanta violência para dentro da água que sem titubear dou um puxão brusco tentando fisgar o peixe. A boia não aparece, a resistência é poderosa, a linha se retesa, e Hasan grita: ah, esse é dos grandes... Ele vê que não poderei resistir a um puxão desses, que serei levado junto, resvalando para dentro da água, tendo de me segurar com ambas as mãos no caniço agora todo curvo. Sead tenta agarrar o caniço, desajeitado, os óculos saltam de seu nariz e caem no rio. Imediatamente, ele larga o que tem nas mãos e mergulha os braços na água, procurando. Eu finalmente dou mais linha, mais espaço para o monstro alucinado. Que vá nadar mais um pouquinho, que nade mais um pouquinho por enquanto, mas logo, meu caro, vou recuperar meu fôlego.

Um peixe é sempre maior numa história do que nas mãos do pescador que conta a história do peixe, e vovô Slavko interrompe minha narrativa.

Meu peixe é um siluro, e agora é exatamente tão grande quanto no anzol, digo eu voltando à história, conforme meu avô havia me ensinado.

Que é um siluro, nós vemos logo, quando ele se mostra pela primeira vez na superfície da água, depois de quinze minutos, uma beleza de pelo menos dois metros! E tão forte quanto um Aleksandar e um Hasan juntos, ou um Sead e um Aleksandar, mas não quanto um Hasan e um Sead — isso é impossível, porque logo acabaria numa briga em que vara de pescar e todo o resto acabariam sendo esquecidos.

Depois de meia hora, eu ainda não consegui pegar o siluro, mas o siluro também não conseguiu me pegar, nem Sead conseguiu pegar seus óculos.

186

O peixe nos deixou cansados, nós não conseguimos fazer o mesmo com ele — assim que conseguimos trazê-lo para mais perto da margem, ele dá uma rabanada fortíssima, se debate gingando para a esquerda e para a direita como um cachorro, volta para o fundo num arranco, de modo a fazer o caniço se dobrar perigosamente e a linha estar prestes a se romper. Sead aos poucos foi ficando cada vez mais calado e sugere que é melhor desistir. Hasan aos poucos foi ficando cada vez mais falante e tira, agora que Sead quer desistir, camisa e calças, faz cinco genuflexões e salta para dentro do rio. O sol está a pino, muito quente, Hasan aparece. Rapaz, dá tudo de ti, nós agora vamos tirar o bicho daqui.

Eu recolho a linha girando a manivela até que o peso pode ser sentido, o siluro sente o meu peso, puxa para a esquerda, desta vez não, eu resisto, como isso deve doer ao peixe! Desta vez não, pensa também o siluro, puxa à toda para o meio da corrente, eu... tenho de avançar dois passos, e apoio o pé contra uma pedra. Sead salta ao meu encontro para me ajudar, pode deixar, eu digo, e dou um arrancão no caniço até ele desenhar um C no ar, é uma questão pessoal, é agora... ou ele merecerá a liberdade, eu gemo. Hasan se aproxima, abrindo os braços para tomar impulso, do lugar em que a linha sai da água. Meus braços tremem, o caniço treme, a cada giro da manivela do carretel eu espero ouvir o estalo. Sinto meu coração a mil, não cedo um centímetro. Como se fosse dado o sinal para o último round, o siluro se joga para fora d'água, quer mostrar força com suas cicatrizes brancas às costas negras e sem escamas, atingindo uma altura e tanto, com seus olhos amarelos, desafiadores: eu tenho a beleza de um homem erudito, e esta não será a única batalha que haverei de vencer. Ele sabe de mim e conhece cada um de meus truques, mas não sabe da loucura dos višegradenses. Reunindo minhas últimas forças, mantenho-o na superfície, tudo parece que vai rebentar, o caniço, a linha, meus braços. Hasan mergulha, e com ele o rio inteiro mergulha num grande silêncio.

Não se pode ver nada. Nem Hasan, nem o siluro. A linha afrouxa, descreve um arco na superfície. Se foi, penso eu, perdemos. Mas de repente o siluro volta a se manifestar, puxa a linha e resiste a mim com ímpeto, me surpreende... Mas eu não largo, caio, bato a cabeça no chão, o cabo do caniço resvala das minhas mãos, do meu queixo pinga sangue, e no rio, não muito longe da margem, nas águas frias do Drina, Hasan e o siluro lutam na superfície, um debater e um respingar e um borbulhar e um se virar e revirar. Deitado, eu tento agarrar o caniço, sou puxado de barriga para dentro do rio. Sead agarra minhas pernas, me estimula à luta: rapaz, traz o bicho pra fora! Debaixo da água, eu continuo girando a manivela, agora há apenas um peso, nenhuma resistência no anzol. Sead me puxa para a margem, diante de nós aparece primeiro o coco de poucos cabelos de Hasan saindo da água, depois seu rosto, coberto de sargaços, e por fim, entre seus braços: o siluro. O siluro de bigodes, com os óculos de tartaruga de Sead sobre o nariz.

Eu fico deitado, dou risada, dou risada e sangro. Hasan dá risada e cospe água e lama, ele me levou até o fundo, o... ele diz. Quem ri mais alto é Sead: senhor erudito! Ele fica muito melhor em ti do que em mim, e limpa as lentes dos óculos para o siluro. Boto minha mão em cima da cabeça fria e grande do peixe, acaricio o erudito cansado nas costas e na barbatana longa de sua barriga, penso no que eu poderia tirar dele para ficar como lembrança, escamas ele não tem e também não trouxe nada consigo.

Vamos soltá-lo?, eu pergunto.

E Hasan e Sead pela primeira vez concordam em alguma coisa.

E com que foi que ficaste?, perguntou vovô.

Com o dia, eu digo e olho para ele.

O que o jogo de xadrez tem a ver com a política mundial, por que vovô Slavko sabe que amanhã virão as revoluções e como pode que às vezes algumas coisas são tão difíceis de dizer

A primeira coisa que vovô Slavko e eu fazemos é derrubar algumas vacas que dormem, depois jogamos xadrez sobre uma das vacas caídas até que a rainha dá um tabefe no rei e se manda com o peão preto para a Bulgária em cima de um cavalo branco, para a pátria do cavalo preto junto ao mar Preto. Ou seria mar Negro? É tanto preto e branco!

Isso vem tudo dessa coisa de pintar tudo de preto ou tudo de branco na política mundial, xeque-mate, diz vovô, e abre um jornal, que será impresso apenas em trinta anos. Enquanto isso, ajudo bisavó a lidar com um carvalho. A terra cai em torrões das raízes, eu planto ameixas-com-carne-moída no buraco de onde ele foi arrancado.

Será que a propaganda faz bicos como artista?, eu grito do Drina, lutando com um siluro. O siluro tem bigodes e usa óculos, e vovô diz: propaganda é o nome de uma contadora de fábulas.

Os jornais e vovô estão, um para o outro, como algo muito barato, que todo mundo tem, está para algo muito caro, que só eu tenho.

Aleksandar, sobre o que ficas falando com o Drina todo esse tempo? Vovô bota a peruca de Johann Sebastian e corrige a posição do Estrela Vermelha na página de esportes, botando-o em primeiro lugar.

Eu lhe sussurro e beijo seus cabelos, como se ele fosse o neto. Vovô cheira a palavras cruzadas em papel de jornal impresso há pouco, e me estende um potinho de sorvete Stela.

Ovelhas na realidade não são nuvens caídas no chão, eu digo, e apresento a vovô a voz do Drina. A voz jorra tão fria de minha mão, que vovô e eu nadamos para dentro de casa e arrumamos uma cama com turcismos: "jastuk", "jorgan", "čaršaf" — travesseiros, cobertas, lençóis. Os turcos trouxeram sua língua até nós, diz vovô, e acena para Marica Popovic, que passa voando pela janela, e, quando se passa muito tempo junto, a gente passa a falar parecido em algum momento.

De mim, dizem que falo como meu avô. Um elogio maior do que esse é impossível.

Amídalas são a pior propaganda de ataque quando se trata do corpo! Eu me deito na cama que acabou de ser arrumada e tusso. Sofro de uma inflamação nas amídalas, passo cuspe em meu rosto, para que achem que a causa seja uma quantidade de lágrimas jamais chorada e não me entreguem à injeção de penicilina.

Emplastros de vinagre com batata realmente baixam a febre. Vovô me traz tangerinas e ameixas com carne moída até a cama, e explica: a febre faminta migra para as panturrilhas.

O Morsa diz: os únicos emplastros que ajudam são emplastros de aguardente nos pés, mas para isso tu ainda és jovem demais. Não há nada pior do que se embebedar pela sola dos pés.

Vai te vestir, nós vamos embora, ordena papai.

Artistas constituem o tipo mais inflexível de ocupação secundária.

No caminho para o hospital, paramos na ponte, porque Ivo Andrić justo neste momento tenta saltar sobre o Drina com seu cavalo. Višegrad inteira se faz presente e dança. No programa que antecede a apresentação principal, titia Tufão e Carl Lewis disputam uma corrida sobre a ponte. O detentor do prêmio Nobel dá vinho a seu cavalo, e eles se colocam em posição.

Eu jamais me cansarei de ver como vovô faz a barba. Fico junto à pia, e me arrepio todo na nuca, tão silenciosos estamos, vovô e eu.

Patas socam o asfalto e Ivo Andrić levanta do chão.

Achas que ele vai conseguir?, pergunta vovô, e colhe flores para vovó durante três dias.

Difícil dizer.

Qual é a promessa que uma barragem tem de sustentar, como soa a mais bela língua do mundo e quantas vezes um coração precisa bater para chegar à vergonha

Francesco se mudou para a casa da velha Mirela, em frente, sublocando-a, e a velha Mirela juntou suas empoeiradas tralhas de maquiagem, constatou que o pó se esfarelava e o batom estava imprestável, comprou, ainda no mesmo dia, tudo novo, e ficou bisbilhotando de faces rosadas nos tomates de seu jardim. Do jardim, dava para ver o quarto de Francesco às mil maravilhas. Nas noites cálidas, Francesco ficava sentado na varanda, armado com um compasso gigantesco sobre desenhos com nossa barragem; ele usava uma camiseta, e do jardim também dava para ver a varanda às mil maravilhas. As mulheres da nossa rua, e mais tarde de toda a cidade, passavam por ali para ajudar a velha Mirela com o capim, as cenouras, os pepinos e a cerejeira, um verdadeiro milagre da botânica o que cresceu naquele trechinho minúsculo de verde e cinza no decorrer de apenas meio ano. Edin e eu chamávamos o jardim de Mirela de floresta virgem, e Edin jurava ter visto uma víbora dourada de chifres, enrolada em cima de uma abóbora. Minha mãe espiava atrás das cortinas antes de sair para o trabalho, porque Francesco — antes de sair para o trabalho — fazia exercícios de barra em um dos galhos da cerejeira no jardim de Mirela. A cerejeira e as faces de minha mãe floresciam como raramente se podia ver, de modo que decidi ficar amigo de Francesco ou expulsá-lo dali, uma das duas.

Em certo entardecer, eu fiquei parado junto à cerca olhando de maneira tão insistente para as costas de Francesco que meu olhar subiu por sua coluna vertebral até a cabeça, e Francesco teve de se virar. Eu não entendi o que ele disse, ele não entendia o que eu dizia. Apontei para a bola, depois para ele, e disse: Dino Zoff. A aposta era simples: se Francesco pegasse pelo menos três dos meus cinco chutes, ele poderia ficar. Se ele pegasse dois ou apenas um, eu teria de queimar seus planos e enterrar seu compasso e sua camiseta no jardim, junto com os moranguinhos, depois botar rãs, pombas e gatos em seu quarto, tudo sem o menor problema. Mas se ele deixasse passar intencionalmente um chute que fosse, eu pretendia contar a nosso açougueiro, Mislav Sakić, chamado de Massacre, que sua mulher havia alguns dias passara debaixo da cerejeira usando um vestidinho de verão, brincando com seu cabelo e rindo muito, antes de se despedir da camiseta de Francesco.

E foi assim que Francesco e eu ficamos amigos. As jardineiras incansáveis e as doces fazedoras de bolo não tinham nenhum interesse em livrar Francesco da língua italiana — muito pelo contrário, e assim aconteceu que já na primeira noite depois de ele ter pegado todos os meus chutes com facilidade eu lhe ensinei algumas coisas da nossa língua. "Eu me chamo", "eu sou engenheiro da barragem" e "não, por favor, eu realmente não consigo engolir mais uma só colher desta maravilha" ele já sabia dizer. Eu lhe apontei, em seu dicionário, a palavra "casamento", a palavra "pouquinho", a palavra "floreio" e a palavra "sobrancelha". Depois apontei para minhas orelhas e disse: simpático, coisa que não era mentira, e soou como se fosse italiano. Francesco repetia o que eu dizia. Eu. Estou. Um. Pouco. Casado. Mas. Minha. Mulher. Nem. De. Longe. Tem. Sobrancelhas. Tão. Barrocas. Ou. Orelhas. Tão. Simpáticas. E. Grandes. Quanto. As. Suas.

Isso é o que tu deves dizer, expliquei a Francesco, quando uma mulher te agrada — eu apontei para meu olho e esculpi no ar a figura de uma mulher de ancas largas, imitando o que os outros homens faziam depois de ter comido muita carne defumada. Para minha mãe e para mulheres feias, tu deves dizer: eu estou extremamente casado, ainda que a senhora seja extremamente simpática. Afinal de contas, eu não viera até a varanda de Francesco para tomar limonada — e sim para cumprir uma tarefa em favor de minha família. Quando a velha Mirela trouxe bolo de cerejas feito por ela mesma até a varanda, Francesco disse a ela: ainda que seja extremamente simpática. Ele tinha compreendido tudo. Depois que ela se foi, ele apontou para a palavra "feio" em seu dicionário, para a palavra "mulher" e para a palavra "não", depois para a palavra "homem", para a palavra "garoto", para "não" e por fim para seu olho e para a palavra "aprender". Francesco não apenas construía barragens, ele também era um camarada-chefe do amor.

A partir daquele anoitecer, eu passei a visitá-lo várias vezes. O dicionário ficava sobre a mesa, entre nós. Francesco desenhava, eu fazia meus temas de casa, bebia limonada, ou lia o léxico da música universal. Francesco me explicou que a Itália era uma bota. Eu pintei uma sandália, que estava enfiada até pela metade no Adriático, e lhe dei de presente. Minhas primeiras frases em italiano eram mais ou menos assim: bella sinhorina! Mi quiamo Alessandro. Posso ofrirti una limonata? Eu o dizia a Edin e colocava a mão no coração. Edin olhava para mim como se eu fosse um cantor de ópera ou um japonês em Višegrad, e se afastava sem dizer palavra, bem devagar, e sacudindo muito a cabeça. Mas eu apenas estou treinando para usar com Jasna, eu gritava atrás dele.

Tentei explicar a Francesco que italianos e iugoslavos eram muito mais do que simplesmente vizinhos, pois quem divide algo tão belo quanto um mar e algo tão horrível quanto uma segunda guerra mundial tinha de, por exemplo, cantar junto muito mais. Não sei se ele entendeu o que eu quis dizer, mas quando ouviu Mussolini gritou: nonono! Eu gostava de contemplar a concentração dele ao fazer o lápis deslizar ao longo da régua, de ver como eram finas as linhas que ele terminava em ângulos retos, ou como ele conseguia inserir números na calculadora durante horas e dizer a meia-voz "cvatro" ou "tchincve" ou "tchentomila". E com "mila" era que eu mais me alegrava, e dizia: estás vendo, Francesco, mar, guerra e além disso temos a mesma palavra para "querido"!

Em meados de agosto, chegaram as chuvas. Violentas, breves, previsíveis, nem mesmo os grilos soaram surpresos quando os pingos bateram tambor no telhado da varanda. Nós ficávamos em silêncio, ainda que falássemos muito — nossas vozes eram o folhear do dicionário, nós apontávamos para as palavras e formávamos frases com lacunas até chegar à Itália.

Também havia noites em que não dizíamos nada, nem com nossa voz nem com a voz do dicionário. Em um anoitecer assim, eu escrevi uma longa carta a vovô Slavko, na qual me ofereci para uma vaga de mágico de capacidades no partido. Anexei à carta uma lista de capacidades que ainda tinham de ser alcançadas por um passe de mágica. Francesco bebeu vinho e desenhou seus planos. Ele sempre cheirava o vinho primeiro, antes mesmo de levar a taça aos lábios, e quando terminava o trabalho massageava suas têmporas, coisa que me deixava cansado e satisfeito.

Em outra das vezes, Francesco me levou até um prado junto ao Drina, tirou esferas prateadas e brilhantes de uma sacola de couro preta e começou a jogá-las para lá e para cá. Botchia, ele disse. Ele me ensinou as regras e disse que embora se dissesse botchia, se escrevia "boccia". Eu tentei explicar a Francesco que nós, os iugoslavos, poupávamos onde dava, e por isso escrevíamos "boća", coisa que mostrava que poupávamos inclusive na escrita, e que dois "c", um ao lado do outro, simplesmente significavam um "c" demais. Já no anoitecer seguinte, o Morsa participou do jogo, uma semana mais tarde já éramos seis, logo em seguida oito. Francesco polia as esferas, e o açougueiro Massacre dizia coisas como "pallino" ou "volo". Se Francesco tivesse mais do que dezesseis esferas, a cidade inteira em pouco estaria jogando boccia. Eu sempre participava, Francesco havia decidido que assim seria, em uma das vezes inclusive não fiquei muito em último lugar.

Eu passava Nívea no cabelo para que ele ficasse arrumado e oleoso como o de Francesco, e aprendi de cor o nome dos jogadores da seleção italiana. Ele continuava pegando todos os meus pênaltis. A música italiana era lenta, e os cantores sofriam muito. Fiquei sabendo que nem todos os italianos têm cabelos pretos, e revelei a Francesco que nem todos os iugoslavos gostam de börek. Francesco nunca cheirava a suor ou sabão, mas sempre ao mesmo perfume de limão. Quando eu um dia tiver a idade de Francesco, também vou querer usar camisas com um jacarezinho em cima e calçar sapatos que estão sempre brilhando, vou querer cheirar ao limão de um mundo no qual todas as palavras terminam em "i".

E, em outro anoitecer, čika Sefer, um homem de terno, baixinho e elegante, e algo como o vice-camarada-chefe da barragem, contou, e justamente quando estávamos em nossa casa, que Francesco gostava de homens. Eu desliguei a televisão. Tudo ficou diferente, e o diferente tinha a ver com Francesco. Ouvi o que čika Sefer dizia e não entendi nada. Čika Sefer se preocupava com algo que ele chamou de reputação, e com algo que chamou de clima de trabalho. É decente, ele disse, isso verdadeiramente não é, como sabemos. Čika Sefer fez piadas com o cabelo todo arrumadinho de Francesco, e minha mãe era o eco de čika Sefer: decente, ela disse, isso verdadeiramente não é. Algo assim eu realmente jamais teria pensado.

O que era "algo assim" e o que era "jamais teria pensado" na cadeira de balanço, na qual Francesco lia os jornais italianos velhos? O que era "algo assim" e o que era "jamais teria pensado" em nossa rua, onde no dia seguinte minha mãe estava reunida com as vizinhas espiando disfarçadamente para a varanda de Francesco? O que era "algo assim eu realmente jamais teria pensado"?

Em pouco, todo mundo sussurrava a respeito de Francesco, e não apenas as mulheres, como havia sido até agora. Doente, uma coisa dessas, e todo mundo sacudia a cabeça, e eu aprendi que há amores e amores, e que nem todo amor é bom. Francesco continuou fazendo seu trabalho pontualmente e de cabelos penteados para trás, ele entendia ainda menos do que eu, ou pouco se importava, e isso me deixava furioso. Bem-humorado, ele lia para mim alguma coisa do jornal e meditava, como sempre fazia, sobre seus prospectos bobos, também depois de certa manhã ter descoberto o risco na porta de seu carro, que tinha toda a cara de chave e de intenção. Do jogo de boccia, só o Morsa continuava participando. Os outros homens ficavam sentados nos bancos à margem, comiam grãos de abóbora torrados e olhavam para o rio.

Eu fiquei furioso porque não era mais eu que tinha de proteger minha mãe da camiseta de Francesco, e sim minha mãe que disse a meu pai que era necessário me proteger do italiano — olha só como eles conversam um com o outro. Furioso, porque nosso dicionário não mencionava uma palavra para "algo assim eu realmente jamais teria pensado".

Uma semana depois da visita de čika Sefer, eu estava sentado na varanda com Francesco. Não havia limonada, e o bolo era de anteontem. Eu tossi, fui sentar na cadeira de balanço, no canto, depois voltei para a mesa, depois fui aos degraus da varanda. Arranquei grama e a esfreguei entre as palmas da minha mão, dei de ombros, quando Francesco apontou para a palavra "algo", depois para "acontecer". Que cose sutchesso, Alessandro? Eu folheei até encontrar "desculpa".

A velha Mirela veio até a varanda, torcia um pano de pratos xadrez nas mãos e me pediu para traduzir: Francesco deveria sair de sua casa mais tardar na próxima semana. Eu dei de ombros, tentei arranjar algumas palavras que soassem a italiano. Francesco perguntou, confuso, mais uma vez: que cose sutchesso?

Eu disse: sutchesso cvatromila de muito, e para Mirela: ele pede duas semanas, quando de qualquer modo terá ido embora.

Mirela pensou um pouco. Mas nem um só dia a mais, ela disse, e levou a garrafa de limonada consigo, e também sua lata de cozinha e seus talheres de café. Ao sair, sussurrou para mim: já é bem tarde, tu deverias era estar em casa.

Minha raiva agora era algo com bocarra e presas e garras e estava pendurada, balançando de cabeça baixa, na minha garganta.

Francesco havia anotado para mim a data de sua partida em um dos mais belos anoiteceres de varanda, quando nada ainda havia sutchesso; ele me mostrara fotografias, também algumas da torre construída erradamente. Eu apontei o dedo para ela e perguntei: tu, engenheiro?, e nós rimos.

Pisa, disse Francesco, a minha Višegrad! Algumas fotos em preto e branco mostravam uma barragem especialmente grande. Francesco ficou sério e apontou para o lago: Lago di Vajont. A barragem se levantava aos céus causando medo, eu sabia exatamente que nos meus próximos sonhos com queda eu cairia lá de cima. Francesco franziu os olhos e virou a página — agora mostrava uma aldeia encoberta pela água. Depois, ele folheou de volta à barragem gigantesca, sobre a qual uma quantidade gigantesca de água espumante deve ter corrido e caído sobre a aldeia e seus moradores. Francesco apontou para a barragem e disse: mio papá.

Na noite em que a velha Mirela anunciou o fim do contrato de Francesco, eu me esgueirei saindo da varanda sem um arrivederci. Fui sentar diante da estante de livros e li *O capital*. Mas eu não lia de verdade. Pensava no cheiro de limão de Francesco, na limonada, no vento do verão tocando o jardim a zumbir, e na noite em que Francesco apontou para a fatia de pão pendurada no céu entre os galhos da cerejeira, e disse: la luna è molto bella!

Me deitei no chão, encolhido a fim de desaparecer.

Não existem mulheres feias, existem apenas homens que não aprenderam a olhar direito quando eram garotos. Ora, havia sido isso que Francesco tentara me explicar na primeira das noites! Em nenhuma enciclopédia havia algo escrito sobre amor entre homens, e no pátio da escola nós dizíamos "bichinha" para os mais fracos e mais pálidos. Também eu insultaria assim aqueles que eu odiava numa briga, só que eu odiava mais apanhar do que insultar outras pessoas, portanto eu nunca brigava. Na manhã seguinte, esperei até que Francesco fosse para o trabalho e subi a cerca que dava para o jardim de Mirela. Na mesa da varanda, estavam deitados os utensílios de desenho de Francesco. Eu peguei o compasso nas mãos, avaliei-o, o metal estava frio. Cavei um buraco.

Não visitei Francesco mais, e evitei ir à rua quando ele estava sentado na varanda. Sentia vergonha. A vergonha tinha uma pulsação peculiar. Tudo o que as pessoas diziam sobre Francesco, e tudo que eu mesmo pensava, fazia o coração envergonhado pulsar mais alto.

Depois de uma semana, Francesco tocou a campainha em nossa casa. Isso ele jamais fizera. Eu estava em meu quarto, papai saiu de seu ateliê e o cumprimentou. Eu ouvi pela fresta da porta, minhas orelhas, meu corpo inteiro pareciam ter ganhado cor, e nenhuma cor aperta com tanta intensidade quanto o vermelho. Eu estava enrubescido. Alessandro, caltchio?, perguntou Francesco, e meu pai respondeu: não, não.

No dia de sua partida, Francesco estava apoiado à cerca, o pé sobre a bola. Ele me esperava voltar da escola, esperava pelas últimas cobranças de pênalti. Eu dobrei na esquina, vi Francesco, e me escondi. Como um ladrão, me esgueirei junto à parede da casa e peguei o desvio pelo jardim das ameixeiras até dentro de casa. Espiei pela janela da cozinha: escolares passavam correndo por Francesco, ciao Francesco!, eles gritavam, ele passava a bola para eles rindo, ciao ragazzi! Eu fui para meu quarto e continuei minhas anotações na lista das capacidades que poderiam ser conseguidas num passe de mágica. A campainha da porta soou. Mamãe chamou meu nome. Eu pensei: algo está me saqueando. E fiquei calado.

Ora, mas tu estás aqui, disse ela, quando eu deixei meu quarto, faminto, ao anoitecer. Sobre a mesa, havia um pacote. Do italiano, disse mamãe, que há algum tempo chamava Francesco apenas por sua nacionalidade. Eu comi feijões, sempre havia feijões quando eu me sentia miserável.

Se eu fosse mágico de capacidades, faria com que a limonada sempre tivesse o gosto que teve no anoitecer em que Francesco me explicou que a lua italiana, ao contrário do que acontecia com a lua bósnia, por exemplo, era uma lua merecidamente feminina. Se eu fosse mágico de capacidades, nós poderíamos entender todas as línguas do mundo à noite, entre oito e nove horas. Se eu fosse mágico de capacidades, todas as barragens do mundo suportariam o que prometem suportar. Se eu fosse mágico de capacidades, haveria cvatromila saídas para todo e qualquer humor miserável. Se eu fosse mágico de capacidades, nós seríamos verdadeiramente corajosos.

O pacote era bem pesado. Meu nome, e embaixo dele: Francesco Bailo. Dentro da caixa, o som era metálico. Bochas. Eu desatei o barbante e levantei a tampa. Em cima, havia uma foto da grande barragem no Lago di Vajont. Eu jamais saberei se o papá de Francesco foi o engenheiro ou se foi um dos moradores da aldeia.

Mama, quanto costa um biglietto per Pisa?, eu perguntei, e mamãe colocou seu nariz no meu pescoço: mmm, meu rapaz, como cheiras bem!

Sei, disse eu, pois eu sabia mesmo, tão bem, disse eu, e folheei no pequeno dicionário. Apontei com o dedo para a palavra "grazie", depois apontei para a palavra "di", e com a ponta do dedo úmida de lágrimas apontei ainda para a palavra "tutto".

Mio caro amico Alessandro!

Puoi dirti fortunato ser garoto em cidade tão bonita. Drina faz olhos bonitos pra todo mundo. No solo crescem cerejas, ameixas e água clara per la limonata. Eu deixo o Morsa ganhar na boccia. A barragem de vocês agora nunca mais vai dar defeito. Teu papá e mamma e tu e tutto — seguros. Mas ninguém dizer arrivederci. Pois diz então Francesco: arrivederci allora e a presto!

Presentes per te, mio caro mago: bocce, perfume com o limão, dicionário, camiseta azzuri! E cartina di Višegrad. Eu desenho! Tua casa e casa di velha e boa Mirela! La vita, mio Alessandro, è solo questione di fortuna. Se lembrar de nós bem, per favore, e varanda e silêncio e floresta com víbora de chifres e com meninas barrocas na luz de la luna!

Grazie quattromila!
Francesco

Por que casas sentem junto com a gente e desinteressadamente, que música elas tocam e por que eu desejo que elas continuem a sentir junto com a gente e desinteressadamente, e sobretudo com força

Casas sentem junto com a gente e desinteressadamente, e não sabem tocar nenhum instrumento, o que é lamentável. Se casas fossem pessoas, elas seriam vegetarianas ou veganas ou vgn ou provavelmente apenas vg. Como vg, tu não comes nada que, mesmo de um ponto de vista teórico, possa ter pulsação, ou seja, nem mesmo água, porque para os índios, isso eu sei de vovô, num Amazonas daquele tamanho um Deus inteiro poderia nadar, ou pelo menos uma crença inteira.

E se houvesse um Deus também no Drina, perguntei certa vez a vovô, os siluros seriam os popes entre os peixes, não é verdade?

Ou os hodchas entre os peixes, assentiu vovô.

Se eu fosse mágico de capacidades, as casas tocariam música, musicalmente seriam mais ou menos tão talentosas quanto Johann Sebastian Bach, cujos méritos e cuja peruca grandiosa eu conheço do léxico de música, que meu senhor professor de música Popović, um vovô amigo de vovô Slavko, me deu de presente. Também o significado da palavra "barroco" pode ser consultado no léxico, e eu o aprendi de cor, e durante algum tempo "barroco" era a palavra que eu mais usava para elogiar o que quer que fosse, e só há algum tempo foi substituída por "refinado".

Na casa de uma avó, que mora sozinha e vê televisão e rega flores e aduba e espera que alguém passe pela porta e sempre cozinha demais, porque jamais conseguiu se acostumar a si mesma sozinha, a casa tocaria canções de uma época que era bem menos barulhenta, porque havia muito mais vacas ruminantes e menos canos de descarga e aspiradores de pó.

A casa de meu professor de servo-croata, senhor Fazlagić, chiaria como o mar, porque isso baixa a pressão do sangue.

A casa da minha família teria um repertório tão grande e tão imprevisível como a quantidade de tipos de humor que moram debaixo de nosso telhado e dentro de nós. Nossa cozinha tocaria "The Doors", porque Jim Morrison faz o olhar preocupado de minha mãe se transformar num olhar nostálgico. Chansons francesas soariam assim que papai desaparecesse em seu ateliê. Johann Sebastian Bach, quando tio Miki e meu pai veem juntos o noticiário político e papai grita: não, não estamos brigando, estamos apenas discutindo em voz alta! Quando papai, assobiando chansons francesas, leva mamãe para jantar no Estuário: Pink Floyd, o senhor Floyd torna os outros adultos e incomoda de um jeito tão agradável. Eu dou uma bicadinha no conhaque de papai e vejo televisão sem som.

Os últimos três minutos do "Bolero" de Ravel a todo volume tocariam quando titia Tufão passa por nós.

No jardim de nena Fatima, junto ao Drina, os girassóis tocariam músicas que nena cantava quando era menina, e que ela ainda hoje sabe de cor. Nena cantarolaria junto sem abrir a boca, e quando as lágrimas caíssem por suas faces — porque saber algo de cor muitas vezes é a coisa mais triste do mundo —, a chaminé esperta tocaria uma ciranda. Lágrimas e ciranda não andam juntas. A coisa mais especial numa casa que toca música seria que ela também poderia ser ouvida por alguém que é surdo como um canhão.

Minha casa cantaria com a voz de meu bisavô, e uma vez por dia prometeria algo que tivesse alguma duração.

Ponho o léxico da música universal de volta à estante e pergunto à minha mãe quando ela enfim vai me obrigar a aprender um instrumento ou três, ou o acordeão logo de uma vez. Ela está vendo o noticiário: barricadas e bandeiras em fogo. Faço a pergunta no mesmo tom de voz mais uma vez.

Pinto dez soldados desarmados.

Pinto o rosto de mamãe, sorrindo, serena, despreocupada.

Se eu fosse mágico de capacidades, quadros poderiam falar, enquanto os pintamos.

Se eu fosse mágico de capacidades, casas poderiam cumprir suas promessas. E elas teriam de prometer que não perderiam telhados ou desmoronariam em chamas. Se eu fosse mágico de capacidades, as cicatrizes dos buracos de tiros se fechariam com os anos.

Qual será a música que um prédio toca durante a guerra?

Qual é a mais bela vitória, do que vovô Slavko me julga capaz e por que todos fazem de conta que o medo diminui quando não se fala nele

Ninguém podia imaginar que eu acabaria ganhando. Tio Miki me dá um tapinha na nuca e diz: ninguém podia imaginar que tu acabarias ganhando. Minha mãe afasta uma mecha de meu cabelo para trás da orelha, mas ela volta a cair imediatamente sobre a testa. É mesmo, isso ninguém podia imaginar, diz ela, e pega meu rosto entre suas mãos.

A homenagem ninguém-podia-imaginar acaba de passar, o segundo lugar é pelo menos seis vezes mais velho e duas vezes mais alto do que eu. Ele me dá a mão, nossas varas de pescar se cruzam como espadas. Tio Miki o empurra de lado — embora ele não goste muito de mim, gosta menos ainda dos outros, e ficar se cumprimentando por muito tempo é sempre suspeito.

Meu pai não viera junto. Ele tinha de terminar um quadro em seu ateliê. Nos últimos tempos, ele está sempre terminando quadros, e assim que termina um, já começa outros dois. Em seu ateliê não há mais lugar, o quarto de casal tem de pagar as contas, e mamãe acorda no meio da noite e grita: rostos por toda parte!

Eu olho para o rio, depois para minha medalha de ouro, não tenho a intenção de tirá-la do pescoço nunca mais. Com a medalha, sou um qualificado, e no domingo seguinte todos os qualificados devem se encontrar em Osijek, junto ao Drau. Os melhores pescadores da república, disse um homem gordo e baixinho, ao me estender o certificado, ao que Miki gritou para ele do meio do público, bem atrás: ei, seu saco de banha, pode ir tirando essa expressão de ceticismo do rosto!

Miki é — tão próximo da água e parente de um vencedor — todo entusiasmo. Além de mim, ele também é o único na família que entende alguma coisa de pesca. Hoje ele não pudera participar, porque há algum tempo jogara čika Luka no Drina, quando este fizera questão de ver a certidão de pesca do meu tio. Miki diz que não foi bem assim: o abelhudo imbecil teria resvalado, e se eu não estivesse passando por acaso nas proximidades para tirá-lo de dentro do rio, em pouco alguém teria fisgado um siluro dos mais horrorosos.

De óculos e bigode, como deve ser, eu acrescentei, quando Miki deu de ombros, inocente. Eu estava do lado dele, já que čika Luka não gosta de pessoas nem de peixes, nem de si mesmo; foi com ele que aprendi o que significa a palavra "frustrado".

Eu ganhei, hoje, por causa do segredinho na minha isca. Farinha de rosca misturada com água, um pouco de açúcar de baunilha, pedaços de embutido de fígado, mais o segredinho. As carpas ficaram doidas depois que preparei uma ceva para elas, saltavam da água e gritavam: pare com essa tortura!, tanto elas gostaram da mistura secreta.

Posso muito bem abrir mão de Osijek, eu tento consolar mamãe, vocês nem de longe podiam imaginar que eu iria ganhar.

É que Osijek é um problema, ninguém pode me levar até lá, já que ninguém podia imaginar que eu ganharia, e por isso todos já fizeram planos para o dia da final. É o que diz minha mãe. Ela não diz: na verdade é porque estão dando tiros a torto e a direito na Croácia. Ela não diz: na verdade é porque um tanque esmagou um carro vermelho em Osijek. Ela não diz que na verdade é por isso que a final há tempo já foi cancelada, caso lá em cima alguém tenha chegado a pensar em cancelar coisas, com tantos outros problemas.

Eu mesmo tenho medo!

O três, meu número de inscrição, continua enfiado às margens do Drina, e, perto dele, hoje à tarde fisguei carpas-do-lodo três horas seguidas, uma após a outra, algumas carpas entusiasmadas e até mesmo um salmãozinho de água doce. Ele acabou resvalando de minhas mãos porque tio Miki berrou comigo, vindo por trás: o que estás fazendo aí, abobado? Não largues, estás louco!

Eu me certifico de que ninguém está me observando, fico de cócoras, e passo as costas da mão na superfície da água. Como é a tua pulsação?

206

Quando chego em casa, não tiro a medalha. Minha mãe grita, no porão: Picasso, nós estamos de volta, sobe aqui, tenho algo bem interessante para te mostrar.

Tio Miki se joga sobre o sofá e liga a televisão. O café é posto na mesa meu pai chega assoviando à sala, esfrega as mãos num pano.

Tu estás cheirando a peixe, ele diz, e quer me pegar pelos cabelos.

Tu estás cheirando a acetona, digo eu, e me abaixo.

Ele toca a medalha com a ponta do indicador. Nada mal!

É, digo eu, bem bom, mas papai nem está mais olhando para mim, e sim para os pés de seu irmão em cima do sofá. Ele os empurra bruscamente para o chão e senta ao lado dele.

Café e aguaceiro. Nas tardes de agosto, tem de ser assim. Na televisão, aparece Osijek, até mesmo o Drau é mostrado. Talvez seja bem bonito, mas quando em volta da gente as casas estão pegando fogo é difícil ser bonito.

A guerra é desligada quando vovô Slavko entra e senta à minha frente. Ele contempla o certificado e a medalha. Eu imaginei, disse ele, ora, ora, eu sabia, na verdade.

Ninguém podia imaginar, vovô, como é que tu agora dizes que sabias?

Vovô levanta as sobrancelhas. Eu fiquei te observando, semana passada na ponte, e ontem no Estuário.

Eu nem sequer notei tua presença.

Eu sei olhar bem baixinho.

E como pudeste ver que eu ganharia?

Eu vi em ti que estás feliz. E vi tua boca, que ela se mexia, embora tu estivesses sozinho.

Eu tinha de decorar uma poesia.

Acho que estavas conversando.

Vovô, eu estava sozinho.

Vovô Slavko se curva em minha direção e sussurra: acho que não estavas sozinho, acho que o rio também estava ali.

Vovô!

Aleksandar!

Nós nos jogamos para trás, contra o encosto do sofá, como dois boxeadores no intervalo entre dois assaltos, com a diferença de que boxeadores raramente sorriem um para o outro. O cabelo de vovô é denso e firme, grisalho nas têmporas, como o cabelo de papai e como o meu cabelo daqui a trinta anos; ele coloca os polegares nos suspensórios, à altura do peito, ambos sacudimos a cabeça. Eu gostaria de ser um vovozinho amigo de vovô, nós falaríamos com nossos netos em linguagem cifrada, e em todos os finais de tarde iríamos passear com recordações conjuntas, cruzadas atrás das costas, e velhas brigas.

Tu terias ganhado também em Osijek?, pergunta vovô, sabendo que eu jamais irei a Osijek.

Não.

Por que não?

Agora eu me inclino à frente e sussurro: é que lá não é o meu rio.

Tu sabias, diz vovô, que existem povos que não têm nenhum tipo de jogo onde no final há vencedores?

No Amazonas?

Perto.

Nós nos recostamos mais uma vez e olhamos satisfeitos à nossa volta. Só agora percebo que ninguém mais falou durante aquele tempo todo. Mamãe está parada à porta e hoje não está usando suas rugas de preocupação. Miki e papai amassam, ambos, algo em suas mãos. Vovó está tilintando os pratos, de leve. Eu olho para minha família como se todos nós tivéssemos conseguido alguma coisa.

Vamos ver Carl Lewis amanhã?, eu pergunto a vovô. Vou pescar nosso jantar, tu o fritarás, depois vamos ver se Carl fica abaixo dos dez segundos, está bem?

O que eu desejo?, pergunta minha mãe mais tarde, quando todos foram embora e eu já estou deitado na cama. Ela me chama de seu camarada-chefe-pescador. Ela sabe o quanto gosto da palavra "camarada-chefe". Com vitoriosos cansados a gente tem de ser carinhoso.

Eu desejo que tudo fique bem para sempre, eu digo.

E o que é bom?, pergunta mamãe, e senta à borda da cama.

Bom é quando tu preparas pão à noite para eu comer no dia seguinte, e eu no dia seguinte posso ir pescar sem que tu te preocupes pensando onde estou, bom é vovô viver para sempre e todos vocês viverem para sempre e os peixes não terminarem no rio e Osijek parar de queimar e o Estrela Vermelha ganhar a taça dos campeões da Europa também no ano que vem e nunca terminar o café nem as amigas de vovó Katarina, bom é quando nena Fatima pode ouvir tudo ainda que não ouça nada e quando as casas tocarem música e ninguém mais, a partir desse instante, tiver de se preocupar com a Croácia, bom é existirem caixinhas nas quais possam ser colocados gostos, para que possamos trocá-los uns com os outros e bom é nós não esquecermos jamais de como abraçar e...

Os lábios de minha mãe tremem. Tudo bem, diz ela, e pela primeira vez desde que existem primeiras vezes para tanto, não diz: mas não vás passear tão longe.

Eu procuro as minhocas mais grossas para mim. Elas se torcem e retorcem. Com a chave de fenda, faço furos na tampa do vidro de geleia. Ao longo do Drina de bicicleta, duas horas pela neblina da manhã e por aldeias sem nome. Pesco, pego, nado, falo com o rio, conto tudo a ele, devoro os pães: presunto defumado com kajmak. Geleia de ameixas com geleia de ameixas. Tão grosso. Solto os salmõezinhos de água doce. Dou gargalhadas, porque sei que o Drina gosta de ver que os vitoriosos estejam felizes. Dou gargalhadas até os salmõezinhos estarem livres. Dou gargalhadas tão altas, e o Drina diz: eu sabia de tudo.

Como está o Drina atrevido, como o Drina sem lábios
está de fato, o que ele acha do pequeno senhor
Rzav e como se precisa de pouco para
ser feliz como um falcão

Minha Višegrad cresceu para as montanhas, em todas as direções. Minha Višegrad se levanta em meio a dois rios, eles marcaram encontro por aqui, o Drina e o Rzav, um encontro interminável, contínuo, que não para um segundo. Quem veio até quem, qual dos dois chegou primeiro?, eu grito do estuário. E como eles eram, e como era o barulho que faziam: os últimos dez segundos antes de a água chegar e depois — de uma hora para a outra — o encontro entre os dois?

As montanhas acompanham o Drina, atam-no entre duas rochas íngremes, fazem aquilo que eu digo ecoar. Quanto mais altas as rochas, tanto mais fundo o rio, é o que me parece, e tanto mais perdidos ficamos, pouco importa se estamos num barco ou aqui na margem.

Ontem ninguém podia imaginar que eu ganharia, hoje ando de bicicleta ao longo do Drina e não quero fazer outra coisa a não ser pescar. É bem cedo pela manhã, domingo, a neblina assobia, gelada, em meus ouvidos. Minha mãe preparou os pães e colocou duas maçãs na mochila. Essas aí podes arranjar no caminho, disse meu pai, e voltou a tirá-las, levando-as consigo para o ateliê. "Natureza-morta de um sistema de poder naufragante e de um Yugo defeituoso em estrada pedregosa": é assim que se chama o quadro no qual ele está trabalhando já há semanas.

Presunto defumado, kajmak, geleia de ameixas, da grossura de um dedo, sobre o pão preto. Meus dois caniços saem da mochila. Tio Miki prometeu, há dois anos, a cada aniversário me dar uma vara de pescar melhor de presente, e tio Miki é um que entende quase tanto quanto eu de pescar e não costuma quebrar suas promessas.

Eu quero chegar aos cento e trinta anos perto do Drina.

Tão longe como hoje eu nunca fui. Por ser bem cedo, e domingo, não incomodo os camponeses nos campos estreitos. Três mulheres de pano na cabeça e enxadas nas mãos grandes se levantam do trabalho e olham em minha direção. As rochas e o rio apertam o chão, os campos são longos e estreitos. Assim também o jardim das macieiras no qual eu, conforme havia sido ordenado por meu pai, roubo maçãs, duas vermelhas, duas amarelas; uma faixa de terra estreita e envolvida pela cerca, entre recifes e água. Eu estou subindo na bicicleta quando o sol rompe a barreira da neblina, tão descontrolado entre os densos rolos que sua luz se estilhaça, e os estilhaços caem sobre o rio e cortam as ondas encaracoladas, faiscantes. Escondido pelos cabelos longos de dois salgueiros e pelas duas torres de recifes, o brilho mais fervoroso vem de uma pequena enseada além do jardim. E desde já o nome dela é Laguna de Luz, porque lugares incomuns precisam de um nome, o mesmo, aliás, acontece com as estrelas. Encosto a bicicleta na cerca torta, uma lagartixa logo rasteja pelo guidom e lança sua língua em minha direção. Eu faço um gesto querendo dizer que ela está biruta e passo por baixo do arco do portão feito de galhos de salgueiro entrelaçados e vou para perto da água, que continua sendo cortada por milhares de estilhaços de sol. Na enseada, um tronco de árvore coberto de musgo jaz de través, à esquerda a enseada é arredondada por recifes cujos cumes podem no máximo ser adivinhados à luz nebulosa. Um falcão levanta voo do tronco da árvore, a penugem azulada mergulha na neblina, as penas do rabo são uma cauda vermelha; quiú, grita o falcão, quet-quet, ele grita, e dá um voo mortal no ar como se tudo aquilo fosse uma grande brincadeira. O farfalhar de suas asas pontudas soa por um bom tempo, depois é só o vento que faz seu ruído nos salgueiros, evitando o silêncio absoluto. Eu olho à minha volta, a cerca não pode mais ser vista de onde estou, nem as macieiras e nem a estrada, eu estou num quarto, Laguna de Luz.

Tiro os caniços da mochila e sento sobre uma pedra, junto da água. O rio nesse trecho se arma de ímpeto para um grande abraço, eu estou sentado onde seu braço faz a curva. Vovô Slavko diz que o Drina é um rio atrevido. Por isso não me importo quando os adultos me chamam de atrevido, eu acho o atrevimento bom e grito para as águas: Seu... seu rio... seu rio atrevido... seu rio atrevido e bonito... rio bonito... ecoa no canyon, quiú, quet-quet, responde o falcão, e no rio se ouve o barulho de algo grande, talvez o falcão tenha jogado uma pedra dentro dele. Mas o splash é mais profundo e mais longo do que o de uma pedra tocando a água. Eu não vejo respingos nem círculos de onda em lugar nenhum, não pode ter sido uma pedra, foi o próprio Drina. Ele pigarreou, o vento fica mais forte, o Drina busca ar e pergunta: como assim, atrevido?

Eu junto um pouco de terra da margem usando a ponta do sapato e depois piso em cima dela, porque a sensação debaixo da sola é tão boa. Não sei, eu digo, talvez porque o senhor no outono é inacessivelmente turvo e rápido, não congela no inverno, na primavera cobre tudo com a cheia e no verão afoga meu avô Rafik como se fosse um gatinho recém-nascido...

Eu espero. O Drina fica em silêncio. As rochas não ficam em silêncio. Pedras se soltam e rolam para dentro do rio. A Laguna de Luz fica mais escura. Um ribombar mais acima, na montanha. O Drina não responde. Da mochila, eu tiro a lata com as iscas e os anzóis. Quiú, quet-quet. Eu fico furioso porque o Drina se cala, e olho para o rio. Então o senhor não diz nada? Vai ver nem sequer se lembra de vovô Rafik?

Eu preparo a bolinha da isca molhando-a na água do rio e depois a jogo furioso para longe. Farinha de rosca, bolo de mel e alcaçuz — moído; flocos de aveia, larvas cortadas. A bolinha cai na água com um ruído surdo, do qual o Drina pergunta: e como era o teu vovô?

Isso o senhor deveria saber melhor do que eu, digo, e mergulho as mãos na água para lavá-las, foi o senhor que o viu pela última vez, e eu ainda era muito pequeno.

Lamento.

Eu era bem pequeno.

Gostarias de nadar?

Obrigado, não agora, tão pouco tempo depois de ter falado sobre a morte.

Eu opto por um anzol simples, número 6/0. Os anzóis te causam dor, quando caem na água?, eu pergunto.

Não preferes perguntar aos peixes o que eles sentem?

Enfio a primeira minhoca no anzol e jogo a linha bem longe. A boia se movimenta vagarosa, seguindo a corrente.

Qual é a sensação de ter todos esses peixes?

Eles fazem cócegas, quando saltam.

Eu passo a mão na superfície das águas, também faz cócegas quando alguém joga uma máquina de lavar roupa estragada dentro do senhor?

Porcos!

Eu me ergo e puxo a linha. A minhoca continua no anzol. Lanço um pouco mais à esquerda, mais próximo das rochas. Drina? Como pode que o senhor não fala nenhum dialeto?

E tu falas algum?

Eu olho para a boia e não respondo. Se eu o fizesse, com um "não" ele responderia "pois então". Talvez, se eu não disser nada, ele continue contando por si só: em que medida ele de fato é amigo do Rzav, o quanto a barragem o incomoda e se rios sentem medo de alguma coisa. Não revelo o quanto o invejo, por ele poder ver tantas coisas, da nascente até o Save, para o céu, dentro da terra, à direita, à esquerda, um bocado de vistas.

O Rzav é um senhor dos mais finos, ele diz, todo companheiro, brincando em torno das rochas, ainda que a cada primavera faça questão de viver seus ataques coléricos, transbordando. E a barragem lhe tranca a boca, correr rápido é como gritar alto, ele diz. Ele confessa que sim, tem medo. Ao frio do inverno ele resiste, e as chuvas do outono não o deixam revolto, mas ele tem medo de que os tiros acabem contagiando também a nós. Contra a rocha, ele se queixa dizendo que já passou por incontáveis guerras, uma mais terrível do que a outra. Teve de carregar tantos cadáveres, tantas pontes explodidas jazem para sempre no fundo dele. Ele diz que devo acreditar nele quando fica turvo nas margens, nada no mundo sofre tanto como uma pedra de ponte sem sua ponte. Ele diz também que nunca pôde se esconder nem tapar os olhos a nenhum crime, e espuma de raiva dizendo que não tem nem pálpebras! Não sei o que é sono, não posso salvar ninguém nem impedir o que quer que seja. Quero me agarrar às margens, mas não posso segurar nada. Sou um horrível estado agregado! Sem mãos por toda uma vida infinita! Quando me apaixono, não beijo, e quando estou feliz não posso tocar as teclas de um acordeão. Sim, Aleksandar, é um bocado de vistas, um bocado de vistas sem nenhuma utilidade.

Uma vez, duas vezes, a boia estremece, eu me levanto, adivinho uma terceira mordida, a boia afunda de todo, dou um tranco e imediatamente sinto o peso no anzol, dou um pouco de linha, volto a dar um tranco e sei... eu o peguei. Ele se cansa rápido, um salmãozinho ainda novo, devolvo-o ao Drina, e ele o deixa saltar descrevendo um arco.

Drina, eu preciso de um maior para hoje à noite. Já que vovô Slavko vai cozinhar, que seja pelo menos um peixe decente. O que o senhor acha? Será que Carl Lewis vai ganhar os cem metros rasos?, eu pergunto, e volto a lançar a linha, mas o rio não dá mais nenhuma resposta. O vento fica mais forte, ou será que é um soluço do abismo, ou será que a neblina também quer dizer alguma coisa? Ela clareia, e o sol agora volta a estar ali, todo ele para a laguna, os grilos também todos ali para a laguna, quet-quet, grita o falcão e se precipita no abismo das águas, quet-quet, e eu me pergunto se também o Drina está arrepiado exatamente agora — as ondas encaracoladas —, quet-quet, quiú, quet-quet.

11 de fevereiro de 2002

Querida Asija!

Será que eu te inventei? Será que levei nossas mãos ao interruptor de luz para ter uma história comovente sobre crianças na guerra? Tu nunca me revelaste teu sobrenome, mesmo assim eu enderecei cada uma das cartas como se o tivesse conhecido. Eu me lembro da manhã em que os soldados dançaram ciranda. A arquitetura da cidade era constituída de nuvens de chuva, cores de camuflagem e estilhaços de vidro. Edin e eu queríamos fazer uma coisa completamente normal, sentir algo tão simples como o peso de um peixe no anzol. E tu não apareces. Não estás com medo, nas escadarias, não jogas pedras no rio, eu não vejo teus belos cabelos entre os soldados que saqueiam tudo com calma. Tu não vieste junto, nós nunca nos despedimos, Asija.

Não haverá mais cartas. Eu me embebedo e ligo para a Bósnia, desculpas pelo teatro. O relógio em meu notebook indica: "23:23, segunda-feira, 11 de fevereiro de 2002." Em que dia foi nosso interruptor de luz? Não haverá mais cartas, Asija, será que um dia exististe?

**Eu sou Asija. Eles levaram mamãe e papai com eles.
Meu nome tem um significado.
Tuas pinturas são infames**

E u dirijo o cursor do mouse para o relógio. "23:23, segunda-feira, 11 de fevereiro de 2002." Clico, a janela "Propriedades de data e hora" aparece. Em que dia foi o interruptor de luz, que dia foi dia 6 de abril de 1992? Recuo a data em dez anos. Logo verei uma luz, e meu pai botará um livro sobre a minha cabeça e marcará minha altura com um lápis na moldura da porta. Logo verei o relampejar de uma luz e terei 1,53m de altura, e

Papai me acorda: Aleksandar, hoje não haverá aula, nós vamos para a casa da vovó, te veste, eu vou te dizer o que precisas levar junto.

A gente cresce enquanto dorme.

Logo verei o relampejar de uma luz. Espero ser transportado de volta a um dia — o computador mostra: uma segunda-feira... na qual sentirei medo de meu pai. Medo de sua lista de coisas que eu devo levar junto, de sua advertência: só aquilo que tu precisares. Medo, porque ele não diz para quê.

Do que a gente precisa?

"7:23, segunda-feira, 6 de abril de 1992." Logo verei o relampejar de uma luz e uma sensação quase esquecida abrirá a visão para teias de aranha grudadas pelo pó nas paredes de um porão, à espera do próximo impacto. Eu faço uma lista dos objetos do porão de minha avó, dos quais me lembro. Tábuas de passar gastas, bonecas sem cabeça, sacos de roupas com camisetas que cheiram a abóbora velha, carvão e batatas e cebolas, traças e mijo de gato. Lâmpadas piscando no impacto das detonações, pele arrepiada e mais pele arrepiada. Não porque o medo é grande, mas porque a probabilidade de se adormecer em paz e acordar na guerra é tão pequena.

Hoje não haverá aula. Na sala está sentada minha mãe. Ela costura cédulas de dinheiro em sua saia.

Tudo o que é inimaginável antes de acordar, papai acabará anunciando com suas palavras e seu nervosismo. Tudo aquilo que era bom antes do inimaginável acaba indo para longe com a insegurança de papai e as primeiras granadas. Querer botar fogo numa rã fica mais distante do que o Japão; sonhos com a blusa inchada de Jasna são tão inadequados que eu sinto vergonha deles; as colheitas de ameixa passaram, os sinais secretos com os quais Edin deve se livrar dos defensores invisíveis, inúteis. O que vai acontecer é tão improvável, que não resta nenhuma improbabilidade para contar uma história inventada.

Eu faço uma lista das coisas pelas quais nunca fui castigado. Botar fogo no quadro. Trancar rãs, pombos e gatos no apartamento de čika Veselin, depois de ele ter chamado tio Bora de rolo compressor. Espiar pela janela quando Desa, a irmã de Zoran, visitava os homens cansados que trabalhavam na barragem. Jogar bolas de neve nos para-brisas. Ligar para presidentes do comitê local e dizer, disfarçando a voz: aqui é Tito, o senhor é oco. Roubar apontadores e cadernos do centro comercial. Quebrar o vaso de flores de vovó.

Por que não estás no trabalho, papai?

Papai, usando o polegar, aperta mais fundo na parede os percevejos do meu pôster do Estrela Vermelha. Bota tudo na mochila grande, ele diz. Sete cuecas. Sete pares de meia. Casaco de chuva. Boné. Sapatos resistentes. Vais usando os tênis. Duas calças. Um pulôver grosso, duas ou três camisas e camisetas, não demais. O colete de pesca verde com vários bolsos. Uma toalha, pasta de dente, escova de dentes, sabão. Botei lenços e teu passaporte lá embaixo, em cima da mesa... Tens um livro preferido?

Sim.

Isso é bom, assente papai, alisa meu certificado ninguém-podia-imaginar-que-tu-ganharias e não fecha a porta quando sai.

"7:43, segunda-feira, 6 de abril de 1992." Ao lado dos lenços haverá um canivete e um bloco de anotações com endereços e números de todos os nossos conhecidos e parentes. Papai estará em seu ateliê. As telas, os quadros, as tintas, os pincéis — ele empilha tudo num canto e cobre o material com cobertores. Eu fico encolhido nas escadas e olho para ele. Ele empurra meu velho colchão para a frente das telas e coloca sua boina basca em cima do conjunto. Ele tranca a porta. Nós vamos para a casa de vovó, o prédio tem um porão grande. A primeira granada reboa, estreita e polida, no porão grande. Eu pensarei: estreita e polida. Não como no filme, não explodindo seriamente, não fazendo tudo estremecer, não fazendo a poeira cair das frestas. Algo pesado, que não tem espaço suficiente para se romper — estreita... E livre de sibilos, clara, limpa, metalicamente lisa — polida... A estreiteza das paredes do porão será borrifada e Emilija Slavica Krsmanović dá um arroto no silêncio posterior à explosão da quinquagésima granada.

"0:21, terça-feira, 12 de fevereiro de 2002." Faço uma lista dos vizinhos de vovó, que assim como nós procuraram abrigo no porão. Eu a amplio para os vizinhos de nossa rua, dos quais me recordo. Na página seguinte escrevo "Bares, Restaurantes, Hotéis", e embaixo: Café Galeria. Restaurante Estuário. Hotel Bikavac. Hotel Višegrad. Hotel Vilina Vlas.

Eu reviro os registros apresentados pelo programa de busca do computador:

"futebol na guerra sarajevo treinamento tiroteio",

"višegrad genocídio handke vergonha responsabilidade",

"vítima inocente bombardeio belgrado",

"milošević fracasso internacional interesses",

Eu passo por fóruns, leio ofensas e gozações nostálgicas, clico e clico e anoto lembranças que me são estranhas, piadas de montenegrinos, receitas culinárias, nomes dos heróis e dos inimigos, relatórios de testemunhas, relatórios do front, nomes latinos dos peixes do Drina, baixo música bósnia contemporânea, clico no primeiro link que aponta para : "haia gol contra união europeia srebrenica", e leio que o criminoso de guerra Radovan Karadžić está em Belgrado, e em seguida meu computador cai, simplesmente dá pau. Eu aperto a tecla reset. Meu rosto fica espelhado na tela negra, e eu de uma hora para outra não sei mais o que estou procurando aqui no meu apartamento com vista para o Ruhr, milhares de quilômetros distante do meu Drina. A foto de fundo da ponte em Višegrad aparece, mas nem sequer fui eu quem tirou a foto...

"6:14, quinta-feira, 9 de abril de 1992." O caminhão vai na frente. Seis desembarcam. Dois ficam ali, bebem coca-cola. Eles calçam botas. Quatro espiam pela janela do andar térreo. Eles cruzam o pátio. Krsmanović e Spahić. Duas famílias? Casamento miscigenado? Sublocatários? A fechadura cede. Dois reviram a sala. Dois descem ao porão. Eles atiram, derrubando a porta do porão. Eles arrancam os cobertores. Enchem de buracos a natureza-morta "A cobra e a carta otimista a uma jovem democracia" e "O retrato de B. como virtuose de violinos afetuosos". Eles empurram o velho colchão para o lado. Se dão ao trabalho de quebrar cada um dos pincéis. Pintam os rostos uns dos outros usando tinta acrílica. Usam tênis. Furam as telas a pontapés. Um bota a boina basca na cabeça.

Eu ligo para vovó. Eu a acordo. Ela soa preocupada, porque estás ligando tão tarde?

Vovó, a casa verde do telhado estranho ainda está de pé? O ginásio ainda é usado, o que as pessoas jogam por lá, estamos na série A ou na série B?

Aleksandar...?

Vovó, é muito importante. Eu li sobre a casa da rua Pionirska no jornal. Ela foi totalmente queimada? O que aconteceu com čika Aziz? Os soldados por acaso o encontraram? Čika Hasan e čika Sead ainda estão vivos?

Eu fiz listas. Vovó fica em silêncio.

E as pontes, em que pé estão? Teve mais enchentes desde que nós nos mudamos daí?

Tu sempre, diz vovó com toda a calma e voz de sono, contaste os teus passos no passado. Mediste a cidade inteira em teus passeios.

2.349 da tua até a nossa casa, disse eu, e estou surpreso por ainda me lembrar disso dez anos depois.

Tuas pernas ficaram mais compridas, diz vovó, vem para cá e anda nos mesmos caminhos mais uma vez.

Registrei as duas mesquitas, ainda que eu saiba que elas tenham sido derrubadas. Amigos, páginas inteiras de nomes, páginas inteiras de apelidos, listas e mais listas, apostas na recordação. Eu fiz listas, e agora tenho de olhar tudo.

Tu não precisas me mandar o pacote, eu digo a vovó, eu mesmo vou buscar o troço aí. Vou comprar a passagem para o voo ainda hoje à noite.

Tu deverias esperar a flor das ameixeiras e vir de ônibus. A voz de vovó não tem nada da leveza exagerada de telefonemas anteriores. Não te prepares para ter férias, Aleksandar. Nós estamos esperando.

Quem?

Tu chegas tarde, e tudo tem de estar limpo. Não estás nunca aqui para me ajudar, e logo já será primavera.

Vovó?

Fico feliz por vires, Aleksandar, vou fritar carne moída pra ti e esquentar teu leite, fico muito feliz, sim.

"3:13, terça-feira, 12 de fevereiro de 2002." Eu não tenho a intenção de dormir.

"sniperallee barricadas galão de água",

"harry hitler potter milošević gotovina delić",

"não existe nenhum mal absoluto e nenhuma lembrança absoluta",

"ALEKSANDAR KRSMANOVIĆ ONDE ESTAVAS?",

"voos baratos a sarajevo".

Eu disco 0038733 para Sarajevo e acrescento outros números a esmo depois dele. Pergunto por Asija. Em nenhum dos números há uma Asija, na maior parte das vezes nem sequer consigo uma ligação. Várias vezes, vozes sonolentas, depois, vozes irritadas. Uma secretária eletrônica. Alô? Sou eu, Aleksandar. Estou indo para aí. Estás em casa? Asija?

"10:09, sábado, 11 de abril de 1992", logo verei o relampejar de uma luz. No quinto dia do sítio, granadas explodem nas montanhas, e só de vez em quando chegam à cidade. No pátio diante do prédio, vacas e ovelhas se aglomeram, cascos sobre o concreto entre Fiats e Yugos.

À noite, fugitivos vieram para o porão e para as escadarias. Velhas e mães e bebês, como pães quentes envolvidos em panos. Eles procuram abrigo na grande construção, porque nas aldeias não sobrou mais construção para dar abrigo — nem grande, nem pequena, nem nada, nenhuma inteira. Só paredes pela metade, fuligem e porão, e qual é o aspecto de um porão sem casa em cima? Eu pinto, o papel sobre os joelhos, um vidro sem rachadura.

Eles ficam! Quanto mais, tanto mais sociável fica a coisa, decide o Morsa, e sua voz ecoa nas escadarias. Ele se tornou algo como o prefeito do prédio, sob a presidência de Aziz, que tem uma arma, conforme aliás deve ser em se tratando de um presidente. O Morsa ganha no jogo de Uno contra os camponeses, eu aprendo as regras olhando os outros jogarem.

Tomaram nossos cavalos. Também teriam tomado nossos filhos, se eles não tivessem pegado em armas antes, suspiram os camponeses por causa de seus cavalos, baixam o olhar por causa de seus filhos, lamentam por causa de suas filhas.

Eles não haverão de parar em nossas aldeias, diz um homem de bigode retorcido, eu pergunto pelo seu nome, escrevo "Ibrahim" numa caneca e sirvo água para ele. As mulheres desdentadas mastigam o pão de boca aberta. Seu cheiro é azedo, e elas se deitam no corredor para dormir. A gente tem de passar por cima delas, elas acordam e praguejam sem forças. Eu não as chamo de fugitivas, digo apenas: protetoras. Elas protegeram uma menina de cabelos tão claros, que eu tenho de perguntar a meu pai para ver se existe um nome de cor para algo tão claro assim.

Ele diz: bonita.

Eu digo: bonita não é nome de cor.

Bonita e seu tio de bigode retorcido comem conosco no porão. Ibrahim espera até que Bonita pegue no sono com a cabeça deitada sobre seu colo, e conta em voz baixa sobre sua fuga. Diz que ele e sua sobrinha estão sem forças e famintos, e que foi assim que deram de cara com os outros. Os outros lhes deram de comer e ajeitaram a Bonita adoentada na cama de um Lada cortado pela metade, que depois foi puxado por dois asnos. Nós somos

224

os últimos de nosso povoado, e Ibrahim pensa um pouco para logo em seguida dizer, nós somos os últimos de nosso nada. Nossas casas não existem mais. Eu vou contar tudo a vocês, para que saibam com quem temos de nos haver, mas primeiro quero dormir um pouco. E então, meus caros, então vou querer fazer minha barba, minha barba está cheia de lembranças da pior das noites. Ibrahim acaricia Bonita nos cabelos. A pequena perdeu tudo, diz ele, tudo e todos.

Mais do que isso ele não precisa dizer. Eu não tiro os olhos de Bonita, não permito que algo volte a acontecer com ela. Bonita não fala. Bonita consegue ficar sentada tão quieta que se torna invisível. Quando Bonita não está mais nas proximidades, eu a procuro. Bonita se agarra a uma sacola gasta. Na alça da sacola balança um ursinho sujo e todo amassado.

Meu nome é Aleksandar. Eu pinto quadros inacabados, olha, isso são livros sem pó, isso daqui é Yuri Gagárin sem Neil Armstrong, e isso daqui um cachorro sem coleira. Isso daqui é a trança destrançada de nena Fatima. Meu nome é Aleksandar, e sempre falta algo que não é assim tão bonito. Tu achas garotos de orelhas grandes simpáticos?

Eu sou Asija. Eles levaram mamãe e papai. Meu nome tem um significado. Tuas pinturas são infames.

Onde estão os pais de Asija?

Por acaso eu conheço algum dos soldados lá fora? Será que Miki está entre eles?

Do que a gente precisa? O canivete, os cinquenta marcos e um pouco de sorte, isso é tudo?

Quanto pesam as lembranças de uma barba?

"5:09, terça-feira, 12 de fevereiro de 2002." Eu anotei todos os nomes de rua de Višegrad, todos os brinquedos de criança, fiz uma lista dos objetos que existem na escola, incluídos os quinhentos apontadores que Edin e eu espalhamos como Joãozinho e Maria sobre os escombros das bombas. Eu quero copiar os gabaritos do passado. No quarto de minha avó há uma caixa com noventa e nove pinturas inacabadas. Eu vou para casa a fim de terminar cada uma delas.

Entre trezentos e trinta números discados ao acaso em Sarajevo, em mais ou menos um a cada quinze há uma secretária eletrônica

Boa noite. Meu nome é Aleksandar Krsmanović. Estou ligando na tentativa de descobrir alguma coisa sobre uma amiga de infância que fugiu de Višegrad a Sarajevo durante a guerra civil. O nome dela é Asija. Tentei todos os outros caminhos, repartições oficiais, internet — sem resultado. Não digo o sobrenome dela porque lamentavelmente não tenho certeza se ele está correto. Por favor entre em contato através do número zero-zero-quatro-nove-um-sete-quatro-oito-cinco-dois-seis-três-seis-oito se por acaso souber algo sobre alguém com esse nome. Asija hoje em dia tem vinte e poucos anos e na época tinha cabelos louros bem claros. Muito obrigado.

Boa noite. Meu nome é Aleksandar Krsmanović. Estou ligando na tentativa de descobrir alguma coisa sobre uma amiga de infância que fugiu de Višegrad a Sarajevo durante a guerra civil. O nome dela é Asija. Tentei todos os outros caminhos, repartições oficiais, internet — sem resultado. Não digo o sobrenome dela porque lamentavelmente não tenho certeza se ele está correto. Por favor entre em contato através do número zero-zero-quatro-nove-um-sete-quatro-oito-cinco-dois-seis-três-seis-oito se por acaso souber algo sobre alguém com esse nome. Asija hoje em dia tem vinte e poucos anos e na época tinha cabelos louros bem claros. Muito obrigado.

Alô? Senhor Sutijan? Espero estar pronunciando seu nome corretamente — disquei seu número ao acaso, porque estou muito desiludido com essa coisa da intenção. Meu nome é Aleksandar e estou ligando da Alemanha, onde vivo desde que a nossa guerra começou. Há alguma mulher chamada

Asija no círculo de seus conhecidos? Não é um nome muito comum, talvez o senhor já o tenha ouvido alguma vez e possa me dar alguma dica sobre onde está a dona dele. O nome significa pacificadora, eu procuro minha Asija e não encontrarei minha paz enquanto não souber o que é de minha Asija. Isso até pode soar a kitsch e a coisa de bêbado, e assim é. Meu número, senhor Sutijan, caso o senhor se lembrar de alguma coisa é: zero-zero-quatro-nove-um-sete-quatro-oito-cinco-dois-seis-três-seis-oito.

Alô, Asija, aqui quem fala é Aleksandar. Tu não estás em casa. Eu acabo de comprar uma passagem para Sarajevo. Chego segunda-feira. Gostaria de poder te encontrar. Se quiseres me telefonar, meu número é: zero-zero-quatro-nove-um-sete-quatro-oito-cinco-dois-seis-três-seis-oito.

Boa noite, aqui é Aleksandar. Asija...? Tu estás aí...? Por favor, atende... Sabe de uma coisa, tu me fazes falta, e se atendesses, eu talvez pudesse te dizer o que é exatamente que me falta em ti. Em dez anos acaba se juntando um punhado de coisas. Como tu arrumas teu cabelo? Gostas de carne moída? Eu adoro carne moída. Segunda-feira eu chego e fico três dias em Sarajevo. Zero-zero-quatro-nove-um-sete-quatro-oito-cinco-dois-seis-três-seis-oito.

Asija? Quem fala é Aleksandar. Aquele de orelhas grandes, que morava em Višegrad. Aquele que ficou contigo no porão. Que te chamou de Bonita, porque não encontrou um nome de cor melhor para o teu cabelo. Aquele que foi teu irmão por um dia. Vamos nos encontrar em Sarajevo ou em Višegrad para lembrar do que vivemos juntos. Zero-zero-quatro-nove-um-sete-quatro-oito-cinco-dois-seis-três-seis-oito.

Asija? Alô, aqui é Aleksandar. A segunda-feira é o melhor dia para começar alguma coisa. Faz quase dez anos que nós nos vimos. Isso corresponde a cerca de quinhentos e vinte segundas-feiras, coisa que até não parece tanto assim. Mas quando se pensa com cuidado, trata-se de um punhado de segundas-feiras em que se poderia ter começado alguma coisa. Eu gostaria de saber quais foram as coisas que tu começaste em tua vida, vou continuar por alguns dias onde eu terminei no passado, certa vez. Zero-zero-quatro-nove-um-sete-quatro-oito-cinco-dois-seis-três-seis-oito.

Escrevi seis cartas, Asija, e para cada um dos envelopes inventei outro sobrenome para ti, mas sempre acabei escrevendo o mesmo. A Bósnia é, se comparada com apenas seis cartas, infinita. Na minha imaginação, tu és uma violinista. Tens calosidades nas pontas dos dedos e ficas esgotada a cada concerto. Quando alguém pergunta como estás, não sabes nem mesmo por onde começar de tanto orgulho. Corres cinco quilômetros todos os dias, falas francês e não estás nem aí para a França. Segunda-feira chego aí, me liga, por favor. Zero-zero-quatro-nove-um-sete-quatro-oito-cinco-dois-seis-três-seis-oito.

Alô, aqui é Aleksandar Krsmanović. Asija? Seria tão bom se nós pudéssemos nos ver, eu chego dia vinte e cinco. Ainda não haverá sabugueiro e ameixas e marmelos, mas em compensação as escadarias serão as mais cheirosas. Se quiseres, podes por favor me ligar para o: zero-zero-quatro-nove-um-sete-quatro-oito-cinco-dois-seis-três-seis-oito.

Desculpas pelo incômodo. Houve, certa vez, uma menina loura com o nome árabe de Asija e um rapaz de cabelos escuros com o nome de forma nenhuma árabe Aleksandar. A possibilidade de uma história de amor está dada, por certo: os pais poderiam ser religiosos e se posicionar contra o relacionamento, as convenções de qualquer modo estariam contra, e a guerra faz de qualquer contra um contra mais forte. Tudo é terrível, porque afinal de contas é o coração que decide e assim por diante. Eu tenho de decepcionar o senhor. Para uma história de amor, Asija e Aleksandar eram jovens demais. Eles ainda não tinham capacidade de sentir o potencial trágico de sua felicidade e de sua possível infelicidade. Asija, a protegida! Aleksandar, o protetor! Ah! Os dois seguram suas mãos e acendem a luz em um tempo em que apenas loucos pensavam poder ficar despreocupados. Zero-zero-quatro-nove-um-sete-quatro-oito-cinco-dois-seis-três-seis-oito. É esse o meu número, caso o senhor queira saber algo mais a respeito. Peço desculpas pelo incômodo.

As malas estão feitas. O vinho é bom. Em lugar nenhum crescem ameixas tão boas quanto as de Višegrad. Zero-zero-quatro-nove-um-sete-quatro-oito-cinco-dois-seis-três-seis-oito. Posso ser encontrado nesse número a qualquer hora, e o mesmo aconteceu praticamente durante os últimos dez anos. Escrevi um retrato de Višegrad em trinta listas. Primeiro vou viajar até onde estás, Asija.

Sim, boa noite. Eu não sou nada especial. Minha história não é nada especial. Boa noite. Eu chego sempre tarde demais. Chego tarde demais para o especial. Chego tarde demais para a minha biografia. Boa noite, Bósnia, me liga, ora: zero-zero-quatro-nove-um-sete-quatro-oito-cinco-dois-seis-três-seis-oito.

Asija, eu vou procurar teus cabelos e tua testa em todos os rostos. Em todas as conversas vou semear teu nome como uma semente, e esperar que ele cresça até se tornar uma flor. Querida secretária eletrônica, a senhora conhece uma flor chamada Asija? Caso a conheça: zero-zero-quatro-nove-um-sete-quatro-oito-cinco-dois-seis-três-seis-oito. Desculpe...

Aaalôôô? Aaalôôô? Há alguém aí? Não tenho ideia de quem seja o senhor, mas eu sou Aleksandar Krsmanović, estudante, neto, refugiado, cabelos compridos, orelhas grandes, à procura de suas recordações. À procura de uma menina. Na verdade de uma mulher. Asija. O senhor conhece Asija? Certa vez encontrei um soldado doido que procurava por uma tal de Emina. O senhor conhece alguém chamada Asija? Eu procuro seguindo um sistema. O sistema: a elevação da própria história e listas intermináveis. Zero-zero-quatro-nove-um-sete-quatro-oito-cinco-dois-seis-três-seis-oito.

Asija? Asija? Asija? Asija. Asija. Asija.
Certo dia um perguntador primoroso perguntou:
Quem é isso, o que é isso? Me perdoa!
Onde está,
De onde vem,

Para onde vai,
Esta
Bósnia?
Diz!
E o perguntado deu a isso uma rápida resposta:
Em algum lugar há uma Bósnia assim, me perdoa,
Um país frio e parco,
Faminto e nu,
E além disso,
Me perdoa,
Teimoso
De tanto sono.

Sou eu, Aleksandar. A poesia é de Mak Dizdar. Quando a receberes, liga para: Zero-zero-quatro-nove-um-sete-quatro-oito-cinco-dois-seis-três-seis-oito. Eu gostaria de te contar a história da padeira que numa noite de verão de 92 espalhou trinta sacos de farinha pelas ruas de Višegrad, pela ponte e pela vergonha e depois, em seu pequeno estabelecimento, acabou por...

O que faz com que os sábios Wise Guys saibam, quão alta pode ser a aposta na própria recordação, quem é encontrado e quem permanece inventado

Mesud e Kemo não conseguem se lembrar do nome verdadeiro de Kiko. Os dois homens ficaram falando comigo durante horas, entre café e café, lendas e coisas lendárias, sobre o futebol na Iugoslávia, na Bósnia, em Sarajevo. Nós estamos sentados num barzinho de apostas, acima da cidade velha, e Mesud diz: talvez ele se chamasse simplesmente Kiko, como os brasileiros.

Kiko... Kiko, o nove... Kiko, o monstro dos gols de cabeça... O crânio de aço das margens macias do Drina havia marcado trinta gols em meia temporada antes do início da guerra, vinte deles de cabeça, três com a direita e todos os sete restantes com a esquerda mais fraca e todos em sua última partida, apenas alguns dias antes de os primeiros tiros ecoarem em Sarajevo.

Aterrissei em Sarajevo ontem, aluguei um quarto, três dias por trinta euros, na casa de uma jovem mulher com três filhas. Viajei até as últimas paradas do bonde, depois saí até as torres cinzentas dos prédios de concreto armado, passeei pela cidade velha, com as mãos cruzadas às costas, olhar dirigido ao chão, como se estivesse mergulhado em pensamentos e assim passasse a fazer parte daquilo ali, já que não existem turistas pensativos. Eu queria saber do que se fala na cidade, mas não tive coragem de perguntar. Apenas ouvi o que se dizia. Queria saber como se chega aos telhados, fui cheirar escadarias, recebi um número na biblioteca, destinado a ocupar uma mesa com lâmpada de leitura. Vi estudantes estudando. À noite, houve a primeira apresentação de *Orfeu e Eurídice*, eu queria saber o que seria o submundo no qual o filho do deus das águas desce para perder mais uma vez o que já estava perdido, mas não consegui ingresso, fiquei feliz com o fato de existirem coisas esgotadas. Tudo que não tinha nada a ver com ruína, e demonstrava riqueza ou despreocupação, me alegrava, ainda que eu tentasse convencer a mim mesmo de que viver despreocupadamente era impossível. Subi a um telhado. Tinha a sensação de ter abandonado uma coisa, olhei para a cidade e não sabia o que era. Não queria dançar, queria ver como se dança. Diante do clube, não havia filas, esperei mesmo assim, e então acabei comprando apenas o *Süddeutsche* do dia anterior numa banca das proximidades. Sobre a cama, no meu quarto, encontrei um bilhete da dona da casa: a pita está no fogão, caso estiveres com fome. Eu estava com fome, os pássaros de sombras feitos com meus dedos voltaram a voar sobre paredes bósnias, e eu dormi três horas.

No segundo dia, fiz café para a dona da casa e lhe perguntei por Asija. Perguntava por Asija em todo lugar, e tentava encontrar os cabelos claros de Asija. Nos bondes, nas últimas paradas, entre as construções de concreto armado e nos cafés da cidade velha. Lia os nomes nas plaquinhas da entrada dos prédios, subia em telhados e investigava as redondezas. Em cada conversa, eu introduzia o nome dela, tentava convencer funcionários e tabeliães da urgência da minha procura, recebia permissão para olhar registros de nomes, estatísticas de refugiados, listas de vítimas, e, quando me diziam que eu vinha bem tarde, eu pedia delicadamente que se limitassem a fazer comentários construtivos. Na escola superior de música eu folheei em segredo o arquivo dos sócios da biblioteca, ainda convencido de que Asija era violinista. Na videoteca, não me permitiram ver os dados dos clientes, na sala de bronzeamento, sim. A caminho entre os diversos lugares, eu lia a lista telefônica. Liguei para oito Asijas, para seis pedi desculpas pelo incômodo, duas não estavam em casa, coisa que era motivo de esperanças para mim.

Essa rua não existe em Sarajevo, disse o taxista quando eu mencionei o endereço de Asija que vovó Katarina me dera havia muitos anos, e pediu à central que o confirmasse depois de eu insistir muito. Pedi que ele me levasse a uma rua cujo nome soava parecido com aquele que estava escrito em meu bilhete, toquei a campainha de cinco portas e li as plaquinhas de todos os apartamentos. O céu estava nublado, cheguei ao fim da rua e olhei à minha volta. Crianças escreviam seus nomes no asfalto com giz colorido. Eu não vou deixar Sarajevo antes de ter encontrado alguma coisa.

Comprei um livro sobre o genocídio em Višegrad. Eu queria perambular por tanto tempo na cidade até que um cão perambulando me encontrasse, ou até que alguém que houvesse fugido de Višegrad para cá me reconhecesse. Eu queria contemplar caturritas namorando numa janela e perguntei, perdido, se não havia geleia de ameixas para acompanhar meu ćevapčići. Tá querendo me gozar, respondeu o garçom, mais tarde veio a chuva, e em vez de ir à central das carteiras de motorista eu entrei num barzinho de apostas com vista para a cidade velha.

Mesud, que brinca com seu bigode, me mede com seu olhar penetrante e diz: Kiko. Kiko das margens macias do Drina. Assim como tu.

Eu queria beber um café e esperar que a chuva parasse. Quatro televisões na parede, em todas elas estava ligado o teletexto, uma mesa de bilhar no meio do ambiente, cinzeiros sobre as mesas de plástico. Homens em jaquetas de couro ou abrigos esportivos se curvavam concentrados sobre tabelas de cotação. Eu pedi um café turco. A uma mesa junto à grande vitrine frontal, dois homens de mais idade liam jornal, um usava um abrigo esportivo com a inscrição "Rot-Weiss-Essen" e o número 11.

Um acaso desses, disse eu, eu moro em Essen.

Os homens baixaram os jornais e olharam a sua volta. Eu estava em pé atrás deles, xícara de café nas mãos. Eles ficaram em silêncio.

O casaco, disse eu, e apontei com a xícara para o homem de bigode. O outro botou açúcar em seu café, bebericou com cautela e dedicou toda sua atenção ao jornal.

Alemanha, liga regional Norte, domingo o jogo é contra o Düsseldorf, vai dar empate, disse o de casaco. O bigode cobria sua boca, se mexia para cima e para baixo, como se o homem estivesse mastigando.

Eu me chamo Aleksandar, esse lugar aí ainda está livre?, eu me ouvi dizendo, embora a voz rouca debaixo do bigode não soasse exatamente convidativa.

Nós somos os Wise Guys, disse a voz, e o braço apontou para a cadeira livre.

O que significa isso?, eu perguntei, e me sentei com eles.

Que eu tenho razão quando digo: aposta em empate no jogo de domingo entre o teu Essen e o Düsseldorf.

Os Wise Guys: Mesud de bigode e casaco de abrigo, que seu genro lhe trouxera havia anos da Alemanha, e Kemo, o diabético, que não acredita em ninguém quando querem convencê-lo de que tem diabetes. Kemo era o mais calado dos dois. Ele ficava a maior parte do tempo lendo os jornais, concentrado, anotava números e desenhava círculos, triângulos, raios e mais uma vez anotava números ao lado deles. Mesud conduzia incontáveis conversas com os homens de cabelos curtos que a cada pouco se aproximavam de nossa mesa e diziam coisas como: Anderlecht under?, Zidane levou o terceiro cartão amarelo e não joga, empate?, Deportivo fora de casa — handicap dois, o que o senhor acha, čika Mesud? Para cada jogador ele tinha uma resposta e um conselho, eu não conseguia reconhecer nenhum sistema em seus comentários.

Qual é a frequência de suas apostas?, eu perguntei aos Wise Guys.

Não, não, Mesud levantou as mãos fazendo um gesto de defesa, nós não apostamos, ninguém fica feliz com isso. Nós estamos aqui para o caso de alguém não acreditar nas estatísticas ou não souber o que fazer, e isso é tudo.

Muitos não sabiam o que fazer e chegavam mais cedo ou mais tarde até nossa mesa para um bate-papo ou simplesmente para fazer uma perguntinha. Um homem tímido, de terno e gravata-borboleta, queria saber quais as chances de a Inter ganhar hoje. Eu nunca estive em Milão, disse Mesud, fique longe da Itália. Kemo levantou os polegares: vai dar Inter.

O bar encheu, os jogadores preenchiam seus boletos contra a parede. Alguém botou música, uma mulher cantava como era a traição, e nas duas canções apareciam melhores amigos. Jaquetas de couro se arvoravam diante dos monitores de aposta, batiam sobre os botões, estrondos, estrondos e mais estrondos. A chuva havia terminado, mas eu não estava com vontade de ir, queria que achassem que eu era um conhecido de Kemo e Mesud.

Ninguém me perguntava o que quer que fosse, eu apostei dez marcos de conversão no jogo Essen contra Düsseldorf: empate.

Dois garotos de no máximo dez anos tacavam a bola branca nas bandas. Kemo botou uma moeda para eles, abrindo a mesa, e passou a mão nos cabelos claros do menor dos dois. As bolas faziam barulho na mesa, no teletexto piscavam os primeiros resultados ao vivo, lá fora escureceu. Nós falamos sobre o Estrela Vermelha, falamos sobre a seleção nacional da época e as seleções nacionais de hoje, Mesud disse: se nós fôssemos um só país hoje seríamos invencíveis. O louro-claro metia uma bola atrás da outra na caçapa, Benfica, alguém gritou de repente, são todos uns putanheiros!, uma cadeira caiu, na mesa vizinha alguém contava que seu primo Husein mandava envelopes cheios de merda todos os dias à promotoria, enquanto um outro perguntava quais as despesas que ele tinha com selos mandando cartas assim, e em seguida eu perdi o fio da meada. O garoto louro-claro bebia Fanta de uma lata e acertou a bola dez, a dez acertou a catorze e a catorze desapareceu na caçapa. Um abrigo esportivo observou: conhecem essa?, e eu simplesmente deveria ter esperado, mas perguntei: conhecer, quem?, e o abrigo esportivo contou uma piada. Eu queria saber tudo com exatidão e imediatamente, e não sabia nada de nada.

Mujo e Suljo estão passeando. De repente Mujo cai. Suljo chama o médico do pronto-socorro: rápido, eu acho que Mujo está morto! O médico: vamos com calma, primeiro é necessário o senhor certificar-se de que ele de fato está morto. Tudo fica em silêncio por algum tempo, depois ouve-se um tiro. Suljo ao telefone: e agora?

O louro-claro apontou o taco para a preta, depois para a caçapa no meio da mesa e depois da tacada encostou o taco no balcão. Seu oponente pagou para ele a segunda Fanta e deixou o barzinho balançando a cabeça. Todas as suas bolas ainda estavam na mesa, Kemo assentiu em tom de reconhecimento, o garoto assentiu de volta, sério.

Aqui tu encontrarás dois tipos de gente, e Mesud se voltou para mim: aqueles que sentem falta de tudo e aqueles que praguejam por causa de tudo. Eu mesmo nunca praguejo por sentir falta de algo, e também jamais sentirei falta de praguejar. Ele deu de ombros e sorriu de cara inteira. Em sessenta e dois, no Chile, ele gritou, o país estava bem, e quando o país vai bem o esporte também não vai mal. Hoje em dia as coisas são assim: merda aqui... merda lá. Mas e então, semifinal contra os tchecos. Pelé disse, na época, que o melhor jogador do mundo, ainda melhor do que ele mesmo, era o número dez da Iugoslávia. Ele não chegou a pronunciar o nome, com tanto mais gosto eu o digo agora: Dragoslav Šekularac!

Mesud se recostou na cadeira e olhou para mim. O nome não me dizia nada. Eu assenti, e disse: Dragoslav, sim, Dragoslav.

As melhores viagens para jogar fora de casa eram a Split e a Rijeka, interrompeu Kemo, e também seu rosto se iluminou. Os anos setenta junto ao Adriático, puta que pariu! Nós levávamos tchecas conosco para o estádio. Como foi que aqueles jogos terminaram... Não tenho ideia, meu irmão. Elas nos escreviam cartas depois, e durante a guerra nos mandavam cigarros.

À pergunta sobre quem era o líder do campeonato bósnio no momento, Kemo botou duas colheres com pirâmides de açúcar em seu café diluído e sacudiu a cabeça: ora, ora, a Bósnia... E ele acenou, manifestando recusa. Podes apostar na última das malocas da Finlândia, mas aqui, no nosso próprio campeonato, pode esquecer!

Coisa pequena, disse Mesud, coisa doce, disse Kemo mais tarde, ao anoitecer, quando a maior parte das partidas estavam sendo jogadas e todo mundo por ali se limitava a fixar os olhos nas tabelas do teletexto. Eu providenciei pão árabe com espinafre para nós, kajmak e baclavá. Quando voltei com a comida, o júbilo dos outros me recebeu. A Inter estava ganhando.

Mas me conta, de onde tu vens?, perguntou Mesud, o olhar direcionado ao pão árabe ainda quentinho.

De Višegrad, disse eu, e depois de horas voltei a pensar pela primeira vez em Asija, em vovó Katarina, em minhas listas. A viagem naquele momento não estava parecendo uma viagem.

Muito bem. Boa cidade. Mesud mordeu o pão árabe. O Drina é um rio muito bom, mas bons jogadores ele nunca deu. Não contado um, talvez. Kemo, consegues te lembrar — e agora Mesud vai dizer "Kiko" e se "lembrar"... Como era mesmo o nome dele. Ele saiu direto dos juvenis para os profissionais. Ele metia uma cabeçada após outra no gol. Uma impulsão e tanto, dirá Mesud, extasiado, não precisava se apoiar em ninguém. Homem do céu, o estrondo podia ser ouvido nas arquibancadas! Kiko, Mesud dirá, Kiko, das margens macias do Drina. Assim como tu.

No teletexto, as tabelas com os resultados piscam em verde e vermelho. As mãos dos homens velhos são ásperas e secas, cascudas e toscas, cheias de cicatrizes e corcovas, nós nos desejamos sucesso à despedida. Na cidade velha, são os postes de iluminação que piscam, nas salas escuras das casas os televisores. Um vento frio se levanta, as estrelas não podem ser vistas. Eu enterro as mãos nos bolsos, ergo a gola do casaco. São minhas as mãos nos bolsos. São meus os passos. É minha a chave. Aqui eu abro a porta. Aqui eu subo na ponta dos pés a escada que estala, teimosa. Isso é o meu silêncio. Isso é o meu quarto. Aqui está a minha mala. Aqui estão empilhadas as listas. Aqui estão empilhadas as ruas. Aqui estão empilhados os nomes. Aqui eu ajoelho diante da mala. Aqui eu leio "Damir Kičić". Aqui está escrito "Damir Kičić — Kiko".

O que se joga por detrás dos pés de Deus, por que Kiko guarda seu cigarro, onde fica Hollywood e como Mickey Mouse aprende a responder

Às 14:22 eles enviam o sinal de cessar-fogo às trincheiras da defesa territorial. É a terceira este mês. Às 14:28, da margem norte da floresta, na trincheira sérvia, a bola foi disparada e fez uma curva alta na clareira, que mantém as posições mais ou menos duzentos metros distantes umas das outras, bateu duas vezes no chão e rolou até os dois pinheiros derrubados a tiros de canhão, que já nos últimos intervalos da guerra haviam servido de postes.

O comandante dos territoriais, Dino Safirović, chamado Dino Zoff, saltou de onde estava para a borda da trincheira, formou um funil diante da boca usando as mãos e retesou seu corpo para trás quando gritou ao outro lado: e então, tschetniks, vão querer apanhar de novo? Ele balançou o corpo sem sair do lugar e meneou os quadris, para a frente e para trás, para a frente e para trás, depois correu alguns passos em direção à bola, ao lugar onde Ćora estava estendido com um buraco gigantesco na cabeça.

Nós já comemos o cu das vossas mães duas vezes, bocetas de mudjaidins, ecoou uma voz rouca vinda das trincheiras sérvias, enquanto Kiko, Kiko, o nove, Kiko, o monstro dos gols de cabeça... o testa de aço das margens macias do Drina, se juntou a Dino Zoff, pegou Ćora pelos tornozelos e o arrastou atrás de si até a vala. Ele o cobriu com seu sobretudo e afastou as mechas de cabelo ensanguentadas de sua testa, olha só o teu aspecto, meu Ćora, ele sussurrou, grama e terra por toda parte.

Ao lado dele, Meho estalava a língua, revirou na mochila tirando a camiseta vermelha e branca do Estrela Vermelha e a vestiu sobre o colete. Com gestos desajeitados, esvaziou os bolsos: um canivete suíço, um isqueiro, duas granadas de mão, uma lata de conserva já aberta com pasta de carne. Ele beijou várias vezes a foto de Audrey Hepburn, extasiado, e depois voltou a guardá-la. Ao olhar interrogativo de Dino Zoff, ele sorriu, e disse: cada um com seu talismã, tu sabias que a cueca de Maradona sempre..., e então percebeu Kiko e o falecido Ćora e conseguiu se conter. Ele não deveria ter saído da trincheira, pouco importa a escuridão que fazia..., e Meho tentou recomeçar, pedindo desculpas e se queixando ao mesmo tempo, mas acabou encontrando o olhar de Kiko, suspirou e lhe enfiou um maço de Drina debaixo do nariz. Todo mundo na tropa sabia que Meho ainda tinha cigarros, alguns inclusive murmuravam que o maço ainda nem chegara à metade. Kiko pegou o penúltimo cigarro. Ele o dirigiu ao lábio superior fazendo um movimento horizontal e inspirou seu cheiro profundamente.

Amarelinhas, murmurou ele, e fechou os olhos, o pescoço de Hanifa, quando ela vinha me buscar depois do treino, café, o certo, turco. Estás vendo, meu Ćora, tu vais pro saco e eu ganho um cigarro. Com as pontas dos dedos, Kiko acariciou as pálpebras de Ćora e enfiou o cigarro atrás da orelha. Para depois do jogo, ele falou de cabeça baixa.

Cinco a dois e dois a um, os sérvios conseguiram ganhar os jogos das duas últimas tréguas. Um certo Milan Jevrić, chamado Mickey Mouse, fez três dos cinco gols na primeira partida. Mickey Mouse era um garoto camponês de vinte anos de idade, que media dois metros e seis de altura e pesava cem quilos. Pelos cálculos, trinta deles no maciço de rocha que era sua cabeça, e que ele carregava junto com o nariz avantajado e duas ou três moitas finas de cabelo sobre seu pescoço taurino. Embora no fundo fosse um zagueiro central, ele surpreendeu com uma potência de chute incrível, mais a si mesmo do que aos outros, quando no princípio do segundo tempo avançou atacando, e, a uma distância de trinta metros, fez pontaria e acertou Dino Zoff de cheio na cara. Apenas quando Marko, um dos dois atacantes sérvios, segurou uma garrafa de aguardente sob o nariz de Dino é que este voltou a si, mas nas duas horas seguintes só conseguia se expressar num latim impecável, citando algumas das sabedorias de Cícero. Desde aquele tiro em cheio, Mickey Mouse passou a jogar como ponta de lança e não perdia chance de socar seu martelo no couro, fosse qual fosse a distância.

Quando ele disparava um de seus tiros usando toda a impulsão da direita e a bola rasgava o ar diretamente ao gol, Dino Zoff todas as vezes se jogava, não sem sentir algum medo, mas corajosamente, em direção à linha descrita pela bola, para em seguida ficar com o rosto dilacerado pela dor ou desmaiado, sem se mexer do lugar. Provavelmente porque as bombas de Mickey Mouse não poderiam ser aparadas de outro modo, mas talvez também na esperança da volta da aguardente de Marko. Os tiros de Mickey Mouse não eram tiros dados com talento e arte, vinham sem efeito e nada tinham a ver com a parte externa do pé. E, depois da primeira vez, já não surpreendiam mais ninguém. Em sua ausência de floreios, eles correspondiam aos pensamentos raramente expressados e diretos de Mickey Mouse, eram pura e simplesmente esforços pelos quais o homem grande era elogiado e temido, e que ele por isso repetia com entusiasmo como se fosse uma criança.

A violência do pé direito de Mickey Mouse tinha apenas um defeito, e ele era explorado pelos territoriais sem dó nem piedade. Depois de cada tiro, o gigante descarregava toda sua força e sua alegria num grito, que musicalmente ficava entre o mugido de um touro chamando para a cópula e o ruído da freada de um caminhão de vinte e cinco toneladas com reboque descendo uma rampa das mais íngremes... Originalmente Monika Seleš!, exclamava Kozica, o ponta-esquerda de barbicha de bode dos territoriais, depois que um desses berros de júbilo ecoava por montanhas e vales, e soltava todo o ar de seus pulmões.

Monika vai jogar conosco de novo hoje?, ou: Monika, Monika, vem tocar harmônica em mim!, sacaneavam desde então os homens de Dino Zoff, e gemiam alto assim que Mickey Mouse estava com a bola. E aquela montanha de homem, para o qual não havia uniforme que servisse, de modo que ele continuava usando a jardineira que havia trazido de casa, ficava inseguro com as brincadeiras. No segundo jogo, ele abafou seus gritos, e prontamente suas bombas a distância pareceram mais contidas e já não causavam mais dor de cabeça a Dino Zoff. Quando um jogador adversário berrava nas proximidades dele, Mickey Mouse se encolhia num espasmo, a cabeça de rocha pendia sobre os ombros relativamente franzinos e a testa estreita se enrugava de tantos pensamentos. Mickey Mouse teria gostado de expressá-los, se apenas lhe dessem um pouco mais de tempo, mas já o jogo passava ao campo adversário e o gozador saía em disparada.

Também hoje Kozica se pôs a berrar durante o aquecimento do lado sérvio: oh, que pena que a senhorita Graf não pôde vir ao Igman! Ela está em Wimbledon, mas manda cumprimentos a Monika, e diz que o esmalte de unha não será nenhum problema. Ú, ú, ú, exclamou Kozica, e seus camaradas o acompanharam.

Dois tempos de quarenta minutos, no primeiro tempo o juiz será dos territoriais, no segundo um sérvio — já que estavam dando tiros, pelo menos que os dessem regularmente distribuídos. Entre os postes de pinheiro na borda sul da clareira Mickey Mouse esticou uma corda que fazia as vezes de travessão. A outra goleira era constituída dos restos de uma cerca, que punha limite a um dos dois caminhos de carroça que se cruzavam na clareira. A tela de arame entre as traves horizontais da cerca foi cortada, os postes encompridados a dois metros e meio com tábuas. Quem controlava os caminhos conseguia avançar mais rápido na montanha e não precisava vencer florestas densas e cartografadas de maneira imprecisa, com mais minas do que cogumelos no chão. Por isso, já havia dois meses, os inimigos disputavam... os dois caminhos de carroça. Um deles descia para o vale e dava numa estrada asfaltada que levava a Sarajevo. Em tempos de ordem, moscas descreviam suas circunferências sobre o esterco seco das vacas, entrementes não havia mais esterco fresco para secar. As vacas dos camponeses que não foram tangidas mais para o alto, nas montanhas, há tempo haviam sido sacrificadas, e as pessoas enterravam sua merda. As moscas agora circulavam sobre os cadáveres, que nem sempre podiam ser enterrados logo.

Às 16 horas, as equipes se encontraram onde era mais ou menos o meio do campo, os soldados restantes sentaram-se na grama em longas fileiras que formavam as extremidades vivas do campo. Ninguém trazia as armas expostas, alguns fuzis jaziam apoiados a troncos de árvores. Os jogadores passavam a bola uns para os outros se aquecendo em silêncio, os sérvios ganharam a disputa pelo lado do campo.

Um pouco à parte, Kiko e Mickey Mouse se abraçaram. Eles se conheciam da escola, os dois haviam rodado duas vezes na oitava série, e isso era anormal. Mais anormal ainda era o fato de alguém ter de repetir, além da oitava, a primeira, a quarta e a sexta séries. Certa vez, no meio das provas finais de matemática, o garoto cabeçudo e da boca sempre aberta perguntou como é que a gente estudava. Entre os colegas, ele era tido como um colossal silêncio e bondoso, que à pergunta sobre quando Colombo havia descoberto a América, olhara para fora da janela e respondera "besouros". Kiko, que mal chegara aos dezessete, ao contrário, era tido como um dos maiores talentos futebolísticos do país. Enquanto ele era disputado pelos clubes da primeira divisão, Mickey Mouse se virava dia e noite na chácara de seus pais, e nada parecia sinalizar para dias melhores e noites melhores.

E mesmo assim eles vieram... com a guerra. Mickey Mouse perguntou: onde está a guerra?, sua mãe respondeu: graças a Deus ainda está longe, e ele perguntou: bem, e a favor de quem nós somos?, seu pai devolveu: tu és sérvio. No dia seguinte, Mickey Mouse estava em pé junto à porta, com uma mochila que na largura de suas costas parecia uma caixinha de cosméticos. Ele disse a seu pai, aos dez ovos estrelados diante de seu pai, à cozinha de azulejos azuis, ao tampo da mesa de cerejeira cheio de entalhes, à chácara poeirenta, ao cheiro de esterco dos estábulos, ao arado que enchera suas costas com músculos de maneira tão infinita, aos incontáveis sacos de milho nos quais chutava à noite com todo o ímpeto por raiva de seu pai, raiva dos dez ovos estrelados do pai a cada manhã, por raiva do tampo da mesa, no qual havia entalhado seu nome quando tivera de dormir duas semanas debaixo da mesa certa vez, de raiva da chácara onde o pai o jogava na poeira chutando em sua direção, de raiva do esterco no qual tivera de sapatear a vida inteira, de raiva do arado porque não era boi: até a vista, eu agora vou embora, para a guerra.

O pai de Mickey Mouse mastigou até o fim, bebeu o resto do suco de couve-flor e limpou a boca com o pano de pratos. Empurrou a cadeira para trás, mas ficou paralisado com a voz segura de seu filho, que dizia: se tu levantares, se deres um só passo, vou torcer teu pescoço como se fosses um frango, eu agora vou embora, para longe. Cinco dias andou Mickey Mouse, perguntando por aí, disse tantas vezes que era sérvio, até que lhe deram um fuzil. Posso dar tiros agora?, ele queria saber, e aprendeu como se carregava e se engatilhava uma arma. Ele foi mandado ao Igman, onde as tropas sérvias preparavam o sítio a Sarajevo. Mickey Mouse jamais se queixava. Ele achava os lugares ermos muito melhores do que sua casa, os mesmos lugares sobre os quais seus camaradas diziam que Deus os havia deixado e esquecido havia tempo, e um Deus assim não volta o rosto mais uma vez depois de ter virado as costas. Eles diziam: por detrás dos pés de Deus.

O apelido não incomodava Mickey Mouse. Também gosto do pato e do cachorro, disse ele. Pluto é um pouco atrapalhado, que fazer. Na escola, ele ainda não era chamado de Mickey Mouse, e Kiko ainda hoje o chamava de Milan.

Milan, disse Kiko, e colocou a mão no braço de Mickey Mouse, vocês foderam com o Ćora na noite passada.

Mickey Mouse levantou as sobrancelhas, encolheu a cabeça e buscou ar para uma resposta. Seu rosto perdeu toda e qualquer simetria; pálido, e com as cicatrizes de acne, ele parecia uma pedra sem polimento. Kiko esperou por uma resposta, mas Mickey Mouse apenas suspirou e fechou sua boca sempre aberta. Pressionou os lábios, juntando-os como outros baixam os olhos.

Um apito agudo sinalizou o fim do aquecimento.

Mickey Mouse pegou a mão de Kiko, tirando-a de seu braço. Kiko, eles disseram: Mickey Mouse, tu vais jogar atrás de novo.

Que ele havia sido o único a disparar na noite anterior Mickey Mouse não disse. Na floresta, um pássaro pesado levantou voo, e o homem grande correu de volta para a defesa.

Gavro, o articulador do time sérvio, um cabeça crespa de cabelos pretos com um corvo tatuado no ombro, assobiou agudamente seguindo o pássaro. Gavro só não assobiava e não cantarolava uma musiquinha quando estava falando ou comendo. Mesmo ao dormir, roncava um "Nas margens belas e azuis do Danúbio" todo melodioso. O pássaro sobrevoou a clareira e desceu ao vale pelo lado sul, desaparecendo atrás das árvores. Gavro pegou a bola e foi até o juiz, que olhava fixamente para o relógio como se estivesse enfeitiçado.

Vai foder o sol, homem, estás esperando um sinal de Alá? Por acaso não temos tempo, homem do céu?

O invocado não se dignou a levantar os olhos, continuou fitando o ponteiro dos segundos, de modo que Gavro deu um toquinho com a ponta do pé na bola fazendo-a saltar, dominou-a na testa, deixou-a cair sobre a coxa e aparou-a no peito do pé. Junto, ele trinava a melodia de "Somewhere over the rainbow" de um modo tão sonoro e bonito que as cabeças todas se viraram para o lado dele. Os homens piscavam naquele concerto de sol da tarde, habilidade na condução da bola e melodias harmoniosas, mudavam de perna de apoio ou simplesmente ficavam parados em volta, apoiando as mãos aos quadris. O silêncio havia sido frequente em Igman nos últimos meses, sobretudo à noite, quando as armas descansavam na clareira e no vale. Mas tão pacífico quanto antes do toque inicial e da homenagem de Gavro a, talvez, Glen Miller, já há tempos não havia sido por detrás dos pés de Deus.

General Sushi, o comandante das unidades sérvias, bateu com a mão espalmada na nuca do que assobiava, tomou-lhe a bola do pé, assobiou ele mesmo agudamente nos dedos e deu o primeiro passe. Agora também pode dar o apito final sete segundos antes do tempo, exclamou o homem de corpo atarracado e olhos puxados e oblíquos, aos quais devia seu apelido. Ele passou voando pelo juiz e desviou para a ala direita onde menos de dois minutos mais tarde encaminharia o um a zero para os sérvios... Um cruzamento na cabeça justamente do Gavro que ainda há pouco estava assobiando.

No princípio dos anos oitenta, Dejan Gavrilović Gavro havia desistido da carreira de clarinetista para se tornar jogador de futebol. Seguiram-se cinco anos de luta contra o rebaixamento para a segunda divisão, depois um rompimento nos ligamentos cruzados do joelho. Durante o processo de recuperação, ele começara a tocar clarinete de novo, e no final dos anos oitenta fazia concertos com o irmão em bares de jazz de Belgrado. Eles gravaram um disco que mereceu alguma atenção. Em novembro de noventa e um, o irmão foi chamado para a guerra, e apenas quatro dias mais tarde tombou no interior da Croácia. Gavro largou o clarinete pela segunda vez, dessa vez para se tornar soldado. Ele lutou naquela província, viveu o fim da guerra na Croácia e pediu se podia tomar uma ducha rapidamente, e se por acaso havia toalhas limpas, quando foi perguntado se seguiria o curso de sua vingança até Sarajevo, por exemplo.

O dois a zero foi marcado por Mickey Mouse com um de seus tiros violentos. Ele conseguiu roubar a bola na bandeirinha de escanteio — um fuzil enfiado no solo — e marchou pelas fileiras inimigas, acompanhado de chamados gozadores, mas não atacado de maneira suficientemente decidida. As ofensas pareciam não lhe importar dessa vez. Quando ainda estava no campo de defesa, mirou em Dino Zoff, a boca escancarada como sempre. Uma tabelinha, um meneio de corpo, tiro e úúú, Dino Zoff não conseguiu desviar a bola a ponto de evitar que entrasse. Depois do tiro, Mickey Mouse estacara de repente e seguira a bola de braço erguido em cumprimento, como se estivesse se despedindo de um grande amigo para uma longa viagem.

Os territoriais tiveram sua única boa chance de gol já perto do final do primeiro tempo, quando Kiko disparou sozinho por entre a defesa adversária, concluindo a jogada com um tiro no poste de pinheiro. No contra-ataque que se seguiu Gavro, o clarinetista, passou a bola a Marko no ataque, porém Meho chegou um segundo antes e afastou a bola da área com toda sua força, tirando-a de campo, da clareira, e jogando-a dentro da floresta.

Ei, vai foder a fada da floresta, e Meho sacudiu a cabeça e ficou de cócoras, como se estivesse precisando vomitar. O juiz assobiou, apontou primeiro para Meho, depois para a floresta... Um gesto que por certo não se repetia em nenhum outro jogo de futebol do mundo e que significava: Meho é o autor da merda, logo, ele mesmo é que vai dar um jeito e encontrar a bola... Um mapa, para explicar onde exatamente ficavam as minas, não pôde ser mandado com ele, provavelmente nem sequer existisse algo parecido. As minas, contudo, existiam, e como existiam. Antes mesmo de o front se endurecer em volta da clareira, os sérvios haviam perdido dois homens e a perna de um terceiro em uma tentativa de se aproximar dos territoriais pela retaguarda. Muito bem, podem vir pegar todos eles e não deixem nenhum para trás, pena pelos bodes que acabaram morrendo, pobres animaizinhos, essas haviam sido as vozes que reboaram das trincheiras dos territoriais, na época.

Dino Zoff pegou Meho pelos braços. Homem, Meho, ele sussurrou, por acaso não combinamos milhares de vezes: uma boa defesa não dá chutões sem mais nem menos! Limpar a jogada atrás, dar passes curtos, isso não pode ser tão difícil assim.

Não pode ser tão difícil assim, sussurrou também Meho consigo mesmo, quando, acompanhado por dois enfermeiros de campanha, chegou à borda da floresta e olhou em volta. Todos os jogadores e os dois cordões de homens que marcavam as linhas laterais do campo olharam em sua direção. Alguém acenou. Meho acenou, pois, de volta. A bola estava mais ou menos vinte metros distante da borda da floresta, pacificamente acolhida por filifolhas vermelhas em uma cama de musgos. O sol inundava a floresta com sua luz brilhante, os raios caíam diagonalmente atravessando as folhas das copas e caindo sobre o chão levemente inclinado que escondia dúzias de minas aos pés do homem tremendo que vestia a camiseta do Estrela Vermelha. A camiseta! Em pânico, Meho tirou o manto vermelho e branco de seu time do coração, beijou a estrela, e dobrou-o com cuidado sobre o chão.

Meho, espera um pouco! Marko havia seguido seu adversário pela pequena encosta. Aqui, para a bola, piscou o atacante sérvio e estendeu a Meho um colete à prova de balas, enrola-a bem antes de correres de volta.

Meho fixou os olhos no colete negro.

Me diz uma coisa Meho, como pode ser isso? Marko levantou a camiseta de Meho e sacudiu a cabeça. Teu time é de Belgrado!

O queixo de Meho tremia. Sempre e eternamente vermelho e branco!, ele roncou, e limpou o suor de sua testa. Vestiu o colete de Marko e disse com voz tremebunda: fazes melhor se voltares, e depois em inglês sem sotaque, ao dar um passo para dentro da floresta; this could get fuckin' dangerous.

Com a camiseta de Meho nas mãos, Marko correu de volta até os outros. Estavam todos sentados na grama, conversavam e olhavam para as árvores, mesmo depois de Meho desaparecer em sua sombra. Gavro se arranhava com um estilhaço de madeira debaixo das unhas dos pés e assobiava uma melodia descontraída. O tom satisfeito do assobio se embalava entre os troncos nus da equipe sérvia e dançava diante dos rostos concentrados dos territoriais. Uma klezmer, e todos ouviam a mesma canção, alguns tamborilavam na grama, seguindo o ritmo, ou contra as próprias coxas — outros, não, e essa era a única diferença. Olhar para as árvores estando na floresta era uma espera à escuta. À espera de Meho, à espera de uma nova canção ou de um estrondo.

O estrondo veio quando general Sushi bateu mais uma vez na nuca de Gavro. A canção parou, e o general perguntou em voz alta, acentuando cada uma das sílabas como se estivesse falando num palco: o que é que vamos fazer se por causa daquele bobalhão vamos perder a bola?

Ninguém respondeu. O general coçou sua própria nuca cabeluda.

Os dois enfermeiros à borda da floresta comiam pão e olhavam para dentro da floresta. Eles queriam guardar os rastros de Meho de forma tão exata quanto possível, a fim de poder segui-los e intervir imediatamente caso ele voasse aos ares.

Meho não voou aos ares, ele apenas se cagou todo, mas isso pode ser lavado. Os seus e também alguns sérvios o receberam em júbilo quando ele apareceu com a bola debaixo do braço e a cabeça sobre os ombros, todo orgulhoso no meio da clareira, como se tivesse marcado o um a zero na prorrogação de uma final contra o Brasil, pelo menos, e agora se encontrasse a caminho das arquibancadas a fim de receber as homenagens da torcida. De perto, seu orgulho parecia mais ser fúria, de perto o braço que segurava a bola tremia, de perto Meho tinha um rosto cinzento, uma veia grossa e azul no meio da testa e seu cheiro era mais do que forte. De perto, ele disse: aqui ó, tomem a bola, tudo certo, logo poderemos continuar, eu só precisaria me trocar, mas não tenho mais nada. E para Marko: vem cá, troca de camisetas — à prova de balas por Estrela Vermelha, e fique sabendo que pouco me importa de onde é meu time, os caras se limitam a jogar futebol. Quando eu tinha esta altura — e Meho segurou a mão próxima de seus quadris —, eles eram meus heróis. A final contra o Olympique de Marselha em noventa e um! Aquela vitória! Aqueles pênaltis! Também pouco me importa se tu és sérvio. Enquanto não atirares em mim ou dormires com minha mulher, nada me importa.

Meho botou sua camiseta e saiu tropeçando em direção à trincheira que, não contados o radioperador Sejo e três feridos que jogavam dominó, estava completamente vazia. Meu Deus, quanta merda por aqui! Isso tinha de ser arrumado, como é que conseguimos viver aqui? Ele juntou as sobrancelhas e olhou em volta na trincheira cheia de lixo como se fosse entrar dentro dela pela primeira vez. Bem à sua frente, havia uma conserva vazia de pasta de presunto, ela havia sido deixada tão limpa a lambidas que nem sequer uma única mosca se interessava por ela. Meho a jogou para fora da trincheira. Com a água de um galão de plástico branco, ele se lavou com cuidado, jogou água na bunda, e com a perna limpa de sua calça esfregou a parte interna das coxas.

E como eu estava parado ali, as pernas arqueadas nesse latão de lixo que é a trincheira de tiro, meu Ćora, por detrás dos pés cheios de fungos de Deus, eu pensei comigo o tempo inteiro: sim, não deves gastar muita água, Meho, use grama e folhas caso for necessário, e quando eu também ainda tive de limpar uns pinguinhos marrons entre os cabelinhos, honestamente, nesse momento eu tive de me lamuriar com tanta violência, tive de me lamuriar com tanta violência, meu caro Ćora, que achei que minhas lágrimas não corriam para baixo sobre minhas faces, mas saltavam lisamente para a frente saindo dos olhos, é sério. Eu te digo, meu Ćora, que dia de merda, e espero que compreendas se eu agora tomo tua calça emprestada, não tenha medo, não está frio aqui fora, o sol brilha, ele me mostrou o lugar exato onde eu podia pisar na floresta, é sério, com seus raios, apontou o lugar exato no chão! Pelado, eu em todo caso não vou poder ganhar dos tschetniks, estamos perdendo por dois a zero, e insisto em dizer, um dia de merda, Ćora, mas para quem estou dizendo isso? Meho passou a mão nos cabelos do morto e desabotoou sua calça de camuflagem, só para o jogo, Ćora, ele disse, vou te devolver depois, palavra de pioneiro!

Os cerca de cinquenta metros até o campo da partida, Meho os atravessou quase correndo. Precisou dos últimos dez para entender que seu dia de merda há tempo não havia terminado. Sua unidade estava enfileirada à altura da goleira demarcada pelos pinheiros, alguns mantinham as mãos unidas à nuca. No semicírculo diante deles, havia cerca de dez sérvios com metralhadoras apontadas, outros corriam a esmo pela clareira e recolhiam as armas restantes. Sem merecer a atenção de ninguém, a bola jazia de lado, e lá, em meio à grama alta, mais parecia uma pedra. Meho piscou os olhos, mexeu os lábios sem emitir ruído.

O general Sushi insinuou um abraço. Ah, ele exclamou, finalmente um perfume adequado a um muçulmano!

Enquanto Meho era revistado em busca de armas e depois — fuzil às costas — empurrado para junto dos outros, a artilharia podia ser ouvida a distância. Salvas isoladas de fuzil, filtradas e amaciadas pela distância e pelo sol, pálidas e um tanto cansadas. O gordo Sejo, radioperador dos territoriais, rolava com uma expressão de pânico no rosto à borda da trincheira, mas antes mesmo que pudesse anunciar o que todo mundo já ouvira e entendera em meio aos barulhos da batalha, ou seja, que o cessar-fogo havia acabado, o goleiro sérvio disparou vários tiros sobre ele. Sejo se curvou, primeiro caiu de joelhos, depois para o lado, e ficou deitado em posição bem estranha, o joelho ainda a tocar o chão.

Seu porco fodido!, gritou Dino Zoff aos primeiros tiros, se livrou do monte de prisioneiros e levantou as mãos com as luvas de goleiro para o alto invocando, mas nós nos entregamos, não estamos nos defendendo, não estamos nos... Mais do que isso ele não conseguiu dizer. O general Sushi o pegou e lhe apertou a pistola primeiro na nuca, depois, empurrando-o para o chão, ao lado do pescoço.

Acho que não é bem assim, macaco! A saliva cobriu as faces e a boca de Dino Zoff como uma rede. Eu acho que vocês estão se defendendo, e de forma bem renhida, acho que vocês estão lutando até o último homem! Mas lamentavelmente, lamentavelmente eu não vejo nenhum mudjaidin querendo sobreviver para contar aos outros da gloriosa e derradeira batalha. O general Sushi empurrou Dino para longe de si e agora apontava a pistola para o peito dele. Seus soldados haviam — um comando de fuzilamento de trinta homens — se colocado em posição diante dos presos.

Está certo! Dino jogou o braço para cima da cabeça, está certo, então vamos continuar lutando, continuemos o jogo!

O quê? O general Sushi contorceu o rosto, enojado.

Tu queres acabar com um monte de desarmados? Pois bem, eu até acho que és capaz de coisas ainda piores, nem sei como seguraria meus rapazes se nós tivéssemos chegado às armas primeiro. Mas o jogo ainda não terminou! A saliva se juntava na boca de Dino. Ainda temos o segundo tempo! Se és boleiro o suficiente, continuaremos o jogo. E caso nós ainda viremos o jogo e tu também fores homem suficiente, ninguém será executado aqui, ninguém! Se vocês ganharem... ele olhou em volta, contemplando seus homens, e se pôs ereto, aí ficarás sendo um assassino fodido e miserável a tua vida inteira, que fazer!

E Dino Safirović, que havia sido expulso da escola porque, embora latim e lições clássicas sejam muito importantes na educação de pessoas jovens, encher a cara está longe de sê-lo, apertou as luvas no pulso, retesando-as nos dedos. E Dino Safirović, o amante de Cícero, que havia se apresentado voluntariamente porque pensava que no front havia menos álcool e ele queria porque queria parar de beber, bateu palmas fazendo o pó entre suas mãos levantar numa nuvem. E Dino Safirović, chamado Dino Zoff, o gato de Trebević, olhou o general Sushi nos olhos e rosnou: vamos lá, homem, vamos lá!

O dois a um foi marcado por Kiko de cabeça aos quatro minutos do segundo tempo, no mesmo instante em que no vale houve uma grande explosão. O segundo dois a um, ele também marcou de cabeça cinco minutos mais tarde, e também este gol foi anulado porque ele supostamente estava impedido. Esta minha testa, e Kiko bateu na parte de trás de sua cabeça, não estava impedida.

Mas de nada adiantou. O general Sushi havia aceitado, divertido, o desafio de Dino Zoff, com a condição de que ele não apenas participasse, mas também apitasse a partida. Não tenho cartões amarelos comigo, disse o general, as reclamações serão punidas com uma bala.

O três a zero para seu time foi assinalado depois de uma falta clara sobre o goleiro dos territoriais. Dino Zoff foi derrubado num cruzamento e caiu no chão, e os sérvios aliás jogavam com tanta decisão e tanta dureza como se a vida deles e não a de seu adversário dependesse do resultado do jogo.

No três a um, Kozica chutou da intermediária e a bola sibilou entrando. Um minuto mais tarde, Kozica foi carregado de campo com uma ferida aberta na testa depois que um dos soldados que marcavam as linhas laterais do campo primeiro o derrubou, depois o golpeou com a coronha do fuzil. De modo que os territoriais abdicaram de atacar pelas laterais.

Aos sessenta minutos de jogo, Mickey Mouse e Kiko bateram de frente. Eles caíram ao chão, o jogo continuou. O sol tocava as copas das árvores a oeste, as moscas zumbiam à volta, movimentando o crepúsculo que principiava. Desde que os dois metros e seis de Mickey Mouse passaram a se ocupar do melhor entre os homens dos territoriais depois de os dois gols de Kiko não terem sido dados, Kiko não chegava mais perto de cabecear nenhuma bola. Após o choque, os dois puseram as mãos ao peito e ficaram sentados. Kiko contorcia o rosto, o bom é que a gente tem costelas, ele disse, e Mickey Mouse assentiu: muito boas essas costelas. Suas pupilas passeavam impacientes pelo rosto de Kiko, ele inspirou, depois voltou a expirar, fazendo força. E já o homem grande queria levantar, se apoiando ao chão com o punho. Mas este foi agarrado por Kiko, que sussurrou: sim, levanta, meu Milan, não vai ficar sentado de novo e repetir o ano, não, isso não.

Não?, admirou-se Mickey Mouse, escancarou a boca e na próxima cabeçada de Kiko para o gol não chegou a ficar sentado, mas em pé no mesmo lugar, como se tivesse criado raízes, não pulou, e a bola picou antes de alcançar a goleira assinalando o três a dois.

Depois do gol que mantinha nossas chances de pé, o general Sushi soube rechaçar todos os esforços dos territoriais de sequer se aproximarem da goleira de sua equipe. Toda disputa de bola era interpretada como falta, todo passe ao ataque interrompido com um apito, toda cobrança de lateral era dada para seu time, até mesmo quando a zaga rechaçava um ataque afastando a bola para longe de qualquer maneira.

Dois minutos antes do final do jogo, Kiko penetrou pela meia-esquerda; ele evitou qualquer tipo de contato para não dar ao general Sushi a chance de apitar falta, se desviava, se curvava, saltava, corria. Reunindo suas últimas forças, cruzou para o gol sérvio — uma bola nada perigosa no primeiro poste, mas o zagueiro dos sérvios errou em bola, Mickey Mouse chegou atrasado, o resto — amigos e inimigos — passou em branco ou estava surpreso demais para conseguir reagir e o balão de couro rolou vagarosamente até os pés de Meho. Este apenas errara pelo gramado, perdido em pensamentos, durante todo o segundo tempo, e murmurava como que hipnotizado consigo mesmo: não pode ser assim tão difícil, minha Audrey, não pode ser assim tão difícil;

ele havia sido empurrado para fora de campo porque atrapalhava inclusive seus companheiros, mas depois de três jogadores serem obrigados a deixar o jogo por contusão — por terem sofrido faltas duras ou serem espancados pelos soldados que marcavam as laterais — ele voltou a entrar em jogo.

Ali estava, pois, a bola, diante de seus pés, mas Meho nem sequer olhava para ela; abismado, olhava em direção leste. No vale, podia ser ouvido o fogo violento da artilharia, metálico, oco. Em câmera lenta, como durante um replay na televisão e como se nenhum de seus movimentos lhe interessasse alguma coisa, ele deslocou o peso para a esquerda e deu um toquinho na bola com a direita fazendo-a ultrapassar a linha do gol. Para ti, disse ele em voz comovida, e botou a mão debaixo de sua camiseta, o gol é para ti! De olhos brilhantes, ele conduziu a foto de Audrey Hepburn aos lábios, e sussurrou: agora isso aqui é Hollywood de verdade, minha Audrey, me fode por um final feliz!

Em 1986, Meho estivera nos Estados Unidos — sua única viagem ao Ocidente. Economizara cinco anos de seu salário de pedreiro, morara com seu pai e jamais gastara dinheiro em vão. Noite após noite, ele via filmes americanos, de preferência thrillers, filmes de horror e filmes com Audrey. Aprendeu a praguejar em inglês e sabia pedir um café sem o menor sotaque.

Depois de seu gol, Meho passeou embevecido pelo gramado, a cabeça jogada à nuca. O jogo continuou; em dado momento, a bola o atingiu nas costas, mas Meho não se interessava pela bola, e sim pelo céu. Alguém chamou seu nome, we are the champions, respondeu Meho. Chegando à grande área de seu time, ele ficou parado e esticou o braço para ver se estava chovendo. Esfregou o nariz e cruzou os braços diante do peito como se de fato fosse chover e a chuva fosse fria. Alguém cai diante de seus pés. Excitação, tumulto, um apito, uma salva de fuzil.

Por que será que minhas unhas ainda estão sujas? Eu gostaria tanto de telefonar, ligar para alguém de novo. Meho conversava em voz até bem alta com o céu, e ao fazê-lo atrapalhava todo mundo, era empurrado, cambaleava.

Um aglomerado de jogadores havia se formado em torno do general Sushi. Apenas quando alguém disparou para o alto, os homens tomaram distância. Penalidade máxima!, gritou o general, e conseguiu pegar a bola.

Dino Zoff sacudiu a cabeça, aquilo não era falta nem ali nem na China!, acenou em sinal de recusa e fixou a bola que agora estava na marca pisoteada do pênalti. O general Sushi se apresentou, depois de ele mesmo mostrar com sua mímica ao que sofrera a falta que deveria se afastar, e que ele mesmo faria a cobrança.

Cala a tua boca suja! O goleiro sérvio gritou a Dino Zoff, do lado de um dos postes. Depois da suposta falta, ele atravessara o campo inteiro correndo, pegara a pistola que um dos soldados na lateral lhe dera e agora a apontava do pinheiro esquerdo para a cabeça de Dino. Pode ser que tu pegues o pênalti, e ele fechou um dos olhos fazendo mira, mas será que és capaz de pegar uma bala?

O general Sushi sorriu, levantou o polegar na direção de seu goleiro e se preparou para bater.

Meho há tempo voltara as costas para a penalidade máxima e se afastava da grande área, sem olhar para trás. Talvez lá embaixo, ele contava a sua Audrey, talvez lá embaixo estejam disparando apenas para comemorar porque a guerra de merda terminou. Com seu cabelo curto, Audrey parecia um garoto. Ela estava vestida de preto e se apoiava a uma parede branca. Meho levantou os olhos da foto e olhou distraidamente para o lugar no qual algumas faias margeavam o platô e o caminho das carroças descrevia uma curva acentuada à esquerda para contornar uma rocha, antes de começar a descida íngreme em direção ao vale. Do leste, veio vento, que logo aumentou. Meho já havia chegado perto das árvores, podia ver como o vento fazia as folhas tremerem. Também Meho tremia, ainda mais do que na floresta, rodeado de minas. O pé de vento refrescou o rosto de Meho coberto das lágrimas que brotaram depois que a suas costas o goleiro sérvio disparou sua pistola e um ruído claro como o de uma bofetada bem alta se seguiu. Desta vez não eram enchentes turbulentas, mas eles eram muitos homens. Ei, vai foder as torneiras, murmurou Meho, e esfregou seus olhos, sem por isso ficar parado.

Atrás dele, a multidão rugia, uma gritaria de júbilo se seguiu, depois ruídos e chamados, que o cansado Meho provavelmente nem sequer tenha percebido e mal poderia ter identificado, assim como também não teria sido capaz de diferenciar o júbilo sérvio do júbilo bósnio, já que naquela terra todo mundo se alegrava do mesmo jeito, no fundo. E ainda que ele tivesse visto o gol que era a causa de tanto júbilo, teria sido impossível para ele dizer com certeza daquela distância se a bola voou sessenta ou setenta ou até mesmo oitenta metros antes de baixar para cair dentro do gol sérvio. Logo Meho teria alcançado as faias no final da clareira. Ele lançaria um olhar para o vale, ainda que de uma altura de mais de mil metros também não houvesse diferenças entre guerra e paz, exatamente como as palavras ou risos de seus amigos não se diferenciavam das palavras e risos de seus inimigos. Mas a vista era impressionante: indescritivelmente bela, sussurrou Meho a Audrey segundos antes de ser estirado ao chão com um tiro. As balas acertaram o dez na camiseta vermelha e branca. Ela foi usada por Dejan Savićević no dia 29 de maio de 1991, quando o Estrela Vermelha derrotou o Olympique de Marselha nos pênaltis na final da copa dos campeões nacionais europeus. Meho vira o jogo junto com seu pai. A imagem estava ruim, o pai de Meho teve de segurar a antena em determinada posição sobre sua cabeça durante os noventa minutos do jogo, a fim de que não houvesse chiado e a imagem fosse nítida. Ele não teve coragem de se sentar nem no intervalo, de modo que Meho preparou pão com linguiça para ele e lhe deu de comer. No dia seguinte, Meho comprou a camiseta com o dez às costas e uma televisão nova para seu pai.

O goleiro sérvio havia mandado lágrimas aos olhos de Meho com seu primeiro tiro, depois duas balas a suas costas nos tiros seguintes. O primeiro tiro foi destinado a Dino Zoff, mas acabou passando um centímetro ao lado e atingiu o poste de pinheiro. O goleiro havia atirado cedo demais, o estrondo acabou distraindo o general Sushi que corria para a bola, e seu chute bateu no pinheiro da direita e caiu diretamente nas mãos de um Dino Zoff imóvel. Este olhou incrédulo do atirador consternado a seu lado para o atirador consternado a sua frente, depois de um poste a outro, e por fim para a goleira abandonada do outro lado do campo. E então deu um balão com todas as suas forças.

Ei, que um furacão me foda, mais ou menos assim Meho teria homenageado a linha esquisita descrita pela bola antes de entrar no gol. Pode até ser que tenha sido o mesmo pé de vento que lhe secou as lágrimas que acabou dando o impulso necessário ao balão de Dino Zoff, a fim de que a bola pudesse entrar no gol sérvio. O general Sushi ficou estarrecido em meio ao júbilo dos territoriais, titubeou, parecendo inseguro e sem saber o que deveria fazer.

Bola nossa! Tiro de meta!, ele disse. Ninguém o ouviu, tão alto era o júbilo com o três a quatro. Tiro de meta, o gol foi anulado!, exclamou o general ainda mais alto, tiro de meta, ele gritou, não foi gol! Ele assobiava nos dedos, mas só quando o goleiro sérvio disparou os dois tiros em Meho é que tudo ficou em silêncio em volta dele. O general apontou na direção do lado sérvio do campo. Gol anulado! Gol anulado!

Enrolado no tecido de veludo vinho, o clarinete de Gavro com certeza ainda estava no lugar onde ele o depusera antes de ir para a guerra: em cima do armário, na sala da casa dos pais, que também no verão e também depois da morte de seu irmão cheirava a lavanda. Aqui e agora, por detrás dos pés de Deus, Gavro não precisava de nenhum instrumento para merecer honestamente um bis... Ele simplesmente continuou o assobio agudo de Sushi, estendeu-o e elevou-o a um fá maior, emendou nele uma corrente de melodias leves e infantis, transformou tudo inesperadamente numa valsa, sobre cujos seis oitavos tocados ele de repente emendou uma xarda selvagem — e enquanto sua composição ganhava em colorido e velocidade, Dejan Gavrilović, chamado Gavro, um excelente clarinetista de Belgrado, se sentou na grama.

A xarda fez Mickey Mouse se colocar em posição de sentido. Não fique aí sentado para ser reprovado de novo, ele ronronou a seu companheiro que havia buscado a bola atrás da goleira. Mickey Mouse tirou a bola das mãos dele e marchou pelo campo. Não quero ficar sentado e ser reprovado de novo, ele gritou um pouco mais alto. Dois outros jogadores sérvios se sentaram ao lado de Gavro e também não fizeram menção de continuar jogando.

No pescoço do general Sushi, a fúria pintara manchas vermelhas, e quando o general, na realidade um tenente e durante a maior parte de sua vida um azulejista com quatro filhas cujos nomes começavam todos com "Ma", pela terceira vez naquele dia se preparou para bater na nuca de Gavro, a mão do clarinetista segurou o pulso do azulejista. Da xarda saltaram as chamas de um furor espanhol, tu nunca mais vais fazer isso, diziam os olhos de Gavro, e o flamenco encaminhou o refrão. Gavro assobiava, Mickey Mouse marchava, e Marko derrubava seu próprio goleiro com um golpe, arrancando-lhe a pistola das mãos.

Ei, vai foder Mohammed Ali!, assim Meho teria elogiado o gancho seco de esquerda dado por Marko. Mas, sendo como era, o general Sushi — mas o que é isso, vão se foder, todo mundo! — foi o único a praguejar, quando seu goleiro foi ao chão e seu atacante sacudia a mão tentando afastar a dor. Mas o que é isso, agora?, gritou o general, e mordeu os dedos de Gavro, que envolviam seu pulso, o que vocês estão querendo..., ele berrava com o sangue do clarinetista nos dentes e olhava a sua volta. Tiro de meta!, ele ordenou a Mickey Mouse, que carregava a bola para o meio do campo.

Seus jogadores se sentaram na grama, um após outro. Um golpe de Estado, é isso então..., riu o general. Desertores!, e ele batia a sua volta, traidores, vou mandar todos ao tribunal de guerra. Também os soldados que demarcavam as laterais do campo foram ao chão, alguns, porém, deixaram suas armas prontas para atirar, inseguros, se deviam ou não apontar sobre os seus próprios homens.

A maior parte dos soldados sérvios olhava para o chão, não como se tivesse medo de seu chefe, mas sim como se sentissem embaraço por causa do homem colérico de costas peludas. Como se sentissem vergonha de algo, como se não soubessem o que responder a uma pergunta das mais simples que havia acabado de lhes ser feita. O general Sushi gritou, alucinado, todo seu pescoço se transformou numa única mancha vermelha, acabem com todo mundo!, ele gritou, me deem a merda do fuzil aqui! Ele recuou, girou sobre os calcanhares. Ninguém o reteve, ninguém respondeu à pergunta simples. Também os territoriais estavam por perto como se fossem apenas os elementos de um cenário num palco sobre o qual um homem baixinho e atarracado esbravejava de tronco desnudo, fuzilando todo mundo com seus olhos puxados.

Ninguém encontrou resposta para a pergunta simples — a não ser Mickey Mouse.

Na escola, a maior parte das perguntas havia sido demasiado difícil para ele, em casa o pai lhe desenhara pontos de exclamação nas costas com o cinto de couro, e ali, por detrás dos pés de Deus, não havia perguntas, apenas ordens. Milan Jevrić, chamado Mickey Mouse, botou a bola mais ou menos no meio imaginário do campo, apoiou o pé sobre ela e trovejou em volume máximo sobre as cabeças dos soldados, sobre o general Sushi que conseguira chegar até sua arma mas hesitava em fazer uso dela, sobre o campo, sobre as trincheiras, sobre o corpo sem vida de Meho, sobre as faias, sobre o vento, sobre o vale, tão alto, pois, e tão nítido como se com aquele único grito quisesse dar todas as respostas a todas as perguntas que ainda não lhe haviam sido respondidas até então: quatro a três pra eles!, respondeu Milan Jevrić, chamado Mickey Mouse, à pergunta simples. Eles estão um na frente, ele constatou, mas talvez ainda consigamos fazer alguma coisa nos acréscimos, talvez, e Mickey Mouse empurrou o lábio inferior à frente, ainda consigamos algo.

Suas palavras puseram a defesa sérvia em pé, o meio de campo sérvio se ergueu, e o ataque sérvio derramou aguardente de ameixas não sobre o punho dolorido de Mohammed Ali, mas sim nas próprias gargantas, em tal quantidade que Dino Zoff se viu obrigado a fazer olhos nostálgicos.

Mickey Mouse cuidou sozinho da defesa, o resto foi para o ataque. O novo juiz, Gavro, apontou oito minutos de acréscimo. Os territoriais defenderam com dez homens e mandavam todas as bolas que vinham ao campo sérvio. Não com tanta força, lembrem das minas. As bolas voltavam prontamente, Mickey Mouse as levantava direto para o ataque. No último minuto, os territoriais tiveram um contra-ataque, Kiko perdeu a bola para Mickey Mouse, que agora podia ser encontrado em todas as partes do campo, também no gol. A resposta de Mickey Mouse se seguiu sem perda de tempo, pois Mickey Mouse havia aprendido a responder. Ele pegou a bola e driblou entre as fileiras dos territoriais como se não tivesse crescido com forcados de esterco e sim com Maradona. As veias em seu pescoço se dilataram, ele pressionou os lábios, juntando-os, simplesmente deixou dois defensores bósnios para trás na corrida e, a cerca de trinta metros de distância, disparou contra o gol de Dino Zoff. O homem gigantesco colocou toda a sua força naquele tiro, seu berro, a seguir, espantou dezenas de pássaros na floresta. E a bola, essa bola suja e mal-remendada, voou sobre a clareira em direção ao gol de Dino Zoff.

Às 17h55 Gavro assobiou finalizando a partida. O chute de Mickey Mouse foi o último lance. Os jogadores se deixaram cair na grama, esgotados. O apito final ecoou. Ninguém bateu palmas. Ninguém festejou. Do vale, um silêncio pesado chegava ao platô. Calmamente, as armas foram erguidas. Marko segurou a garrafa de aguardente junto à boca de Dino Zoff até que alguns pingos caíram sobre seus lábios e lá se misturaram com o sangue.

Ah, sliwowitzum bonum deorum donum! Eu consegui pegar?, ciciou Dino Zoff, e deu um dente de presente a Marko. O sol projetava longas sombras de árvores na clareira por detrás dos pés de Deus, por detrás dos pés de Deus em botas de soldados, por detrás dos pés de Deus, nos quais apareciam bolhas, por detrás dos pés dribladores de Deus.

Eu fiz listas

Num pátio entre arranha-céus na periferia de Sarajevo, um gato de rabo erguido ronrona em volta de minhas pernas. Com as costas viradas para mim, um homem jovem está se preparando. Ele tira o casaco. Faz alongamentos. A coisa demora, ele está longe de ser o mais rápido. Uma bola jaz ao lado dele. O gato olha para mim. O gato lambe suas patas. O homem joga a bola para o alto. A bola bate em sua testa. E bate em sua testa. E bate em sua testa, quatro, cinco, ele traz os braços curvados e todas as vezes, sete, oito, dá um impulso com a cabeça quando a bola bate, onze, doze. Uma cabeça grande, careca, uma cabeça bósnia golpeia, treze, a bola para o alto, deixa-a, catorze, respirar um pouquinho acolhendo-a na nuca, quinze, dezesseis, na nuca uma cicatriz. Dezenove, vinte movimentos reconhecíveis do tronco, vinte e três, vinte e quatro toques, o gato mia, as muletas do homem rascam sobre o concreto, o muezim começa a cantar quando ele chega aos trinta, trinta e um. O homem movimenta o tronco apenas minimamente antes de tocar a bola, trinta e cinco, trinta e seis, o rosto eu não preciso ver para saber que o encontrei, trinta e oito, trinta e nove, as muletas esfregam o asfalto, quarenta e quatro, quarenta e cinco. Se eu tivesse sido mágico de capacidades, eu teria arrancado ao dia de verão em que Edin e eu esperávamos por ele no pátio da escola suando e o suor caía sobre o asfalto e o asfalto derretia ao sol, sim, eu teria arrancado àquele dia a capacidade de passar, quarenta e sete, quarenta e oito, e teria dado à menina de bicicleta o equilíbrio de uma acrobata de circo. Kiko de muletas, Kiko de camisa branca e calça jeans, atada abaixo do coto da perna esquerda, Kiko, o nove, Kiko o crânio de aço das margens macias do Drina, cinquenta, cinquenta e um...

No pequeno apartamento de Kiko, no décimo quarto andar, nós tomamos o café que sua mulher Hanifa nos serve em pires com flores. As toalhas de mesa não apresentam detalhes em crochê, não há sofá colorido diante da televisão, não há televisão, não pode seu ouvido nenhum relógio tiquetaqueando alto, apartamento claro com piso de taco e móveis de cerejeira.

Sim, diz Kiko, minha última partida de profissional. Eu disse que meteria três pra dentro, todos de esquerda. O cara deixou entrar o quarto só pra ganhar a aposta, e isso que eu estava apenas cruzando. De modo que meti mais três só pra dar no bico dele. No final das contas, eles acabaram numa posição de rebaixamento. Mas naquele ano ninguém foi rebaixado. O país foi rebaixado. O futebol pouco importava.

Então começou a guerra, e Hanifa fugiu para a Áustria, e lá estudou Design.

Então começou a guerra e o goleiro, contra o qual Kiko havia apostado, acabou no banco de um time da segunda divisão turca. Entrou numa partida, quando o titular se machucou, e pegou um pênalti nos acréscimos.

Então começou a guerra e um cantor popular bem famoso deu um concerto para os soldados, os feridos e os políticos. Cobraram entrada e os feridos disseram mais tarde que havia sido um concerto de merda: depois de terem pagado entrada, não teria sobrado nada do dinheiro para a cerveja, e com certeza eles não aceitariam os convites dos políticos para beber de graça.

Milan, o filho de Kiko, vem se sentar perto de mim e me mostra uma meleca das grandes. Tu tens chocolate?, ele pergunta.

Tu vais para a creche?, eu lhe pergunto.

Hanifa foi a primeira a quem dirigi a palavra em Sarajevo, e aliás também a primeira que eu beijei, diz Kiko, e vai para a sala ao lado buscar as fotos do beijo.

Também serei a última, entendido?, chama ela atrás dele.

Não, se o próximo bebê for uma filha!, responde Kiko, e traz o álbum de fotografias. Eu me apresentei voluntariamente. Pensei que podia organizar as coisas de modo a ficar na cidade. Durante dois anos, tudo correu bem. Depois fui mandado para o Igman. Disseram a nós: do Igman é que depende o destino de Sarajevo. Sempre levava a bola comigo. Sempre.

Tu tens um pirulito?

Kiko bota o álbum à minha frente sobre a mesa e vai para o lado de Hanifa, se colocando meio de cócoras, coisa que assume um aspecto grotes-

264

co com sua única perna... Eu penso de verdade: grotesco, ainda que ao mesmo tempo pense que não poderia me permitir um pensamento desses.

Então começou a guerra e ninguém a chamou de guerra. Isso, se dizia. Ou merda. Ou logo-vai-passar, como se todo mundo quisesse aliviar uma criança diante de uma injeção. E Kiko disse a Hanifa: vai-te embora, e ela disse: eu volto quando tudo isso tiver passado. Espero que a merda logo passe, pensou Kiko consigo mesmo, e foi mandado ao Igman.

Eu estava lá em cima, pois, na pior das vukojebinas que se pode imaginar. Kiko me mostrou a bela Hanifa no banco do carona de uma motocicleta no álbum de fotografias. Na frente, está sentado ele mesmo, sem capacete. Isso foi no outono de noventa e um, ele diz. Minha motocicleta! Minha felicidade!

Ele folheia adiante. Milan choraminga, esfrega os olhos.

Hanifa diz: eu aprendi um pouco de alemão nos três anos em Graz. Mas vukojebina eu não saberia traduzir. Sabes o que é vukojebina?

Onde os lobos... uns com os outros..., eu disse com cautela, de olhos voltados para Milan.

Por detrás dos pés de Deus, grita Kiko interrompendo, eu vi como um cavalo se precipitou no abismo porque não tinha mais forças para arrastar nossa artilharia para cima e para baixo, em caminhos que estavam longe de ser caminhos. Ele se suicidou... Kiko folheia o álbum, perdido em pensamentos. Ali está ele, ao lado de um homem gigantesco. O gigante veste uma jardineira e um boné que parece perdido sobre sua cabeça maciça. Eles estão ambos armados. Kiko traz um lírio do exército bósnio no bolso do colete, o homem grande o emblema com a águia sérvia de duas cabeças no boné. Eles estão com os braços um em volta dos ombros do outro e olham obstinados para a frente. Também obstinadas, as rochas estéreis atrás dele se erguem em direção ao céu.

Quem é esse?, pergunta Kiko a seu filho, e aponta para o de jardineira. O pequeno enfia metade de seu punho na boca. Milan, quem é esse?, repete Kiko.

Čika Mickey Mouse!, grita Milan com alegria, como se estivesse falando de alguém que sempre que o visita traz chocolates e pirulitos, e Hanifa diz: vukojebina é algo que no fundo não dá para traduzir.

E nem se deve. Kiko bota Milan sobre seu colo. Um lugar como esse não pode ser descrito por outra língua a não ser pela nossa, ele diz.

O soldado ao lado de Kiko tem a boca aberta como se estivesse em busca de ar. Como foi que bateram essa foto?, eu pergunto.

Um cessar-fogo. Esse que está do meu lado é Milan Jevrić, diz Kiko, e seu filho grita: Mickey Mouse! Kiko o beija na nuca. Meu Milan recebeu um nome sérvio por causa dele. Kiko continua folheando o álbum. Uma foto dele numa trincheira, com lodo até os tornozelos. Igman, por detrás dos pés de Deus, diz ele, e vira mais uma folha. Esse com o barrete verde é Meho. Um doido. Doido porque tinha um coração demasiado grande. E aqui eu distribuo cigarros aos presos. Isso aqui somos Hanifa e eu em Mostar. Meu Milan depois do nascimento, três quilos e meio. Temos de arrumar essas fotos algum dia, diz Kiko, e vira as folhas, e na última pode ser vista uma bola, uma bola toda gasta em meio à relva alta.

Eu embarco no ônibus das 13 horas para Višegrad. Três outros homens já tomaram seus lugares, um deles lê jornal, um dorme, o outro me olha. Eu vou me sentar na última fileira, os bancos são marrons com detalhes amarelos, os encostos de cabeça brilham, gordurosos. Já são 13:00. Logo são 13:05. Diante da porta, um homem de cabelos ralos e rugas debaixo dos olhos fuma um cigarro, depois outro, e após o terceiro embarca e senta-se ao volante. Pouco antes de o motor ser ligado, o ônibus suspira. Consigo entendê-lo, não é fácil para ele andar nessa idade por estradas como aquelas, eu adormeço, a cabeça encostada à janela vibrante.

O Drina me desperta. Eu abro os olhos quando o ônibus dobra em direção a um lugarejo, de cujo nome não consigo me lembrar, numa estrada que corre paralela ao rio e leva até Višegrad. Túneis numerosos a cada pouco cortam a luz do dia, só alguns poucos são iluminados. Eu mudo para o lado direito do ônibus e me encosto à janela, à esquerda rochas entroncadas se amontoam umas sobre as outras, finamente cobertas de musgos e precariamente tomadas por plantas raquíticas. À direita: o meu rio. Eu confirmo meu pensamento — o meu rio, o Drina verde e cálido, calmo e imaculadamente limpo. Os pescadores, os penhascos, as camadas de verde.

Nós nos aproximamos da cidade na estrada cheia de curvas, passamos pela barragem, em cujas proximidades boiam aglomerados de madeira de arribação e plástico. O vale se alarga, logo a ponte poderá ser vista. Mestre, podes parar aqui, pede um rapaz que deve ter embarcado já quando estávamos a caminho, e o ônibus geme.

Quando, depois de uma curva estreita, a vista para a ponte se abre, eu fico surpreso, ainda que eu tenha tomado a firme decisão de encontrar tudo como era antes. Tento resistir ao reflexo de contar os arcos, ela está inteira. O motorista bota uma fita cassete e eu sou obrigado a pensar no Morsa e na minha promessa de jamais dar um tiro numa fita cassete. E toca Madonna.

Ei, Boris, com todo o respeito, mas tem mesmo que ser sempre assim?, pergunta o homem com o jornal. O motorista aumenta o volume, like a virgin, ele canta, e tamborila com os dedos no volante seguindo o ritmo da música.

A estação rodoviária me parece bem menor do que era no passado, mas igualmente miserável. Boris conduz o ônibus a um dos cinco boxes, ao longe estão estacionados quatro ônibus detonados, entre eles — eu o reconheço imediatamente — o ônibus da Centrotrans com o qual o Morsa percorreu meia Iugoslávia. A carroceria destroçada, a ferrugem arreganha os dentes, o cinzento das ervas daninhas sai vigoroso pelas janelas e toma conta dos aros. Eu sou o último a descer, para onde, meu jovem?, chama Boris, mas eu faço de conta que não é comigo e adentro a pequena sala de espera no prédio da estação rodoviária. A porta não existe mais. O cheiro de urina chega a meu nariz, o guichê de venda de passagens está às moscas, a tinta da parede, algo entre bege e amarelo, começa a cair. Alô?, eu grito para dentro, minha voz ecoa. Eu gostaria de cumprimentar Armin, o chefe da estação de perna descontrolada, ele está numa de minhas listas. Será que ele pelo menos está na cidade? Armin era muçulmano?

Quem estás procurando? Boris fica parado atrás de mim, fuma, uma mão brinca com as chaves que estão em seu bolso.

Armin, o chefe da estação, eu digo, e me volto para ir embora, mas Boris tranca o caminho, dá uma tragada em seu cigarro e diz: nunca teve Armin nenhum por aqui.

Ah, eu digo, olho para longe sem ver Boris, os outros passageiros já desapareceram. Boris, eu e cinco ônibus, entre eles quatro estragados de aros enferrujados, temos de decidir a questão entre nós.

Para onde queres ir?, ele pergunta, e aponta com o cigarro para minha sacola de viagem.

Quem ouve Madonna não pode ser perigoso, é o que me passa pela cabeça, e eu digo tão de passagem quanto me é possível: ah, eu vou visitar minha avó.

Boris franze a testa, segura o cigarro entre o polegar e o indicador quando dá uma tragada. Qual é o nome dela?

Katarina, eu digo em voz mais alta do que queria, Katarina Krsmanović, açúcar e diabetes, eu gaguejo, nos últimos tempos ela não pode mais, eu tento explicar, mas então percebo uma mudança no rosto do motorista do ônibus. Seu olhar de impertinente passa a ser curioso. Ele me deixa terminar e amassa, depois de uma última e breve tragada, o cigarro com a sola do sapato, apagando-o.

Conheces Miki Krsmanović?, ele pergunta.

Sim, é meu tio.

Tio, é mesmo? Boris olha em volta, puxa suas calças para cima e bota uns óculos de sol gigantescos. Pega minha sacola, eu retiro a mão e dou um passo recuando na sala de espera. Nosso caminho é o mesmo, diz ele.

O senhor não tem de seguir adiante?

Até tenho, diz ele, mas não gosto de viajar de estômago vazio. Vem, vou te ajudar com a sacola.

Pode deixar que eu me viro, não é pesada, eu falo, e pego a sacola de suas mãos. O senhor conhece meu tio?

Não, diz ele, e cospe entre os dentes, graças a Deus não o conheço.

Eu fiz listas. Apelidos. O da perna descontrolada. Cartola. Meu triste. O homem dos três pontinhos. Tufão. O que subiu a montanha cantando e nunca mais voltou. O Morsa e a Joaninha. Aziz-Batata. Massacre. O de ouro na boca.

Boris e eu passamos pelo estádio de futebol. Adolescentes treinam cabeçadas e eu penso na testa de Kiko. Um homem de rabo de cavalo joga bolas para eles, que eles cabeceiam para as redes. O homem veste terno e cache-col de seda. Não há goleiro. Boris e eu caminhamos em silêncio um ao lado do outro, atrás de nós as bolas batem nas traves, estalando. Boris dá de om-bros. Nós cruzamos a ponte sobre o Rzav, da qual Edin e eu demos cuspe de comer aos peixes no dia em que os soldados dançaram ciranda. O rio é raso, ilhas brancas de espuma boiam na torrente. Eu cuspo. A ponte suportou todas as enchentes.

Eu fiz listas. Barbos, carpas, ágonos, albos, cadozes, siluros, salmões-peque-nos, siluros de óculos e bigodes.

Não falamos mais de tio Miki. À minha pergunta, Boris faz um gesto de recu-sa e fala de outras coisas. Ele me distrai das cores e cheiros da cidade, pergun-ta que idade eu tinha na época, onde é que eu vivi, exatamente, na Alemanha, se eu poderia lhe providenciar um visto e o que havia de verdade nos boatos sobre Madonna e Guy Ritchie. À despedida, diante do prédio no qual mora vovó Katarina, ele diz, enfim: não é por mal. Se não sabes de nada, és um idiota. Se sabes muito e o admites, és um idiota perigoso. Višegrad sempre sabe ao certo quanto pode saber e quanto do que sabe deve revelar.

No pátio diante do prédio seis rapazes de cabelos pretos jogam futebol, mochilas fazendo as vezes de postes, a bola rola até meus pés; eu boto a sa-cola no chão. Eles atacam depois de titubear por alguns instantes, quem joga no meu time?, eu pergunto, quem joga no meu time? Um deles fica livre na direita, čiko!, ele grita, eu lhe passo a bola na corrida, ele tem ape-nas o goleiro diante de si e faz uma ginga.

Nas escadarias, não há nenhuma luz acesa, os interruptores foram ar-rancados. Fios saem dos buracos, finos, desencapados, azuis e vermelhos. Os corredores são mais estreitos, as escadarias mais curtas do que na época, e o ar está tão carregado do cheiro de pão como se todos estivessem assando pão ao mesmo tempo no prédio. Nenhum nome na campainha onde teta Amela, a mulher que assa o melhor pão do mundo, havia morado. Minha avó tosse atrás da porta trancada, em cuja campainha está escrito "Slavko Krsmanović". A campainha não toca, não há eletricidade, bato na porta.

269

Eu fiz listas. As mesquitas. Uma das duas deve ser reconstruída. Há planos concretos a favor e protestos concretos contra. Nas castanheiras, não muito longe do lugar em que o minarete da mesquita maior apontava para o céu, estão pendurados os anúncios fúnebres como no passado. Os de borda verde com caracteres árabes e os de borda preta com uma cruz. O jogo está catorze a um para os cristãos. Só uns poucos muçulmanos voltaram para suas casas.

Aleksandar, diz vovó Katarina, eu fiz pão, logo vou botar o leite para esquentar.

O abraço é breve. Vovó chega até meu pescoço, e é no pescoço que ela me beija, eu me assusto com ela, e me assusto também comigo, porque sinto um pouco de nojo da boca úmida dela e dos cabelinhos de seu buço que fazem cócegas. Vem, ela diz, tu estás cansado, deixa-me te olhar. Sim, teu avô.

Os cabelos de vovó são pintados de preto, nas raízes o branco já aparece, seu cheiro é azedo como o de milho umedecido e ela tenta erguer minha sacola. Quero saber se bebes café?, ela pergunta.

Pode deixar comigo, eu digo, e levo a bagagem ao quarto. Na soleira da porta, posso ver quanto eu media no dia 6 de abril de 1992: 1,53m. As primeiras granadas caíram, meu pai apontou o lápis e me chamou até ele. Para isso ainda há tempo, vem até aqui. Hoje eu mesmo me meço, engano todo mundo ficando na ponta dos pés, exatamente como enganava papai no passado, dois ou três centímetros mais alto. Um pouco acima dos cabelos, marco minha altura com o lápis na madeira da moldura da porta. Da cozinha, vem o cheiro de leite. Eu espero, 1,80m de altura, doze minutos, e bebo meu leite morno.

Eu fiz listas. A casa verde do telhado estranho continua sendo uma casa verde de telhado estranho. Na única das grandes janelas, há um bonsai. No telhado estranho, uma antena parabólica. O telhado desce na vertical e chega quase até o chão. Eu espio pela janela. No meio da sala pequena, está sentada uma moça em posição de lótus, sobre uma esteira de bambu. Ela tem os olhos cerrados. Suas mãos descansam, com as palmas viradas para cima, sobre os joelhos. Polegar e médio se tocam.

No pequeno parque ao lado do prédio, está parada a velha locomotiva. Ela foi arrumada e pintada, eu passo a mão sobre sua parte frontal: ferro liso e frio. Vovô Rafik, cinza, locomotiva. Um casal de turistas já de mais idade me pergunta se não posso bater uma foto deles na frente da locomotiva. Eles usam chapéus panamá. Andam tranquilamente pela cidade, admirando tudo. Compram lembranças de madeira, a ponte, a mesquita numa versão em chaveiro, um Ivo Andrić em miniatura: minha fantasia é imensurável.

Eu desfaço a mala. Geleia de ameixas para diabéticos. Vovó Katarina cai na gargalhada, eu não como geleia que eu mesma não cozinhei! Ela volta a enrolar o vidro e me pede para deixá-lo no špajz. Lista de coisas e seus cheiros. Porão: ensopado de ervilhas e carvão. O cemitério de Veletovo: grama recém-cortada. Desa, a tia de Zoran: mel. Soldados: ferro e aguardente. Drina: Drina. špajz, a despensa: fermento e madeira podre — dentro, os cestos de pão, as conservas, o açúcar, a farinha, as sacolas de plástico em sacolas de plástico, as traças, as caixas insondáveis e as ratoeiras enferrujadas. Atrás de uma estante, jaz minha vara de pescar desde a nossa fuga. Vou ter de azeitar o carretel, o anzol está enferrujado. Vovó, eu grito da pequena despensa, desde quando ratos comem rolhas?

Nós agora vamos beber café em todos os lugares, diz vovó, e deixa a casa. Respeito ratos espertos, ela grita já nas escadarias.

Café não é uma bebida, apenas, para vovó. Café é: elogiar até o fim do mundo as cortinas brancas da vizinha, por elas estarem tão bem lavadas. Bebo o primeiro café da minha vida com minha avó na casa de teta Magda, no quarto andar. Eu fiz listas. Moradores do prédio. A lenda diz que dei meus primeiros passos nos braços de Magda. Para isso não teriam sido necessários nem doces, nem ameixas com carne moída. Com seu longo pescoço e seu nariz grande, Magda parece uma cegonha. Magda do quarto andar é uma figura lendária que agora parece cansada, ela tem de apoiar sua cabeça porque a cabeça não consegue mais ficar reta sozinha. Ela deita sua mão embaixo dela, o que a faz parecer absorta e esgotada ao mesmo tempo. Suas bochechas caíram, os cabelos finos são cordões de chumbo prateado. Minha Katarina, diz Magda, eu seria capaz de dormir até tudo virar nada. Tu cresceste, Aleksandar. Ela me mede de cima a baixo com seus olhos verdes. A senhora está muito bem, eu digo, e não sei por que o faço.

Sim, claro, diz Magda, e afasta uma das madeixas de chumbo de sua testa. Naquela época, mas isso tu nem deves saber mais, diz ela, e vovó e eu nos acomodamos, porque agora a lenda será cantada e decantada em voz gasta, naquela época tu caminhaste para me abraçar, tropeçaste um pouco mas sem a ajuda de ninguém, um sorriso no rosto, tuas conquistas começaram, alô, mundo imenso, eu agora estou pronto, estavas encantado com tua força, o equilíbrio te encontrou, e vieste para os meus braços.

Milomir do primeiro andar faz um café bem forte. Na guerra, diz ele, minha maior preocupação era se eu seria atingido por uma granada ou por um francoatirador, hoje eu tenho tantas preocupações que nem sequer sei qual é a maior. Marcas de bexiga, artrítico, segurando um cigarro a soltar fumaça atrás das costas, ele se inclina para frente e beija a mão de minha avó na despedida. Katarina, diz ele para a mão, volta a me visitar logo.

Depois de dois goles, já veio a borra do café.

Eu fiz listas. Bares, restaurantes, hotéis. O restaurante Estuário no estuário formado pelo Rzav e pelo Drina, com vista para ambos os rios. Eu me lembro da construção com cúpula, de seu terraço amplo, me lembro das raras noites com picadas de mosquito e do coaxar sonolento dos sapos quando éramos apenas três ali, papai, mamãe e eu, e jantávamos no Estuário e os músicos vinham até nossa mesa. Papai dobrava uma cédula e a enfiava no acordeão, e o tocador de acordeão sorria e se inclinava em direção à minha mãe.

Escombros, pedras, barras de ferro, traves cobertas de fuligem e tábuas quebradas se transformaram numa grinalda estranha junto com o fundamento arredondado do Estuário. No meio dessa grinalda, é que eu estou parado agora, olhando para o Drina à minha esquerda, para o Rzav à minha direita. Debaixo das solas, os cacos de um saleiro rangem. Os sapos coaxam.

Vovó Katarina e eu nos sentamos na sala e vemos "Isabella". Eu bebi tanto café hoje, tremo e não consigo imaginar que algum dia voltarei a conseguir dormir. A telenovela na verdade tem outro nome, Isabella é o nome da protagonista boníssima, bonita, sempre a sofrer um pouco. Vovó olha três telenovelas por dia: a das dezesseis horas, a das dezenove horas e Isabella às vinte e uma horas. No intervalo, ela injeta insulina na veia, eu não consigo olhar. Ela levanta a blusa e conta de uma bomba que explodiu debaixo da mesa de um casal recém-casado, no momento em que o noivo estava cortando a torta. A noiva e o cachorro, que dormia debaixo da mesa aos pés do noivo, morreram. Para o cachorro, mandaram fazer um caixão dourado e o jogaram no Drina. A noiva foi enterrada em seu vestido de casamento, mas sem os sapatos, pois estes haviam sido apenas alugados.

Vovó injeta insulina e respira algo pela boca. Eu não consigo olhar. Não consigo ouvir. Quanto mais histórias eu conheço, digo eu, e aumento o volume da televisão, tanto menos conheço o mundo.

Vovó olha diretamente para a televisão. Isabella, ela diz, e aperta o indicador e o dedo médio no local em que a agulha entrou, não pode confiar tão cegamente em sua madrasta.

Seria necessário que nós, eu escrevo mais tarde no livro Quando-tudo-era-bom, que eu devolverei de presente à minha avó antes de partir, seria necessário que nós descobríssemos uma plaina honesta, que pudesse raspar as mentiras das histórias e as ilusões da memória. Sou um colecionador de lascas e cavacos.

Eu fiz listas. Senhor professor de música Popović. Eu toco a campainha da porta que fica no quarto andar, sua esposa Lena abre, uma dama vestida com pompa e circunstância, o cabelo preso no alto da cabeça, brincos de ouro e perfume de almíscar. Ela está pronta para sair, mas não vai a lugar nenhum. Não preciso lhe explicar nada, Katarina, diz ela e sorri, me contou que o senhor está na cidade. Entre, por favor!

O senhor Popović desliga a televisão e se levanta no instante em que adentro a sala. Ele me olha com curiosidade e me estende a mão. Apenas quando sua mulher me apresenta, é que ele se lembra de mim: Aleksandar! Mas que surpresa! Senta-te, meu filho, senta-te. Para dizer a verdade, eu quase não teria te reconhecido.

Nós nos sentamos a uma mesa de vidro baixa. A senhora Popović desaparece na cozinha e nos serve um prato de queijos repleto um minuto mais tarde, além disso uma cerveja para mim, para seu marido água e duas pílulas vermelhas numa bandejinha de prata.

Sim, diz o senhor Popović, eu me lembro. Nos tempos de escola eu era amigo do teu avô, mais tarde também concordava com ele politicamente. Slavko era um orador virtuoso, suas ideias eram compreendidas apenas por alguns poucos no partido, e quase ninguém gostava delas. Eram, pois, ideias absolutamente primorosas.

Eu assinto e saboreio a voz funda e pensativa do velho homem, sua calma, olho em seus olhos claros, que ficam grandes quando ele fala. Sua mulher senta-se à nossa frente, junta as mãos sobre o colo e o mede com atenção, como se fosse ele o convidado.

Sem o empenho de Slavko, e o senhor Popović prossegue seu breve discurso, a biblioteca municipal, por exemplo, jamais teria sido ampliada, e até hoje as escolas, a cidade inteira lucra com isso. Quanto tempo já não faz que isso aconteceu...

Eu espeto um cubo de queijo com o palito de dentes, o queijo está bem frio e tem gosto de páprica. No apartamento, há cômodas e armários enfeitados com flores, uma grande lâmpada jugendstil, uma escrivaninha de madeira escura, sobre ela o retrato de Tito. Livros de partituras e discos nas prateleiras, no chão, por tudo. A um canto, o piano, ao lado dele, um gramofone. Eu olho mais uma vez para o senhor Popović, ele aperta os olhos e estende a mão a meu encontro. Professor Petar Popović, e o senhor é?

Sim?

A senhora Popović pigarreia. Petar, ela diz, este é Aleksandar, o neto de Slavko.

Slavko Krsmanović?, exclama o senhor Popović, e os traços de seu rosto se iluminam, mas isso é uma bela surpresa! Mas o senhor mudou um bocado, hein, Aleksandar! O senhor sabia que seu avô vinha passear muitas vezes aqui em casa e sempre o trazia consigo? Nós nos entendíamos muito bem, o Cícero de Višegrad e eu. O senhor na época tinha no máximo... Eu

274

acho que hoje deve ter no máximo... E o senhor Popović mais uma vez se fez pensativo, levando a mão ao queixo. Olho para a mulher dele, que continua sorrindo. Vais te lembrar, Petar, diz ela em voz baixa, vais te lembrar, precisas apenas ter calma.

O senhor Popović junta as sobrancelhas. Lena, diz ele a sua mulher, quem é este senhor?

Aleksandar Krsmanović, digo eu mesmo, desta vez, me levanto e volto a dar a mão ao velho homem de pulôver cinzento e cabelos cuidadosamente divididos ao meio. Estou visitando minha avó. O senhor uma vez me deu um léxico de música de presente de aniversário.

O senhor Popović ri, levanta-se também e pega minha mão cordialmente entre as suas. Mas é claro, exclama ele, o léxico da música universal! O senhor é o neto de Slavko! Ora, ora, sente-se. Lena, podes pegar uma cerveja? O senhor bebe cerveja, não?

Claro, digo eu, e o senhor Popović olha para mim, amistoso, um homem sorridente entre discos e livros de partituras. Vovô Slavko sempre elogiava a maneira como ele tocava piano e dizia que era o único verdadeiro intelectual da cidade. Depois que sua mulher desapareceu na cozinha, o senhor Popović apertou minha mão com mais força, e sussurrou ao meu ouvido com intimidade: durante a minha vida inteira fui e continuo sendo tão leviano no trato com a beleza e a amabilidade da minha mulher como só o sou com a história e com a morte.

O senhor Popović bebe um gole de água e contempla seu copo de bem perto, ele fica embaçado. O senhor Popović abre os botões dos punhos de sua camisa. Não são genuínos, diz ele, e mostra os botões dourados com notas prateadas de violino.

Sua bela amabilidade volta à sala com as cervejas e ainda consegue ver como seu marido estende a mão ao meu encontro e diz: Petar Popović, com quem tenho a honra de falar?

Depois que me apresentei, ele se levanta. Que tal um pouco de música, senhor Krsmanović?, ele pergunta, e beija sua mulher ao passar. Bach? O senhor parece ser daqueles que sabem apreciar Johann Sebastian, que nesse país costuma ser subestimado. "Eu não te deixo, tu me abençoas pois", ele sugere. Estou contente, ele canta, por hoje ainda afastar de mim a miséria desta época. Pam-ta-tam, ele canta, e fica parado diante do gramofone, simplesmente parado ali.

Talvez seja melhor assim, diz a senhora Popović, e bebe um gole de cerveja da garrafa, a gente pode se esconder das recordações e não permite que esse cotidiano nos esbofeteie dia após dia.

O senhor Popović dá as costas ao gramofone e vai à estante de livros. Depois de pensar um pouco, ele pega um dos livros de partituras e o folheia, como se procurasse um trecho específico, pam-ta-tam, ele canta.

O trecho que vai de casa até vovó Katarina: 2.349 passos. Eu fiz listas: distâncias em passos. Em casa é do outro lado do Drina. Vovó ainda dorme, ronca sem se queixar, eu poderia acordá-la para lhe perguntar quem é que mora lá, mas não sei mais como ela prefere ser acordada, e é desagradável para mim não saber eu mesmo a resposta para essa pergunta.

Hoje são 2.250 passos, e na placa da porta está escrito: Miki. Eu estou parado sobre o concreto, o jardim foi concretado, como é que estarão as minhocas? Eu não toco a campainha. Simplesmente: Miki.

Eu fiz listas. Nossa rua. Ando de casa em casa, conheço essa sacada, conheço esse balanço de pneu no pátio, conheço o gosto das mirabelas roubadas desse jardim, não conheço um único nome escrito nas caixas de correio, a não ser o de Danilo Gorki.

Danilo e eu estamos sentados na varanda da casa dele, a mesa, a cadeira de balanço, tudo ainda é como eu o mantive na recordação sempre que lembrava de Francesco. O jardim está abandonado, a cerejeira foi derrubada, a velha Mirela, mãe de Danilo, não vive mais. Danilo mora sozinho na grande casa, acorda todos os dias às cinco horas, vai pescar, e quando não consegue vender o produto de sua pesca, ele mesmo o come. Seu congelador está cheio de peixes. Melhor pescar o dia inteiro e não ter nada no anzol, ele diz, do que trabalhar o dia inteiro e não ter nada no bolso. Muitos pensam que hoje em dia só se pode ser feliz ao ter um trabalho, que ele não precisa nem mesmo ser pago. Estou cagando e andando para uma felicidade dessas.

Eu pergunto a Danilo se ele sabe por onde anda seu colega do Estuário, que nós chamávamos de čika Doutor quando éramos crianças. Lista: lendas. Eu conto a história da limonada para os motociclistas de couro.

Danilo diz que ele até sabe. Eu espero que ele continue falando, e pergunto, quando ele se mantém em silêncio: e onde?

Eu estava na mesma divisão em que estava teu tio, diz ele, e põe a mesa, por isso é que estás aqui, não é verdade?

Čika Doutor, que cortara a panturrilha de um homem porque ele havia comparado os dentes de sua irmã com os dentes de um cavalo.

De tanto peixe, diz Danilo, não dá nem mais para sentir o cheiro de peixe.

De fora, chegam os chamados surdos de crianças brincando. Danilo pergunta se sou casado, bota óleo na frigideira, e depois dois peixes dentro dela.

Assim está bem, diz ele, as mulheres são demônios de pele bonita.

Sim, diz Danilo Gorki, e abre a janela que dá para a rua, eu já sei.

Casa — escola: 1.803 passos, contados no dia de uma prova de matemática, para a qual estudei heroicamente e que mesmo assim entreguei sem uma única resposta correta. Hoje são 1.731. Os estudantes estão parados em grupinhos e falam em voz alta, confusamente. Eu palmilho a grande área do pequeno campo de futebol, que perdeu suas goleiras. Aqui Kiko ganhou a aposta contra Edin e eu. Ando pelo pátio até chegar a Kostina, o zelador. O homem magro de jardineira azul e lápis atrás da orelha se apoia à parede.

Senhor Kostina, digo eu, as goleiras se foram.

As goleiras se foram, repete ele, e se coça ao longo das veias grossas de seu antebraço. No pátio, vozes gargalhantes de meninas.

O que o senhor acharia se eu desenhasse uma na fachada?

Não acharia grande coisa, murmura o senhor Kostina.

A campainha toca, matraqueia e parece mais arrastada. Panelas que batem umas contra as outras, é o que eu penso. As crianças nos envolvem, uma torrente de mochilas coloridas, que adentra o prédio fazendo barulho.

Campainha nova?, eu pergunto, porque além do óbvio não há nada a dizer.

A mesma há trinta anos, só está um pouco mais relaxada. O zelador fala devagar, lerdo como a campainha.

A sala de aula sempre cheirou a papelão molhado e creme de nozes. Eu paro diante da entrada.

Me diga uma coisa, senhor Kostina, Fizo ainda está por aqui?

Voltando, hein? Depois do recreio, numa segunda-feira, ele nunca mais voltou. O senhor Kostina se afasta com dificuldade da parede, tomando impulso, e se esgueira para dentro do prédio. O pátio agora está tranquilo, não contado o garoto que não quer chegar atrasado e atravessa o campo sem goleiras correndo.

Eu fiz listas. Estou sentado no quinto andar, com Radovan Bunda, enquanto sua mulher serve o primeiro café de meu segundo dia em Višegrad. É bem cedo pela manhã, eu tive de marcar horário, às sete horas era o único livre. Esbanjando força, nem uma única vez doente na vida e jamais se embaraçando por causa de um palavrão, Radovan Bunda no passado era um convidado bem-visto nas festas de meus bisavós em Veletovo. No inverno de noventa e um, ele deixou sua aldeia, na qual todo mundo tinha medo da eletricidade, do jeans e da lua cheia, e se mudou para Višegrad. No primeiro dia na cidade, ele vendeu suas ovelhas e alugou o apartamento do quinto andar. Não conseguiu arrastar suas duas vacas pelas escadarias e acabou vendendo-as também. Com o dinheiro, comprou uma cadeira, uma mesa, seu primeiro aspirador de pó, sua primeira geladeira e sua primeira água mineral com gás. Ele criava galinhas no telhado, o cocoricó ainda podia ser ouvido diante do muezim e despertava o prédio inteiro. Mas eis que então, no primeiro dia dos combates pelo domínio de Višegrad, uma granada explodiu em cima da casa e nenhuma das galinhas voltou a cacarejar. Quando Radovan viu seus frangos mudos, decidiu fugir da cidade. Meteu as galinhas na geladeira e a geladeira nas costas e se mandou. Um lugar mais seguro do que sua antiga aldeia ele não conseguia imaginar, é o que ele me conta enquanto bota adoçante em seu café. O olhar dirigido à xícara, ele diz: mas minha aldeia já não era mais uma aldeia, porque para ter uma aldeia é preciso ter pessoas. Eu caminhei de porta em porta, todas as fechaduras haviam sido arrombadas e eles não estavam dormindo nos quartos, estavam todos mortos nos quartos. Nas camas, em cima de travesseiros vermelhos. Todos sérvios, e nós éramos, não contada uma casa, todos sérvios. Era a casa do bom Mehmed, eu bati, ele abriu a porta, e disse: meu Radovan. Ele me mostrou suas mãos e me abraçou como um irmão.

Radovan faz uma pausa, mexe seu café, toma um gole. Da rua, o zumbir dos motores chega até nós, chamados, um assobio. Na pior noite, diz Radovan, e aperta os lábios, eles derramaram gasolina nos cachorros e botaram fogo nas trelas. Minha avó, que não conseguia dormir bem e ficava sentada na cadeira de balanço da varanda até se sentir cansada, eles enforcaram ao lado da cadeira. Todos os outros foram mortos a tiros, e ela balançava ao lado da cadeira. Será que queriam que parecesse suicídio? Ela jamais teria chegado sozinha à ideia de fazer algo tão bobo com a vida, conforme ela diria, eu só tenho uma única!

Radovan Bunda enterrou sua aldeia e voltou com suas galinhas, a fim de se vingar. A caminho, juntou catorze pedras pontudas para cada uma das catorze vítimas e chorou durante sete dias seguidos. Não pregou olho seis noites e na sétima admitiu consigo mesmo que não podia se tornar um assassino. Odiar eu posso, ver sangue não. Vou ficar rico, eu disse a mim mesmo, e aí vamos ver o que acontece. Voltei para cá e me mantive longe de todo mundo, de verdade. Aprendi a escrever com o senhor professor de música Popović, também aprendi a falar melhor, pensar mais rápido e a adular fazendo graça, durante um ano inteiro, todos os dias com o senhor Popović, ele sempre tocava piano quando eu me despedia. Depois ele esqueceu Mozart, mais tarde esqueceu Brahms, em seguida esqueceu Vivaldi, por fim lhe restou apenas Bach. Se queres ficar rico, meu Radovan, tens de dominar a retórica! Foi isso que o senhor professor de música me disse, e naquela época ele ainda estava bem.

Radovan vendeu tudo a não ser as galinhas. Com o dinheiro, ele convidava traficantes e ladrões para jantar, ouvia quando políticos e gabolas conversavam, olhava quando um médico jogava pôquer com três capacetes azuis da ONU e fazia sinais ao médico.

E quando eu já sabia o suficiente sobre o andar das coisas, diz Radovan, e abre seus braços, parei um caminhão e briguei um pouco com o motorista, nada de assim tão grave. O troço estava cheio de remédios e a caminho de um prefeito, que queria vendê-los adiante. Escondi o caminhão na casa de um dos meus traficantes e disse ao médico do pôquer: pois bem, agora é a tua vez.

A geladeira de Radovan hoje em dia é a de uma família bem grande de americanos. Sala adicional, transitável. No top estreito de sua mulher loura está escrito "Princess Bitch" em prata cintilante. Uma segunda mulher, de cabelos ruivos, entra e beija a boca de Radovan — eu tenho de considerar aqui a trama da relação. Radovan me apresenta as duas mulheres pelo prenome, o das duas soa a ípsilon no final do nome, nas duas ele dá um tapinha na bunda. Princess Bitch e a ruiva fumam à janela, bem inclinadas à frente, invadindo a manhã de Višegrad.

Eles simplesmente apagaram do mapa a minha aldeia inteira, diz Radovan, mas que fazer, eu ainda tinha uma vida! Investi em remédios, depois em sucatas! Mas em algum momento tudo virou sucata, a cidade, o país de merda inteirinho virou sucata, e a sucata passou a não ter mais nenhum valor. Eu aluguei um espaço, vendi café e carne assada na chapa e chamei o troço de "McRadovan". Um boteco entre muitos, mas eu fui o primeiro no qual também se podia fazer apostas. Veio todo mundo, meus médicos, meus capacetes-azuis, meus refugiados, meus políticos, meus descobridores, meus traficantes. Mas o único que ganhou fui eu, McRadovan Bunda.

Radovan é um homem robusto, barbeado cuidadosamente e bronzeado pelo sol. O fato de ele na maior parte das vezes acentuar palavras longas na primeira sílaba é o último rebotalho de seu dialeto, seu gel de cabelo cheira a maçã verde. Radovan não fuma e descreve, quando fala de dinheiro, um círculo no ar com as mãos, os dedos bem abertos. Todo o quinto andar pertence a ele. Ele quebrou as paredes interiores, uniu apartamentos fazendo deles quartos e salas espaçosos e envidraçou toda a parte frontal. Montou escritórios, uma alcova suntuosa com um céu no teto e molduras douradas nos espelhos, dois quartos de hóspedes. Radovan diz: nossos hotéis me causam vergonha, eu não os recomendaria a ninguém. Ele me mostra tudo, acha demasiado kitsch os quadros dos escritórios, mas as pessoas que trabalham para ele gostam deles. Radovan sorri. Minhas meninas cantam, ele diz. A música ainda não foi gravada, mas já há um vídeo. Ele o apresenta a mim, Princess Bitch e a ruiva dançam. Radovan faz o papel de Radovan de chapéu no filme.

O sótão no qual Asija se escondeu agora é um depósito todo ajeitado. Radovan abre a claraboia no telhado e imediatamente podem ser ouvidas galinhas a cacarejar. Em algum momento, elas se recobraram do choque, ele diz, e joga uma mão cheia de grãos para elas. Radovan Bunda fica em pé à borda do prédio e olha para a cidade que acorda.

Eu fiz listas. Zoran Pavlović. Meu Zoran. O Zoran do Morsa. Proprietário da barbearia de mestre Stankovski. Estou sentado sobre a velha cadeira de barbeiro. Zoran está parado atrás de mim, à esquerda um grampo de cabelo, à direita uma tesoura grande. Os braços longos de Zoran, os lábios finos de Zoran, a feição séria e imóvel de Zoran.

Onde foi que aprendeste?, eu pergunto, e passo a mão pelos meus cabelos.

Aqui e ali, a maior parte com Stankovski. Vou começar, está bem? Corto tudo?

Tudo. Eu retiro a mão, escondo-a embaixo do avental. Zoran prende meu cabelo com o grampo fazendo um coque e bota a tesoura em ação.

Aleks?

Sim?

Homem, homem, homem...

O que é?

Olha pra nós dois! Olha nesse espelho!

Zoran segura minha cabeça nas mãos, nossos olhares se encontram no espelho. Se isso é um problema..., eu digo.

Ah, que problema que nada, homem. Corto tudo?

Ora, ora, mete bronca, do contrário vou acabar dizendo não.

Meu Zoran. O Zoran do Morsa. A tesoura corta, ele mostra o rabo de cavalo. No zumbir do barbeador Panesamig nós ficamos em silêncio. Sou o último cliente de Zoran. Ele fecha a barbearia e levanta a gola do casaco. Vais jantar conosco hoje, ele diz. Eu passo a mão no meu crânio. Zoran enfia as mãos nos bolsos, levanta os ombros tentando se proteger do frescor da noite ventosa e sem estrelas.

A fachada vermelha e as molduras negras das janelas naturalmente haviam sido ideia de Milica, e nos primeiros tempos depois da reforma eram poucos os que passavam pela casa do Morsa sem parar para dar gargalhadas ou sacudir a cabeça. Eu tive de esconder as vergonhas, contava o homem grande a todo mundo que queria saber, também dentro de casa pintamos tudo. Zoran, seu pai e sua madrasta mudaram para a casa depois que o Morsa, logo no primeiro dia de sua volta, mandou embora o empregado temporário de Desa. Na mussaca com ovos, para a qual Zoran me convidou, Milica diz, sorrindo: Desa até ficou resmungando por aí, mas depois troquei umas palavrinhas com ela. Milica veste uma blusa de lenhador vermelha e negra, jeans pretos e debaixo dos grandes olhos azuis continua não mostrando nem uma única ruga.

Tudo novo, malandro, diz o Morsa para mim, levanta mastigando e abre os braços no meio da sala. Em três meses, minha Milica e eu botamos a casa inteira de pernas para o ar. O bigode do Morsa se foi, eu fixo meus olhos naquilo que falta entre o nariz e o lábio, mal consigo dizer alguma coisa.

Aqueles três meses, Zoran os passou na prisão em Graz, esperando para ser deportado, depois de ter tentado atravessar a fronteira austríaca numa manhã nebulosa de março. O Morsa conta a história enquanto Zoran salga as batatas, o olhar fixo em seu prato. O Morsa conta como era densa a neblina na qual seu filho quis se esconder, como havia faltado pouco para Zoran escapar aos guardas da fronteira, como era ruim a comida da prisão. A neblina, ele diz, e limpa a boca usando um pedaço de pão, sempre a neblina em nossas histórias.

Neblina densa como cimento, murmura Zoran, e pega sua meia-irmã Eliza no colo. Eliza tem dois anos de idade, e já agora tem as bochechas caídas de seu pai. Milica me mede de cima a baixo, as pernas cruzadas, abanando o pé. Zoran ajuda Eliza a montar o quebra-cabeça.

Não vais acreditar, malandro, diz o Morsa, ainda te lembras de Francesco? O italiano bicha que eu deixava com as calças na mão no jogo de boccia? Te segura firme!

De uma lata de biscoitos cheia de fotos — de passagem reconheço um jogador de basquete e o Morsa e Milica diante do ônibus deles —, ele tira uma carta. Meia página no servo-croata precário de Francesco. Ele perguntava se o Morsa estava bem, dizia ter se preocupado, mandara várias remessas de alimento e remédios a Višegrad, alguma coisa havia chegado? Também o meu nome é registrado nas esperanças de Francesco. Com a carta, veio uma foto. Ela mostra Francesco, uma jovem mulher e uma menina junto a uma barragem. Não é de acreditar!, e o Morsa bate na foto. "Minha mulher Kristina e minha filha Drina", é o que está escrito atrás da foto.

A Áustria..., diz Zoran, quando saímos para o frio da noite e colocamos nossos gorros. Ankica nunca quis ir junto. Eu a deixei assustada demais.

A noite cheira a carvão queimado, eu procuro um pensamento algo sensato para dizer a Zoran, podes vir comigo para a Alemanha, eu digo, e Zoran respira fundo e bate nas minhas costas.

Café Galerie. Lista: bares, restaurantes, hotéis. Turbo-Folk e Eminem e o cara com o cabelo cortado do lado e uma cicatriz escamosa no queixo. Ele bota um coração de tecido em cada mesa e debaixo do coração um bilhete no qual descreve seu handicap à mão. Há corações vermelhos e rosados. O cara não olha ninguém nos olhos, ele é quase invisível em meio ao canto embriagado. No Café Galerie, todo mundo conhece as músicas de cor, e o cara recolhe os corações de maneira tão concentrada como se estivesse arrumando um quarto sem ninguém dentro. Está quente, o Café está lotado, as vidraças embaçadas.

Engraçado, eu digo a Zoran, estou saindo pela primeira vez em Višegrad.

Também ali há monitores com teletexto e resultados ao vivo. Essen contra Düsseldorf: um a um, eu ganhei.

Zoran diz: tu não perdes nada.

Nós nos sentamos um na frente do outro no canto mais distante do café, eu mal o ouço, a caixa de som está diretamente acima de nossas cabeças. Zoran fica calado a maior parte do tempo, eu faço perguntas, e raramente recebo mais que um sacudir de cabeça em resposta. Ficar calado com Zoran jamais foi realmente desagradável, era antes uma sensação de que eu não sabia contar algo capaz de lhe arrancar algumas palavras. Hoje à noite é parecido: pouco importa se falo da guerra, dos tempos que se seguiram a ela, de mulheres ou da faculdade ou de futebol — nada se mexe em Zoran, suas respostas são breves, na maior parte das vezes elas se limitam a gestos. Depois da terceira cerveja, eu desisto de gritar temas no ouvido de Zoran como se fosse um jornalista, me recosto na poltrona e balanço a cabeça acompanhando a música. Zoran pede duas cervejas e depois acena para mim como se estivesse me chamando até ele, em outro ambiente. Ele chega bem próximo do meu ouvido e grita tão alto que eu estremeço: dá uma olhada a tua volta, Aleks! Por favor, dá uma olhada à tua volta! Conheces alguém aqui? Não conheces nem sequer a mim! Tu és um estranho, Aleksandar! Zoran fixa os olhos em mim, de perto. Alegra-te com isso!

Eu falo de lado: quero apenas comparar minha recordação com o agora.

Os olhos de Zoran estão avermelhados, ele não pisca. Eu vou te contar algo para a tua comparação!, ele grita, e soa furioso, não apenas porque grita alto.

Aleksandar?

Alô?

Aleksandar?

Quem é? Não estou ouvindo direito!

sou eu sou eu árvores tão altas aqui tão saudáveis é maravilhoso árvores tão altas

Nena? Nena Fatima, és tu?

eu o vi a caminho à luz da lua sim ele tem um pescoço tão fino amanhã eu quero subir quero ir

Nena, mas onde tu estás, o que...

dois pretos levantam minha barraca são corteses mas eu não posso dormir nela é frio demais

amanhã vamos escolher o caminho com o vento mais forte

de manhã vou me sentar junto à cratera

Mas o que é isso, mamãe sabe que...

ah meu rapaz porque eu iria esperar sou eu que

haverá neve sobre o mount st helens é o que eles dizem

eu quero ter orgulho de alguma coisa na qual ninguém acredita uma vez na vida

Nena, por favor, passe o fone à mamãe, ela está por aí?
a gente realmente não pode se alegrar pra sempre em silêncio
meu rapaz agora eu tenho um bom motivo estou aqui meu rapaz eu fugi e
tinha de usar o cinto de segurança e usei mas não
Nena...
aleksandar eu nunca fui tão feliz estou jogando uma pedra num vulcão
Liga para mamãe, por favor, vais ligar logo para ela?
não te preocupes ela entenderia
os pretos não me entendem eu quero dormir na cabana vou entrar lá agora assim
meu rapaz meu rapaz árvores tão altas e respiração tá aberta e uma lua assim tão sem máscaras
Nena... Fazes um favor pra mim?
tu tens a voz de Rafik meu rapaz
Jogas uma pra mim também dentro dele?
mas é claro meu rapaz jogo uma montanha inteira estou aqui e isso é bom
Nena Fatima ri baixinho. O riso de nena Fatima é o de um garoto.
Eu tento ser tão silencioso quanto me é possível, o portão que dá para o jardim range, vou me sentar perto de uma mesinha que não existia ali no passado. O portão não nos pertence, o jardim e a mesinha também não. Só o
passado ainda nos pertence, a nena e a mim, girassóis se viravam para minha nena em seu jardim quando ela trançava seus cabelos.

Na casa nada se mexe. Também a vista para o Drina não nos pertence:
à margem diante da casa nevava no verão, quando os álamos e as castanheiras floresciam. Nena ficava parada debaixo das árvores e soltava seus cabelos. De uma das castanheiras, pendia uma corda, na corda balançava um
pneu, no pneu balançava um garoto, tremendo de frio e de vontade, o vento
semeava flocos em seu salto.

A vista para a ponte não nos pertence. No quinto arco da ponte, eu me
segurei à pedra lisa e fiquei com raiva de vovô Slavko pela primeira e única
vez. Ele me obrigou a nadar pelos arcos, mas eu estava com muito frio e a
corrente era forte demais, eu estava com medo e não queria desiludi-lo. Nadei
adiante, sempre adiante, por entre os arcos subindo o rio, por entre os arcos

descendo o rio, até que o Drina me adotou com persistência impassível como se meu corpo pertencesse a ele. A luz que rompe a superfície das águas, vista de baixo, é a luz mais sinistra quando além disso começa a queimar na parte interna do nariz, dentro da cabeça. Vovô me agarrou, agarrou o que resvalava, o que desaparecia, me arrastou, o que tossia, o que praguejava, me arrastou de costas de volta à margem, e disse: daqui a pouco terás sete anos, até lá tens de conseguir atravessar todos os arcos.

Os álamos e as castanheiras se foram, lenha para o fogo. No barranco desnudo, um cão revira o lixo. Um pescador está em pé junto ao tubo da canalização e dá pão de comer aos peixes. Vovô, eu nunca consegui, mas nena vai atirar uma pedra no magma pra mim.

Aleksandar, eu sei como é a pele quando a gente ata a pessoa que está dentro dela atrás de um carro e a arrasta durante horas pela cidade. Para lá e para cá. Zoran grita contra a música. Te lembras de čika Sead? Dizem que o enfiaram num espeto e o assaram como se fosse um cordeiro, em algum lugar na beira da estrada que leva a Sarajevo. E se te lembras de čika Sead, também te lembrarás de čika Hasan. Ele doou oitenta e dois litros de sangue antes de a guerra começar, pelo menos sempre se vangloriava disso. Čika Hasan eles levaram dia após dia até a ponte, para que ele jogasse no Drina os cadáveres dos executados. Hasan abria os braços dos mortos, escorava seus corpos no seu, deixava-os descansar sobre si antes de os largar. Foram oitenta e dois os mortos que ele enterrou assim no Drina. E quando eles mandaram que ele enterrasse o octagésimo terceiro, ele subiu à balaustrada e abriu ele mesmo seus braços. Isso é tudo, ele teria dito, não quero mais.

Eu fiz listas. Čika Hasan e čika Sead.

Pokor não está em nenhuma lista. No caminho de volta da casa de nena Fatima — 986 passos — eu encontro um policial que tenta enfiar um saco gigantesco de cebolas pela porta de seu carro oficial. Pokor voltou a ser policial. Eu o reconheço nos cabelos ruivos desgrenhados, quando ele tira o boné em meio à luta com as cebolas. Pokor também era policial antes da guerra, encontrei seu filho muitas vezes pescando, e conseguia ficar maravilhosamente calado perto dele. O boato de que Pokor havia subido — de policial acomodado a líder dos guerrilheiros violentos — na época chegou inclusive até nós, na Alemanha. Deram a Pokor o apelido de senhor Pokolj, e o senhor Chacina teria dado a seus homens várias vezes a ordem de que fizessem honra a seu nome.

O senhor Pokolj está na Praça da Liberdade, que hoje não se chama mais assim, mas traz o nome de um rei ou herói sérvio, é mais uma vez apenas Pokor, e está enfiado em seu uniforme azul de policial. Ele se esforça, mas o saco não entra pela porta. O carro inteiro está cheio de cebolas. Cascas caem e pairam até cair ao chão. Outros carros passam devagar fazendo um arco em torno do Golf azul, e eu fico parado onde estou. Pokor joga o saco no chão e o chuta várias vezes, bufando de raiva. Respirando com dificuldade, ele olha a sua volta e puxa suas calças para cima, já que elas estavam deixando ver o começo do rego da bunda. Também nos bolsos de sua calça há cebolas. Ele assente desafiador em minha direção: o que é? O que estás olhando aí?

Posso ajudar o senhor?, eu pergunto.

De quem tu és?, devolve Pokor.

Eu tento não responder à pergunta imediatamente, ela não me foi feita já há tantos anos, e só aos poucos tudo começa a ficar claro para mim: com "de quem", ele está se referindo a meus pais — uma pergunta que se faz a crianças que se perderam. Eu digo o nome e o sobrenome do meu pai.

Tu és Aleksandar, então? Ele repete o nome de meu pai e diz também o de minha mãe, ele o diz duas vezes, a segunda vez é uma pergunta. E eu tive de dizer sim imediatamente. Eu deveria repetir o nome dela imediatamente e em voz firme, deveria confirmar com orgulho o belo nome árabe de minha mãe, e explicar a Pokor que o nome significa navio ou primavera ou prazer. E eu também deveria dizer na cara de Pokor que era uma monstruosidade o fato de assassinos não apenas poderem andar livremente naquele país, mas inclusive usar um uniforme da polícia. Mas eu hesito e olho para as cebolas sem dar atenção ao homem em seu azul manchado, as cebolas que enchem todo seu carro. Eu hesito e engulo em seco e faço de conta que não ouvi a pergunta. A vergonha que sobe à minha garganta eu consigo engolir.

Pokor se sacode todo como se estivesse com frio. Miki está na cidade, ou?, ele pergunta, e se espreme, quando mais uma vez não respondo nada, dentro do carro demasiado pequeno para um homem como aquele e com tal quantidade de cebolas.

Tenho medo de um policial sérvio que é descrito com as palavras "suposto" e "havia testemunhas suficientes". Um medo talvez infundado, mas ele basta para fazer com que eu renegue minha mãe diante do pequeno policial Pokor, que nos últimos dez anos engordou trinta quilos e agora está envolvido pelo fedor de cebolas. O último saco, ele o deixa jogado no asfalto. E não respeita a preferência de outro motorista ao dobrar numa rua que — assim como a praça na qual pareço ter criado raízes de tanta vergonha — também tem um novo nome. De um rei ou de um herói.

Eu fiz listas, mas esta não é a questão.

Eu fiz listas. Meninas. Elvira. Danijela. Jasna. Nataša. Asija. Não, Marija, tu não podes brincar conosco. Marija era pequena demais e menina demais para quase tudo que nós queríamos aprontar.

Sua mãe abre a porta para mim, uma mulher de cabelos escuros e faces rosadas, os cachos de Marija e manchas de farinha no avental. Ela aponta para o avental pedindo desculpas e corre para a cozinha. Entra, Aleks!, ela chama — em alemão. Panelas batem, óleo chia, está muito bem, ela grita, tuavó disse que tuvinha. Queres ver Marija? Ela tá lambaixo.

Sim, eu queria dar um alô, grito de volta em alemão, aliviado com o caráter pouco complicado do encontro.

Ela tá no porão, e a mãe de Marija espia da cozinha. Logo vai ter escalope.

No térreo, um gato me assusta, ele rosna e salta, eu fico parado, ele fica parado e se volta para mim. Do porão, vem música até mim, a luz lança a sombra do corrimão na parede. Eu sigo o gato cinzento até embaixo, o que Marija está fazendo ali? A música fica mais alta, eu não desço os degraus da minha recordação, eu desço a um porão, é apenas um porão.

Aqui meus pais discutiam.

Aqui eu era o mais rápido.

288

Aqui estava a Asija amedrontada.

Aqui um soldado fez o cano do fuzil deslizar nas hastes do corrimão, claque-claque-claque-claque-claque.

É apenas um porão, eu fechei círculos suficientes nos últimos dias, tenho vontade de ser como os pombos, que fazem apenas o que os pombos sempre fazem. No chão, jaz um pequeno CD-player, eu conheço os beats distraídos: "Swayzak".

Swayzak, uma jovem mulher do outro lado do ambiente, lê meus pensamentos. Conheci James Taylor em Munique, ele me contou que, pouco importa o que sonhe, sempre há cachorros que latem para ele nos sonhos. Isso lhe parecia tão sinistro que em algum momento arranjou um dobermann; e dormia com ele na mesma cama, e os cachorros dos sonhos o deixaram em paz. Alô! É o que diz Marija com um pano em volta dos quadris fazendo as vezes de saia e outro pano nos cabelos, que mantém seus cachos longe da testa. Ela me estende uma espátula, estreita como uma chave de fenda, aponta para um pequeno ferimento no polegar, e diz: o gato de merda me assustou. Os olhos de Marija são verde-claros no lusco-fusco, ela inclina a cabeça. Pó sobre a sobrancelha, os lábios pressionados no ferimento.

Alô, eu digo, Aleksandar.

Vamos nos conhecer agora assim, com um aperto de mão e todo o resto? Marija sorri.

Eu tento encontrar lenços de papel para o polegar dela, ainda que saiba que não tenho nenhum, e penso: que verde incrível!, e penso: mas como, se eu fiz listas. Marija desliga a música, sim, eu vou te mostrar tudo, diz ela, mas primeiro vamos comer, tu vais comer conosco, não? Então tá.

O escalope é panado, Marija e sua mãe descrevem Munique para mim. Marija diz: o lago Starnberger, diz: do FC Bayern a gente gosta automaticamente, diz: é claro que eu vou voltar, apenas estou me arrumando aqui, diz: sem boa música eu não consigo fazer nada. As duas viveram oito anos nas proximidades de Munique, voltaram porque o avô de Marija morreu e a avó ficou doente — ela está sentada conosco à mesa, se embala para lá e para cá e sorri quando seu nome é dito. Eu conto do que gosto em Essen, defendo o vale do Ruhr com unhas e dentes quando Marija comenta que o lugar não tem nenhum charme; nós falamos sobre dialetos e mentalidades, falamos sobre a Alemanha, não, eu digo, a ilha de Sylt é muito melhor do que sua fama. Marija pergunta se eu alguma vez já derrubei uma vaca que estava dormindo, ri e bota as mãos diante do queixo como se quisesse agarrar seu próprio riso.

Marija, não podes brincar conosco, ela diz mais tarde, já à noite, claro que ainda sei disso, rapazes!

Também a segunda garrafa de vinho tem gosto de caramelo, nós estamos deitados em esteiras de praia amarelas, no porão. Marija estuda Artes Plásticas em Belgrado, Escultura, no segundo ano. Isso que está surgindo ali, ela chama de seu primeiro trabalho sério. Ela diz não pensar muito em coisas que são maiores e mais abstratas do que estações do ano, e portanto modela esculturas de gesso de pessoas no cotidiano e bota meiões esportivos nelas ou protetores de ouvido com orelhas-de-burro ou uma camiseta na qual se faz a propaganda de um remédio contra o reumatismo. Ela cobriu os dois maiores ambientes do porão com tapetes de parede, do teto pendem espirais de alumínio, laços de plástico, mosaicos de vidro colorido, bonecas de papel machê, e no meio do ambiente a pintura de uma paisagem: conceituais, diz Marija, e a Provence! Um módulo elétrico providencia alguma luz, as paredes cinzentas e quebradiças do passado me parecem tão irreais quanto

as mesas com tampos de compensado na parede longitudinal,

as vozes preocupadas de nossas mães,

o fogão no canto,

o C-64 de čika Aziz, em volta do qual nós nos reunimos enquanto espancavam a cidade lá fora,

as begônias amarelas debaixo da grade de ventilação, onde hoje Marija guarda seus raspadores, suas facas e suas limas. Dos tampos de compensado, ela fez moldes de fundição, armações quadradas revestidas de folheado.

Meu último namorado, diz ela, era vice-campeão sérvio de tae kwon do. Nós ficamos doze horas juntos. Depois ele me contou que era vice-campeão sérvio de tae kwon do. Marija faz uma pausa. E tu, estás mesmo bem, Aleksandar?

Nem sempre, mas agora sim, eu digo, e levanto minha taça.

Às pessoas, diz ela, e bebe. Ouviste sobre Edin alguma vez?

Ele está na Espanha.

E?

Eu olho a cor do vinho com mais atenção. Groselhas. Para dizer a verdade, não sei. Sei apenas que ele está ou esteve na Espanha. Liguei para ele uma vez, mas ele não estava em casa. Deixei meu número na secretária eletrônica.

E só isso? Aleks! Não acredito nisso! Vocês eram inseparáveis! Ligar uma única vez...

Liguei trezentas vezes a Sarajevo, eu digo.

Marija espera que eu continue falando. Mas e tu estás conseguindo te virar?, eu pergunto. Ficou mais frio, a garrafa de vinho está quase vazia, e eu hoje à noite não queria mais me lembrar de nada que aconteceu há mais de três horas.

Boto cuecas em homenzinhos de gesso, diz Marija, e bebe o resto de seu vinho. Vamos tomar café juntos amanhã? Vens me buscar?, ela pergunta, anota meu número de telefone, tira o pano da cabeça e sobe a escada de dois em dois degraus.

Eu desligo a música, o módulo zumbe. Eu respiro fundo. Gesso. Sento-me na escada.

Lá as esteiras de praia.

Lá os tapetes de parede.

Lá as garrafas de vinho vazias.

Lá um pastor assa um peixe com avental de Tarzan.

Lá um garoto de tanga esfrega geleia no pão.

Lá dorme o gato cinzento.

Aqui, eu. Regra do jogo: subir a escada — cessar-fogo. Aqui na escada, ao meu lado, estava sentada Asija e chorava. Aqui, eu, que não pretendia mais me recordar hoje à noite.

Aqui, junto a uma mesa com tampo de compensado, tio Bora fumava um cigarro após o outro e contava que no dia anterior parara de fumar, palavra de pioneiro! As mesas com tampo de compensado foram montadas a fim de que pudéssemos comer e jogar dominó melhor. Eu aprendi a palavra "provisoriamente", e dois homens carregaram um fogão até o porão. O fogão não está mais aqui, mas lá um homem de chinelas corta a grama, e meu tio jurou estar falando a sério com sua jura, domingos seriam os melhores dias para desistir de algo, e segundas-feiras os melhores para começar alguma coisa. Pouco antes da meia-noite, ele disse ter fumado sua última carteira até o fim, e depois começado a construir monumentos famosos no mundo inteiro com os palitos de fósforo: a torre Eiffel, as pirâmides egípcias, o muro de Berlim. Quando, pela manhã, as primeiras granadas, estreitas e polidas, explodiram em Višegrad, uma delas acertou o telhado da casa de tio Bora. Titia Tufão deixou a bandeja do café da manhã cair, tal foi o susto, as duas xícaras de café perderam seus pegadores, e meu tio louvou a cola em altos brados: o muro de Berlim resistiu, as telhas e a porcelana, não.

Desde que Bora, Tufão e sua Ema haviam chegado ao porão de vovó, tio Bora voltou a fumar e descreve como foi o som e tudo o que tremeu quando a granada arrancou as telhas de seu telhado. Sobre os joelhos, ele equilibra um bloco pequeno e quadrado feito de palitos de fósforo, e todas as vezes em que diz "muro de Berlim" aponta para ele.

Diante dele, está sentada titia Tufão e dá de mamar a Ema. Eu ouço minha mãe dizer a vovó Katarina: Gordana está mesmo muito pálida.

Isso me toca. Não porque titia Tufão está pálida ou de repente tão calma como jamais esteve, mas sim porque minha mãe a chama pelo seu verdadeiro nome. Eu pinto uma flor de camomila sem haste e a dou de presente à minha tia, porque sei que chá de camomila acalma. Ema pega o papel. Eu consigo envolver toda a sua mão em meu punho.

Depois do quinquagésimo estrondo eu parei de contar — prefiro contar os gatinhos: no canto mais distante do porão uma gata cinzenta lambe seus quatro gatinhos cinzentos. Tio Bora contou a história das xícaras de café, do telhado e da cola duas vezes a todos os presentes, isso acabou dando um total de cerca de sessenta vezes apenas para a palavra "pegador", e de cerca de vinte vezes para a frase: a Alemanha Oriental todo mundo sabe que era uma piada, e de exatamente três vezes a pergunta: mas meu Deus do céu, o que está acontecendo aqui?

O porão é suficientemente grande; de canto a canto a canto a canto, trezentos passos. Ninguém nos manda ir brincar, ainda que tudo seja sussurrado de um jeito que parece que não querem que as crianças ouçam. Nós começamos a nos entediar, Marija não consegue encontrar ninguém de olhos atados e caminha apalpando pelos corredores. Nešo está aí, Edin está aí. Quando eu converso com Marija, vejo sempre o seu cabelo. Marija tem cachos como ninguém mais que eu conheça. Também tenho de olhar sempre para suas covinhas, porque elas se contorcem em suas faces como se fossem pequenos redemoinhos quando ela ri. Para seus olhos, porque eles são amarelos e verdes. No porão, Marija brinca sozinha a maior parte do tempo, debaixo das begônias no poço da ventilação; usando plastilina, ela faz bulezinhos e colheres e uma mesa e bebe café invisível em xícaras de plastilina com convidados invisíveis.

O número de pessoas que não vivem no prédio aumenta cada vez mais, elas entram correndo no porão. Quem mais me alegra são o Morsa e Zoran. Também Milica, a joaninha, bate salto até nós. O Morsa trouxe junto uma sacola cheia de frutas. Nas montanhas, a coisa tá braba, ele diz, a casa verde de telhado estranho na qual desapareceram os japoneses quase foi atingida, e também a banca do verdureiro, na esquina. Eu deixei dinheiro em cima do balcão, é verdade. Nós precisamos de vitamina. Ele divide uma maçã ao meio e dá metade a Zoran.

Será que os mosquitos sugam as vitaminas do nosso sangue?

Milica em seu vermelho e negro senta-se ao lado de titia Tufão. Bonito, ela diz olhando para o tufo de cabelos de Ema e a sua volta: espero que não haja nenhum problema em ficarmos aqui até que tudo tenha passado.

Eu já comecei a gostar de Milica há tempo.

Não faço as seguintes perguntas:

Quem está atirando?

Quem atira em quem?

Por quê?

Quando tudo terá passado?

Os telhados de Višegrad vão queimar como os de Osijek?

O campeonato de futebol vai continuar?

Quem nos defenderá?

Quando tudo terá passado?

O que acontecerá se uma granada atingir o túmulo de vovô Slavko?

Por que titia Tufão não levanta, corre embora e desarma todo mundo antes que qualquer um deles possa recarregar as armas?

Será que o prédio vai desmoronar em cima de nós se uma estreita e polida o atingir de cheio?

Como os peixes estão encarando as coisas?

O que é necessário, agora?

Por que o canivete?

Por que os cinquenta marcos, e o que significa, exatamente: caso sejamos separados?

Meu Deus do céu, o que está acontecendo aqui?

Quando tudo terá passado?

Onde é que se meteu nena Fatima?

Minha mãe!, grita minha mãe, e corre para fora do porão. Papai consegue alcançá-la no meio da escada, será que ela ficou louca, minha mãe, homem do céu!, espera!, eu esqueci minha mãe!, será que ela estava surda, me larga!, será que ela não está mesmo ouvindo o que se passa lá fora, justamente por causa disso, me larga!

Mas papai não a larga, segura-a por um dos braços.

Preciso ir ao encontro dela, diz mamãe um pouco mais calma, e tenta se livrar das mãos do marido. Papai a pega pelos ombros, quer empurrá-la para baixo, uma luta muda, mamãe geme.

Fico constrangido por causa de meus pais. É desagradável para mim o fato de eles terem esquecido nena e o fato de todo mundo estar de olhos fixos neles. Eu fico sentado aí, me pergunto com a voz de tio Bora: meu Deus do céu, o que está acontecendo aqui? É época de granadas e meus pais parece até que vão se espancar. Mamãe não se defende mais com tanta violência, eu esqueci dela, ela diz, da minha própria mãe, ela se queixa, e aperta os punhos contra os olhos. Milica a consola, não haverá de ser nada, ele logo estará com ela. Com "ele", ela se referia ao meu pai. Ninguém o retém no meio da escada.

Meu Deus do céu, o que está havendo aqui?

Meu Deus do céu, o que está havendo aqui?

Meu Deus do céu, o que está havendo aqui?

Čika Aziz, que nós chamamos de Aziz-Batata por causa dos dedões grandes de seus pés, atou primeiro um pano branco em volta da cabeça depois ligou o C-64 no porão, e agora faz um discurso. O fuzil no braço, o cano apontado para o teto, no bolso da camisa os óculos de sol, palito de dentes no canto da boca: todos para cá!

Todos vão até ele. Quando tiver a idade de Aziz, também eu vou ter costeletas e serei camarada-chefe dos caubóis de fuzil. Eu gastarei um número significativo de palitos de dente e pronunciarei "todos para cá" com muita nitidez.

Aziz, pelo amor de tua mãe, me diz o que está se passando aqui?, invoca čika Milomir do primeiro andar. Milomir fuma inclusive quando está dormindo, tanto fede a cigarros. Aziz olha por cima dele, ele olha por cima de todos nós, e aperta o cinto, estreitando-o em um buraco. Com sua calça cáqui e a camisa aberta por cima de uma camiseta branca, Aziz é um soldado provisório, mas também o único com uma arma de verdade nas cercanias; nem mesmo o Morsa trouxe uma espingarda consigo. Aziz mora no terceiro andar e tem os jogos mais incríveis instalados em seu C-64. Para o ar acima de nossas cabeças ele diz: e agora todo mundo batendo em retirada. Aqueles, contudo, que quiserem opor resistência ao agressor, para defender esta posição e as pessoas que se encontram dentro dela, podem vir comigo.

Quem é o agressor?

Por que ele está agredindo?

Quantas bombas a barragem suporta?

Aziz pode nos salvar?

O que é pior: uma bala que te atinge e sai entre as costelas na parte de trás, ou uma bala que te atinge e fica dentro do teu corpo, por exemplo no pescoço, ou será que é melhor se trinta bombas atingirem a barragem e a inundação cobrir todo mundo?

Será que Višegrad ficará parecendo aquela aldeia de Francesco, debaixo do Lago di Vajont?

Qual é a técnica necessária para mudar um palito de dentes tão rapidamente de um dos cantos da boca para o outro? Nena Fatima semeia girassóis em seu jardim. Nena Fatima é surda como um canhão e não ouve os canhões, que semeiam granadas em nossas cidades. Eu não acredito na surdez de minha nena. Ela sempre me olha como se entendesse cada palavra e soubesse a resposta mais inteligente para cada pergunta, e certa vez correu da cozinha para a sala depois do quarto número da loto e tinha todos os quatro números corretos. Da cozinha, não se pode ver a televisão.

Mas então uma granada explode na montanha sobre a casinha de nena, e tudo o que ela faz — ela continua fazendo: revolver a terra com uma enxada e espalhar grãos de girassol. Fogo de fuzis, chamas, sirenes, e nena Fatima conecta a mangueira à torneira atrás da casa e molha o chão.

Minha nena ficou surda no dia em que vovô Rafik tomou o Drina em casamento com seu rosto. Tudo certo com o casamento, porque nena e vovô Rafik já estavam separados há anos, uma coisa rara em nossa cidade. Depois que vovô Rafik foi enterrado, ela teria dito junto a seu túmulo: não cozinhei nada, não trouxe nada comigo e não vesti preto, mas tenho um livro inteiro a te perdoar. Ela teria tirado dos bolsos uma grande quantidade de bilhetes e começado a lê-los. Teria ficado parada ali um dia e uma noite — e perdoado palavra por palavra, frase por frase, página por página. Depois disso, ela não falou mais nada e jamais voltou a reagir a qualquer pergunta que lhe era feita.

Nena Fatima tem os olhos exatos de um falcão, quiú, quet-quet, ela me reconhece antes de eu dobrar na rua de sua casa e usa panos na cabeça. Os cabelos de nena são coisa secreta — longos e ruivos e belos, ela me revela quando comemos börek no verão, diante da casinha dela, e damos carne moída de comer ao Drina. Iogurte frio, cebolas salgadas, ausência morna de ruídos do embalo de nena em posição de lótus. A massa brilha de gordura aproveitável. Nena se embala para lá e para cá e acende um cigarro quando eu estou satisfeito. Eu sou o neto mais silencioso do mundo, para não atrapalhar o silêncio dela e nosso pôr do sol. A umidade se junta sobre o rio e olha com atenção para nena Fatima, que pega sua coisa secreta e faz uma trança longa, cantarolando. Com ninguém me mato de rir tão silenciosamente como com minha nena, a ninguém mais penteio os cabelos.

Nena Fatima chega na companhia de meu pai até o porão. Ela fica parada no degrau mais baixo como Aziz fizera durante seu discurso. Ajeita o pano da cabeça e nisso deixa uma listra de terra na testa. Ela estava no jardim, diz papai. Mamãe abraça nena Fatima como se nena fosse a filha que se perdeu por aí, furiosa e feliz. Nena gesticula, apontando o polegar à boca: estou com sede. Eu escrevo "Fatima" numa das canecas. Todas as canecas recebem nossos nomes. Uma delas eu chamei de "Slavko", outra de "Johann Sebastian", uma terceira de "Herpes" e uma quarta de "Jürgen, o motociclista". Milica achou isso incrivelmente engraçado e escreveu "Joaninha" em sua caneca. Nena bebe tudo. Com a água da segunda caneca ela lava suas mãos. Todos olham para ela. Ela abre a boca, respirando, como se quisesse dar explicações. Mas ela apenas boceja, estala a boca com gosto e beija Ema na testa.

Ema é um depósito de beijos.

Nena, eu sussurro, fique feliz!

Quando se ouve essa barulheira o dia todo e depois a barulheira acaba, a gente se pergunta: onde é que se meteu a barulheira? Soldados não trabalham em turnos? Ou será que tudo já passou? Apesar dessa calmaria noturna, eu tenho de dormir no chão, regra número um: longe das janelas, diz minha mãe. Durmo debaixo de uma mesa de centro, mamãe colou uma almofada na parte de baixo, sobre a minha cabeça, para que eu não a bata caso levante repentinamente por causa de um susto. Ela bota a coberta em cima de mim.

Um prédio, e todo mundo dorme no chão, porque em cima de uma cama se estaria mais próximo da janela. Todos veem televisão do chão onde estão, as notícias e conferências de imprensa, e imagens de pessoas em longas fileiras. Eu aprendo o que significa "resistência organizada", quem é a defesa territorial e para que servem barricadas.

Fecho os olhos e ouço a voz de vovô Slavko. Na sala e no travesseiro em cima da minha cabeça e lá fora, diante da janela. Eu me concentro tanto em descobrir de onde vem a voz, que não entendo uma só palavra. Pela pri-

297

meira vez desde que está morto, vovô está vivo de novo, e eu estou perdendo a oportunidade de estar com ele. Em adormecer, nem pensar, vou pegar um palito de dentes na cozinha e quebro a regra número um: alguém com uma geladeira nas costas atravessa o cruzamento diante do prédio. É Radovan Bunda, do quinto andar. Ele não bota a geladeira no chão uma única vez e desaparece, subindo a rua até a escuridão. Eu volto a me deitar debaixo da mesa, espero que a voz de vovô venha de novo. À meia-noite, já consigo deslocar o palito de dentes com muita rapidez de um dos cantos da boca a outro. Na manhã seguinte, meu pai me acorda.

Aqui, Aleksandar, titio deixou o muro pra ti.

E para onde ele foi?

Sim.

Tio Bora, titia Tufão e Ema fugiram da cidade durante a noite. Ninguém achou que fosse inteligente, ninguém achou que fosse estúpido, ninguém os reteve. E papai não queria falar a respeito.

Se eu fosse mágico de capacidades, todos nós seríamos tão rápidos quanto titia Tufão, para podermos desviar de todas as balas. Além disso, as nuvens colariam como se fossem teias de aranha, para que as granadas ficassem presas nelas. Os fogos teriam uma opinião, para poderem se decidir.

Eu pinto uma fogueira de acampamento sem fumaça. Pinto um ensopado de feijão sem feijão. Pinto um fuzil de franco atirador sem franco atirador. Pinto uma folha de papel sem dobra.

Minha mãe hoje não gostaria de esquecer de modo algum um dos membros da família; depois da segunda detonação, ela me arrasta para longe da porta na qual estou escutando o que falam papai e o senhor professor de música Popović. Ele talvez agora esteja lá em cima, diz papai ao senhor Popović, e o que ele fará se alguém lhe ordenar: Miki, atira! O que será que ele fará?

Ele irá se recusar, responde o velho e distinto senhor. Miki é um bom rapaz. Ele já deve ter se colocado em segurança há muito tempo. É um rapaz inteligente.

A luz nas escadarias bruxuleia ao terceiro estrondo, uma bomba bem próxima. Pelos corredores, pessoas de pijamas correm a esmo para o porão.

Teta Magda salva o café sobre uma bandeja grande. Ela pragueja alto e chuta a porta da casa de teta Amela várias vezes. Amela-a-a, traz açúcar, Deus providencie para que tenhas sorte! Amela-a-a!

Aziz acena como se fosse um policial do trânsito para que passemos, eu fico parado e pergunto: čika Aziz, não é um pouco perigoso dormir com o palito de dentes na boca? E desloco meu palito de dentes da esquerda para a direita.

De barba feita, Aziz parece menos ensoldado.

No porão, junto às mesas com tampo de compensado: estranhos. Eles não perguntam se podem ficar, o que é bom, porque acho isso natural. Milica se ocupa deles, fala com todo mundo, tira seus sapatos de salto vermelhos, ajuda de pés descalços a ajeitar as malas.

Zoran diz: venham comigo, não, Marija, tu não podes.

Unindo nossas forças, a grade da ventilação pode ser erguida e empurrada para o lado. Vocês estão com medo?, pergunta Zoran. Quem seria capaz de admiti-lo a uma hora dessas, e já estamos lá fora, atravessamos o pátio. Ficamos parados diante da banca de jornais da rua Tito. Ninguém à vista. Longe — explosões.

Nada mal, diz Zoran, e nos mostra, na página quatro, a mulher loura de calcinha militar e mais nada. A pedra com a qual ele quebrou a vitrine da tabacaria, ele agora enfia no bolso de suas calças. Ai de vocês, donos de tabacaria, quando há um Morsa por perto!

Edin lê a matéria da capa do jornal do dia anterior. Nada da guerra, diz ele, apenas barricadas e esporte. Seria necessária uma máquina do tempo, a luz de um relâmpago, e estaríamos de volta à última semana para alertar todo mundo. E ninguém acreditaria em nós, porque nem mesmo sabemos por que as barricadas estão aí.

Opa, eu sei, digo eu, mas antes que eu possa explicar, ouvimos um assobio agudo sobre nossas cabeças, um relâmpago de verdade, o vidro se estilhaça, um golpe nas costas, que me arremessa ao chão. Eu escondo meu rosto nas mãos, cacos caem sobre mim, uma chuva de vidro, alguém grita.

Do asfalto, levanta fumaça. Zoran e Nešo estão estirados na rua. Edin continua de pé, com o jornal nas mãos tremelicas. Edin está tão pálido, mas tão pálido, e o sangue jorra de seu nariz, a ponto de me fazer acreditar que todo o seu sangue sai de seu rosto pelo nariz. Tento me levantar, minhas costas parecem frias, tenho algo no olho.

Vai foder a marinheira, bufa Zoran, e mete às pressas o folheto com as mulheres de profissões estranhas debaixo de sua camisa. Nešo consegue se levantar aos poucos, ele sangra na mão e conta seus dedos para ver se estão todos ali. Na casa do outro lado, todas as janelas foram para o saco, inclusive a grande vitrine da loja de sapatos no térreo. Edin diz: de repente estou ouvindo tudo e nada ao mesmo tempo. Ele lambe o sangue de seu lábio superior com a língua. A janela da tabacaria atrás dele está esburacada, rachaduras cruzam o vidro de cima a baixo.

Eu consigo ficar de joelhos, Zoran me estende a mão.

Um triângulo grande e de vértice virado para baixo se solta com atraso da moldura da vitrine e se estilhaça na calçada, um tiro dando o sinal da partida: nós disparamos, quatro Carl Lewis, dois de pijama, dois sangrando. Vocês sentiram medo?, pergunta Zoran mais uma vez, e apesar de tudo ninguém confessa nada na frente de Zoran.

Tem algum vidro nas minhas costas?, eu pergunto.

Edin toca a têmpora com o dedo: estou ouvindo um som, diz ele, um som bem, mas bem alto mesmo.

O muro de Berlim no bolso da minha calça se manteve firme.

Ema está em segurança?, eu não pergunto ao nos esgueirarmos de volta ao porão e nos sentarmos, como se não tivesse acontecido nada.

Pinto, com a mão tremendo, um esbelto tio Bora.

Estou sangrando?

Pinto um ferimento sem sangue.

O que vai acontecer se aquele homem de fato explodir nossa barragem como está prometendo fazer no rádio, rogando pragas, ainda que o outro homem diga a ele: com todo respeito, mas não farás isso! O homem junto à barragem também destruiu a estátua de Andrić na praça em frente à ponte com um martelo pesado. Ele é capaz de tudo.

Pinto uma lagartixa com rabo.

O que vai acontecer se alguém descobrir que nós arrombamos a tabacaria?

300

Quanta dinamite é necessária para explodir uma barragem assim, e o que será que pensariam o Drina e os peixes se isso acontecesse?

Pinto um momento de calma.

Lá um bebê lê jornal vestindo um casaco militar.

Lá um garoto de dente de ouro usa um Rolex.

Lá um gigante de um olho só com uma cruz no colar e uma meia-lua na pulseira mexe numa panela.

Lá um dentista de minissaia lida com uma broca.

Aqui, na escadaria que dá para o porão: eu. Aqui, ao lado de mim: Asija. As unhas longas de Asija.

Lá uma mulher em avental de cozinha dá miniaturas de uma mulher em avental de cozinha de comer a um cachorro.

Lá uma figura ainda não esculpida aspira o pó, aqui Asija diz: tuas pinturas são infames, e enrola seus cabelos no dedo. Eu sou Asija, ela diz. Eles levaram papai e mamãe com eles. Meu nome tem um significado. Certa vez um homem chegou à nossa aldeia para responder a todas as perguntas. Ele era um varapau, careca, e só tinha mais uma orelha, perto da qual a gente tinha de gritar para que ele entendesse as perguntas. Todo mundo na aldeia podia fazer uma pergunta ao homem de uma só orelha, e pela resposta lhe dava de presente uma caixa com dez pintinhos ou uma garrafa de aguardente ou um envelope de carta. O homem de uma só orelha tinha um cavalo com uma só orelha, que puxava um carro. No carro, estavam empilhados os presentes. Eu mostrei uma lasca de lenha ao homem. Na lasca, eu havia gravado o meu nome. O que significa Asija?, eu gritei junto à orelha dele. Não tenho ideia, o homem de uma só orelha gritou de volta, por que estás perguntando? Ele cheirava tanto a mosto e a cavalo, que eu tive de lavar meu rosto no nosso riacho. Um ano mais tarde, os soldados enfileiraram todo mundo da aldeia. Tio Ibrahim e eu conseguimos nos esconder na floresta. Um soldado leu em voz alta os nomes em nossas identidades. Um outro fazia o sinal da cruz e jogava gasolina na porta de nossas casas.

Lá um senhor de monóculos escova seus dentes.

Lá uma mulher de cartola raspa os pelos de suas pernas.

301

Regra do jogo: subir escadas — recordação. Eu me levanto e desligo o módulo elétrico. A luz se apaga. Lista: silêncio. O silêncio do segundo escuro com Asija nas escadarias, antes de apertarmos o interruptor de luz. O silêncio que arreganha seus dentes. Meu pai. O silêncio depois do tiro de Kamenko. Francesco e o silêncio da varanda. Minha silenciosa nena Fatima. O silêncio de meus últimos dez anos.

Atrás do armário de roupas no quarto de vovó ainda jaz a caixa. Eu espalho as pinturas no chão. Espalho as pinturas na cômoda, espalho as pinturas nas camas. Espalho as pinturas no parapeito da janela, na mesa e debaixo da mesa. Noventa e nove pinturas do inacabado, com inscrições no verso, vou terminar cada uma delas. Uma pintura da infância inacabada não está entre elas. Começo com o falcão em voo picado, que pintei no dia em que estive na Laguna de Luz, ainda sou o

Camarada-chefe do inacabado

Falcão em voo picado.

Nosso Yugo sem cano de descarga na estrada que leva a Veletovo.

A Iugoslávia com a Eslovênia e a Croácia.

Os cabelos de nena Fatima, destrançados.

O Drina sem a ponte nova e horrível.

O jovem Drina sem barragem.

Abóbora, não cortada.

Tito de camiseta.

Tito despenteado.

Tito sem o buraco de tiro no olho.

Janela, aberta num dia ensolarado.

O "Retrato de B. como virtuosa de violinos suaves" de papai sem os violinos bobos.

Vovô Rafik sem garrafa de conhaque.

Estar descalço.

Sombras de pessoas debaixo de um poste sem pessoas embaixo.

Velas sem pavio.

Sexta à tarde, sábado e domingo sem segunda, terça, quarta, quinta e sexta de manhã.

A goleira de giz de Edin na fachada da escola sem zelador.

Lagartixa com rabo.

O nariz reto de Vukoje Verme, meu colega de aula, que tentou quebrar o meu quatro vezes, mas sempre houve algo que o impediu. Pintado pelo próprio Vukoje num momento de meiguice inimaginável.

Van Gogh, o ídolo de papai, com suas duas orelhas (bem grandes).

Livros, sobre os quais não há pó.

Nascer do sol (bem vermelho).

Uma vaca caída. Vovô Slavko e eu jogamos xadrez em cima dela.

Bandeira iugoslava, antes de a estrela desaparecer.

Pancada de chuva sem nuvens.

Estátua de Ivo Andrić, ainda com a cabeça de Ivo Andrić.

Praia de Igalo sem as pessoas de Višegrad ao sol.

A Milica de Milenko sem maquiagem, em preto e branco.

O cemitério de Veletovo sem o túmulo de vovô Slavko.

Carl Lewis sem medalha de ouro.

Emina bem distante do soldado de dente de ouro.

Um börek, intacto.

Quebra-cabeça inacabado: Tito dá a mão a E. T.

Céu estrelado sem estrelas.

Avião sem fumaça na cauda.

Couve-flor a galope sem cercas à vista.

Gramofone sem ciranda de soldados nas proximidades.

Ferimento sem sangue.

Martelo sem foice.

Ameixa sem caroço envolvida em carne moída.

Dez soldados dormindo.

Dez soldados desarmados.

Cão sem coleira.

A bela e grande Kawasaki sem o Jürgen de couro.

Momento de silêncio.

A peruca de Johann Sebastian. Sem Johann Sebastian.

O rosto de mamãe, sorridente, sereno, despreocupado.

Fogo de acampamento sem fumaça.

Festa sem pistolas.

Pistola, descarregada.

Siluro de bigodes e óculos, saltando no Drina, no ponto mais alto de seu salto, quatro metros acima da superfície.

Palma da mão sem as linhas do destino.

Bisavô radiantemente jovem: com abismos de rugas, moitas de pelos nas orelhas, matagais de barba, prados de cabelos, lagos de olhos e um pequeno arado debaixo do braço.

Yuri Gagárin sem Neil Armstrong.

Neil Armstrong sem lua.

As vacas de Radovan Bunda no primeiro andar.

Um fuzil de francoatirador sem francoatirador.

Jogo de futebol, apito inicial.

Golaço.

Arremesso.

Magic Johnson sem Aids.

Dražen Petrović no arremesso de três pontos sem acidente automobilístico.

A tabela do ano de 1989. O Estrela Vermelha ainda é líder.

Queijo sem buracos.

Minha resposta à carta de despedida de Francesco.

Čika Spok sem a garrafa de aguardente nos lábios.

Ensopado de feijão sem feijões.

O furacão chamado Morsa, no exato instante em que varre a tabacaria de Bogoljub Balvan, deixando-a vazia.

Locomotiva sem vagões.

Jogo de rúmi, todas as cartas na mão.

Pão sem cesto de pão.

Tio Bora, esbelto.

Cabide de roupa sem camisa.

Čika Hasan e čika Sead discutindo.

Folha de papel sem dobra.

Tanque sem rodas dentadas.

Rambo I.

Karl Marx antes de fazer a barba.

Meia-lua.

Camarada Fazlagić, ainda não senhor Fazlagić.

Uma placa de sinalização ainda sem inscrição.

Injeção de penicilina sem agulha.

Pátio de escola antes da chuva.

Flores sem ervas daninhas.

Teta Desa nua sem os homens da barragem.

Um tiroteio, mas ninguém deitado no chão, nenhum sangue à vista.

Leite que ainda não esfriou (12 minutos).

Neve sem rastros.

Massa nas mãos de teta Amela, que faz o melhor pão do mundo.

Francesco, antes da despedida.

Vidro sem rachaduras.

Mãos apertam um interruptor de luz.

Autorretrato com os dois avôs.

Imagem no espelho.

Quando tudo estava bem.

Folha vazia.

Gramofone teimoso, estragado.

Asija.

É tarde da noite e a maior parte das pinturas ainda não foi terminada. Tive de pensar por muito tempo como faria a barba de Marx ou sobre o que eu achava bom num céu estrelado sem estrelas, o que eu quis dizer com a folha vazia e o que fazer com as vacas de Radovan. Agora Emina está deitada diante de mim, o esboço de um rosto de mulher.

Aleksandar? Vovó Katarina bate e entra. Estás com fome?

Logo vou estar pronto, vovó.

Ficas melhor de cabelo curto, ela diz, e se volta para ir, mas fica parada à porta e passa os dedos nas demarcações da minha altura. Amanhã é a missa das almas, nós vamos para a casa de vovô, em Veletovo.

É a primeira vez que ela menciona vovô Slavko. Com que frequência vais visitar o túmulo?, eu pergunto.

Sempre que posso. A estrada está coberta pela vegetação, e para ir a pé é um pouco longe. Bisavô e bisavó cuidam do túmulo. Te lembras do dia em que Slavko foi enterrado? Eu te puxei para longe da cova e te perguntei o que tu pensavas que vovô iria querer de mim numa hora como aquela.

E o que foi que eu respondi?

Não sei, diz vovó, essa é que é a questão. Tu vais junto, não?

Que tu não vais esquecê-lo. E que vais guardar tudo com cuidado: o que está escrito no jornal, o que as pessoas falam, o que tu vês, o que tu ouves. E que vais comigo todos os domingos até ele e lhe contas tudo com a maior calma. Mesmo sem jornal, sem óculos e sem passeio, ele precisa saber de tudo que está acontecendo. Tu te responsabilizas pela realidade. Depois vais embora e nos deixas uma hora sozinhos. As histórias ficam por minha conta.

Vovó me acorda puxando o lençol que está embaixo de mim, como se quisesse sacudi-lo comigo em cima. O despertador aponta seis horas, ao lado de vovó, está Miki. Bom dia, Aleksandar.

Eu sonhei com uma mulher-mista, uma mistura de Asija e Marija, de cachos louros. Levei um omelete para o café da manhã na cama de Asijamarija. Bom dia, tio, digo eu, e perco a batalha pela coberta, deitado ali de cuecas diante de vovó em seu vestido preto e meu tio de ombros largos usando um terno preto. Miki volta o rosto para a janela, a corcova sobre o nariz, as sobrancelhas em curvas altas, ainda é cedo, ele diz, nós, os rapazes vamos dar uma volta. O perfil de meu avô, sua boca bonita.

Miki liga o carro, eu entro, nós ficamos em silêncio. Como estás, tio?, eu pergunto depois de alguns instantes. Miki olha em frente, ninguém na rua, nós logo vamos chegar, ele diz. Ele me leva até a ponte. Nós descemos. Eu o sigo, ele caminha até o meio e olha para o Drina. O vento sopra frio no vale; no céu, nuvens apostam corrida.

Miki vai de carro comigo até uma casa na rua Pionirska. A casa tem fachada nova, amarela, que a destaca das casas sujas da vizinhança. O vento fica mais forte. No banco debaixo da janela, está sentado um homem velho de chapéu, bengala sobre o colo. O que vais fazer depois da faculdade?, pergunta-me Miki. O velho homem cospe seu chiclete na mão e o enrola numa folha de alumínio com as mãos tremendo. Isso lhe custa muito tempo, e quando ele está pronto, Miki lhe toma a bolinha. Tudo certo?, ele grita ao ouvido do velho.

Cla-cla-cla-ro, diz o velho.

Miki vai de carro comigo até o hotel Bikavac, que já não é mais hotel. Os bangalôs pequenos e decadentes agora são moradias para aqueles que não podem se dar ao luxo de qualquer outra coisa.

Tens namorada?, pergunta Miki, e olha para o céu. Sinto o cheiro da chuva, ele diz, e: quando estás pensando em ter filhos? Ele bate em várias portas, uma delas é aberta, uma mulher pálida, o rosto amarfanhado pelo sono, pergunta de mau humor o que nós queremos.

Dizer bom dia, diz Miki.

Miki vai de carro comigo até o hotel Vilina Vlas. Mais ou menos na metade do caminho, na aldeota de Kosovo Polje, nós estacionamos nas ruínas de uma construção queimada. Miki ajunta uma pedra e esfrega o polegar sobre a fuligem. No estacionamento diante do Vilina Vlas, ele me oferece um cigarro e joga fora a carteira pela metade depois que eu não aceito sua oferta.

No caminho de volta pela cidade, ele dobra em direção à guarda policial. Os policiais o cumprimentam com "Miki". Todos o cumprimentam. Sem bater, ele entra num escritório pequeno, Pokor imediatamente tira os pés de cima da mesa e bota o jornal de lado. A chave, diz meu tio, e Pokor lhe estende um grande molho.

Tudo em ordem, Miki?, mas titio não se digna a lhe dirigir mais nenhum olhar.

Nas celas não há ninguém. Miki abre a cela maior, bota a pedra cheia de fuligem de Kosovo Polje em cima do catre estreito, e diz: termina logo esse troço da faculdade e vê se dá um jeito de ganhar dinheiro.

Miki fez listas. Miki vai de carro comigo até o corpo de bombeiros. Senta-se de cócoras diante do portão da garagem. Atrás dela, no passado estavam estacionados os dois grandes caminhões vermelhos, pelos quais eu não era capaz de manifestar nenhum entusiasmo infantil. Miki junta as mãos sobre o colo e me olha de baixo para cima. Também eu fico de cócoras, mas ele mantém seu olhar lá onde pouco antes estava minha cabeça. Teu pai e Bora não acham necessário, diz ele, e aspira o ar com força pelo nariz, visitar a própria mãe. Talvez eles pensem que mandar dinheiro já baste. Mas não basta. Ela é nossa mãe, e sem mim estaria sozinha. E não estamos vivendo exatamente tempos bons para estar sozinhos. Miki fala com voz calma, suas mãos se separam e voltam a se juntar. Teu pai e Bora têm um problema comigo. Mas isso é uma coisa entre nós, não tem nada a ver com nossa mãe. Pode lhes dizer isso.

Papai disse que eles estão planejando..., eu começo, mas Miki me interrompe, e de imediato encontra meus olhos: teu pai não trocou uma palavra sequer comigo faz sete anos. Teu pai manda dinheiro e fotografias de uma piscina e da tua mãe de maiô. Para o teu pai, eu valho menos do que um chiclete cuspido na rua. Miki fala com tranquilidade, eu olho para o chão. Mas assim não dá!, ele grita de repente, assim não dá!, ele grita, assim não dá, assim não!, ele grita, ele grita, ele grita, assim não dá, assim não! Miki martela o punho contra a porta atrás da qual estão estacionados os caminhões de bombeiro, ele é uma pancada só.

Não acredito na prontidão de meu corpo para reagir. Não confio em minha boca para inquirir, não permito a meus olhos nenhum olhar desafiador, ao meu rosto nenhuma feição severa, às mãos nenhuma fúria cerrada. Eu sou excepcional na descrição de gestos.

Miki me leva de carro para casa. Vovó bebe café com as vizinhas. A senhora Popović e teta Magda vestem preto e criticam as nuvens se aglomerando. A senhora Popovic me agradece por ter passado pela casa deles, eu pergunto por quê, ela diz que seu marido está tocando piano a manhã inteira, peças chuvosas, eu digo: não tenho nada a ver com isso — eu também não, ela diz.

Vovó quer ir no banco da frente, Miki tira o carro da garagem, ela diz: um dia Slavko encheu a casa de flores, um dia ele apresentou, na frente do comitê central, uma versão própria de Chapeuzinho Vermelho em vez de fazer um discurso, um dia ele profetizou que a coisa não poderia terminar bem, que todos nós temos ideais, mas nenhuma alternativa aos ideais, e um dia ele pensou em me trair, eu percebi no gosto de seus beijos.

Mal deixamos as estradas asfaltadas, não conseguimos mais seguir adiante. Pois bem, diz Miki, e puxa o freio de mão. Os buracos no chão são tão numerosos e tão fundos que mesmo caminhar se mostra difícil. Das margens da estrada, galhos de amoras silvestres e vegetação rasteira nos agarram, trepadeiras com espinhos, até mesmo pés de rosas, só um estreito corredor continua mais ou menos livre, sobre o qual carvalhos jovens cruzaram seus ramos. Logo esquenta no canal de plantas, o vento traz até nós o cheiro doce de decomposição. Acima de nós, as nuvens se fecham num mosaico cinzento, carregado de chuva.

É inacreditável, digo eu, e tento acertar os zumbidos em volta de minha cabeça, tantos insetos em pleno mês de março.

Sim, inacreditável, ofega vovó Katarina, e aponta para a moita à nossa frente. Eu fico parado. Tomada pelas macegas, dois, três metros acima de nós: a carroceria de um Yugo amarelo. Vovó e tio passam às pressas pelo carro abandonado, mantido nos ares apenas por laços de vegetação, galhos e cipós. Eu me aproximo com cautela do carro atado pelas trepadeiras cheias de espinhos, e acabo deixando um risco sangrento no meu antebraço quando tento afastar dois galhos para o lado a fim de lançar um olhar sobre a placa. Nosso velho Yugo, que ficava parado todas as vezes sem exceção nesse trecho da estrada, asno, idiota, cretino, o carro cretino, conforme papai o chamava nessas ocasiões, encontrou no alto seu último estacionamento. Um carro apaixonado por uma estrada — de outro modo não consigo explicar o que estou vendo.

O corredor de plantas se abre para um prado, aqui o caminho termina, daqui ele jamais passou, aqui o orvalho cobre o chão e a neve o alto das árvores. Para chegar à casa de minha bisavó, temos de subir pelo jardim das ameixeiras. As árvores há muito tempo não são podadas, ferrugem e musgos cobriram as cascas, cogumelos tomam conta do pé dos troncos. Quem está pensando em quê?, eu me pergunto, quando vovó, titio, depois eu passamos um após o outro a mão sobre a casca de uma das árvores.

No pátio entre o estábulo e a casa há uma mesa, a toalha de mesa branca é mantida em seu lugar com o peso de pedras. Na cabeceira, bisavô Nikola passa a mão nos cabelos longos. O vento, crianças, o vento, ele diz, pega meu queixo e meu crânio com dedos ossudos. Aleksandar, meu sol, ele canta em voz rouca, Miki, vem cá, te segura em mim, ele se queixa.

Bisavô ficou estranhamente longilíneo; de pés descalços, ele procura se segurar na relva úmida, se defende contra o vento. Sua casaca de passeio, manchada e amassada, mal chega a seus quadris, o rosto escuro parece tomado pelo musgo e pelos fungos — são apenas sombras. Ele canta nos dando as boas-vindas, mas o que ele canta não quer virar canção, a voz de bisavô é uma lima rouca que raspa a força das palavras.

Bisavó trançou o cabelo e arranjou as tranças em uma coroa de prata escura no alto da cabeça. Ela está sentada, usando um sobretudo de pele de ovelha, vestido floreado e meias de lã por cima das botas de borracha, está sentada de pernas abertas sobre a grande pedra no meio do chiqueiro dos porcos. Ela permanece sentada mesmo quando eu a cumprimento, permanece sentada quando a abraço, é bem mole, eu a aperto junto a mim, como se abraça alguém que é leve como uma pena e velho como uma pedra, com quanta força se pode apertar alguém assim?

Bisavó? Eu a toco no ombro. Bisavó? Aninhada a sua pedra, minha bisavó mastiga de boca aberta algo invisível, crava as unhas na pedra, seus olhos grandes e castanhos atravessam tudo sem nada ver.

Para ti continuo sendo Marshall Rooster, ela haverá de gritar, e botar seu tapa-olho quando eu lhe voltar as costas. Eu volto as costas para ela, e nas montanhas ouve-se um trovão.

Há um pouco de carne defumada, em fatias grossas e tortas, há queijo de ovelha com crostas velhas, há o pão, o pão é morno e macio e doce, há suco de ameixa turvo, há kajmak, vovó Katarina lava os talheres mais uma vez, e mesmo assim acabamos usando os dedos para comer, em seguida; há batatas cozidas, há restos de casca nas batatas cozidas, há sete palitos de dente. Tio Miki corta o pão, vovó tira a faca de suas mãos. Há gordura de torresmo, há sal, há duas cebolas, há pimentões recheados com carne moída, há pepinos azedos, há a marmelada dietética da Alemanha, há aguardente e vinho doce, tomando isso aqui os cegos voltam a enxergar, diz bisavô em voz rouca, e levanta sua taça. Ao meu Slavko, ele diz, bebe e fica em pé, e bisavó come em sua pedra, com o prato sobre o colo. Como está a ciática, papai?, pergunta vovó; que troço é esse?, responde bisavô, contei alguma vez a vocês, ele pergunta, como fui uma verdadeira ponte contra os austríacos em mil novecentos e catorze? Há aipo cozido, há uma fome que eu não consigo matar, não há vizinhos aqui, eles dão de comer uns aos outros, diz bisavô, e deixam que as doenças decidam onde devem meter a cabeça e onde fica sua bunda. Há rachaduras na fachada, do chiqueiro não vem nenhum grunhido, no meio do pátio há o túmulo de Petak.

Minha Mileva e eu, diz bisavô, vamos sobreviver ao céu.

Com a comida em cestos, nós andamos até o pequeno cemitério. Na missa das almas come-se duas vezes, explica vovó, primeiro sem o morto, depois com ele, sempre com o vinho para acompanhar.

Vovô não quereria saber de tais costumes, digo eu.

O teto de nuvens pende sobre as ameixeiras, pesado e negro, os galhos finos se esticam em direção aos raios. O que importa é estarmos juntos, diz vovó.

Os cabelos brancos de bisavô são tocados pelo vento como se fossem um véu. Eu o alcanço, quero saber o que está acontecendo com bisavó, ela não queria largar sua pedra.

Minha Mileva tem a cabeça mais leve do mundo, ele diz, e salta de lado de repente, bate com as mãos a sua volta e dobra o braço como se fosse pegar alguém pelo pescoço, ao que o vento para, instantaneamente. Minha Mileva, diz ele sem fôlego, lutando com algo grande que traz agarrado debaixo do braço, só levanta de sua pedra quando há algo importante a fazer ou a noite chega para dormir.

As traves do cercado do cemitério estão tortas, a madeira podre e rachada, os pregos carcomidos pela ferrugem. Os relâmpagos não param, os trovões também, como se as nuvens tivessem de ser derrubadas para que começasse a chover. Miki sacode a cabeça e ri, ainda que ninguém tenha dito alguma coisa. Os primeiros pingos grossos caem.

O túmulo de vovô está limpo e robusto, e é a única mancha branca à vista. Boto as batatas no chão, a aguardente, o vinho, as taças, o mármore já brilha da chuva. Não há mais guerrilheiros, eu digo a Miki. Ele não presta atenção em mim.

Emoldurado em pedra, há um retrato oval: meu avô preto e branco olha para mim e para dentro de mim, ouve com os olhos e já sabe como tudo irá acabar.

No lugar em que imagino a cabeça de vovô, vovó escava a terra com uma colher e enfia um cigarro no buraco.

Mas vovô nunca fumou, digo eu.

Em segredo, diz vovó, e Miki acende o cigarro de seu pai e o seu. O túmulo é uma mesa de festas, chove cada vez mais forte, nós nos sentamos às bordas, comemos algo mais uma vez. A cinza do cigarro de vovô se dobra. A chuva acerta as cebolas, acerta as batatas e bate na tampa da panela de pimentões. Eu como, devoro, e é como se tivesse jejuado há dias, às vezes alguém bota alguma coisa no túmulo, um pepino, uma fatia de pão com gordura de torresmo, eu salgo o pão e salgo a terra junto, escavo eu mesmo um buraco nela, encho de aguardente. Sim, isso é bom, quatro Krsmanović num só lugar, diz bisavô, e levanta os olhos para o céu. Será que sabes mesmo com quem estás te metendo, chuva, sua mula?

A chuva não sabe, cai em ondas sobre nós, e quando vovó diz: quanta felicidade meu marido não mereceu, e eu digo: quantas histórias meu avô não me deu, e bisavô pergunta quanta aguardente ainda há e Miki dá pão úmido de comer a vovô e diz: não há nada do que poderíamos nos orgulhar juntos, papai, e não temos culpa de nada juntos, quando dizemos tudo isso, ninguém mais pode saber quem chora e com que força está chorando. Eu também não sei quando foi que bisavó chegou até nós, vejo apenas que ela cai de joelhos diante do túmulo e beija a foto de vovô, um beijo em cada um dos olhos.

Meu filho, meu filho, se eu tivesse dado mil filhos à luz, nenhum coração teria dado tão certo como o teu coração. Bisavó beija a relva úmida, depois, com terra na boca, seu marido, que na chuva fica cada vez mais alongado. Ela consegue beijar apenas seu ombro, na ponta dos pés. Com seu pente de madeira, ela penteia os cabelos molhados dele, não para de passar o pente nas mechas enodadas pelo vento.

Eu como e bebo e como e bebo e como, a chuva corre pela minha nuca abaixo, o cigarro de vovô chegou ao fim. Bisavó me estende varinha de condão e chapéu. O chapéu ainda serve em minha cabeça, a varinha de condão, assim como o mundo inteiro, é menor do que em minha recordação. Miki sorri para mim, eu caminho até ele, nossos peitos se tocam, eu vejo os poros em suas faces, tiro o chapéu e quero botá-lo na cabeça de Miki, ele bate na minha mão, afastando-a, alguém empurra alguém, o chapéu e a varinha de condão caem no barro. Troveja acima e atrás e à esquerda e à direita de mim ao mesmo tempo, podes ficar quieto um pouquinho!, canta bisavô, e sacode o punho em direção às nuvens. Bisavó usa seu tapa-olho, Miki afrouxa sua gravata.

Vovô, nem todas as tuas histórias eu consegui guardar, mas escrevi algumas das minhas e vou lê-las para ti, assim que a chuva parar. Quem me deu a ideia foi nena Fatima, quem me deu a voz foi vovô Rafik, quem me deu o livro do qual lerei foi vovó, quem me deu as veias do antebraço foi teu filho, que agora pinta cocos, quem me deu a melancolia foi minha mãe. Me falta tudo para contar minha história como um de nós: me falta a coragem do Drina, a voz do falcão, a coluna vertebral dura como uma rocha de nossas montanhas, a firmeza do Morsa e o entusiasmo daquele que sente sinceramente a falta das coisas. Mas também Armin, o chefe da estação, me falta, čika Hasan e čika Sead eternamente a brigar, a perna de Kiko, Edin, que esquece que está imitando um lobo e se assusta com a própria voz, falta o "Estuário", nosso jardim, que foi cimentado, Couve-flor, os nomes das árvores, o estômago para a aguardente, as goleiras no pátio da escola. Tu faltas. E as verdades, são elas que me fazem a maior falta, verdades nas quais não somos mais apenas ouvintes ou narradores, mas sim confessores e perdoadores. A nossa promessa, de sempre continuar contando, eu vou quebrar agora.

Uma boa história, tu terias dito, é como o nosso Drina: jamais um regato tranquilo, ela não goteja, ela é impetuosa e larga, afluentes jorram para dentro dela, enriquecem-na, ela transborda, borbulha e troa, aqui e ali fica mais rasa, mas aí vêm as cataratas, aberturas para profundezas onde não se pode chapinhar. Mas uma coisa nem o Drina nem as histórias conseguem: para os dois não há volta. A água não pode retornar e escolher um outro leito, assim como nenhuma promessa poderá ser mantida agora, apesar de tudo. Nenhum afogado emerge e pede uma toalha, nenhum grande amor acaba se encontrando, nenhum dono de tabacaria deixa de nascer, nenhuma bala bate num pescoço e volta para o fuzil, a barragem aguenta ou não aguenta. O Drina não tem delta.

E uma vez que não se pode fazer nada voltar, tu terias te inventado e inventado a nós, assim como agora estamos sentados em cima de ti e comendo, imagens para a chuva tu as poderias inventar com facilidade, e vovó, como ela enfia um segundo cigarro em tua boca de terra, depois bisavó, que me desafia a um duelo dizendo, vamos ver se depois de dez anos no oeste selvagem tu enfim consegues chegar a meus pés.

A chuva é pesada e fria. Molhados até os ossos, nós carregamos a louça e o pão amolecido de volta para casa. Eu estou com vertigens, não existe mais céu. Bisavô não consegue segurar o vento por mais tempo, o vento consegue escapar, fica mais forte, uma das pedras rola de cima da mesa no pátio, a toalha se solta e levanta voo. Bisavó fica parada, não a boa, ela murmura, não a boa. Bisavô bota a mão em suas costas e ri de dor. A toalha paira em meio à chuva, como ela pode voar estando tão molhada, eu me pergunto, embora ela já há tempo tenha caído aos pés de bisavó, que envolve Miki com ela.

Meu telefone toca. Bisavô se curva como se quisesse ajuntar algo, a mão nas costas, e eu atendo: assobios e chiados e a voz de uma mulher. O quê?, eu exclamo, e nada. O chiado se transforma numa chuvarada de vozes, é como se eu estivesse ouvindo dois milhões de telefonemas de uma só vez, não consigo acompanhar nenhum, feedback, as vozes somem. Bisavó rola Miki para debaixo da mesa, eu aperto a outra mão no outro ouvido e vou para a varanda, o telhado sobre minha cabeça corta todos os ruídos no telefone de repente. Eu volto para a chuva, estalos, corro pelo pátio, resvalo barranco abaixo, a voz de mulher. Asija?, eu exclamo primeiro em voz baixa, depois em voz alta: Asija? A resposta vem com chiados, será que é mesmo uma resposta: Aleksandar. Quem é?, eu pergunto e minha voz assovia, quem é?, como se fosse um eco, eu preciso me sentar, comi e bebi incrivelmente muito e ainda por cima duas vezes, não consigo mais, me deixo cair,

316

agora estou deitado ali, no meio da doçura zumbidora de uma chuva de vozes, onde?, uivam dois milhões de vozes, estou me sentindo mal, não consigo mais, acima de mim, um, talvez dois metros acima de mim — as nuvens. A chuva enche minha boca, vozes como moscas em meu ouvido. Sim, eu digo, agora estou aqui. Aleksandar?, diz a voz de mulher, e a voz de mulher é um rio no qual estou deitado, ganhei meu próprio Drina em forma de chuva, e eu digo: mas eu estou aqui.

Meu obrigado a Katharina Adler, Martina Bachler, Nadja Küchenmeister, Benjamin Lauterbach, Michael Lentz, Thomas Pletzinger, Ilma Rakusa, Simon Roloff e a Leipzig pelo apoio.

Meu obrigado a Goran Bogdanović, Hamdo Oprašić, Kristina e Petar Stanišić, Mejrema e Hamed Hećimović e a Višegrad pelas histórias.

Sem elas os olhos e orelhas de Aleksandar jamais teriam ficado tão grandes.

Meu obrigado a Künstlerhaus Lukas em Ahrenshoop pela tranquilidade, pela área de proteção e pelas dunas.

Meu obrigado à Secretaria de Cultura da cidade de Munique e à Villa Waldberta pela confiança, pelo esporte e pelo lago Starnberger.

Como o soldado conserta o gramofone foi patrocinado pelo Programa Atravessando Fronteiras (Grenzgänger-Programm) da Fundação Robert Bosch.

Glossário Resumido

AABORA, AACHENENSE, AAL, ABA, ABABÁ, ABABUÍ, ABACATADA, ABACOTE, ABÁCULO, OBRIGADO! — No original: *Aal, abartig, Abbau, abbauen, abbeissen, abbekommen, abblasen, Danke!* Aleksandar lista as primeiras palavras do dicionário alemão sem muito rigor, já que deixa algumas de lado, mas respeitando a ordem alfabética.

•ANDERLECHT UNDER — Expressão típica do jargão dos apostadores futebolísticos. Significa que alguém apostará que no jogo do Anderlecht (time belga) serão marcados menos de três gols.

BÖREK — Espécie de pastel de massa folhada com recheio de carne moída e, às vezes, queijo (de ovelha).

ĆEVAPČIĆI — Rolinhos de carne moída grelhados e fortemente temperados. Pronuncia-se tchevápchitchi.

ĆEVAPČIĆI MOTHERMADE — O rolinho balcânico à moda da mãe, registrado no universalismo da língua inglesa...

ČIKA — Simplesmente "tio", na acepção que adquire quando uma criança se dirige a um homem de mais idade.

ČIKO — Aleksandar, que chamava todos os homens mais velhos (que não faziam parte de sua família, de "čika", por exemplo čika Hasan ou čika Sead, agora se tornou um "čiko", tio, e já tem idade para ser chamado como tal pelas outras crianças. A mudança na letra final se deve à declinação da língua bósnia.

KAJMAK — Outro produto típico da cozinha balcânica; camada superior do leite de vaca esquentado ao fogo (corresponde mais ou menos ao que chamamos de nata, é usada para fazer a baclavá, por exemplo).

KARL E FRIEDRICH E CLARA E TITO — Karl e Friedrich referem Marx e Engels. Clara refere-se a Clara Zetkin (aliás, citada com o sobrenome a seguir), política socialista alemã e defensora dos direitos das mulheres (1857-1933). Companheira de luta de Rosa Luxemburgo.

MARCOS DE CONVERSÃO — Em bósnio, Konvertibilna Marka — KM, que na época correspondia ao marco alemão.

NENA — Palavra muçulmana para vovó (avó).

PALLINO — Em italiano, no original. Bolinha; o balim ou bochim do jogo de bocha (boccia).

PARTISAN — Significa "guerrilheiro da resistência". Refere o nome da fábrica de ferramentas.

PITA — Prato da cozinha bósnia, feito com massa folhada e recheio de iogurte, ovos e queijo.

ROT-WEISS-ESSEN — Time de futebol da cidade de Essen. Traduzindo, teríamos Vermelho e Branco de Essen. Note-se que as cores do clube são as mesmas do Estrela Vermelha de Belgrado.

SHCLIBOWITZ — Outras formas de escrita: Sliwowitz, Slibowitz, Slivovic, Slivovitz, em sérvio, croata e esloveno *šljivovica*, em eslováquio *slivovica*, em tcheco *slivovice*, em polonês *śliwowica*, em húngaro *slivovica* ou *sligovica*. Bebida típica desses países, mais a Romênia, por exemplo. Destilado de ameixas e o nome provém da palavra eslava para ameixa.

ŠPAJZ — A palavra bósnia é referida porque de alguma maneira é oriunda do alemão "Speiseraum", despensa.

TCHETNICS — Tschetniks, no original. Palavra oriunda do servo-croata cžeta, que significa bando, tropa, companhia. Originalmente tropa de guerrilheiros sérvios fiéis ao rei durante a Segunda Guerra. Mais tarde, membro de uma unidade sérvia armada e motivada politicamente.

TETA — Tia, o correspondente feminino de čika (ver).

USTACHAS — Ustascha, no original. Do croata ùstaša, que significa líder. Movimento croata de tom nacionalista, ativo sobretudo nos anos 1930 e 1940, que lutou pela independência croata. Daí os croatas serem chamados de ustachas ainda na guerra que acabou estilhaçando a Iugoslávia.

VOLO — Em italiano, no original: voo.

YUFKA — Espécie de massa folhada, usada na preparação do börek, por exemplo.

YUGO — Célebre carro de pequeno porte da indústria iugoslava; fabricado a partir de 1981.

Posfácio

Marcelo Backes

A história da guerra que estilhaçou a Iugoslávia mal foi contada no Brasil. E quando foi, foi mal contada. Uma das grandes virtudes do romance *Como o soldado conserta o gramofone*, de Saša Stanišić, é recontar essa história. A maior, é fazê-lo assumindo o ponto de vista de um garoto, Aleksandar Krsmanović, narrador e personagem central do romance. A potência inventiva de Aleksandar é tanta que ele assume a condição de entidade, representando a infância em seu caráter mais abrangente; no caso, a infância lidando com um problema crucial, o da guerra.

É do conflito entre infância e guerra, entre um indivíduo que ainda busca orientação no idílio restrito da família e já sente a fúria da instituição externa em seu aspecto mais bárbaro, que nasce o romance. É como se o horror da guerra incitasse a capacidade infantil de fabular, transformando o ato de narrar em estratégia de sobrevivência, que continua viva na experiência do exílio, quando a varinha de condão — que Aleksandar ganhou do avô paterno e em seguida o fez fracassar na tentativa de ressuscitá-lo num passe de mágica — se transforma em pena, registrando em letra a fantasia do garoto premida pela necessidade de recuperar o passado. De recuperar o passado, a fim de encarar melhor o presente e adquirir uma perspectiva para o futuro.

O falecido avô, aliás, é uma das personagens centrais do livro, e o romance começa exatamente com sua morte. Sérvio e nacionalista, vovô Slavko é um símbolo daquilo que significou a grande Iugoslávia, um entusiasta de Tito e o mestre que ensina a narração ao neto. Ele morre, a Iugoslávia sucumbe também — de certa forma a morte do avô é uma metáfora para a desintegração do país —, e o neto tem de continuar narrando, agora mais do que nunca.

E é o que ele faz. O livro se transforma numa sucessão de episódios maravilhosos, num arsenal de personagens mirabolantes, todos dispostos a ilustrar uma infância na Bósnia, a alegrar o preto e branco da história com a tinta colorida da ficção. Numa das cenas, uma festinha de aldeia é interrompida por um idiota cheio de honra sérvia, que decide dar um fim na alegria de todo mundo com um tiro, porque os músicos estavam cantando uma "merda turca" (que é como ele se refere às canções bósnias). É a guerra que visita a festa, a diversão que vira confusão, uma visão em microcosmo do que passa a acontecer em seguida, depois de o "silêncio ter arreganhado os dentes" por tanto tempo. Tangidos ao abrigo do porão, Aleksandar e sua família em seguida são obrigados a fugir de Višegrad a Belgrado, a capital sérvia da Iugoslávia, depois a buscar exílio na Alemanha, de onde o garoto manda sucessivas cartas a sua namorada platônica, a querida Asija, sem saber jamais se ela as recebeu. No final daquela que poderia ser caracterizada como a primeira parte do romance, Aleksandar recebe um pacote de lembranças de sua avó paterna Katarina, uma sérvia que não quis abandonar a pátria onde enterrou seu marido — vovô Slavko — para seguir com a família.

É o pacote que instiga Aleksandar a inserir dentro de sua narrativa uma espécie de novo livro, intitulado *Quando tudo era bom*. Ele configura aquilo que seria a segunda parte do romance. Dedicado a vovô Slavko, o livro conta episódios anteriores à morte do avô; a última das histórias se passa justamente no dia em que ele morreu. Com a inserção — em que o narrador vira autor dentro de sua própria narrativa —, Aleksandar consegue recuperar mais uma vez o paraíso perdido da infância anterior ao momento em que a guerra lhe pôs um fim. E, num mundo que ainda não estava tão maculado pelos aspectos mais negativos da civilização, o idílio volta mais forte do que nunca. Inspirado pelo sorvete Stela (que lembra a *madeleine* de Proust, as ameixas secas de Tolstoi em *A morte de Ivan Ilitch*,[1] e ironicamente está para os iugoslavos mais ou menos como os pepinos do Spreewald estão para os alemães orientais, que aliás também perderam seu Estado), Aleksandar vai em busca do tempo perdido, de um mundo perdido, de uma pátria inexistente, e passa a lembrar dos desfiles da infância, das brigas com seus coleguinhas, de uma bela e íntima amizade com um engenheiro italiano. É quando ele conta sua grande vitória no campeonato local de pesca, que o classifica para o campeonato nacional, cancelado em seguida porque a guerra volta a dar as caras. E ninguém diz nada ao garoto, que ainda pesca nos rios de sua infância quando o país a sua volta já não existe mais, esfacelado pela guerra, pela fúria étnica (entre bósnios, sérvios e croatas), pelo ódio religioso (entre muçulmanos, ortodoxos e católicos). A segunda parte termina exatamente com a morte do avô. Estamos em 1991, e os que ontem ainda pescavam bucolicamente no Drina, amanhã não vão mais querer comer seus peixes.

A terceira e última parte, que vem após o "livro dentro do livro", conta a volta de Aleksandar, já adulto, para sua cidade natal, em 2002. Ele retorna para tentar ajuntar os cacos de um mundo que já não existe, fazer um mosaico de suas peças sem sentido, terminar os quadros que ele, o "camarada-chefe do inacabado", jamais terminou. O estranhamento é grande, a insuficiência é dolorosa, e tudo termina na fronteira entre realidade e sonho, sobre o túmulo de vovô Slavko. No fundo, Aleksandar consegue apenas garantir o registro da infância para poder deixá-la para trás com mais facilidade.

---

[1] Tolstoi escreve em *A morte de Ivan Ilitch*, aliás anterior a *Em busca do tempo perdido*, de Proust: "Se Ivan Ilitch pensava nas ameixas cozidas que lhe serviram naquele dia, vinham-lhe logo à memória as ameixas secas da sua infância, muito enrugadas, com um gosto todo especial e que provocavam uma abundante saliva quando mordido o caroço; e a lembrança desse gosto desencadeava uma sequência de outras daquela época: a ama, o irmão, os seus brinquedos."

A *guerra na raiz da família*

Em 2001, a escritora alemã Juli Zeh, autora de A *menina sem qualidades*, já passara algum tempo na Bósnia-Herzegóvina para contar suas impressões sobre a guerra. Elas foram publicadas em O *silêncio é um ruído* (Die Stille ist ein Geräusch) de 2002.

Saša Stanišić conta o horror que ele próprio viveu, que interferiu em seu mundo, que mudou sua vida de maneira radical. *Como o soldado conserta o gramofone* abarca, temporalmente, uma época que vai de 1991 a 2002, mas vários episódios anteriores são mencionados, inclusive a queda do Muro de Berlim, em 1989, que aparece registrada no "livro dentro do livro", assim como vários momentos importantes dos anos 1980. O que vem antes desse livro dentro do livro é contado pelo Aleksandar ainda menino, numa forma que lembra a do diário (daí o uso do presente, brincando com a ilusão da simultaneidade entre texto e acontecimento). O que vem depois são as passagens da recordação, contadas pelo Aleksandar já adulto, mas que continuam se misturando com sua percepção das coisas como elas eram na infância. Se Aleksandar volta adulto à sua cidade natal, é também para repetir na realidade o que já fizera tantas vezes na fantasia.

Em 1991, Višegrad ainda tinha mais de 20 mil habitantes, dos quais dois terços eram muçulmanos. Em 1995, quando o Tratado de Paz de Dayton para a Bósnia-Herżegóvina foi assinado, já não havia mais muçulmanos na cidade. Embora a maior parte tenha fugido, mais de 2.500 foram mortos por milícias sérvias, e muitos deles jogados da ponte do Drina. Essa realidade aparece registrada, toda ela, na poesia sem números de *Como o soldado conserta o gramofone*. Bons os tempos em que o rio, em suas conversas com Aleksandar, ainda podia se lamentar por causa das máquinas de lavar roupa que jogavam dentro dele.

Aliás, se o horror da guerra toca Aleksandar (que certamente tem muito de Saša, é só lembrar que Saša é uma espécie de diminutivo de Aleksandar) de maneira direta, obrigando sua família a buscar a salvação do exílio, é porque ele é um produto autêntico de seu país, filho de pai sérvio e mãe bósnia, o que o torna uma vítima potencial da limpeza étnica. Ele próprio diz, a certa altura: "Eu sou uma mistura. Eu sou um meio a meio, um mestiço, como um dia disseram. Eu sou iugoslavo, logo me desintegro..."

O horror da guerra adentra a família em sua feição mais macabra no papel exercido pelo misterioso tio Miki, irmão do pai desorientado, e portanto da parte sérvia da família. Ele chega a se envolver ativamente nos crimes de guerra. O que é apenas uma suspeita no princípio vai se transformando em certeza aos poucos, sobretudo quando Miki, confessando indiretamente sua culpa, leva o sobrinho para visitar todos os lugares em que foram cometidos crimes de guerra, inclusive os hotéis agora abandonados, que eram usados para enjaular, estuprar e executar pessoas.

Uma poética da escrita

Como o soldado conserta o gramofone tem a virtude de mostrar — além de tudo e sem teorizar pós-estruturalmente — como alguém se torna escritor, como alguém se torna artista.

De idade indefinida ("Sopram por aí uma série de hipóteses, entre oito e catorze, conforme for mais conveniente, mas de qualquer modo já velho demais para ser beliscado nas bochechas."), Aleksandar representa a infância, encarna a sabedoria da singeleza e bebe da fonte narrativa de seu avô, uma espécie de personificação do narrador de Walter Benjamin. Em sua ingenuidade genial, ele mostra ser um descendente — mais lírico — de Oskar Matzerath, o personagem central de *O tambor*, de Günter Grass, romance cujo pano de fundo também é uma guerra, a Segunda Guerra Mundial. Desde criança, nas redações escolares, o maior talento de Aleksandar era inventar histórias, ultrapassar as margens, não respeitar beiradas. Ele próprio diz, ao final da narrativa, teorizando a prática e sintetizando a experiência: uma boa história jamais "é um regato tranquilo, ela não goteja, ela é impetuosa e larga, afluentes jorram para dentro dela, enriquecem-na, ela transborda, borbulha e troa, aqui e ali fica mais rasa, mas aí vêm as cataratas, aberturas para profundezas onde não se pode chapinhar".

Anedótico, pitoresco, agudo na capacidade de percepção, o livro é um descendente direto de Laurence Sterne e seu Tristam Shandy e parece mostrar que a fábula é a única maneira de encarar com eficácia a carranca terrível da guerra. Misturando cartas, poemas e protocolos à narração, repetindo Cervantes quixotesca e poeticamente nos títulos dos capítulos, *Como o soldado conserta o gramofone* mistura épico familiar e romance picaresco na ótica de um garoto e imita — de um jeito bem contemporâneo — o *Aventureiro Simplicissimus Teutsch*, de Grimmelshausen (1622-1676), o primeiro grande narrador alemão; Grimmelshausen também fundamentaria seu romance numa guerra, a Guerra dos Trinta Anos. O romance de Stanišić deve ser inserido, ainda, na tradição de um romance como *A ponte sobre o Drina*, de um contemporâneo seu, o prêmio Nobel Ivo Andrić (1892-1975) — infelizmente jamais traduzido no Brasil, mas disponível em Portugal —, que trata da história anterior da Iugoslávia.

A linguagem de *Como o soldado conserta o gramofone* é um tanto deslocada poeticamente, e procura expressar em alemão sentimentos e metáforas típicas da Bósnia ou dos Bálcãs, sem tentar nacionalizá-las e adaptá-las à língua em que o romance foi escrito. Parece que apenas assim a linguagem será capaz de dar conta de um mundo tão colorido, em que olhos combinam com bíceps e tornam um homem bonito aos olhos de uma admiradora idosa, a bisavó do narrador; um mundo em que as coisas de baixo — e esta é, também, uma marca do romance picaresco — ainda eram muito importantes. No romance de Stanišić elas aparecem tanto na inauguração festiva de uma privada moderníssima em meio ao atraso comunista, quanto na culinária nacional e transbordante do börek, do ćevapčići e da baclavá, tão famosa que chegou ao português. O toque telúrico continua vivo na história de ustachas, tchetnics (ver Glossário) e mudjaidins, e adentra arroubos e exageros típicos de seus conterrâneos, lavrados poeticamente.

Até a grafia dos nomes é rigorosamente bósnia. Se o próprio Saša Stanišić (lê-se Sacha Stanichitch) não latinizou a grafia de seu nome, manteve intacta também a grafia do nome de seus personagens e de sua cidades. Assim, Asija se lê Asííía, Dragica se lê Dráguitza e Marica se lê Máritza, assim como Višegrad, conhecida internacionalmente como Višegrad, se lê Víchegrad na pena do autor.

A marca balcânica e original do romance, que não titubeia diante dos clichês porque sabe que eles muitas vezes são fundamentados na realidade, aparece também na superfície da terminologia. *Čika* significa tio, assim como *teta* significa tia, não na acepção consanguínea, mas naquela que os nomes adquirem na intimidade extrafamiliar, quando uma criança se dirige carinhosamente a uma pessoa de mais idade. *Nena*, por sua vez, é a palavra muçulmana para avó.

Um porco que foge do chiqueiro, pensa em ganhar a liberdade, mas acaba voltando para a faca do assassino, o gramofone que o soldado conserta, um cachorro que é baleado sem motivo, uma égua que ganha o campo, o peixe de óculos que luta de igual para igual com dois homens e um garoto, a menina desconhecida que faz Aleksandar voltar ao país natal... O tapete das histórias paralelas é outro elemento típico do romance picaresco e, no caso, fruto verossímil da fantasia vigorosa do garoto. Essas histórias anunciadas aqui voltam a ser retomadas em detalhes ali, por exemplo quando os personagens que as protagonizaram se encontram no porão do prédio, onde tentam se esconder do horror da guerra, ou no final, quando o Aleksandar adulto vai visitar aqueles dos quais antes apenas falara e desenrola seu devir às vezes trágico. Em meio a tudo, pérolas aforísticas como "Não existem mulheres feias, existem apenas homens que não aprenderam a olhar direito quando eram garotos." E a amizade sublime de Aleksandar com Francesco, cortada na raiz pelo diz que diz que dos machistas de plantão.

Perto do fim, antes de todos os fios de uma estrutura relativamente solta e às vezes claudicante serem definitivamente amarrados num zelo um tanto exagerado, uma das maravilhas maiores da obra: o capítulo brilhante, verdadeiramente antológico, que descreve uma partida de futebol entre inimigos em plena guerra.

Apesar de todo o horror que caracteriza a própria partida, há um sinal melancólico de esperança ao final...

Sobre o Tradutor

Marcelo Backes é escritor, professor, tradutor e crítico literário. Mestre em Literatura Brasileira pela Universidade Federal do Rio Grande do Sul, doutorou-se aos 30 anos em Germanística e Romanística pela Universidade de Freiburg, na Alemanha, uma das mais tradicionais e antigas da Europa, a mesma em que Heidegger foi reitor.

Natural do interior de Campina das Missões, na hinterlândia gaúcha, Backes supervisionou a edição das obras de Karl Marx e Friedrich Engels pela Boitempo Editorial e colabora com diversos jornais e revistas no Brasil inteiro. Backes já conferenciou nas Universidades de Viena, de Hamburgo e de Freiburg, em Berlim, Frankfurt e Leipzig, no Rio de Janeiro, em São Paulo, Fortaleza e Porto Alegre, entre outras cidades, debatendo temas das literaturas alemã e brasileira, da crítica literária e da tradução.

Backes é autor de *A arte do combate* (Boitempo Editorial, 2003) — uma espécie de história da literatura alemã focalizada na briga, no debate, no acinte e na sátira literária —, prefaciou e organizou mais de duas dezenas de livros e traduziu, na maior parte das vezes em edições comentadas, cerca de quinze clássicos alemães, entre eles obras de Goethe, Schiller, Heine, Marx, Kafka, Arthur Schnitzler e Bertolt Brecht; ultimamente, vem se ocupando também da literatura alemã contemporânea, e de autores como Ingo Schulze, Juli Zeh e Saša Stanišić, entre outros, que ele não apenas traduz, mas inclusive apresenta a editoras brasileiras, e depois prefacia e comenta em ensaios e aulas.

Entre 2003 e 2005, Marcelo Backes foi professor na Albert-Ludwigs-Universität em Freiburg, onde lecionou Teoria da Tradução e Literatura Brasileira. Sua tese de doutorado, sobre o poeta alemão Heinrich Heine (*Lazarus über sich selbst: Heinrich Heine als Essayist in Versen*) foi publicada em 2004, na Alemanha. Em 2006, Backes publicou *Estilhaços* (Editora Record), uma coletânea de aforismos e epigramas, sua terceira obra individual e sua primeira aventura no âmbito da ficção. Em 2007 publicou o romance *maisquememória* (Editora Record), no qual adentra livremente o terreno antigo da narrativa de viagens, renovando-a com um tom picaresco de recorte ácido e vezo contemporâneo; o romance teve os direitos de publicação comprados na República Tcheca, pela editora Mlaolà Frouto. Backes já foi publicado na França (ensaio), na Alemanha (livro) e na Espanha (poema).

Este livro foi composto na tipologia
Electra LH Regular, em corpo 11/16, e impresso
em papel off-white 80g/m² no Sistema Cameron
da Divisão Gráfica da Distribuidora Record.

Seja um Leitor Preferencial Record
e receba informações sobre nossos lançamentos.
Escreva para
RP Record
Caixa Postal 23.052
Rio de Janeiro, RJ – CEP 20922-970
dando seu nome e endereço
e tenha acesso a nossas ofertas especiais.

Válido somente no Brasil.

Ou visite a nossa *home page*:
http://www.record.com.br